중·고생이 꼭 읽어야 할

한국고전운문 245

중·고생이 꼭 읽어야 할

한국고전운문 245

초판 인쇄일 | 2008년 1월 1일
초판 발행일 | 2008년 1월 1일

엮은이 | 현상길
펴낸이 | 안대현
펴낸곳 | 풀잎
등 록 | 제2-4858호

주소 | 서울시 중구 예장동 1-51호 지층
전화 | 02_2274_5445/6
Fax | 02_2268_3773

※ 잘못된 책은 바꾸어 드립니다.
ISBN 978-89-959645-0-7 43810

중·고생이 꼭 읽어야 할

한국고전운문 245

현상길 엮음

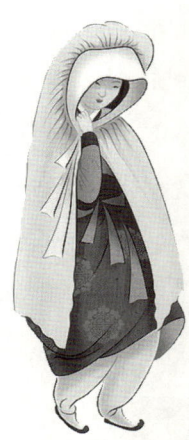

머리말

우리의 중·고생들은 대부분 고전 읽기를 멀리하는 편이다. 평소에 다른 양서를 읽듯이 독서로서 고전을 읽는 것이 아니라, 시험공부를 위해서 억지로 읽는다. 아니, 읽는 것이 아니라 어휘와 구절의 뜻, 주제까지 외운다. 그러니 고전 문학은 우리의 중·고생들에게는 단지 시험만을 위해서 존재하는 천덕꾸러기로 전락하고 있는 셈이다.

이 책은 이러한 고전 읽기의 문제점을 개선하기 위해 2004년도에 발간된 「한국 고전 산문 44」에 이어 만들어진 고전 운문 편이다. 이 책에는 고대 가요, 향가, 고려 속요, 경기체가, 악장, 시조, 가사, 민요, 한시 등 주옥같은 고전 운문 245곡(연시조는 1수를 1곡으로 간주함)이 수록되어 있다. 따라서 이 책은 우리의 청소년들이 배달겨레의 얼이 듬뿍 담긴 아름다운 옛 노래를 쉽게 이해하고 친근하게 감상하며, 오늘날의 삶과 관련 지어 노래 속에 담긴 의미를 생각할 수 있게 하는 온고지신(溫故知新)의 읽기 자료이다.

그리고 이 책은 독서활동 평가와 내신 성적 향상이나 대입 수능·논술 시험을 위한 사고력 신장에도 도움이 되도록 만들어졌다. 특히 국어과 교육과정의 핵심 목표인 '창의적 국어 사용 능력 향상'에 도움을 주고자 각 작품별로 '원문 및 현대어 풀이 읽기 – 어휘와 배경 탐색 – 핵심 사항 알아두기 – 온고지신 – 알짜 문제 풀기'의 단계를 거치도록 하였다. 그리고 하나의 작품에 대한 알찬 이해와 감상이 가능하도록 다음과 같이 갖추었다.

1. 현대어 풀이는 원문의 운율이나 느낌을 최대한 살릴 수 있도록 하였다.

2. 어휘의 뜻은 가급적 필요한 것만 풀이함으로써 스스로 생각할 수 있는 여지를 많이 두었다.

3. 작품이 나오게 된 배경을 간단히 소개함으로써 옛 노래에 대한 이해와 친근감을 높이도록 하였다.

4. '알아 두기'에서는 작품에 대한 핵심 정보를 요약하여 기억과 학습에 도움이 되도록 하였다.

5. '온고지신'에서는 작품에 대한 보다 폭넓은 이해를 통하여 옛 노래에 담긴 정서와 사상의 계승과 발전 지향적 의미에 대해 생각해 볼 수 있도록 하였다.

6. '알짜 문제'에서는 각 작품별로 선다형 문제와 서술형 문제를 스스로 풀어 보게 함으로써 이해력, 문제해결력, 사고력, 표현력을 향상시킬 수 있도록 하였다.

　　이 책이 한국 고전 운문에 대한 관심과 이해를 높이고, 고전을 읽는 새로운 맛을 스스로 느낄 수 있는 길잡이가 되기를 바란다. 그리고 어려운 여건 속에서도 우리 청소년들의 독서 문화 창달을 위해 '한국 단편 33', '한국 고전 산문 44', '한국 현대시 108', '세계 단편 30', '갖춤/한국 단편 38'에 이어 '중·고생이 꼭 읽어야 할' 필독서 시리즈 여섯 번째로 이 책이 탄생할 수 있도록 도와주신 도서출판 풀잎의 이연자 사장님께 진심으로 감사의 인사를 드린다.

2008년 1월 엮은이 씀

차례 CONTENTS

● 머리말   007

● 고대 가요   01 공무도하가   015
               02 구지가   016
               03 황조가   018
               04 정읍사   020

● 향가   01 서동요   024
               02 헌화가   026
               03 모죽지랑가   028
               04 처용가   031
               05 원왕생가   034
               06 찬기파랑가   037
               07 제망매가   040
               08 안민가   043

● 고려 속요   01 가시리   048
               02 동동   051
               03 만전춘별사   056
               04 사모곡   060
               05 상저가   062
               06 서경별곡   064
               07 이상곡   068
               08 정과정   071
               09 정석가   074
               10 청산별곡   079

● 경기체가,   01 한림별곡   084
  악장   02 용비어천가   090

● 평시조

01 가노라 삼각산아   098
02 가마귀 빠호는 골에   100
03 가마귀 검다 흐고   102
04 가마귀 눈비 마자   104
05 간밤의 부던 브람에   106
06 간밤의 우던 여흘   108
07 강산 죠흔 경을   110
08 거문고 타쟈 흐니   112
09 고울사 저 꽃이여   114
10 곳치 딘다 흐고   116
11 공명을 즐겨 마라   118
12 구롬이 무심툰 말이   120
13 국화야 너는 어이   122
14 굼벙이 매암이 되야   124
15 쑴에 뵈는 님이   126
16 내 언제 무신흐여   128
17 내히 됴타 흐고   130
18 냇ᄀ에 희오라바   132
19 노래 삼긴 사롬   134
20 노프나 노픈 남게   136
21 녹초 청강상에   138
22 농암애 올아 보니   140
23 눈 마즈 휘여진 딕를   142
24 뉘라셔 가마귀를   144
25 님 글인 상사몽이   146
26 대쵸 볼 불근 골에   148
27 동기로 세 몸 되어   150
28 동지ㅅ돌 기나긴 밤을   152
29 두류산 양단수를   154

차례 CONTENTS

30 ㅁ음아 너는 어이 156

31 ㅁ음이 어린 후ㅣ니 158

32 미암이 밉다 울고 160

33 말 업슨 청산이요 162

34 묏버들 굴히 것거 164

35 반중 조홍감이 166

36 방 안에 혓는 촉불 168

37 백구야 말 무러 보자 170

38 백사장 홍료변에 172

39 백설이 주자진 골에 174

40 북창이 맑다커늘 176

41 삭풍은 나모 긋틔 178

42 산은 녯 산이로딕 180

43 산촌에 눈이 오니 182

44 삼동에 뵈옷 닙고 184

45 서검을 못 일우고 186

46 선인교 나린 물이 188

47 솔이 솔이라 ᄒ니 190

48 수양산 바라보며 192

49 십 년 ᄀ온 칼이 194

50 십 년을 경영ᄒ야 196

51 어와 동량재를 198

52 어이 얼어 잘이 200

53 어져 내 일이야 202

54 오동에 듯는 빗발 204

55 오백 년 도읍지를 206

56 올히 댤은 다리 208

57 이런들 엇더ᄒ며 210

58 이 몸이 주거 주거 212

59 이 몸이 주거 가셔   214

60 이별ᄒ던 날에   216

61 이시렴 브듸 갈싸   218

62 이화에 월백ᄒ고   220

63 이화우 훗쑤릴 제   222

64 재 너머 성권농 집의   224

65 전원에 나믄 흥을   226

66 지당에 비 쑤리고   228

67 집 방석 내지 마라   230

68 천만 리 머느먼 길에   232

69 철령 노픈 봉에   234

60 청산도 절로절로   236

71 청산리 벽계수야   238

72 청산은 내 쏫이오   240

73 청초 우거진 골에   242

74 초암이 적료ᄒ듸   244

75 추강에 밤이 드니   246

76 춘산에 눈 녹인 ᄇ람   248

77 풍상이 섯거친 날에   250

78 한산셤 ᄃ 불근 밤에   252

79 ᄒ 손에 막디 잡고   254

80 흥망이 유수ᄒ니   256

● **연시조**

01 강호사시가   260

02 견회요   262

03 고산구곡가   265

04 농가구장   270

05 도산십이곡   274

06 만흥   280

차례 CONTENTS

07 매화사	283
08 비가	287
09 어부가	292
10 어부사시사	295
11 오륜가	300
12 오우가	303
13 하우요	306
14 훈민가	308

● **사설시조**

01 갓나희들이 여러 층	314
02 개를 여라믄이나	316
03 개야미 불개야미	318
04 귀쏘리 져 귀쏘리	320
05 나모도 돌도 바히	322
06 논밭 갈아 기음 매고	324
07 님이 오마 ᄒ거눌	326
08 댁들에 동난지이	328
09 두터비 ᄑ리를 물고	330
10 모시를 이리져리	332
11 ᄇ람도 쉬여 넘는	334
12 붉가버슨 아해들이	336
13 서방님 병 들여 두고	338
14 싀어마님 며누라기	340
15 어이 못 오던가	342
16 일신이 사쟈 훈이	344
17 창 내고쟈 창을	346
18 창 밧기 어룬어룬커늘	348
19 훈쟌 먹새그려	350

● **가사**
01 상춘곡 354
02 면앙정가 358
03 관동별곡 364
04 사미인곡 376
05 속미인곡 382
06 규원가 386
07 선상탄 391
08 누항사 398
09 용부가 404

● **민요**
01 강강술래 410
02 논매기 노래 413
03 베틀 노래 416
04 시집살이 노래 418
05 진도 아리랑 421

● **한시**
01 여수장우중문시 426
02 추야우중 428
03 송인 430
04 부벽루 432
05 사리화 434
06 무어별 436
07 탐진촌요 438

● **부록**
알짜 문제 모범답 442

고대 가요

古代歌謠

고대 가요는 좁은 의미로 한민족의 역사가 시작된 때부터 고려 이전의 노래 중 한문으로 쓰인 한시나 향찰로 기록된 향가를 제외한 작품을 말한다. 우리 선인들은 하늘을 숭배하고 그에 대한 경외감을 제천 의식으로 표현하였다. 이를 예술적 측면에서 '원시 종합 예술'이라 하는데, 인간의 지혜가 발달하고 서정과 생활이 복잡해지면서 그 형태가 분화하기 시작했다. 즉, 소리는 음악으로, 말은 시로, 몸짓은 무용과 연극으로 발전되었다. 그 중 말의 경우, 문학으로 분화·발달하면서 이야기의 요소는 서사시로, 노래의 요소는 서정시로 각각 그 양식이 형성되었다. 현재 전하는 고대 가요는 설화 속에 노래가 삽입된 형식으로 되어 있는데, 이는 설화가 가요의 모태임을 보여주는 것이다.

01 공무도하가(公無渡河歌)_ 백수광부(白首狂夫)의 아내

公無渡河(공무도하)

公竟渡河(공경도하)

墮河而死(타하이사)

當奈公何(당내공하)

그대여, 물을 건너지 마오. / 그대는 끝내 물을 건너셨네.
물에 휩쓸려 돌아가셨으니 / 이제 그대를 어찌할 것인가?

배경 >>> 한치윤의 〈해동역사〉에 의하면 최표의 「고금주」에
기록된 이 노래의 배경설화를 이렇게 전하고 있다.

　공후인은 조선(朝鮮)의 진졸(津卒) 곽리자고
(霍里子高)의 아내 여옥(麗玉)이 지은 것이다. 자
고가 새벽에 일어나 배를 저어 가는데, 머리가
흰 미친 사람이 머리를 풀어헤치고 호리병을 들
고 어지러이 물을 건너고 있었다. 그의 아내가
뒤쫓아 외치며 막았으나, 다다르기도 전에 그 사
람은 결국 물에 빠져 죽었다. 이에 그의 아내는
'공무도하(公無渡河)'의 노래를 지으니, 그 소리
는 심히 구슬펐다. 그의 아내는 노래가 끝나자
스스로 몸을 물에 던져 죽었다. 자고가 돌아와

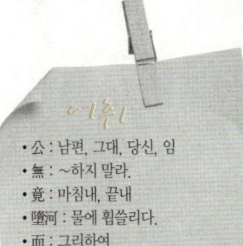

어휘
• 公 : 남편, 그대, 당신, 임
• 無 : ~하지 말라.
• 竟 : 마침내, 끝내
• 墮河 : 물에 휩쓸리다.
• 而 : 그리하여
• 當 : 마땅히, 이제
• 奈~何 : ~을/를 어찌할 것인가.

○ **작자** : 백수광부의 아내. 곽리
자고의 아내 여옥이 노래로 정
착시킴.
○ **연대** : 고조선
○ **갈래** : 개인 서정시, 한역 시가
○ **별칭** : 곡명(曲名)은 '공후인(箜
篌引)'
○ **형식** : 4언 4구체
○ **어조** : 여성 화자의 탄식과 원
망, 애절한 울부짖음과 체념의
목소리
○ **제재** : 강물
○ **주제** : 사랑하는 사람의 죽음
으로 인한 슬픔과 절망
○ **의의** : ①우리나라 최고(最古)
의 서정 가요 ②집단 가요에서
개인적 서정시로 넘어가는 시
기의 과도기 작품
○ **출전** : <해동역사(海東繹史)>

아내 여옥에게 그 광경을 이야기하고 노래를 들려주었다. 여옥이 슬퍼하며, 곧 공후로 그 소리를 본받아 타니, 듣는 자가 눈물을 흘리지 않는 이가 없었다. 여옥은 그 소리를 이웃 여자 여용(麗容)에게 전하니 일컬어 <공후인(箜篌引)>이라 한다.

 온고지신! 溫故知新

우리 민족의 정서를 '한(恨)'이라고들 하는데, 이 한은 보편적으로 이별과 죽음에서 온다. 우리나라의 서정시에서 이별을 많이 다루는 것은 옛날부터 한의 정서가 싹터 왔음을 보여주며, 그런 점에서 이 노래는 우리나라 서정시의 출발이자, 한(恨)의 원류(原流)라 할 수 있다. 이 노래의 제재인 강물이 고려 속요 <서경별곡(西京別曲)>이나 정지상(鄭知常)의 <송인(送人)> 등 많은 이별가에 등장하고 있음은 이런 까닭에서일 것이다.

알짜 문제!

01 이 글에 나타난 서정적 자아의 태도와 가장 거리가 먼 것은?
① 슬픔 ② 절망 ③ 사랑 ④ 한탄 ⑤ 체념

02 이 글을 서정시로 볼 수 있는 주된 이유는?
① 중요한 소재로 물이 등장하기 때문에
② 슬픔의 정한이 나타나 있기 때문에
③ 형식이 4구체로 이루어져 있기 때문에
④ 등장인물의 행동이 나타나 있기 때문에
⑤ 짧은 글의 형식으로 쓰였기 때문에

서술형 이 글의 제재인 '물'의 상징성을 대조적인 관점에서 50자 내외로 서술하시오.

➔ 답은 [부록]에

02 황조가(黃鳥歌)_ 유리(琉璃)왕

翩翩黃鳥(편편황조)
此雌雄相依(자웅상의)
念我之獨(염아지독)
誰其與歸(수기여귀)

펄펄 나는 저 꾀꼬리 / 암수 서로 노니는데,
외로워라, 이내 몸은 / 뉘와 함께 돌아갈까?

배경 >>> 고구려 유리왕 3년 7월에 왕은 골천(鶻川)에 이궁(離宮)을 지었다. 10월에 왕비 송 씨가 세상을 떠나자, 왕은 다시 두 여자를 계실로 맞아 들였다. 한 여자는 골천 사람의 딸 화희(禾姬)였고, 또 한 사람은 한인(漢人)의 딸 치희(雉姬)였다. 둘은 서로 사이가 좋지 않아 왕은 양곡(凉谷)에 동서 두 궁궐을 지어 따로 살게 하였다. 어느 날 왕은 기산에 사냥을 나가 이레 동안 돌아오지 않았다. 그 사이에 두 여자는 서로 싸움을 하였다. 화희가 치희를 꾸짖어, "너는 한나라의 비첩(婢妾)으로 어찌 이렇게 무례히 구느냐?" 하였다. 치희는 부끄럽고 분하여 집으로 돌아가 버렸다. 사냥에서

여휘
- 翩翩 : 휠휠 가볍게 나는 모양. 의태어.
- 黃鳥 : 꾀꼬리. 서정적 자아의 고독한 처지와 대조적인 존재.
- 念我之獨 : 나의 고독을 생각함. 화자의 정서가 표출됨.

➡ 알아 두기

- 작자 : 고구려 2대 유리왕
- 연대 : 유리왕 3년(B.C 17)
- 갈래 : 개인 서정시, 한역 시가
- 형식 : 4언 4구체
- 성격 : 개인적 · 직설적
- 어조 : 짝을 잃은 심정을 직설 적으로 드러내는 절망적 목소리
- 제재 : 꾀꼬리
- 주제 : 임을 잃은 슬픔
- 의의 : ①집단적 서사 문학에 서 개인적 서정 문학으로 이동 하는 단계의 노래 ②내용이 전 하는 유일한 고구려 가요
- 출전 : 「삼국사기(三國史記)」

돌아온 왕은 이 말을 듣고 말을 달려 쫓아갔으나 치희는 노하여 돌아오지 않았다. 이때 왕이 나무 밑에서 쉬다가 나뭇가지에서 꾀꼬리들이 정답게 노는 모습을 보고 노래를 불렀다.

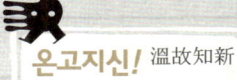

온고지신! 溫故知新

이 노래에서는 개인의 감정을 꾀꼬리라는 자연물에 이입시킨 대조적 표현이 돋보인다. 짤막한 이 한 편의 노래에서 우리는 절대 권력을 가진 권력자로서의 유리왕이 아닌 한 평범한 인 간의 모습을 보여주는 유리왕의 감정을 느낄 수 있다. 또한 사 랑과 이별, 슬픔과 고독은 동서고금을 막론하고 인간의 보편적 정서임을 확인할 수 있다.

알짜 문제!

01 '翩翩(편편)'에서 느낄 수 있는 정감으로 가장 알맞은 것은?
① 외로움 ② 생명감 ③ 고독감 ④ 정다움 ⑤ 질투심

02 이 노래에서 알 수 있는 '黃鳥(황조)'의 의미와 가장 거리가 먼 것은?
① 욕망 충족의 대상물
② 사랑을 나누는 자연물
③ 연애 감정을 일으키는 매개체
④ 서정적 자아와 대조되는 상관물
⑤ 서정적 자아에게 실연의 아픔을 깨닫게 하는 존재

서술형 이 노래를 집단적 서사시의 일부로 본다면, 서정적 자아의 고뇌의 원인은 무엇일지 20자 내외로 서술하시오.

➡ 답은 [부록]에

03 구지가(龜旨歌)_ 구간(九干) 등

龜何龜何(구하구하)
首其現也(수기현야)
若不現也(약불현야)
燔灼而喫也(번작이끽야)

거북아, 거북아 / 머리를 내어라.
내어 놓지 않으면, / 구워서 먹으리.

배경 》》》 **후한의 세조 광무제 건무 18년, 액을 덜기 위해 목욕하고 음주하던 날에** 북쪽 구지(龜旨)에서 사람을 부르는 소리가 들려왔다. 이삼백 명의 사람들이 모여 이 노래를 불렀다. 구간 등이 하늘에서 내려 온 붉은 보자기에 싼 금합을 열어보니 알 여섯 개가 황금빛으로 빛났다. 12일쯤 지나자 알 여섯 개가 모두 남자로 변하였고, 매우 거룩하였다. 이들이 자라 십여 일이 지나니 용모가 중국의 요임금, 순임금 등과 같았다. 그 달 보름날에 왕위에 올랐는데, 세상에 처음 나타났다고 하여 이름을 수로(首露)라 했다. 나라를 대가락(大駕洛), 혹은 가야국(伽倻國)이라고 일컬으니, 곧 육

어휘
• 龜 : 거북. 신령스러운 존재로서 주술의 대상. 신군(神君).
• 何 : 호격조사.
• 首 : 거북의 머리. 생명의 근원. 우두머리(군주)의 상징. 수로왕을 가리키기도 함.
• 燔灼而喫也 : '燔灼(번작)'은 '불에 굽다.' 주술가에서 볼 수 있는 위협적인 표현으로 왕의 출현을 기다리는 절박한 심정을 표현함.

→ 알아 두기

- 작자 : 구간(九干) 등
- 연대 : 신라 유리왕 19년, 가락국 건국 시
- 갈래 : 집단 노동요, 한역 시가
- 별칭 : 영신군가(迎神君歌), 구지봉영신가(龜旨峰迎神歌)
- 형식 : 4언 4구체
- 구성 : 1·2구─소망 제시, 3·4구─위협(주술)
- 성격 : 주술적·집단적
- 어조 : 군왕의 강림을 소망하는 절박한 집단의 목소리
- 제재 : 거북
- 주제 : 새로운 생명 탄생의 염원, 군왕의 강림 기원
- 의의 : 현전하는 최고(最古)의 집단 무요, 주술성을 지닌 노동요
- 출전 : 「삼국유사(三國遺事)」

온고지신! 溫故知新

이 노래를 배경 설화와 함께 읽으면 노래와 춤이 어우러진 원시·고대의 집단 가무의 구체적인 모습을 미루어 알 수 있다. 아울러 문학이 원시 종합 예술 속에 들어 있었음도 확인할 수 있다. 이처럼 노래를 좋아하는 심성이 오늘날에도 이어지고 있음을 우리 사회에 널리 퍼져 있는 노래방 문화에서도 엿볼 수 있다. 지나친 개인주의가 문제가 되고 있는 오늘날, 조상들의 공동체적 삶의 가치를 돌아보게 하는 노래라 할 수 있다.

알짜 문제!

01 이 노래와 같은 고대 가요가 지니는 일반적 성격으로 거리가 먼 것은?

① 구전(口傳)되었다.
② 서사적인 내용의 배경 설화가 있다.
③ 노동을 할 때 수고를 덜기 위해 지어졌다.
④ 후대에 한역(漢譯)되어 문헌으로 정착했다.
⑤ 공동체에 속한 여러 사람들이 집단적으로 불렀다.

02 이 노래가 지어진 동기로 가장 알맞은 것은?

① 건국 예찬　　② 자연 친화　　③ 소원 성취
④ 조상 찬양　　⑤ 가족 화목

서술형 이 노래에서 알 수 있는 언어에 대한 관점을 30자 내외로 서술하시오.

→ 답은 [부록]에

04 정읍사(井邑詞)_ 작자 미상

前　　腔	둘하 노피곰 도두샤
	어긔야 머리곰 비취오시라.
	어긔야 어강됴리
小　　葉	아으 다롱디리
後 腔 全	져재 녀러신고요.
	어긔야 즌 딕를 드딕욜세라.
	어긔야 어강됴리
過　　編	어느이다 노코시라.
金 善 調	어긔야 내 가논 딕 졈그를셰라.
	어긔야 어강됴리
小　　葉	아으 다롱디리

어휘

- 前腔 : 한자로 표기된 부분은 모두 악조(樂調) 이름임.
- 둘하 : 달은 천지신명(天地神明)의 상징. '하'는 존칭 호격조사.
- 노피곰 : 높이높이. 곰은 강세 접사.
- 도두샤 : 돋으시어.
- 머리곰 : 멀리멀리.
- 져재 : 저자에, 시장에.
- 녀러신고요 : 가 계신가요?
- 즌 딕 : 진 곳. 위험한 곳.
- 드딕욜세라 : 디딜까 두렵습니다.
- 졈그롤세라 : 저물까 두렵습니다.
- 어긔야 어강됴리 아으 다롱디리 : 음악에 맞춰 부르는 뜻 없는 후렴구.

달님이시여, 높이 높이 돋으시어 / 멀리 멀리 비춰주소서.
시장에 가 계신가요? / 험한 곳을 디딜까 두렵습니다.
어느 곳에나 놓으십시오. / 내 님 가는 곳 저물까 두렵습니다.

➡ 알아 두기

- 작자 : 미상(어느 행상인의 아내)
- 연대 : 백제 시대
- 갈래 : 백제 가요, 서정시
- 형식 : 3장 6구(후렴구 제외)
- 어조 : 소망을 기원하는 여인의 간절한 목소리
- 제재 : 달
- 주제 : 행상 나간 남편의 안전을 기원함
- 의의 : ①현전하는 유일한 백제 가요 ②한글로 표기된 최고(最古)의 노래 ③시조 형식의 원형을 볼 수 있음.
- 출전 : 「악학궤범(樂學軌範)」

배경 》》 **정읍에 살고 있는 사람이 행상을 떠나 오래도록 돌아오지 않으므로,** 그의 아내가 산에 올라가 멀리 남편이 있을 곳을 바라보며, 남편이 밤에 다니다가 해를 입을까 염려되는 마음을 진흙에 빠짐에 비유하여 노래를 불렀다. 세상에 전하기를 고개 위에 망부석이 있다고 한다.

— 「고려사(高麗史)」, '악지(樂志)'

온고지신! 溫故知新

이 노래에서 '달'은 남편의 안전을 기원하는 아내의 따뜻한 사랑이 담겨 있는 기원의 대상이다. 또한 남편의 귀갓길과 아내의 마중길, 나아가 그들의 인생행로의 어둠을 물리치는 광명을 상징한다. 첨단 과학문명이 발달한 오늘날에도 사람들은 보름달을 보며 소원 성취를 기원한다. 그러므로 불완전한 존재인 인간에게 해, 달, 별과 같은 존재는 그것이 단지 하나의 천체가 아니라 영원한 절대적 신앙의 대상이며, 영혼의 안식처임을 알 수 있다.

알짜 문제!

01 이 노래에 대한 설명으로 가장 거리가 먼 것은?
① 망부석(望夫石) 설화와 관련되어 있다.
② 현재 전해지는 유일한 백제의 노래이다.
③ 시조 형식의 원형(原形)으로 추정할 수 있는 노래이다.
④ 임을 기다리는 전형적인 한국의 여인상이 부각되어 있다.
⑤ 남녀의 사랑에 빗대어 집단적 주술성을 나타낸 노래이다.

02 '노피곰'과 '머리곰'에 내포된 서정적 자아의 심정으로 가장 알맞은 것은?
① 의구심　② 자포자기　③ 무관심　④ 간절함　⑤ 불만족

서술형 이 노래에서 '달'은 어떤 점에서 서정적 자아의 기원의 대상이 될 수 있었는지 60자 내외로 서술하시오.

➜ 답은 [부록]에

향가

鄕歌

향가라는 명칭은 원래 중국의 노래에 대해 우리의 노래라는 뜻으로 쓰였던 것으로, '도솔가, 사뇌가, 사내악' 등으로 일컬어지기도 했다. 향가는 향찰(鄕札)로 기록되었는데, 한자의 소리와 뜻을 빌려 향가를 표기하는 데 사용되었다. 형식은 4구체 · 8구체 · 10구체로 나누어지는데, 초기 형태는 4구체이며 과도기인 8구체를 거쳐 10구체로 완성된 것으로 볼 수 있다. 내용은 다양하나, 불교적인 노래가 가장 많으며, 작가도 왕에서부터 승려, 화랑, 평민, 천민까지 다양하다. 향가는 국문학사상 최초의 정형화된 서정시란 점에 중요한 의의가 있으며, 그 가사는 신라어 연구의 귀중한 자료가 된다.

01 서동요(薯童謠)_ 서동(薯童)

善化公主主隱	선화공주니믄
他密只嫁良置古	놈 그스지 얼어두고
薯童房乙	맛둥바울
夜矣卯乙抱遣去如	바미 몰 안고가다

(양주동 해독)

선화 공주님은 / 남 몰래 정을 통해 두고
맛둥 도련님을 / 밤에 몰래 안고 간다.

배경 >>> 백제 30대 무왕의 이름은 장(璋)이다. 과부가 된 그의 모친이 못 속의 용과 관계하여 낳았는데, 도량이 커 장차 큰 인물이 될 바탕을 갖추고 있었다. 어려서는 마를 캐어 팔았으므로 사람들이 '서동(薯童)'이라 불렀다. 신라 진평왕의 셋째 공주가 아름답다는 소문을 듣고 머리를 깎고 신라의 서울로 들어간 서동은 〈서동요〉를 지어 아이들을 꾀어 노래를 퍼뜨리게 하였다. 동요가 대궐까지 알려지자 백관(百官)이 임금에게 극간(極諫)하여 선화 공주는 대궐에서 쫓겨나게 되었다. 백제로 와서 공주는 서동과 함께 살게 되고, 서동은 후

어휘
• 善化公主 : 선화 공주는 신라 제 26대 진평왕의 셋째 딸.
• 그스지 : 그윽이. 남 몰래.
• 얼어 : '얼다'는 '시집가다, 혼인하다, 정을 통하다'의 뜻.
• 맛둥바울 : 맛둥 도련님(서동)을. '서(薯)'는 '마'를 뜻하므로, '서동'은 마를 파는 소년이라 할 수 있음.

- 작자 : 서동(薯童). 백제 제30대 무왕(武王)의 아명(兒名)임.
- 연대 : 신라 진평왕 때
- 갈래 : 향가
- 형식 : 4구체
- 성격 : 예언적 성격의 참요(讖謠)
- 어조 : 소박하고 꾸밈없는 직설적인 목소리
- 제재 : 선화 공주
- 주제 : 선화 공주에 대한 구애, 선화 공주의 은밀한 사랑
- 의의 : 현전하는 최고(最古)의 향가
- 출전 : 「삼국유사(三國遺事)」

에 왕위에 올랐다.

Date /

온고지신! 溫故知新

이 작품은 선화 공주가 서동을 사랑하는 것으로 되어 있지만, 사실은 서동이 주체로서 선화 공주에게 구애하는 노래이다. 장차 일이 그렇게 될 것임을 미리 암시하는 참요의 성격을 가지고 있으며, 꾸밈없는 동심이 잘 나타나 있어 오늘날에도 친근감을 불러일으킨다. 일종의 자기 암시와도 같은 이 노래는 우리에게 미래의 성취를 위한 긍정적 자기 암시와 노력이 좋은 결과를 얻을 수 있음을 보여준다.

알짜 문제!

01 이 노래에 대한 설명으로 바르지 않은 것은?
 ① 배경 설화가 있다.
 ② 현전 향가 중 유일한 동요이다.
 ③ 민요가 정착된 것으로 볼 수 있다.
 ④ 현전 향가 중 가장 오래 된 노래이다.
 ⑤ 유교적 가치인 순결의 중요성을 노래하고 있다.

02 이 노래를 통해 서동의 인간됨을 유추할 때 가장 거리가 먼 것은??
 ① 과정보다는 결과를 중요시 여기는 인물
 ② 사랑을 위해 국경을 초월하는 용기 있는 인물
 ③ 왕위에 오르려고 계획을 품은 야망에 넘치는 인물
 ④ 동요를 퍼뜨려 자신의 목적을 달성한 지혜로운 인물
 ⑤ 거짓 소문을 퍼뜨려 선화공주를 곤경에 빠뜨린 이기적인 인물

서술형 〈서동요〉가 민요, 또는 동요라고 할 수 있는 근거는 무엇인지 50자 내외로 서술하시오.

답은 [부록]에

02 헌화가(獻花歌)_ 작자 미상

紫布岩乎邊希	딛배 바회 곳히
執音乎手母牛放敎遣	자ᄇ온손 암쇼 노히시고
吾肹不喻慚肹伊賜等	나흘 안디 붓ᄒ리샤ᄃᆞᆫ
花肹折叱可獻乎理音如	곶흘 것가 받ᄌᆞᆸ오리이다

(양주동 해독)

자줏빛 바위 가에 / 잡고 있는 암소를 놓게 하시고
나를 아니 부끄러워하시면 / 꽃을 꺾어 바치오리다.

배경 >>> 성덕왕 시대에 순정공이 강릉 태수로 부임해 가는 도중 바닷가에서 이르렀는데, 옆에 바위 절벽이 마치 병풍처럼 바다를 둘러 있었다. 높이가 천 길인데, 위에 철쭉꽃이 만개해 있었다. 공의 부인 수로(水路)가 보고 좌우에게 "저 꽃을 꺾어 올 사람이 없느냐?"라고 하니, 따르던 사람들이 사람이 오를 곳이 아니라고 하며 모두 꺾어 올 수 없다고 하였다. 마침 소를 몰고 가던 한 노인이 부인의 말을 듣고 그 꽃을 꺾어 가사와 함께 지어 바쳤는데, 그 노인이 어떤 사람인지 몰랐다. 다만 그 노인의 〈헌화가〉가 남아 있다.

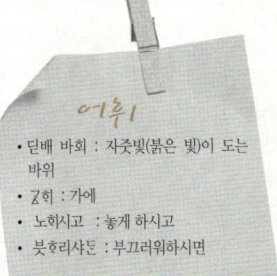

어휘
- 딛배 바회 : 자줏빛(붉은 빛이 도는 바위
- 곳히 : 가에
- 노히시고 : 놓게 하시고
- 붓ᄒ리샤ᄃᆞᆫ : 부끄러워하시면

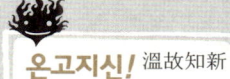

➡ 알아 두기

- ○ 작자 : 미상(소를 끌고 가던 노인)
- ○ 연대 : 신라 성덕왕 때
- ○ 갈래 : 향가
- ○ 형식 : 4구체
- ○ 성격 : 단순하고 소박하여 민요적임.
- ○ 어조 : 겸손하며 헌신적이며 의지적인 목소리
- ○ 제재 : 꽃
- ○ 주제 : 연모하는 대상을 향한 순정
- ○ 의의 : 신라인들의 인간 중심 미의식을 보여주는 서정시
- ○ 출전 : 「삼국유사(三國遺事)」

온고지신! 溫故知新

이 작품에 등장하는 노인은 비범한 능력을 지닌 신화적 인물이며, 수로 부인은 빼어난 미모의 현실적인 인물이다. 즉, 〈헌화가〉는 신화적인 인물이 인간에게 바치는 노래로서 인간의 아름다움이 신화적 존재까지도 감동시킬 수 있다는 인식을 보여준다. 예나 이제나 인간은 아름다움을 추구하고 그 아름다움을 예찬하며, 그러한 정서를 예술로 승화시키는 존재임을 알 수 있다. 〈헌화가〉는 예술의 존재 가치가 무엇인지 보여주는 노래라 할 수 있다.

알짜 문제!

01 이 노래의 성격을 가장 바르게 말한 것은?
① 한 노인이 미모의 여인에게 바치는 구애의 노래
② 평범한 인간이 신적인 존재에게 바치는 예찬의 노래
③ 사랑을 이루지 못하고 죽은 여인을 위해 부르는 추모의 노래
④ 평민이 권력을 얻기 위해 지배 계층에게 바치는 아첨의 노래
⑤ 초자연적인 존재가 인간을 현혹하기 위해 부르는 환각의 노래

02 이 노래에서 서정적 자아가 꽃을 꺾을 수 있었던 힘은 어디서 비롯된 것인가?
① 수로 부인이 가지고 있는 권력
② 수로 부인을 소유하고 싶은 본능적인 욕망
③ 수로 부인의 눈에 보이지 않는 강압적 권위
④ 수로 부인의 아름다움이 불러일으킨 신비한 힘
⑤ 수로 부인과 전부터 알고 지냈던 인연으로 인한 친분

서술형 이 노래에서 '꽃'은 무엇을 상징하는지 30자 이내로 서술하시오.

➜ 답은 [부록]에

03 모죽지랑가(慕竹旨郎歌)_ 득오(得鳥)

去隱春皆理米	간 봄 그리매
毛冬居叱沙哭屋尸以憂音	모든 것사 우리 시름
阿冬音乃叱好支賜烏隱	아름 나토샤온
兒史年數就音墮支行齊	즈싀 살쯈 디니져
目煙廻於尸七史伊衣	눈 돌칠 스이예
逢烏支惡知作乎下是	맛보옵디 지소리
郎也慕理尸心未行乎尸道尸	낭이여 그릴 ᄆᆞᅀᆞ미 녀올 길
蓬次叱巷中宿尸夜音有叱下是	다봇 굴허헤 잘 밤 이시리

(양주동 해독)

지나간 봄 그리워하니 / 모든 것이 울어 시름에 잠겼구나.
아름다움 나타내셨던 / 얼굴에는 주름살이 지려 하는구나.
눈 돌이킬 사이에나마 / 만나 뵙도록 지으리이다.
낭이여, 그리운 마음에 가는 길
다북쑥 우거진 마을에 잘 밤이 있으리?

어휘

- 우리 시름 : 울면서 시름하고 있는데, '우리'는 '울다'의 어근 '울'에 부사화 접미사 '이'가 붙은 형태로 봄.
- 아름 : 아름다움.
- 즈싀 : 모양이, 용모가.
- 살쯈 : 주름살.
- 눈 돌칠 스이예 : 눈을 돌릴 사이, 즉 눈 깜빡할 사이의 짧은 시간.
- 다봇 굴허헤 : 다북쑥 우거진 구렁(마을)에.

◐ 작자 : 득오(得烏). 신라 효소왕 때의 낭도(郎徒)로서 득오곡(得烏谷)이라고도 함.
◐ 연대 : 신라 효소왕 때
◐ 갈래 : 향가
◐ 형식 : 8구체
◐ 구성 : [1-2구] 즐거웠던 젊은 날에 대한 그리움
　　　　[3-4구] 죽지랑의 늙은 모습에 대한 안타까움
　　　　[5-6구] 죽지랑에 대한 그리움
　　　　[7-8구] 재회할 수 없음에 대한 탄식
◐ 성격 : 추모적 · 찬양적 · 애상적
◐ 어조 : 사모하는 사람을 그리워하는 애절하고 안타까운 목소리
◐ 제재 : 죽지랑의 모습과 추억
◐ 주제 : 죽지랑에 대한 추모의 정
◐ 의의 : 주술성이나 종교성이 배제된 순수한 개인의 서정을 노래한 향가
◐ 출전 : 「삼국유사(三國遺事)」

배경 〉〉〉 신라 32대 효소왕 때 죽지랑이라는 화랑의 무리에 급간(級干, 신라의 관등) 득오(得烏)가 있었다. 그가 한 열흘 보이지 않자, 죽지랑이 득오의 어미를 불러서 아들이 간 곳을 물었다. 그 어미가 부대장 익선(益宣)이 아들을 부산성으로 가라 하였기 때문에 급히 떠났다고 하였다. 낭이 떡과 술을 가지고 부산성에 이르러 익선을 위로하고, 휴가를 얻어서 함께 돌아갈 것을 청하였으나, 익선은 굳이 거부하였다. 그러자 조세 30석, 말과 안장 등을 주어 겨우 허락을 얻었다. 조정의 화주가 듣고 사신을 보내어 익선을 잡으려고 하였으나, 익선이 도망해 숨어버렸으므로 그의 장자를 잡아갔다. 이때는 몹시 추운 날이었으므로, 성 안 못 가운데에서 목욕을 시켰더니 그대로 얼어 죽고 말았다. (중략) 일찍이 득오가 후의를 베풀어 준 죽지랑을 사모하여 〈모죽지랑가〉를 지었다.

온고지신! 溫故知新　이 노래는 한때 삼국통일의 위업을 완수하는 데 큰 공을 세웠고, 그 후 여러 대에 걸쳐 대신으로서 존경과 찬미를 한 몸에 받았던 노화랑(老花郎)의 쇠잔한 모습을 안쓰러워하는 득오곡의 심정과 그를 향한 변하지 않는 존경을 잘 나타낸 작품이다. 존경과 배려, 늙음에 대한 안타까움과 사후의 그리움 등 휴머니즘의 색채가 담뿍 묻어나오는 이 노래는 우리로 하여금 주술성이나 종교적 색채가 담기지 않은 순수한 개인적 서정시가 주는 감동의 세계에 젖어들게 한다.

01 이 노래의 갈래에 대한 설명으로 가장 알맞은 것은?
① 인물의 일대기를 다루고 있는 서사시이다.
② 작자의 정서를 자유롭게 표현한 자유시이다.
③ 외계의 풍경에 대한 감흥을 읊은 서경시이다.
④ 사물에 대한 변증법적 인식이 두드러진 주지시이다.
⑤ 작자의 정서를 규칙적인 시형에 맞춰 표현한 정형시이다.

02 이 노래의 성격으로 바르지 않은 것은?
① 찬양적(讚揚的)　　② 주술적(呪術的)　　③ 서정적(抒情的)
④ 개인적(個人的)　　⑤ 추모적(追慕的)

서술형 이 노래가 〈처용가〉나 〈제망매가〉와 어떤 차이점이 두드러지는지 성격과 갈래의 측면에
서 30자 이내로 서술하시오.

➜ 답은 [부록]에

04 처용가(處容歌)_ 처용(處容)

東京明期月良	시불 불긔 드래
夜入伊遊行如可	밤드리 노니다가
入良沙寢矣見昆	드러사 자리 보곤
脚烏伊四是良羅	가르리 네히어라
二肹隱吾下於叱古	둘흔 내해엇고
二肹隱誰支下焉古	둘흔 뉘해언고
本矣吾下是如馬於隱	본듸 내해다마른
奪叱乙何如爲理古	아사놀 엇디ᄒ릿고

(양주동 해독)

서울 밝은 달밤에 / 밤늦도록 노닐다가
들어와 잠자리를 보니 / 다리가 넷이어라.
둘은 내 아내 것인데 / 둘은 누구의 것인가?
본디 내 것이지마는 / 빼앗긴 것을 어찌할 것인가?

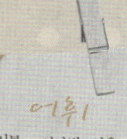

어휘

- 시불 : 서라벌. 서울. 여기서는 경주를 말함.
- 밤드리 : 밤이 들도록. 밤 늦게까지.
- 가르리 : 가랑이가. 다리가.
- 아사놀 엇디ᄒ릿고 : 체념, 또는 역신(疫神)에 대한 관용의 의미.

배경 >>> 신라 제49대 헌강왕이 개운포에 놀러갔는데 갑자기 구름과 안개가 자욱하여 길을 잃을 정도였다. 일관(日官)이 "이것은 동해 용의 조작이므로 좋은 일을 해 주어야 할 것입니다."라고 아뢰자, 왕이 용을 위하여 근처에 절을 세우도록 분부하니 이내 구름과 안개가 흩어졌다. 동해의 용이 기뻐하여 아들 일곱을 데리고 임금 앞에 나타나서 덕을 찬양하고 춤을 추며 풍악을 연주하였다. 그 중 한 아들이 임금을 따라 서울에 와서 정사를 보좌하였는데, 이름은 처용(處容)이라 하였다. 임금은 미녀로 아내를 삼게 하고 급간의 벼슬도 주었다. 그의 아내가 몹시 아름다웠으므로 역신이 흠모하여 사람으로 변하여 밤에 그 집에 가서 몰래 동침하였다. 처용이 밖에서 놀다가 집에 돌아와 잠자리를 보니 두 사람이 누워 있었다. 처용은 이것을 보고 노래를 부르고 춤을 추며 물러 나갔다. 이를 들은 역신은 제 모습을 나타내고 처용 앞에 꿇어 앉아, "내가 공의 아내를 흠모하여 잘못을 범하였는데, 노하지 않으시니 감격하여 아름답게 여기는 바입니다. 이후로는 맹세코 공의 그림만 보아도 그 집에는 들어가지 않겠습니다."라고 말하였다. 이로 말미암아 나라 사람들은 처용의 형상을 문에 붙여서 사귀를 물리치고 경사를 맞아 들였다.

온고지신! 溫故知新

이 노래에서 아내를 범한 역신에 대하여 처용은 분노가 아닌 관용의 태도를 보인다. 이것은 우리의 고대 시가에서 흔히 나타나는 자조적 체념이기도 하지만, 처용이 가진 초월적 힘의 발현이라고 할 수 있다. 즉, 무서운 역신을 물리치는 힘은 분노에서 오는 것이 아니라, 적극적인 화해와 관용에서 온다는 것을 보여준다. 이것은 우리 무속에서 병을 치료하는 형태 가운데 병을 빨리 낫게 해 달라고 정성을 비는 형태와도 깊은 관련이 있다. 자신을 해치는 역신을 향해 관용을 베푸는 처용의 태도를 통해 극단의 이기주의로 치닫고 있는 우리 현대인들은 보다 깊은 자기 성찰을 하여야 하지 않을까?

알짜 문제!

01 이 노래에 대한 설명으로 바르지 않은 것은?
① 무가의 성격을 띠고 전승됨.
② 의식무로서 고려와 조선조에 계승됨.
③ 관탈민녀형(官脫民女型) 설화와 내용이 유사함.
④ 민요에서 정착하여 향가의 정제된 형식을 보여줌.
⑤ 체념과 관용을 바탕으로 한 축사(逐邪)의 노래로 불림.

02 무속 신앙의 관점에서 볼 때 처용은 무엇과 연관성이 있는가?
① 신단　② 부적　③ 제물　④ 귀신　⑤ 제웅

서술형 이 노래에서 얻을 수 있는 교훈에 대하여 일상생활의 관점에서 20자 이내로 서술하시오.

➔ 답은 [부록]에

처용가 | 33

05 원왕생가(願往生歌)_ 광덕(廣德)

月下伊底亦	둘하 이뎨
西方念丁去賜里遣	서방선장 가샤리고
無量壽佛前乃	무량수불 전에
惱叱古音多可支白遣賜立	닏곰다가 솗고샤셔
誓音深史隱尊衣希仰支	다딤 기프샨 존어히 울워리
兩手集刀花乎白良	두 손 모도호 솔바
願往生願往生	원왕생 원왕생
慕人有如白遣賜立	그릴 사룸 잇다 솗고샤셔
阿邪此身遺也置遣	아으 이몸 기뎌 두고
四十八大願成遣賜去	사십팔대원 일고샬까

(양주동 해독)

달님이시여, 이제 / 서방정토까지 가시렵니까?
무량수불 앞에 / 일러 사뢰옵소서.
다짐 깊으신 부처님께 우러러 / 두 손 모아
'왕생 원합니다, 왕생 원합니다'
그리워하는 사람 있다 사뢰옵소서.
아, 이 몸 남겨 두고 / 사십팔대원을 이루실까?

어휘

- 서방 : 서방정토(西方淨土). 아미타불이 계시는 극락세계.
- 무량수불 : 아미타불의 존칭. 수명이 한없다 하여 붙여진 이름.
- 원왕생 : 극락왕생을 원함.
- 사십팔대원 : 아미타불이 중생 구제를 위해 마음먹었던 48가지 큰 소원.

- 작자 : 광덕(光德). 신라 문무왕 때의 승려
- 연대 : 신라 신문왕 때
- 갈래 : 향가
- 형식 : 10구체
- 구성 : [1~4구] 달에게 기원함. [5~8구] 기원의 내용을 구체화함.(극락왕생) [9~10구] 아미타불에게 기원을 당부함.
- 성격 : 불교 신앙을 노래한 기원가(祈願歌)
- 어조 : 자기 구원의 내세를 향하는 간절한 목소리
- 제재 : 달
- 주제 : 극락왕생(極樂往生)에 대한 간절한 기원
- 의의 : 불교적 기원가의 전형
- 출전 : 「삼국유사(三國遺事)」

배경 〉〉〉 **문무왕 때의 불도(佛徒) 광덕(廣德)과 엄장(嚴莊)은 친구였다.** 그들은 먼저 극락정토에 갈 때는 서로 알리기로 약속했었다. 광덕은 분황사의 서쪽에 아내와 살았고, 엄장은 남악의 암자에서 화전을 경작하고 살았다. 어느 날 저녁때, 엄장의 집 창밖에서 "광덕은 지금 서방정토에 가니 그대는 잘 있다가 속히 나를 따라 오라."는 소리가 났다. 이튿날 엄장이 광덕의 집에 가보니 그는 과연 죽어 있었다. 장례를 마치고 엄장은 광덕의 아내와 저녁에 같이 자며 관계하려 하니 여자가 거절하며 말하기를 "스님이 정토에 가기를 바란다는 것은 마치 나무 위에 올라 물고기를 얻으려는 것과 같다. 광덕은 나와 10여 년을 같이 살았으나 한 번도 동침한 적이 없다."라고 하였다. 엄장은 잘못을 뉘우쳐 스스로 꾸짖고, 한 마음으로 수행하여 역시 서방정토로 가게 되었다. (중략) 광덕에게는 일찍이 〈원왕생가〉라는 노래가 있었다.

온고지신! 溫故知新

이 노래에서 서정적 자아는 자연물인 달을 통하여 자신의 불교적 신앙심을 형상화하고 있다. 여기서 달은 어둠을 밝혀 주는 자연물이라는 의미를 초월하여 현세와 서방정토를 이어주는 중개자 역할을 하고 있다. 이런 점에서 백제 가요 〈정읍사〉에 나오는 달과 이 노래의 달은 인간의 소망을 들어주는 절대적 존재로서 그 의미가 유사하다고 할 수 있다. 현대적 관점에서 달과 같은 자연물은 어떻게 인간의 삶에 영향을 미치는지 생각해 보자.

01 이 노래에 나타난 '달'의 의미로 가장 알맞은 것은?

① 존경의 대상　　② 사랑의 대상　　③ 연민의 대상
④ 추모의 대상　　⑤ 기원의 대상

02 이 노래의 화자의 심리나 태도에 대해 가장 바르게 말한 것은?

① 운명에 순응하고 체념적인 삶을 살고자 한다.
② 현세의 고난을 초극하려는 강한 의지를 가지고 있다.
③ 극락에 가기 위해서 자신의 모든 욕망을 버리고 있다.
④ 종교에 대한 회의를 품고 현실 정치에 참여하려고 한다.
⑤ 현실을 극복하기 위해 자연물을 실용적으로 이용하고 있다.

서술형 이 노래의 제 10구에 나오는 '사십팔대원'이란 무엇을 말하는지 20자 이내로 서술하시오.

➤ 답은 [부록]에

06 찬기파랑가(讚耆婆郎歌) _ 충담사(忠談師)

咽嗚爾處米	열치매
露曉邪隱月羅理	나토얀 ᄃ리
白雲音逐于浮去隱安支下	힌구룸 조초 ᄠᅥ가ᄂᆞᆫ 안디하
沙是八陵隱汀理也中	새파른 나리여힋
耆郎矣皃 史是史藪邪	기랑이 즈ᅀᅵ 이슈라
逸烏川理叱磧惡希	일로 나리ㅅ 지벽힋
郎也持以支如賜烏隱	낭이 디니다샤온
心未際叱肹逐內良齊	ᄆᆞᅀᆞ미 ᄀᆞᆺ홀 좇누아져
阿耶 栢史叱枝次高支好	아으 잣ㅅ가지 노파
雪是毛冬乃乎尸花判也	서리 몯누올 화반이여

(양주동 해독)

열어젖히며 / 나타난 달이
흰 구름 따라 떠가는 것 아닌가?
새파란 시냇물에 / 기랑의 모습이 있구나.
이로부터 냇가 조약돌에 / 낭이 지니셨던
마음의 끝을 뒤쫓아 보고 싶어라.
아아, 잣나무 가지 높아 / 서리도 모르실 화랑의 우두머리여.

어휘
- 열치매 : 구름이 장막을 열어 젖히듯 나타남.
- 안디하 : 의문형으로 해석함. '아닌 가?'
- 나리 : 내(川)
- 즈ᅀᅵ : 즛 (모습)+이
- 이슈라 : 감탄형. '있구나, 있도다' 지벽힋 : 지벽(조약돌)+힋(에)
- ᄆᆞᅀᆞ미 : ᄆᆞᅀᆞᆷ(마음)+이(의)+ᄀᆞᆺ(끝). 마음은 기파랑의 인품을 뜻함.
- 잣ㅅ가지 : 잣나무 가지. 기파랑의 고결한 절개를 상징함.
- 서리 : 시련이나 역경을 상징함.
- 화반 : 화랑의 우두머리. 기파랑의 지위를 나타냄.

배경 >>> 〈안민가〉의 배경 설화 속에 이 노래에 대한 이야기가 간단히 등장한다. 경덕왕이 영복승(榮服僧)을 찾다가 충담사를 만나 "내 일찍이 대사가 기파랑을 찬미하여 지은 사뇌가의 뜻이 매우 높다고 들었는데 과연 그런가?" 물으니, 충담이 그렇다고 하였다.

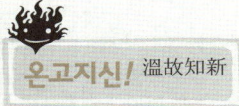

이 노래에서 두드러지는 것은 상징성이다. '달'은 기파랑의 고결한 자태를, '시냇물'은 맑고 깨끗한 인품을, '조약돌'은 원만한 성품을, '잣가지'는 역경에 굴하지 않는 기파랑의 고매한 인품을 상징한다. 이러한 상징성은 이 작품을 높은 문학성을 지닌 향가의 백미로 평가받게 하는 근거가 된다. 이와 같은 향가의 문학성은 천 년이 지난 오늘날의 서정시에도 그대로 계승되고 있다. 물질 지상주의에 경도된 오늘날의 가치관 속에서 이러한 향가의 높은 문학성은 아무리 시대가 흘러도 변하지 않는 정신적 가치의 소중함을 우리에게 일깨워주고 있다.

➡️ **알아 두기**

- 작자 : 충담사(忠談師). 신라 경덕왕 때의 고승
- 연대 : 신라 경덕왕 때
- 갈래 : 향가
- 형식 : 10구체
- 구성
  [1–3구] 기파랑을 높이 우러러 봄.(달)
  [4–5구] 기파랑의 고결한 모습 (냇물)
  [6–8구] 기파랑의 원만한 인품 (조약돌)
  [9–10구] 기파랑의 의지와 절개(잣가지)
- 성격 : 예찬적 · 추모적
- 어조 : 대상에 대한 애정과 추모의 정이 넘치는 목소리
- 제재 : 달, 조약돌, 잣나무
- 주제 : 고매한 인품과 높은 이상을 지녔던 기파랑에 대한 추모
- 의의 : 고도의 상징적인 표현으로 문학성 높은 향가
- 출전 : 「삼국유사(三國遺事)」

알짜 문제!

01 이 노래에 대한 다음 설명 중 ( )안에 들어갈 말을 순서대로 나열한 것은?

〈찬기파랑가〉에 쓰인 자연물들은 상징적인 표현들이다. '시냇물'은 기파랑의 맑고 깨끗한 인품을 상징하며 (   )은 원만한 성품을 상징한다. 또한 (   )은 역경에 굴하지 않는 기파랑의 고매한 인품을, (   )은 고난과 역경을 상징한다.

① 달, 조약돌, 시냇물　　　　　　② 서리, 잣가지, 조약돌
③ 잣가지, 조약돌, 구름　　　　　④ 조약돌, 잣가지, 서리
⑤ 구름, 잣가지, 조약돌

02 이 노래에 대한 감상을 적절하게 말하지 못한 것은?
① 찬호 : 인간사와 자연사가 대조되어 나타나고 있어.
② 재응 : 감탄사 '아으'는 10구체 향가의 특징이라 할 수 있어.
③ 병현 : 백색과 청색의 대비를 통해 대상의 인품을 드러내고 있어.
④ 신수 : 문답 형식을 통해 대상에 대한 찬양의 효과를 높이고 있어.
⑤ 만수 : 대상의 고매한 인품이 자연물을 통해 상징적으로 드러나는군.

서술형 이 노래에 나타난 계절적 배경은 내용과 어떤 관계가 있는지 20자 이내로 서술하시오

➔ 답은 [부록]에

07 제망매가(祭亡妹歌)_ 월명사(月明師)

生死路隱	생사로는
此矣有阿米次肹伊遣	예 이샤매 저히고
吾隱去內如辭叱都	나는 가느다 말ㅅ도
毛如云遣去內尼叱古	몯다 닏고 가느닛고
於內秋察早隱風未	어느 ㄱ을 이른 ㅂㄹ매
此矣彼矣浮良落尸葉如	이에 저에 떠딜 닙다이
一等隱枝良出古	ㅎ든 가재 나고
去奴隱處毛冬乎丁	가논 곧 모ᄃ온뎌
阿也 彌陀刹良逢乎吾	아으 미타찰애 맛보올 내
道修良待是古如	도 닷가 기드리고다.

(양주동 해독)

삶과 죽음의 길은 / 여기에 있음에 두려워하고
나는 간다는 말도 / 못 다 이르고 갔는가?
어느 가을 이른 바람에 / 여기저기 떨어지는 나뭇잎처럼
같은 가지에 나고서도 / 가는 곳을 모르겠구나.
아아, 극락세계에서 만나 볼 나는 / 도를 닦으며 기다리겠노라.

어휘
- 예 : 여기(이승)에.
- 가느다 : 간다(죽는다).
- 이른 바룸~닙 : 이른 바람에 떨어진 잎은 누이의 요절 암시.
- ㅎ든 가재 : 한 가지에. 같은 부모를 의미함.
- 미타찰(彌陀刹) : 아미타불이 있는 극락세계. 서방정토.
- 맛보올 : 만나 볼. 누이와 후생에서 만남을 의미함.
- 도 : 불도(佛道). 죽음을 종교로 극복하고자 하는 의미가 드러남.

➡ 알아 두기

- 작자 : 월명사(月明師). 신라 경덕왕 때의 승려
- 연대 : 신라 경덕왕 때
- 갈래 : 향가
- 형식 : 10구체
- 구성
  [1~4구] 누이의 죽음으로 인한 인간적 번민
  [5~8구] 죽음의 무상감에 대한 보편적 형상화
  [9~10구] 번민과 무상감의 종교적 승화
- 성격 : 추도적 · 애상적 · 초극적
- 어조 : 죽음의 무상감을 종교적으로 극복하려는 의지적 목소리
- 제재 : 누이의 죽음
- 주제 : 죽은 누이에 대한 추모
- 의의 : 향가 중 가장 문학성이 뛰어난 작품
- 출전 : 「삼국유사(三國遺事)」

배경 》》》 월명사가 일찍이 죽은 누이를 위하여 재를 올리고, 향가를 지어 제사를 지냈더니, 문득 광풍이 불어 지전(紙錢)을 서쪽으로 날려 없어지게 하였다. 월명사는 항상 사천왕사에 살았는데 피리를 잘 불었다. 일찍이 달 밝은 밤에 피리를 불며 문 앞 큰 길을 지나니 달이 가기를 멈추었다. 이로 말미암아 그곳을 '월명리(月明里)'라 하였고, 법사도 또한 이름을 떨치었다.

온고지신! 溫故知新

이 노래의 지배적 정서는 누이의 죽음으로 인한 슬픔과 무상감, 애절한 그리움이다. 자연의 섭리 앞에 어쩔 수 없이 이른 바람에 떨어지는 나뭇잎처럼 죽음의 길을 갈 수밖에 없는 누이를 통해 작가는 인간의 한계를 인식한다. 그러나 그러한 한계는 도(道), 즉 신앙을 통해 새로운 만남에 대한 의지로 극복된다. 현대인들에게도 이러한 삶과 죽음, 그리고 종교의 문제는 마찬가지의 무게로 다가온다. 시간의 절대성, 즉 자연의 섭리 앞에 인간이 할 수 있는 최선의 노력은 겸허한 신앙의 자세를 갖는 것일 수밖에 없다. 아무리 과학이 발달한다 해도 죽음은 생명의 대전제이기 때문이다. 따라서 갈수록 자연의 질서 앞에 오만해지는 현대 문명인들에게 던지는 이 작품의 메시지는 그 의미가 매우 깊다고 할 수 있다.

01 이 노래에 대한 설명으로 바르지 않은 것은?
① 비장미와 숭고미를 느낄 수 있다.
② 상징법과 직유법을 사용하고 있다.
③ 불교의 윤회 사상이 사상적 배경이다.
④ 전통적인 망부석 모티브가 나타나고 있다.
⑤ 향가 중 가장 정제된 형식을 가지고 있다.

02 밑줄 친 시어 중, '떠딜 닙'과 비슷한 심상을 불러일으키는 것은?
① 봄이 오면 꽃샘추위 아랑곳없이 / 진달래는 곳곳에 소담스럽게 피어난다. / 피어나는 꽃의
   마음을 / 가냘프다고 억누를 수 있느냐.
② 밤에 홀로 유리를 닦는 것은 / 외로운 황홀한 심사이어니, / 고운 폐혈관(肺血管)이 찢어진
   채로 / 아아, 늬는 산(山)새처럼 날아갔구나!
③ 세상의 모든 식탁 위에서 / 흰 눈처럼 / 소금이 떨어져 내릴 때 / 그것이 바다의 눈물이라
   는 걸 / 아는 사람은 / 많지 않다
④ 내가 아직도 쓸쓸히 노래 한 소절로 태어나서 / 밤마다 아리랑을 부르며 별을 바라보는 것
   은 / 내 인생이 너무나 짧기 때문이다.
⑤ 때로는 나뭇가지를 잡아 흔들며, / 때로는 텅 빈 운동장을 돌며, / 바람은 끊임없이 자신의
   존재를 / 우리에게 이야기한다.

서술형 이 노래의 1~2구의 내용을 바탕으로 서정적 자아는 무엇을 자각했는지 30자 이내로 서술
   하시오.

➔ 답은 [부록]에

08 안민가(安民歌)_ 충담사(忠談師)

君隱父也
군은 어비여

臣隱愛賜尸母史也
신은 ᄃᆞᅀᆞ샬 어ᅀᅵ여

民焉狂尸恨阿孩古爲賜尸知
민은 얼흔 아히고 ᄒᆞ샬디

民是愛尸知古如
민이 ᄃᆞᆯ 알고다

窟理叱大肹生以支所音物生
구믈ㅅ다히 살손 물생

此肹喰惡支治良羅
이흘 머기 다ᄉᆞ라

此地肹捨遣只於冬是去於丁 爲尸知
이ᄯᅡ흘 ᄇᆞ리곡 어듸갈뎌 ᄒᆞᆯ디

國惡支持以支知古如
나라악 디니디 알고다

後句 君如臣多支民隱如 爲內尸等焉
아으 군다이 신다이 민다이 ᄒᆞᄂᆞᆯ든

國惡太平恨音叱如
나라악 태평ᄒᆞ니잇다

(양주동 해독)

안민가 | 43

임금은 아비요, / 신하는 사랑하실 어미요,
백성들은 어린 아이라고 하신다면, / 백성들이 사랑을 알 것입니다.
구물거리며 살아가는 중생들은 / 이들을 먹임으로써 다스려져서
이 땅을 버리고 어디로 가랴 한다면, / 나라가 유지될 줄 알 것입니다.
아, 임금답게 신하답게 백성답게 산다면, / 나라가 태평할 것입니다.

어휘

- 도소살 : 사랑하실.
- 어시 : 어미, 어머니.
- 얼흔 : 어리석은, 또는 어린.
- 구물ㅅ다히 : 특별한 의식 없이 구물거리며.
- 물생 : 백성, 중생(衆生).
- 머기 : 먹어서, 먹임으로써.
- 다스라 : 다스려져서.
- 나라악 : 나라 안(國內).

배경 ❯❯❯ **경덕왕 24년 3월 3일에 왕이 귀정문 누각 위에 올라 좌우에게 말하길,** "누가 길에서 훌륭한 스님을 데려올 수 없겠는가?" 하였다. 한 승려가 남쪽에서 오고 있었다. 왕이 기뻐하며 만나보고는 누각 위로 맞아들여, 지고 오는 통 안을 보니 다구(茶具)가 가득 차 있었다. 왕이 누구냐 물으니, 승려가 충담(忠談)이라고 대답하였다. 어디에서 오느냐고 물으니, 충담은 "승이 매해 중삼일(重三日), 중구일(重九日)에 차를 끓여 남산의 삼화령(三花領) 미륵세존께 올리는데, 지금도 이미 올리고 돌아오는 길입니다."라고 답하였다. 왕이 "과인에게도 역시 한 잔의 차를 나누어 줄 수 있겠는가?" 청하니, 충담이 이에 차를 끓여 바쳤는데, 차의 맛이 기이하고 찻잔 속에서 이상한 향기가 풍겼다. 왕이 "내 일찍이 대사가 기파랑을 찬미하여 지은 사뇌가의 뜻이 매우 높다고 들었는데 과연 그런가?" 물으니, 충담이 그렇다고 하였다. 왕이 "그렇다면 나를 위해 안민가를 지으라." 하자, 충담이 곧 왕명을 받들어 노래를 지어

➡ **알아 두기**

- 작자 : 충담사(忠談師). 신라 경덕왕 때의 고승
- 연대 : 신라 경덕왕 24년(765)
- 갈래 : 향가
- 형식 : 10구체
- 구성 : [1-4구] 군, 신, 민의 바람직한 관계(가족)
  [5-8구] 백성을 다스리는 방법(민본주의)
  [9-10구] 국태민안 방안(본분 충실)
- 성격 : 유교적·교훈적·설득적
- 사상 : 유교의 충의 사상, 애민 정신
- 제재 : 군(君), 신(臣), 민(民)
- 주제 : 치국안민(治國安民)의 도(道)
- 의의 : 유교적인 성격을 띠고 있는 유일한 향가
- 출전 : 「삼국유사(三國遺事)」

바치니, 왕이 아름답게 여겨 왕사에 봉하였으나, 충담은 사양하고 받지 않았다.

온고지신! 溫故知新

이 작품은 국가적 위기 상황에서 이를 타개하고자 하는 목적에서 지은 노래라 할 수 있다. 그러므로 서정적이라기보다는 전달의 목적이 강한 교훈성을 띠고 있는 노래이다. 불교가 국교였던 시기에 창작된 유교적 노래라는 점이 특이하며, 표현법이 간결하고 소박하며 충간하는 신하의 태도가 잘 드러나 있다. 어느 시대나 나라의 위기를 구하는 것은 충직한 벼슬아치와 본분을 지키는 백성들임을 보여주는 노래로서, 국가의식이 희박해지는 현대를 사는 우리들이 한 번쯤 깊이 새겨볼 만한 작품이라고 할 수 있다.

알짜 문제!

01 이 노래의 성격으로 거리가 먼 것은?
① 비유적(比喩的)　② 교훈적(敎訓的)　③ 풍자적(諷刺的)
④ 유교적(儒敎的)　⑤ 설득적(說得的)

02 이 노래에서 알 수 있는 나라를 다스리는 방법으로 가장 알맞은 것은?
① 민본주의를 바탕으로 백성들의 어려움을 해결해야 한다.
② 강한 국가를 만들기 위해서는 법과 제도 정비에 힘써야 한다.
③ 임금은 백성들을 다스리기 위해 절대적 왕권을 확립해야 한다.
④ 임금과 신하와 백성이 서로의 처지를 바꾸어 생각할 수 있어야 한다.
⑤ 백성들이 새로운 땅을 찾아 나라를 떠날 수 있도록 도와주어야 한다.

서술형 경덕왕은 왜 이 노래를 짓게 했는지 당시의 사회적 상황을 미루어 그 이유를 50자 이내로 서술하시오.

➡ 답은 [부록]에

고려 속요

高麗俗謠

고려 속요는 고대부터 내려온 민요에서 형성된 것으로, 구전되어 오다가 훈민정음 창제 이후 조선 성종 대에 이르러 문자로 정착되기 시작했다. 향가가 쇠퇴하면서 귀족층의 한문학이 고려의 문단을 이끌어 가게 되자, 이와 상대적으로 평민층에서 새로이 나타난 노래가 고려 속요이다. 형식상 특징은 대부분이 분절식(3·3·2조, 3·4·4조)으로 구성되어 있다. 내용은 주로 향락적·현세적이며, 대부분 남녀 간의 사랑, 자연 예찬, 이별의 아쉬움 등 평민들의 숨김없는 인간성을 나타낸 것들이 대부분이다. 고려 속요는 적나라한 인간성과 풍부한 정서를 유려한 국어로 표현하여 국문학의 중요한 유산으로서의 가치를 가지고 있으며, 음악적으로 경쾌한 리듬을 살리는 기교 등은 고대 문학의 진수를 맛보게 한다.

01 가시리_ 작자 미상

가시리 가시리잇고 나ᄂᆞᆫ
ᄇᆞ리고 가시리잇고 나ᄂᆞᆫ
위 증즐가 太平聖代(태평셩ᄃᆡ)

날러는 엇디 살라 ᄒᆞ고
ᄇᆞ리고 가시리잇고 나ᄂᆞᆫ
위 증즐가 太平聖代(태평셩ᄃᆡ)

잡ᄉᆞ와 두어리마ᄂᆞᄂᆞᆫ
선ᄒᆞ면 아니 올셰라
위 증즐가 太平聖代(태평셩ᄃᆡ)

셜온 님 보내ᄋᆞᆸ노니 나ᄂᆞᆫ
가시ᄂᆞᆫ ᄃᆞᆺ 도셔 오쇼셔 나ᄂᆞᆫ
위 증즐가 太平聖代(태평셩ᄃᆡ)

가시려 가시렵니까? / 버리고 가시렵니까?
날더러는 어찌 살라 하고 / 버리고 가시렵니까?
붙잡아 두고 싶지마는 / 서운하면 아니 올까봐
서러운 임 보내드리오니 / 가시는 듯 돌아오소서.

어휘

- 가시리 : '가시리잇고'의 준말. 음수율에 맞추기 위해 생략한 형태.
- 나ᄂᆞᆫ : 악률(樂律)에 맞추기 위한 무의미한 소리. 조흥구(助興句).
- 위 증즐가 : 의미 없는 여음구. '위'는 감탄사. '증즐가'는 악기의 의성어로 구전되다가 후대에 궁중의 악곡으로 수용되는 과정에서 악률에 맞추기 위해 삽입된 여음으로 특별한 의미는 없음.
- 두어리마ᄂᆞᄂᆞᆫ : 두겠습니까마는. 둘 일이지마는. '마ᄂᆞᄂᆞᆫ'은 '마ᄂᆞᆫ'에 'ᄂᆞ'이 첨가된 것인데, 'ᄂᆞ'은 음률을 맞추기 위한 무의미한 소리.
- 선ᄒᆞ면 : 임의 마음이 토라지면. 귀찮아 마음이 거칠어지면.
- 올셰라 : 올까 두렵다. '-ㄹ셰라'는 '-할까 두렵다'는 뜻의 어미.
- 가시ᄂᆞᆫᄃᆞᆺ : 가시는 듯(이). 가시는 즉시. 임이 빨리 돌아오기를 기다리는 마음.
- 도셔 : 돌아서서.

➡ 알아 두기

- 작자 : 미상
- 연대 : 고려 시대
- 갈래 : 고려 속요
- 별칭 : 귀호곡(歸乎曲)(「시용향악보」)
- 형식 : 전 4연의 분절체
- 운율 : 3·3·2조, 3음보
- 구성
  [기](1연) : 원망에 찬 하소연
  [승](2연) : 슬픔의 고조
  [전](3연) : 감정의 절제와 체념
  [결](4연) : 간절한 재회의 기원
- 성격 : 전통적·서정적
- 어조 : 이별을 한하고 재회를 기원하는 간절한 목소리
- 제재 : 이별
- 주제 : 이별의 정한
- 의의
  ①민족의 보편적 정서인 이별의 정한을 노래한 대표적인 전통시
  ②국문학의 여성적 정조의 원류로 민요 〈아리랑〉, 황진이의 시조, 김소월의 〈진달래꽃〉 등에 맥을 이음.
- 출전 : 「악장가사(樂章歌詞)」

배경 〉〉〉 한국 시가의 보편적 정서인 '이별의 정한'을 노래하고 있는 이 작품은 고려 속요 중 걸작으로 꼽힌다. 자기희생과 감정의 절제를 통한 재회를 기약하고 있는데, 이러한 감정의 표출이 자연스럽고 소박하게 표현되어 있다. 이처럼 처절한 슬픔을 참으며 임을 떠나보내는 정한은 면면히 이어온 우리의 전통적 정조라 할 수 있다.

온고지신! 溫故知新

이 작품은 아프고 쓰린 이별의 심정이 절묘하게 그려진 애절한 노래이다. 다른 속요에서 볼 수 없는 문학적 깊이를 느끼게 한다. 그것은 서정적 자아의 사려 깊은 마음이 우리에게 깊은 감동을 보여 주기 때문이다. 즉, 간결하고 소박하면서도 가슴을 적시는 감동적인 여인의 심리가 짧은 언어 형식 속에 깊숙이 녹아 들어가 있는 것이다. 이렇게 이별의 정한을 노래한 작품의 계보는 〈아리랑〉, 황진이의 시조, 김소월의 〈진달래꽃〉으로 이어지며, 현대인들이 부르는 수많은 노래 속에도 이별의 정한은 계승되고 있다. 사랑과 이별, 고통과 슬픔, 그리고 그리움과 기다림 등 인간의 보편적 정서는 우리 문학과 노래의 영원한 주제인 것이다.

01 이 노래에 나타난 서정적 자아의 모습과 거리가 먼 것은?

① 떠나는 임이 마음 상할까 봐 염려하고 있다.

② 홀로 살아가야 할 날에 대해 걱정하고 있다.

③ 자신을 버리고 떠나가는 임을 원망하고 있다.

④ 임이 다시 돌아오기만을 간절히 기원하고 있다.

⑤ 자연물에 의탁하여 자신의 기구한 운명을 토로하고 있다.

02 이 노래에 대한 설명으로 거리가 먼 것은?

① 우리 민족의 보편적인 정서를 반영하고 있다.

② 가신 임에 대한 재회의 소망을 간절히 표현하고 있다.

③ 시적 화자의 태도가 자기희생적이고 미래 지향적이다.

④ 구전되어 오다가 근대에 와서 비로소 문자로 정착되었다.

⑤ 민요 〈아리랑〉, 김소월의 〈진달래꽃〉과 맥을 같이 한다.

서술형 이 노래의 서정적 자아는 누구이며, 어떤 상황에 놓여 있는지 50자 내외로 서술하시오.

➜ 답은 [부록]에

02 동동(動動)_ 작자 미상

德(덕)으란 곰비예 받줍고, 福(복)으란 림비예 받줍고,
德(덕)이여 福(복)이라 호늘 나ᅀᅡ라 오소이다.
아으 動動(동동)다리

正月(정월)ㅅ 나릿므른 아으 어져 녹져 ᄒᆞᄂᆞᆫ디,
누릿 가온디 나곤 몸하 ᄒᆞ올로 녈셔.
아으 動動(동동)다리

二月(이월)ㅅ 보로매 아으 노피 현 燈(등)ㅅ블 다호라.
萬人(만인) 비취실 즈ᅀᅵ샷다.
아으 動動(동동)다리

三月(삼월) 나며 開(개)흔 아으 滿春(만춘) 돌욋고지여.
ᄂᆞ믜 브롤 즈슬 디녀 나샷다.
아으 動動(동동)다리

四月(사월) 아니 니저 아으 오실셔, 곳고리새여.
므슴다 錄事(녹사)니믄 녯 나를 닛고신뎌.
아으 動動(동동)다리

五月(오월) 五日(오일)애, 아으 수릿날 아촘 藥(약)은
즈믄 힐 長存(장존)ᄒᆞ샬 藥(약)이라 받줍노이다.
아으 動動(동동)다리

六月(유월)ㅅ 보로매 아으 별해 ᄇᆞ룐 빗 다호라.
도라보실 니믈 젹곰 좃니노이다.

아으 動動(동동)다리

七月(칠월)ㅅ 보로매 아으 百種(백종) 排(배)ᄒ야 두고,
니믈 혼 ᄃ 녀가져 願(원)을 비ᅀᆞᆸ노이다.
아으 動動(동동)다리

八月(팔월)ㅅ 보로ᄆᆫ 아으 嘉俳(가배) 나리마ᄅᆞᆫ,
니믈 뫼셔 녀곤 오ᄂᆞᆯ낤 嘉俳(가배)샷다.
아으 動動(동동)다리

九月(구월) 九日(구일)애 아으 藥(약)이라 먹논 黃花(황화)
고지 안해 드니 새셔 가만ᄒ얘라.
아으 動動(동동)다리

十月(시월)애 아으 져미연 ᄇ롯 다호라.
것거 ᄇ리신 後(후)에 디니실 혼 부니 업스샷다.
아으 動動(동동)다리

十一月(십일월)ㅅ 봉당 자리예 아으 汗衫(한삼) 두퍼 누워
슬ᄒᆞᆯ스라온뎌 고우닐 스싀옴 녈셔.
아으 動動(동동)다리

十二月(십이월)ㅅ 분디남ㄱ로 갓곤 아으 나ᅀᆞᆯ 盤(반)잇 져 다호라.
니믜알ᄑᆡ 드러 얼이노니 소니 가재다 므ᄅᆞᆸ노이다.
아으 動動(동동)다리

덕은 뒤에 바치옵고 복은 앞으로 바치옵고,
덕이며 복이라 하는 것을 바치러 오십니다.

정월의 냇물은 얼려 녹으려 하는데,
세상 가운데 태어나서 이 몸은 홀로 살아가는구나.

이월 보름에 높이 켜 놓은 등불 같구나.
모든 사람을 비추실 모습이시구나.

삼월 지나며 핀 늦봄의 진달래꽃이여,
남이 부러워할 모습을 지니고 태어나셨구나.

사월 아니 잊고 찾아왔구나, 꾀꼬리 새여,
무슨 이유로 녹사님은 예전의 나를 잊고 계시는가?

오월 오일 단옷날 아침에 먹는 약은
천 년을 오래 사실 약이라 바칩니다.

유월 보름에 벼랑에 버린 빗 같구나.
돌아보실 임을 잠시나마 따르겠습니다.

칠월 보름에 여러 제물을 벌여 놓고,
임과 한 곳에 살아가고자 소원을 빕니다.

팔월 보름은 한가윗날이지만,
임을 모시고 지내야 오늘이 한가윗날이구나.

구월 구일에 약으로 먹는 황국화
꽃이 집안에 있으니 초가가 고요하구나.

시월에 잘게 썬 보리수나무 같구나.
꺾어 버리신 후에 지니실 한 분이 없구나.

십일월 봉당 자리에 홑적삼을 덮고 누워
슬프구나, 고운 사람과 제각기 살아가는구나.

십이월 분디나무로 깎은, 임에게 바칠 소반 위의 젓가락 같구나.
임의 앞에 들어 가지런히 놓으니 손님이 가져다 뭅니다.

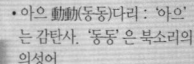

- 아으 動動(동동)다리 : '아으'
  는 감탄사. '동동'은 북소리의
  의성어.
- 곰비예 : 뒤에. 신령님께. 다음 잔
  에.
- 림비예 : 앞에. 임금께. 앞 잔에.
- 노퍼 현 燈(등)ㅅ블 : 燃燈(연등). 임
  이 훌륭한 인격의 소유자임 나타냄.
- 둜욋곳 : 진달래꽃. 임의 아름다운
  모습을 비유함.
- 곳고리새 : 나를 잊고 오지 않는 '녹
  사님'과 대조를 이룸.
- 錄事(녹사) : 고려 시대의 벼슬 이름.
- 六月(유월)ㅅ 보롬 : 유두(流頭). 나
  쁜 일을 떨어 버리기 위하여 동쪽으
  로 흐르는 물에 머리를 감는 풍속이
  있음.
- 별해 ㅂ룐 빗 : 벼랑에 버린 빗. 임
  에게 버림 받은 처지를 비유함.
- 七月(칠월)ㅅ 보롬 : 백중(百中). 농사
  일을 멈추고, 천신의례 및 잔치와 놀
  이판을 벌여 노동의 지루함을 달래고
  더위로 인해 쇠약해지는 건강을 회복
  하는 날.
- 九月(구월) 九日(구일) : 중양절(重陽
  節). 제비가 강남을 돌아가고 국화주
  를 먹는 날.
- 새셔 가만ᄒ얘라 : 임이 없어 집안
  이 더욱 적막하다는 뜻.
- 져미연 ㅂ룻 : 져민 보리수. 임에게
  버림 받은 처지를 비유함.
- 盤(반)잇 져 : 소반 위의 젓가락. 서
  정적 자아 자신을 가리킴.
- 소니 가재다 므르ᅀᆞᆸ 노이다 : 뜻하지
  않은 사람에게 시집가게 된 운명을
  한탄함.

배경 〉〉〉 **고려 시대부터 이 노래는 아박(牙拍 : 고려 시대 궁중무용의 하나)의 반주가로 불리었다.** 민요의 달거리는 달마다 세시풍속을 노래의 발판으로 삼고 있는데, 〈동동〉엔 세시풍속이 어떤 달은 확실히 드러나 있고 어떤 달은 무엇을 노래하는지 불확실한 것도 있다. 이 작품에서 2월은 연등, 5월은 단오, 6월은 유두, 7월은 백중, 8월은 추석, 9월은 중양을 각각 배경으로 하고 있다. 그러나 1월은 답교, 3월은 산화, 12월은 나례와 관련이 있을 것이라고 추측할 뿐이다.

이 노래에 일관되게 흐르는 내용은 축도와 사랑이지만, 열두 달의 특성에 맞추어 송축과 찬양, 떠나버린 임에 대한 원망과 한스러움, 그리움 등을 표현하고 있어서 한 여인의 슬픈 마음을 체험하게 해준다. 전체를 일관하고 있는 것은 송도와 연모이지만, 이 노래에는 송축과 찬양이 있는가 하면 원망과 한이 있고, 고독의 몸부림이 있는가 하면 애절한 상사가 있다. 사랑하는 사람에 대한 가장 보편적인 감정의 흐름을 계절의 변화와 맞추어 노래함으로써 오늘을 사는 우리에게도 진한 감동을 안겨준다. 일회성의 사랑이 난무하는 오늘날, 이 시가는 참된 사랑의 의미를 새겨보는 기회를 가져다 줄 수 있을 것이다.

➡️ 알아 두기

- 작자 : 미상
- 연대 : 고려 시대
- 갈래 : 고려 속요, 월령가(月令歌)
- 형식 : 월령체, 달거리 형식
- 구성 : 서사(1연) – 본사(2~13연)
  [1연] 임에 대한 송축
  [2연] 고독한 신세
  [3연] 임에 대한 찬양
  [4연] 임에 대한 찬양
  [5연] 임에 대한 원망
  [6연] 임의 장수 기원
  [7연] 자신을 버린 임을 따름
  [8연] 임과 함께 살고픈 소망
  [9연] 임에 대한 절실한 그리움
  [10연] 임이 없는 외로움
  [11연] 임에게 버림받은 슬픔
  [12연] 홀로 사는 신세 한탄
  [13연] 실연의 아픔
- 성격 : 상징적 · 비유적 · 영탄적
- 어조 : 임을 향한 예찬조와 임에게 버림받은 한탄조의 이중적 목소리
- 제재 : 월별 세시풍속
- 주제 : 임에 대한 송도(公頌壽)와 애련
- 의의 : 우리나라 최초의 월령체(달거리) 노래
- 출전 : 「악학궤범(樂學軌範)」

알짜 문제!

01 이 노래에서 서정적 자아를 비유한 말은?
① 등불   ② 진달래꽃   ③ 꾀꼬리   ④ 황국화   ⑤ 보리수나무

02 이 노래에 대한 설명으로 알맞지 않은 것은?
① 각 달마다 행해지는 세시풍속이 모두 나타나 있다.
② 임과 시적 화자에 대한 다양한 비유가 사용되고 있다.
③ 형태적인 면에서 고려 속요의 일반적인 특징을 보여준다.
④ 고려 시대에 지어진 노래임을 알 수 있는 근거가 나타난다.
⑤ 계절의 순환에 맞추어 임에 대한 연모의 정을 노래하고 있다.

서술형 이 노래의 '팔월령'에서 서정적 자아가 말하고자 하는 의미는 무엇인지 30자 내외로 서술하시오.

➡ 답은 [부록]에

03 만전춘별사(滿殿春別詞)_ 작자 미상

어름 우희 댓닙자리 보아 님과 나와 어러주글만뎡
어름 우희 댓닙자리 보아 님과 나와 어러주글만뎡
정(情) 둔 오눐밤 더듸 새오시라. 더듸 새오시라.

경 경(耿耿) 고침상(孤枕上)애 어느 즈미 오리오.
서 창(西窓)을 여러ᄒᆞ니 도화(桃花)ㅣ 발(發)ᄒᆞ도다.
도화(桃花)는 시름 업서 소춘풍(笑春風)ᄒᆞᄂᆞ다. 소춘풍(笑春風)ᄒᆞᄂᆞ다.

넉시라도 님을 ᄒᆞᆫ듸 녀닛 경(景) 너기다니
넉시라도 님을 ᄒᆞᆫ듸 녀닛 경(景) 너기다니
벼기더시니 뉘러시니잇가. 뉘러시니잇가.

올하 올하 아련 비올하.
여흘란 어듸 두고 소해 자라 온다.
소콧 얼면 여흘도 됴ᄒᆞ니. 여흘도 됴ᄒᆞ니.

남산(南山)애 자리 보아 옥산(玉山)을 벼여 누어
금수산(錦繡山) 니블 안해 사향(麝香)각시를 아나 누어
남산(南山)애 자리 보아 옥산(玉山)을 벼여 누어
금수산(錦繡山) 니블 안해 사향(麝香)각시를 아나 누어
약(藥)든 가슴을 맛초ᄋᆞᆸᄉᆞ이다 맛초ᄋᆞᆸᄉᆞ이다.

아소 님하 원대평생(遠代平生)애 여힐술 모ᄅᆞᆸᄉᆡ.

• 耿耿(경경) : 빛이 약하게 환함. 마음에서 사라지지 않고 염려가 됨.
• 녀닛 景(경) : 가는 광경. 남의 하는 일의 경향.
• 올하 : 오리. 방탕 생활을 하는 임을 비유함.
• 아련 : 어린. 연약한. 아련한.
• 여흘, 소 : 여울, 물. 오리는 남성, 물은 여성이라고 볼 때 물을 여울과 연못으로 구분한 것은 두 여자를 상징한다고 할 수 있음. 임의 방탕 생활을 상징함.
• 麝香(사향) : 사향노루의 사향샘을 건조하여 얻은 향료.
• 藥(약)든 가슴을 맞초옵사이다 : 사향각시와 자고 싶은 욕망의 표현.

얼음 위에 댓잎 자리 펴서 임과 나와 얼어죽을망정
얼음 위에 댓잎 자리 펴서 임과 나와 얼어죽을망정
정 둔 오늘밤 더디게 새소서. 더디게 새소서.

근심어린 외로운 잠자리에 어찌 잠이 오리오?
서창을 열어젖히니 복숭아꽃이 피어나도다.
복숭아꽃은 시름없어 봄바람에 웃는구나. 봄바람에 웃는구나.

넋이라도 임과 함께 하는 말을 남의 일로 여겼더니
넋이라도 임과 함께 하는 말을 남의 일로 여겼더니
어기던 이가 누구였습니까? 누구였습니까?

오리야, 오리야, 연약한 비오리야.
여울은 어디 두고 연못에 자러 오느냐?
연못이 얼면 여울도 좋으니. 여울도 좋으니.

남산에 잠자리를 보아 옥산을 베고 누워
금수산 이불 안에 사향각시를 안아 누워
남산에 잠자리를 보아 옥산을 베고 누워
금수산 이불 안에 사향각시를 안아 누워
사향이 든 가슴을 맞추십시다. 맞추십시다.

아아, 임이시여, 평생토록 이별 말고 지내십시다.

배경 〉〉〉 임에 대한 사랑의 감정을 진술하게 나타낸 이 노래는 허식이 없고, 정서의 표출이 매우 절절하다. 〈쌍화점〉, 〈이상곡〉과 함께 고려 속요 중 남녀상열지사의 대표작으로 꼽힌다. 형식과 구성면에서 퍽 자유롭고 내용면에서도 고려 서민들의 진솔한 호흡을 느끼게 한다. 이 노래는 어떠한 악곡에 맞추기 위해서 재구성되었을 것으로 보이며, 한 개의 시가로 보기보다는 여러 개의 다른 시가들을 맞추어 하나의 시가 형태로 발전된 것이라고 할 수 있다.

→ 알아 두기

- 작자 : 미상
- 연대 : 고려 시대
- 명칭 : '만전춘(滿殿春)'은 '궁궐 안에 가득 찬 봄'이라는 뜻임. 원곡이 속요로 발달하다가 악곡에 맞춰 재구성되어 '별사'라는 명칭이 덧붙게 된 것으로 추측됨.
- 갈래 : 고려 속요, 연모가(戀慕歌)
- 형식 : 전 6연의 분절체
- 구성
  [1연] 임과의 짧은 밤에 대한 아쉬움
  [2연] 임 생각에 잠 못 이루는 밤
  [3연] 임과의 이별에 대한 원망
  [4연] 임의 방탕한 생활에 대한 풍자
  [5연] 사향각시와 동참하고 싶은 욕망
  [6연] 이별 없는 재회를 꿈꾸는 소망
- 성격 : 향락적 · 퇴폐적
- 어조 : 허식이 없고 진솔한 감정을 나타내는 절절한 목소리
- 제재 : 남녀 간의 애정
- 주제 : 임과의 영원한 사랑 기원
- 의의 : 시조 장르의 기원을 찾는 작품으로서 주목됨(2연과 5연이 시조 형태에 근접)
- 출전 : 「악장가사(樂章歌詞)」

이 작품은 애정을 추구하는 여인의 생활의 단면을 노래한 고려 속요이다. 그 내용이 직설적이고 속된 표현이 많으나 오히려 솔직한 자기 소망의 표현이라는 점에서 문학성을 띠고 있다고 하겠다. 현대 여성의 특징 중 하나가 적극적인 애정 표현이라고 하는데, 그것은 옛날 여성들이 소극적 애정관을 가졌다는 것을 전제로 한다. 하지만 이 노래에서 나타나는 고려 시대 여인들의 애정 표현은 허식이 없으며, 감정과 정서의 표현이 매우 절절하고 적극적이다. 그러므로 성리학이 수입되기 이전의 고려 시대는 이처럼 오늘날과 같이 정서적 자유로움을 누리고 있던 때라고 할 수 있다. 인간 본연의 사랑의 감정을 표현하는 것조차 남녀의 차별을 두었던 시대의 노래와 이 노래, 그리고 오늘날 불리는 노래들을 비교해 보는 것도 의미가 있을 것이다.

01 이 노래의 2연과 가장 잘 어울리는 사자성어(四字成語)는?
① 전전긍긍(戰戰兢兢)
② 전전반측(輾轉反側)
③ 이심전심(以心傳心)
④ 무릉도원(武陵桃源)
⑤ 일장춘몽(一場春夢)

02 이 노래의 표현상의 특징으로 바르지 않은 것은?
① 각 연은 형식상 통일성을 보이고 있다.
② 자신의 처지를 자연물과 대조하고 있다.
③ 전체적으로 감각적인 언어를 사용하고 있다.
④ 규칙적인 시행 배열로 음악적 효과를 내고 있다.
⑤ 분연체로 되어 있으나 마지막 연은 결사의 구실을 하고 있다.

서술형 이 노래를 시조의 발생과 관련짓는 것은 어떤 점에서 그러한지 40자 내외로 서술하시오.

➔ 답은 [부록]에

04 사모곡(思母曲)_ 작자 미상

호미도 놀히언마ᄅᆞᆫ는
낟ᄀᆞ티 들 리도 업스니이다.
아바님도 어이어신마ᄅᆞᆫ는
위 덩더둥셩
어마님ᄀᆞ티 괴시리 업세라.
아소, 님하
어마님ᄀᆞ티 괴시리 업세라.

호미도 날이 있지마는 / 낫같이 잘 들 리도 없습니다.
아버님도 어버이시지마는 / 어머님같이 사랑하실 이 없어라.
아서라, 사람들이여, / 어머님같이 사랑하실 이 없어라.

배경 >>> 이 작품은 어머니의 절대적 사랑의 가치를 칭송한 고려 속요로 신라 때부터 불리어진 노래로 추정된다. 「시용향악보」에는 속칭 〈엇노리〉라 하여 「악장가사」에 실린 것과는 표기 면에서 약간의 차이를 보이고 있다. 여기서 부모의 사랑을 비교하되, 아버지의 사랑은 '호미'에, 어머니의 사랑은 '낫'에 비유한 것은 매우 신선한 비유라고 할 수 있다. 호미와 낫을 비교하여, 같은 연장이지만 그 날카로움에서 서로 다름을 통하여 사랑의 정도를 나타내고 있다.

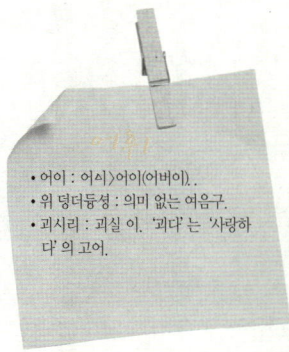

어휘

• 어이 : 어시〉어이(어버이).
• 위 덩더둥셩 : 의미 없는 여음구.
• 괴시리 : 괴실 이. '괴다'는 '사랑하다'의 고어.

알아 두기

- 작자 : 미상
- 연대 : 고려 시대
- 갈래 : 고려 속요
- 형식 : 6구체 비연시(非聯詩)
- 구성 :
  [1-2구] 호미와 낫의 차이
  [3-4구] 아버지와 어머니의 사랑 비교
  [5-6구] 어머니의 사랑 예찬
- 성격 : 교훈적·도덕적
- 어조 : 어머니의 사랑을 예찬하는 목소리
- 제재 : 호미, 낫
- 주제 : 어머니의 지극한 사랑 예찬
- 의의 : ①농경사회의 특성이 반영됨. ②여음구를 제외하면 시조와 유사한 형식을 보여주며, 낙구는 향가의 형식을 계승함.
- 출전 : 「악장가사(樂章歌詞)」, 「시용향악보(時用鄕樂譜)」

이 노래의 서정적 자아는 아버지와 어머니의 사랑의 차이를 체험한 자녀라 할 수 있는데, 어머니의 사랑을 예찬하고 있는 한편으로 아버지를 원망하고 있다. 소중한 어머니를 향한 목소리는 정중하고 간곡하다. 어버이의 처지에서 '열 손가락 깨물어 안 아픈 손가락이 없다.'고 하는데, 이 노래에서는 어버이의 사랑에 차이가 있다고 말하고 있다. 그런데 그것은 아버지의 사랑이 부족하다는 것보다는 어머니의 사랑이 절대적이라는 것을 강조하기 위한 것으로 보인다. 어느 시대나 자식에 대한 어버이의 사랑은 변함이 없다. 다만 그 표현 방식이 다를 뿐이다. 오늘을 사는 우리들은 부모님께 어떤 내용으로 〈사모곡〉을 지어드려야 할 것인가?

알짜 문제!

01 이 노래의 표현상 특징으로 바르지 않은 것은?
① 어머니의 사랑을 '낫'에 비유하고 있다.
② 아버지의 사랑을 '호미'에 비유하고 있다.
③ 화자의 정서를 역설적 방법으로 표현하고 있다.
④ 반복과 대조의 방법으로 시상을 전개하고 있다.
⑤ 일상생활과 밀접한 시어로 표현하여 친근감을 주고 있다.

02 이 노래의 주제와 가장 유사한 것은?
① 송아지 몰고 오며 바라보던 진달래도 / 저녁 노을처럼 산을 둘러 퍼질 것을 / 어마씨 그리운 솜씨에 향그러운 꽃지짐. ─김상옥 〈사향〉
② 오늘도 온종일 두고 비는 줄줄 내린다. / 꽃이 지던 난초 다시 한 대 피어나며, / 고적(孤寂)한 나의 마음을 적이 위로하여라. ─이병기 〈난초〉
③ 어버이 살아실 제 섬기기란 다하여라. / 지나간 후면 애닯다 어이하리. / 평생에 고쳐 못할 일 이뿐인가 하노라. ─정철 〈훈민가〉
④ 아득히 그림 속에 정화(淨化)된 초가집들, / 할머니 조웅전(趙雄傳)에 잠들던 그날 밤도 / 할받진 율(律) 지으시고 달이 밝았더니다. ─이호우 〈달밤〉
⑤ 어머니 부르올 제 일만 있어 부르리까 / 젖먹이 우리 애기 왜 또 찾나 하시더니 / 황천(黃泉)이 아득하건만 혼자 불러 봅내다. ─정인보 〈자모사〉

서술형 이 노래의 지은이는 어떤 신분의 사람이며 그 근거는 무엇인지 50자 이내로 서술하시오.

➜ 답은 [부록]에

05 상저가(相杵歌)_ 작자 미상

듥긔동 방해나 디허 히애

게우즌 바비나 지서 히애

아바님 어머님씌 받줍고 히야해

남거시든 내 머고리. 히야해 히야해

덜커덩 방아나 찧어 / 거친 밥을 지어서
아버님 어머님께 드리고 / 남으면 내가 먹으리라.

배경 〉〉〉 이 노래는 일종의 노동요다. 방아 찧는 소리의 의성에서 시작하는 노래는 '히애' 하는 메김 소리의 중복으로 숨을 돌리며 일하는 노동의 분위기를 고조시킨다. 거친 밥이나마 지어 부모님께 드리고, 남는 것이 있으면 그것을 자기가 먹겠다는 가난한 서민의 효심이 나타나 있고, 촌부의 소박한 마음을 읽을 수 있다.

 이 노래는 순박한 농촌의 풍속을 보는 것 같은 느낌을 주는 작품이다. 가난한 생활 속에서도 어두운 그늘이 없이 부모님을 정성껏 공경하려는 효심이 아름답게 나타나 있다. 풍족한 물질

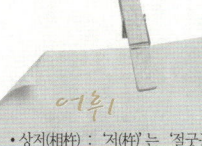

어휘
• 상저(相杵) : '저(杵)'는 '절굿공이'란 뜻. '상저'란 여자들이 절굿공이에 둘러서서 방아를 찧는다는 뜻.
• 히애 : 방앗고를 조절하고 숨을 고르기 위해 부르는 감탄사. 여음구, 조흥구.

◐ 작자 : 미상
◐ 연대 : 고려 시대
◐ 갈래 : 고려 속요, 노동요(勞動謠)
◐ 형식 : 4구체 비연시(非聯詩)
◐ 구성 :
  [1-2구] 촌부(村婦)의 생활
  [3-4구] 촌부(村婦)의 효심
◐ 성격 : 유교적 · 서민적 · 민요적
◐ 어조 : 효심이 넘치는 서민의 소박한 목소리
◐ 제재 : 방아 찧기
◐ 주제 : 촌부(村婦)의 소박한 효심
◐ 의의 : ①고려속요 중 유일한 노동요 ②농촌 부녀의 소박한 풍속과 품성이 잘 나타남.
◐ 출전 : 「시용향악보(時用鄕樂譜)」

문명 속에 살면서도 부모님을 잘 모시지 않으려는 현대인들의 이기주의와 좋은 대조를 이룬다. 효심은 시대의 흐름과 관계없는 불변의 가치이다. 우리는 지금 우리의 부모님을 어떻게 대하고 있는지 깊이 생각해 보아야 하지 않을까?

알짜 문제!

01 이 노래의 성격으로 보기 어려운 것은?
① 서민적　② 해학적　③ 민요적　④ 낙천적　⑤ 유교적

02 이 노래의 주제와 가장 거리가 먼 사자성어(四字成語)는?
① 망운지정(望雲之情)
② 백리부미(百里負米)
③ 동병상련(同病相憐)
④ 오조사정(烏鳥私情)
⑤ 풍수지탄(風樹之嘆)

서술형 이 노래를 노동요라고 할 때, 연 구분이 없는 비연시(非聯詩)가 아니고 연시(聯詩)일 가능성이 크다고 할 수 있는데 그 이유를 50자 내외로 서술하시오

➔ 답은 [부록]에

06 서경별곡(西京別曲)_ 작자 미상

서경(西京)이 아즐가 서경(西京)이 셔울히마르는
위두어렁셩 두어렁셩 다링디리
닷곤 디 아즐가 닷곤 디 쇼셩경 고외마른
위두어렁셩 두어렁셩 다링디리
여히므론 아즐가 여히므론 질삼뵈 ᄇ리시고
위 두어렁셩 두어렁셩 다링디리
괴시란디 아즐가 괴시란디 우러곰 좃니노이다
위 두어렁셩 두어렁셩 다링디리

구스리 아즐가 구스리 바회예 디신돌
위 두어렁셩 두어렁셩 다링디리
긴히ᄯᆫ 아즐가 긴힛ᄯᆫ 그츠리잇가 나ᄂᆫ
위 두어렁셩 두어렁셩 다링디리
즈믄 히를 아즐가 즈믄 히를 외오곰 녀신돌
위 두어렁셩 두어렁셩 다링디리
신(信)잇ᄃᆞᆫ 아즐가 신(信)잇ᄃᆞᆫ 그츠리잇가 나ᄂᆫ
위 두어렁셩 두어렁셩 다링디리

대동강(大洞江) 아즐가 대동강(大洞江) 너븐디 몰라셔
위 두어렁셩 두어렁셩 다링디리
비 내여 아즐가 비 내여 노ᄒᆞ다 샤공아
위 두어렁셩 두어렁셩 다링디리

네 가시 아즐가 네 가시 럼난디 몰라셔
위 두어렁셩 두어렁셩 다링디리
널 비예 아즐가 널 비예 연즌다 샤공아
위 두어렁셩 두어렁셩 다링디리
대동강(大洞江) 아즐가 대동강(大洞江) 건넌편 고즐여
위 두어렁셩 두어렁셩 다링디리
빈 타 들면 아즐가 빈 타 들면 것고리이다 나는
위 두어렁셩 두어렁셩 다링디리

서경이 서울이지마는
새로 닦은 곳 작은 서울을 사랑하지마는
이별보다는 길쌈베 버리고
사랑하신다면 울며 따르겠습니다.

구슬이 바위에 떨어진들
끈이야 끊어지겠습니까?
천 년을 외로이 살아간들
믿음이야 끊어지겠습니까?

대동강 넓은 줄 몰라서
배를 내어 놓았느냐, 사공아.
네 각시 바람난 줄 몰라서
떠나는 배에 태웠느냐, 사공아.
대동강 건너편 꽃을
배 타 들면 꺾을 것입니다.

어휘

- 아즐가 : 악률(樂律)에 맞추기 위한 여음.
- 위 두어렁셩~ : 후렴구. 북소리의 의성어.
- 쇼셩경 : 작은 서울. 고려의 수도였던 송도에 대하여 서경을 이르는 말.
- 여히므론 : 이별하기보다는 차라리
- 질삼뵈 : 길쌈하던 베. 자신의 일상생활을 상징함.
- 구슬 : 임과 나의 사랑을 상징함.
- 긴히뚠 : 끈이야. 끈은 신의(信義), 영원한 사랑을 비유함.
- 샤공 : 임을 태워 대동강 건너편으로 보내는 역할을 함.
- 럼난디 : 음란한 마음이 일어난 줄.
- 고즐여 : 꽃을여. '꽃'은 다른 여인. '여'는 감탄을 나타내는 호격조사.
- 것고리이다 : 다른 여인과 사랑을 옛겠다는 뜻.

배경 》》》 이 작품의 배경은 대동강변이다. 푸른 물결을 앞에 두고 임과 이별하는 화자는 자신의 슬픔을 억제하지 못하고 오직 임의 사랑만을 애원하며 하소연한다. 한의 정서로 애절한 사랑의 감정을 노래하는 것은 우리 시가 문학의 전통으로서 평민적 서정의 전형적인 모습이다. 〈가시리〉와 이 노래는 이별을 노래한 고려 속요이며 서정적 자아가 여성이라는 점에서 공통적이다. 그러나 〈가시리〉의 서정적 자아와 달리, 이 노래의 서정적 자아는 이별을 적극적으로 거부하고 임을 따라 나서겠다는 직선적 성격의 여인으로 등장한다.

➡ 알아 두기

- 작자 : 미상
- 연대 : 고려 시대
- 갈래 : 고려 속요
- 형식 : 전 3연의 분절체
- 운율 : 3·3·3조, 3음보
- 구성
  [1연] 이별을 거부하는 연모의 정(여)
  [2연] 임에 대한 변함없는 사랑과 맹세(남)
  [3연] 원망과 애원(여)
- 성격 : 적극적·반복적·비유적
- 어조 : 이별을 아쉬워하는 애절한 목소리
- 제재 : 이별
- 주제 : 이별의 정한
- 의의 : 이별의 슬픔과 간절한 사랑을 노래한 대표적인 고려 속요
- 출전 : 「악장가사(樂章歌詞)」

온고지신! 溫故知新

이 노래의 서정적 자아는 적극적이고 활달했던 고려 시대 서경의 여인상을 드러내고 있다고 볼 수 있다. 자기희생과 감정의 절제를 통해서 재회를 기약하고 있는 〈가시리〉와 달리 이 노래는 이별을 적극적으로 거부하고 함께하는 애정을 강조하고 있다. 이처럼 같은 시대의 작품이라 하더라도 현실에 대한 자아의 태도는 다르게 나타난다. 특히 다양한 가치가 공존하는 현대사회에서 현실에 대한 타인의 태도를 어떻게 받아들이고 인정해야 할 것인지 이 노래를 감상하며 생각해 보는 지혜가 필요하다고 하겠다.

01 이 노래의 시적 화자가 여성임을 짐작하게 하는 시어는?
① 질삼뵈 ② 구슬 ③ 바회 ④ 즈믄 ᄒᆞᆯ ⑤ 대동강

02 이 노래를 드라마로 만든다고 할 때 필요하지 않은 장면은?
① 여인이 베를 짜며 사랑하는 사람을 그리워하는 모습
② 사랑하는 연인이 강가에서 정답게 이야기 나누는 모습
③ 넓은 대동강에서 노를 젓는 뱃사공의 모습
④ 남자가 구슬을 바위에 던져 깨뜨리는 모습
⑤ 강가에서 울며 떠나는 임을 따라가는 여인의 모습

서술형 고려 속요 〈가시리〉와 이 노래의 서정적 자아가 이별을 대하는 태도가 어떻게 다른지 50
자 내외로 서술하시오.

➔ 답은 [부록]에

07 이상곡(履霜曲)_ 작자 미상

비 오다가 개야 아 눈하 디신 나래
서린 석석사리 조븐 곱도신 길헤
다롱디우셔 마득사리 마득너즈세 너우지
잠 짜간 내 니믈 너겨
깃든 열명 길헤 자라오리잇가.
종종 벽력(霹靂) 아 싱함타무간(生陷墮無間)
고대셔 싀여딜 내 모미
종종 벽력(霹靂) 아 싱함타무간(生陷墮無間)
고대셔 싀여딜 내 모미
내 님 두숩고 년뫼를 거로리.
이러쳐 뎌러쳐
이러쳐 뎌러쳐 긔약(期約)이잇가.
아소 님하, 흔디 녀졋 긔약(期約)이이다.

비 오다가 개어 눈이 내린 날에
서리어 있는 나무 숲 좁고 굽어 도는 길에
잠을 앗아간 내 임을 그리워해도
그이는 무서운 길에 자러 오시겠습니까?
때때로 벼락 쳐 무간지옥에 떨어져
바로 죽어갈 내 몸이
때때로 벼락 쳐 무간지옥에 떨어져
바로 죽어갈 내 몸이
내 임을 두고 다른 임을 따르겠습니까?
이렇게 저렇게
이렇게 저렇게 하고자 하는 기약이 있겠습니까?
아, 임이시여, 함께 가고자 하는 기약뿐입니다.

어휘

• 이상곡 : 서리 밟는 노래. '이상(履霜)'이라는 말은 '서리를 밟게 되면 장차 단단한 얼음의 계절이 올 것을 미리 알고 있어야 된다.'는 경계의 교훈으로 봄.
• 석석사리 : 나무 숲 (섶섶(薪)석석). '사리'는 명사 아래 붙는 접미사.
• 다롱디우셔~너우지 : 악률에 맞추기 위해 별 뜻 없이 내는 조율음.
• 깃든 : 그이는, 그이야.
• 열명 길헤 : 열명[무서운] 길에. 불전어 '십분노명왕(十忿怒明王)'의 약칭 '십명(十明)'에서 생긴 말로, '무서운 길'을 뜻함.
• 벽력싕 : 벼락이 치다.
• 함타무간 : 무간지옥에 떨어지다. '무간(無間)'은 불교에서 말하는 팔열지옥(八熱地獄)의 하나. '무간나락', '아비 지옥'이리고도 함.
• 싀여딜 : 없어질, 사라질, 죽어갈.
• 년뫼를 : 다른 산을. 내포적으로 '다른 임의 품'을 의미함.
• 이러쳐 뎌러쳐 : 이렇게 하고자 저렇게 하고자.
• 녀졋 : 가고 싶어하는.

- 작자 : 미상
- 연대 : 고려 시대
- 갈래 : 고려 속요
- 형식 : 비연시(非聯詩)
- 구성
  [1-8행] 임과 함께 하지 못하는 고통스런 화자의 처지
  [9-13행] 임과 영원히 함께 하겠다는 다짐과 기약
- 성격 : 과장적·의지적·불교적
- 어조 : 임을 그리는 애절함과 고통을 극복하는 의지의 목소리
- 제재 : 사랑하는 임
- 주제 : 만남을 기약할 수 없는 임에 대한 애타는 그리움
- 의의 : 남녀의 애정을 진솔하게 그린 대표적인 고려속요
- 출전 : 「악장가사(樂章歌詞)」

배경 〉〉〉 이 노래가 지어졌다고 전해지는 때는 몽고 침략기로 많은 백성들이 도탄에 빠져 있었던 당시의 어두운 분위기를 반영했다고 볼 수 있다. 다른 현전 고려 속요들의 정서가 대다수 이별을 소재로 하고 있으며, 따라서 이 노래도 이별의 노래로 볼 수 있는 것이다. 그리고 이 노래는 〈쌍화점〉, 〈만전춘별사〉와 더불어 고려 시대 '남녀상열지사(男女相悅之詞)'라 하여 조선 시대에 배척되었던 대표적인 고려 속요이다. 충숙왕 때 채홍철이 지은 노래라는 설이 있으며, 「악장가사」에 가사가, 「대악후보」에 음악이 전하고 있다.

온고지신! 溫故知新

남녀상열지사는 '남녀가 서로 좋아하는 내용의 가사'라는 뜻이다. 고려 속가 그 내용이 매우 진솔하여 남녀 간의 뜨거운 사랑을 읊은 것이 많고, 더러는 표현이 노골적인 것도 있어서, 조선조의 유학자들이 이를 비방했던 말이다. 또 '음사(淫詞)', '비리지사(鄙俚之詞)', '음설지사(淫褻之詞)'라고도 하는데 유교 윤리에 젖은 이들 학자들의 비위를 거슬리는 속된 노래는 싣지 않는다는 뜻으로 '사리부재(詞俚不載)'라는 말을 쓰기도 하였다. 이것은 오늘날의 관점에서 보면 안타까운 면이 많다. 그만큼 수많은 우리의 옛 노래가 역사의 뒤안길로 사라졌기 때문이다. 따라서 역사의 기록은 당 시대의 윤리적·사상적 관점보다는 문화의 기록과 전승이라는 관점에서 이루어지는 것이 바람직하다고 하겠다.

알짜 문제!

01 이 노래의 서정적 자아가 처한 처지로 가장 알맞은 것은?
① 사랑하는 임과 이별 후에 불교에 귀의하고자 한다.
② 농사를 짓다가 벼락을 맞아 죽어가고 있다.
③ 임을 그리워하며 임이 찾아올 길을 닦고 있다.
④ 떠나간 임을 포기하고 다른 사랑의 대상을 찾고 있다.
⑤ 사랑하는 임을 그리워하며 잠을 못 이루고 있다.

02 이 노래에 사용된 주된 표현법으로 가장 알맞은 것은?
① 과장법　　② 설의법　　③ 생략법　　④ 점층법　　⑤ 반어법

서술형 이 노래를 〈가시리〉와 같은 고려 속의 계열로 볼 수 있는 근거를 50자 내외로 서술하시오.

➔ 답은 [부록]에

08 정과정(鄭瓜亭)_ 정서(鄭敍)

내 님믈 그리ᅀᆞ와 우니다니
山(산) 졉동새 난 이슷ᄒ요이다.
아니시며 거츠르신 둘 아으
殘月曉星(잔월효성)이 아르시리이다.
넉시라도 님은 ᄒᆞᆫ디 녀져라. 아으
벼기더시니 뉘러시니잇가.
過(과)도 허믈도 千萬(천만) 업소이다.
ᄆᆞᆯ힛 마리신뎌.
ᄉᆞᆯ읏븐뎌. 아으
니미 나를 ᄒᆞ마 니ᄌ시니잇가.
아소 님하, 도람 드르샤 괴오쇼셔.

내 임을 그리워하여 울고 지내더니
산 접동새와 난 비슷합니다.
아니시며 거짓인 줄을
잔월효성은 아실 것입니다.
넋이라도 임과 함께 살고 싶습니다.
우기던 사람이 누구였습니까?
잘못도 허물도 전혀 없습니다.
뭇사람들의 참소하는 말입니다.
슬픕니다.
임께서 나를 벌써 잊으셨습니까?
그러지 마소서 임이시여, 돌려 들으시고 사랑해 주소서.

배경 >>> 정서는 인종의 총애를 받은 신하였지만, 의종 5년 (1151년) 정함(鄭諴) 김존중(金存中)의 참소로 귀양을 간다. 왕으로부터 곧 소명(召命)을 내리겠다는 약속을 받았지만, 소명이 없자 연군의 정을 가요로 읊었는데 이를 「악학궤범」에서는 〈삼진작〉이라 하였고, 후세인들은 〈정과정곡〉이라 불렀다. 명종 즉위 시(1170년) 용서를 받고 다시 등용되었다.

어휘
- 접동새 : 서정적 자아와 동일한 처지로 감정이 이입된 소재.
- 잔월효성 : 새벽달과 새벽별. 서정적 자아의 결백을 아는 천지신명과 같은 존재.
- 벼기더시니 : 잘못이 있다고 우기던 (모함하던) 사람.

온고지신! 溫故知新

이 노래는 임금을 그리워하며 슬픔에 젖어 있는 자신의 심정을 노래하고, 비록 몸은 떨어져 있지만 마음만은 임금과 함께하고 있다는 연군의 정을 표현하고 있는 작품이다. 특히 접동새와 잔월효성과 같은 자연물을 이용하여 자신의 결백을 호소하고 있다는 점에서 우리 노래의 전통을 계승하고 있으며, 오늘을 사는 우리들에게도 정서적 공감을 불러일으키는 문학적 보편성을 획득하고 있다.

➡ 알아 두기

- 작자 : 정서(鄭敘). 호 과정(瓜亭). 의종 때 내시낭중(内侍郞中)을 지냄.
- 연대 : 고려 의종 때(12세기)
- 갈래 : 고려 속요(향가계). 유배가(流配歌)
- 구성
  [기](1~2행) : 자신의 슬픈 처지
  [서](3~9행) : 결백 호소
  [결](10~11행) : 사랑을 바라는 간절한 애원
- 성격 : 직설적·비유적·고백적
- 어조 : 자신의 결백을 호소하는 간절한 목소리
- 제재 : 임과의 이별
- 주제 : 연군지정(戀君之情)
- 의의 : ① 10구체 향가의 전통을 잇는 고려 속요 ②충신연주지사(忠臣戀主之詞)의 원류 ③ 유배 문학의 원류
- 출전 : 「악학궤범(樂學軌範)」

알짜 문제!

01 이 노래에서 서정적 자아와 동병상련(同病相憐)의 처지에 있으면서 지은이의 감정이 이입된 것은?
① 님　　② 접동새　　③ 잔월효성　　④ 넋　　⑤ 뭇사람들

02 이 노래가 고려 시대 작품임에도 향가계 시가로 보는 이유가 아닌 것은?
① 후렴구가 나타나지 않음.
② 주술성을 띤 배경 설화가 있음.
③ 낙구의 '아소'는 감탄사의 구실을 함.
④ 고려 속요의 특징인 분장(분연)의 형식이 없음.
⑤ 8, 9행을 한 행으로 보면 10구체 향가의 형식을 계승하고 있음.

서술형 이 노래에서 서정적 자아가 '잔월효성'에 의지하고 있는 심정은 어떤 것이며, 그 효과는 무엇인지 50자 내외로 서술하시오.

➡ 답은 [부록]에

09 정석가(鄭石歌)_ 작자 미상

딩아 돌하 당금(當今)에 계샹이다.
딩아 돌하 당금(當今)에 계샹이다.
션왕셩딕(先王聖代)예 노니ᄋ와지이다.

삭삭기 셰몰애 별혜 나는
삭삭기 셰몰애 별혜 나는
구은 밤 닷 되를 심고이다 .
그 바미 우미 도다 삭나거시아
그 바미 우미 도다 삭나거시아
유덕(有德)ᄒ신 님믈 여히ᄋ와지이다.

옥(玉)으로 련(蓮)ㅅ고즐 사교이다.
옥(玉)으로 련(蓮)ㅅ고즐 사교이다.
바회 우희 접듀(接柱)ᄒ요이다.
그 고지 삼동(三同)이 퓌거시아
그 고지 삼동(三同)이 퓌거시아
유덕(有德)ᄒ신 님믈 여히ᄋ와지이다.

므쇠로 텰릭을 물아 나는
므쇠로 텰릭을 물아 나는
텰스(鐵絲)로 주롬 바고이다.
그 오시 다 헐어시아
그 오시 다 헐어시아
유덕(有德)ᄒ신 님믈 여희ᄋ와지이다.

므쇠로 한쇼를 디여다가
므쇠로 한쇼를 디여다가
텰슈산(鐵樹山)애 노호이다.
그 쇠 텰초(鐵草)를 머거아
그 쇠 텰초(鐵草)를 머거아
유덕(有德)ᄒ신 님믈 여희ᄋ와지이다.

구스리 바회예 디신돌
구스리 바회예 디신돌
긴힛ᄃ 그츠리잇가.
즈믄 히를 외오곰 녀신돌
즈믄 히를 외오곰 녀신돌
신(信)잇ᄃ 그츠리잇가.

징이여, 돌이여, 지금에 계시옵니다.
징이여, 돌이여, 지금에 계시옵니다.
태평성대에 노닐고 싶습니다.

바삭바삭한 가는 모래 벼랑에
바삭바삭한 가는 모래 벼랑에
구운 밤 닷 되를 심습니다.
그 밤이 움이 돋아 싹이 나야
그 밤이 움이 돋아 싹이 나야
유덕하신 임과 이별하고 싶습니다.

옥으로 연꽃을 새깁니다.
옥으로 연꽃을 새깁니다.
바위 위에 접붙입니다.
그 꽃이 세 묶음이 피어야
그 꽃이 세 묶음이 피어야
유덕하신 임과 이별하고 싶습니다.

무쇠로 철릭을 말아
무쇠로 철릭을 말아
철사로 주름을 박습니다.
그 옷이 다 헐어야
그 옷이 다 헐어야
유덕하신 임과 이별하고 싶습니다.

무쇠로 큰 소를 지어다가
무쇠로 큰 소를 지어다가
철수산에 놓습니다.
그 소가 쇠풀을 다 먹어야
그 소가 쇠풀을 다 먹어야
유덕하신 임과 이별하고 싶습니다.

구슬이 바위에 떨어진들
구슬이 바위에 떨어진들
끈이야 끊어지겠습니까?
천 년을 외따로 살아간들
천 년을 외따로 살아간들
믿음이야 끊어지겠습니까?

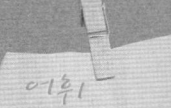

어휘

- 딩아 돌하 : '딩'은 징(鉦), '돌'은 돌(石). 정석(鉦石)은 악기 이름을 의인화한 것, 악기 소리인 딩동을 의성어로 나타낸 것. 서정적 자아의 연모(戀慕)의 대상이 되는 사람의 이름이라는 견해 등이 있음.
- 계상이다 : 임금이 우리 앞에 계시옵니다.
- 先王聖代 : 선왕이 다스리던 거룩한 시대.
- 삭삭기 : 바삭바삭한 모양.
- 셰몰애 : 가는(細) 모래에.
- 별헤 : 별ㅎ(벼랑) + 에.
- 텰릭 : 융복(戎服). 옛 무관의 공복(公服)의 한 가지임.
- 말아 : 마름질하여.
- 鐵樹山 : 쇠로 된 나무가 있는 산.

- 작자 : 미상
- 연대 : 고려 시대
- 갈래 : 고려 속요, 송축가(頌祝歌)
- 형식 : 전 6연의 분절체
- 운율 : 3·3·4조, 3음보
- 구성
  [서사](1연) 태평성대 희구
  [본사](2~5연) 임과의 영원한 사랑 기원(불가능한 상황 설정)
  [결사](6연) 임을 향한 영원한 사랑의 다짐
- 성격 : 과장적·역설적·반복적
- 어조 : 불가능한 상황을 전제로 한 완곡하고 간절한 목소리
- 제재 : 유덕하신 임
- 주제 : 임에 대한 영원한 사랑. 임금의 만수무강 기원
- 의의 : 영원무궁한 사랑을 노래한 작품으로서는 속요 중 가장 뛰어남.
- 출전 : 「악장가사(樂章歌詞)」

배경 〉〉〉 이 노래는 명칭이나 내용에 대한 배경적 자료가 문헌에 보이지 않기 때문에 고려 속요로 단정할 수는 없지만, 그 형식이나 내용, 표현상의 특색 등이 고려 속요와 일치하므로 고려 속요로 본다. 기록이 없어 이 작품의 정확한 주제를 알기는 어려우나, 일반적으로 임에 대한 영원한 연모의 정, 또는 축도(祝禱)의 마음을 노래한 것으로 본다. 이 노래의 특징은 임과의 영원한 사랑에 대한 염원을 역설적으로 표현하여 그 효과를 극대화하고 있다는 것이다. 또, 불가능한 상황 설정을 통한 영구 불변한 사랑을 추구함으로써 현세적이고 유한한 사랑을 초극하려는 숭고함을 보이고 있다.

온고지신! 溫故知新

이 노래는 모래 속에 심은 군밤에서 싹이 날 때, 옥에 새긴 연꽃이 피어날 때, 쇠옷이 다 닳아서 해질 때라야 임과 이별하겠다는 역설 논리의 표현을 통해 임과의 백년해로를 기원하는 염원의 절실함이 생생하게 표현되었고, 그것을 통해 고대인들의 순박한 정서와 함께 해학을 맛볼 수 있는 작품이다. 영원한 사랑을 염원하는 마음은 이와 같이 예나 이제나 변함이 없다. 불가능한 일이 이루어질 것이라고 생각하는 사람은 없을 것이다. 그러한 과장과 역설은 사랑하는 사람에 대한 진실한 마음의 다른 표현이라고 할 수 있다. 진정으로 사랑하는 사람이 있다면 어떻게 자신의 진실을 전달하는 것이 가장 좋을지 생각해 보자.

01 이 노래에 대한 설명으로 알맞지 않은 것은?
① 율격을 맞추기 위한 조음구를 사용하고 있다.
② 과장적이고 반어적인 표현 방법이 나타나고 있다.
③ 시간적인 순서에 따른 배경을 효과적으로 제시하고 있다.
④ 불가능한 상황을 가정적으로 적용하여 주제를 강화하고 있다.
⑤ 규칙적으로 음보를 배열하여 시의 흐름을 일정하게 전개하고 있다.

02 이 노래에서 작자의 신분을 짐작할 수 있는 단어는?
① 셰몰애 ② 연꽃 ③ 텰릭 ④ 구슬 ⑤ 유덕

서술형 이 노래를 고려 속요로 추정할 수 있는 근거를 40자 내외로 서술하시오.

➜ 답은 [부록]에

10 청산별곡(靑山別曲) _ 작자 미상

살어리 살어리랏다. 靑山(청산)애 살어리랏다.
멀위랑 ᄃ래랑 먹고, 靑山(청산)애 살어리랏다.
얄리얄리 얄랑셩 얄라리 얄라

우러라 우러라 새여, 자고 니러 우러라 새여.
널라와 시름 한 나도 자고 니러 우니로라.
얄리얄리 얄라셩 얄라리 얄라

가던 새 가던 새 본다. 믈 아래 가던 새 본다.
잉무든 장글란 가지고 믈 아래 가던 새 본다.
얄리얄리 얄라셩 얄라리 얄라

이링공 뎌링공 ᄒ야 나즈란 디내와손뎌.
오리도 가리도 업슨 바ᄆ란 ᄯᅩ엇디 호리라.
얄리얄리 얄라셩 얄라리 얄라

어듸라 더디던 돌코, 누리라 마치던 돌코.
믜리도 괴리도 업시 마자셔 우니로라.
얄리얄리 얄라셩 얄라리 얄라

살어리 살어리랏다. 바ᄅ래 살어리랏다.
ᄂᆞᄆᆞ자기 구조개랑 먹고, 바ᄅ래 살어리랏다.
얄리얄리 얄라셩 얄라리 얄라

가다가 가다가 드로라. 에졍지 가다가 드로라.
사ᄉ미 짒대예 올아서 奚琴(히금)을 혀거를 드로라.
얄리얄리 얄라셩 얄라리 얄라

가다니 비브른 도긔 설진 강수를 비조라.
조롱곳 누로기 미와 잡ᄉ와니, 내 엇디 ᄒ리잇고.
얄리얄리 얄라셩 얄라리 얄라

살으리, 살으리라. 청산에 살으리라.
머루랑 다래랑 먹고, 청산에 살으리라.

우는구나, 우는구나, 새여. 자고 일어나 우는구나, 새여.
너보다 시름 많은 나도 자고 일어나 울며 지내노라.

갈던 밭 갈던 밭 본다. 물 아래 갈던 밭 본다.
이끼 묻은 쟁기랑 가지고, 물 아래 갈던 밭 본다.

이럭저럭 하여 낮은 지내왔구나.
올 이도 갈 이도 없는 밤은 또 어찌 지낼 것인가?

어디로 던지던 돌인가, 누구를 맞히려던 돌인가?
미워할 이도 사랑할 이도 없이 맞아서 울며 지내노라.

살으리, 살으리라. 바다에 살으리라.
나문재 굴 조개랑 먹고, 바다에 살으리라.

가다가 가다가 듣노라. 외딴 부엌 가다가 듣노라.
사슴이 장대에 올라서 해금 켜는 것을 듣노라.

가다 보니 배 불룩한 술독에 독한 술을 빚는구나.
조롱박꽃 누룩이 매워 잡으니, 내 어찌 할 것인가?

알아 두기

- 작자 : 미상
- 연대 : 고려 시대
- 갈래 : 고려 속요
- 형식 : 전 8연의 분절체
- 운율 : 3·3·2조, 3음보
- 구성 : [1연] 청산에 대한 동경
  [2연] 비애와 비탄의 삶
  [3연] 속세에 대한 미련
  [4연] 고독한 삶
  [5연] 운명적 삶과 체념
  [6연] 바다에 대한 동경
  [7연] 절박한 현실과 희망
  [8연] 고뇌의 해소
- 성격 : 현실 도피적·애상적·운명적
- 어조 : 삶의 고뇌가 묻어나는 애절한 목소리
- 제재 : 청산, 바다, 새, 돌, 술
- 주제 : 생의 고독과 비애. 유랑인의 비애. 실연의 슬픔
- 의의 : ①비유와 상징성이 빼어난 높은 문학성을 지님. ②고려인들의 삶의 애환이 잘 나타나 있음. ③음악적 효과가 가장 뛰어남.
- 출전 : 「악장가사(樂章歌詞)」

배경 >>>이 노래가 고려 속요라는 근거는 없으나, 구성 방법이나 사상·정조가 그것과 비슷하므로 고려 속요로 간주한다. 이 노래는 고려 시대 사람들의 생활 정서가 잘 반영되어 있는데, 그것은 자연에 대한 동경, 현실 도피, 은둔의식, 낙천적 의식 등이다. 이 작품이 나오게 된 배경으로는 척신들의 횡포와 무신들의 무단 통치, 내우외환의 정세 등을 들 수 있다. 8연에 등장하는 '술'이 이러한 현실에서 벗어나고자 하는 의식을 잘 상징하고 있다고 볼 수 있다.

온고지신! 溫故知新

이 노래는 이미지·상징성·구성 등이 매우 치밀하여 개인 창작으로 보기도 하고, 한글이 만들어지면서 비로소 정착되었으므로 민중 창작으로 보기도 한다. 또한 노래의 성격으로는 유랑민의 노래, 농민·노예·광대 등의 노래, 왕으로부터 버림받거나 그 밖의 어려움을 잊기 위해 청산을 찾으면서도 삶을 집요하게 좇는 지식인의 노래, 여인의 한과 고독을 담은 노래 등으로 다양하지만, 공통적인 견해는 현실의 시름 때문에 고독하게 살아가는 사람의 노래라고 보는 것이다. 이처럼 이 노래는 현실에 대한 미련과 이상에 대한 동경이라는 삶의 본질적 문제를 다룸으로써 오늘날까지 애송되고 있는 고전 시가의 명작이다.

01 이 노래의 주제를 생의 비애와 고독으로 볼 때, 서정적 자아가 찾아가려고 하는 공간으로 가장
알맞은 곳은?

① 떠나온 고향
② 세속과 단절된 자연
③ 세속적 욕망이 성취되는 곳
④ 종교적 믿음이 실현되는 저승
⑤ 이상적인 세계에 가까운 현실

02 서정적 자아의 사상을 드러내는 기능으로 보아 동일하게 해석될 수 있는 것은?

① 청산 – 바룰   ② 새 – 믈   ③ 돌 – 구조개
④ 낮 – 밤   ⑤ 히금 – 조롱곳

서술형 이 노래를 통해 알 수 있는 인간의 삶의 본질은 무엇인지 '청산'의 의미와 관련 지어 20
자 내외로 서술하시오.

➜ 답은 [부록]에

경기체가 · 악장

景幾體歌
樂章

경기체가는 고려 고종 때 발생하여 조선 선조 때까지 약 350년 간 이어진 별곡체 형태의 시가이다. 최초의 작품은 한림학사들이 지은 〈한림별곡〉으로, 귀족들의 특권 의식과 향락적인 생활, 문신들의 풍류 생활을 노래하고 있다. 형식은 분절체, 연장체, 3음보로, 기본 형식은 고려 속요와 같은 연시이며, 기본율은 3 · 3 · 4조이다. 명칭은 노래 말미에 반드시 '경긔 엇더하니잇고' 또는 '경기하여' 라는 구를 붙이기 때문에 '경기체가' 또는 '경기하여가' 라고도 한다.

악장은 조선 전기에 발생한 시가 형태로 '악부(樂府)' 라고도 하는데, 궁중의 제전이나 연례 때 주악에 맞추어 부르던 가사이다. 건국의 성업과 선대의 위업 및 공덕을 기리고 임금의 만수무강과 자손의 번성을 송축한 내용으로, 특히 조선의 창업을 칭송한 것이 대부분이다. 4구 2절의 형식으로 주로 한시의 형식을 이어받은 한문계의 악장이 중심이 되어 있고, 국문계의 악장도 있다. 조선 전기에 주로 발달하였다.

01 한림별곡(翰林別曲)_ 한림 제유(翰林諸儒)

元淳文(원슌문) 仁老詩(인노시) 公老四六(공노ᄉ륙)
李正言(니졍언) 陳翰林(딘한림) 雙韻走筆(솽운주필)
沖基對策(튱긔ᄃ칙) 光鈞經義(광균경의) 良鏡詩賦(량경시부)
위 試場(시댱)ㅅ景(경) 긔 엇더ᄒ니잇고.
(葉) 琴學士(금혹ᄉ)의 玉笋門生(옥슌문ᄉ)
　　琴學士(금혹ᄉ)의 玉笋門生(옥슌문ᄉ)
위 날조차 몃부니잇고.　　　　　　　　　　[제장]

唐漢書(당한서) 莊老子(장로재) 韓柳文集(한류문집)
李杜集(니두집) 蘭臺集(난ᄃ집) 白樂天集(ᄇ락텬집)
毛詩尙書(모시샹셔) 周易春秋(쥬역츈츄) 周戴禮記(쥬ᄌ례긔)
위 註(주)조쳐 내외옷景(경) 긔 엇더ᄒ니잇고.
(葉) 大平廣記(대평광긔) 四百餘卷(ᄉ빅여권)
　　大平廣記(대평광긔) 四百餘卷(ᄉ빅여권)
위 歷覽(력남)ㅅ景(경) 긔 엇더ᄒ니잇고.　　[제2장]

眞卿書(진경셔) 飛白書(비ᄇ셔) 行書草書(ᄒ셔초셔)
篆籀書(뎐쥬셔) 蝌蚪書(과두셔) 虞書南書(우셔남셔)
羊鬚筆(양슈필) 鼠鬚筆(셔슈필) 빗기드러
위 딕논景(경) 긔 엇더ᄒ니잇고.
(葉) 吳生劉生(오ᄉ류ᄉ) 兩先生(량션ᄉ)의
　　吳生劉生(오ᄉ류ᄉ) 兩先生(량션ᄉ)의
위 走筆(주필)ㅅ景(경) 긔 엇더ᄒ니잇고.　　[제3장]

黃金酒(황금쥬)　柏子酒(빅ᄌ쥬)　松酒醴酒(숑쥬례쥬)
竹葉酒(듁엽쥬)　梨花酒(리화쥬)　五加皮酒(오가피쥬)
鸚鵡盞(앵무잔)　琥珀盃(호박비)예 ᄀ득 브어
위　勸上(권샹)ㅅ景　그　엇더ᄒ니잇고.
(葉)　劉伶陶潛(류령도줌)　兩仙翁(량선옹)의
　　　劉伶陶潛(류령도줌)　兩仙翁(량선옹)의
　　위　醉(취)혼ㅅ景　그　엇더ᄒ니잇고.　　　　　　[제4장]

紅牧丹(홍모단)　白牧丹(빅모단)　丁紅牧丹(뎡홍모단)
紅芍藥(홍쟉약)　白芍藥(빅쟉약)　丁紅芍藥(뎡홍쟉약)
御柳玉梅(어류옥매)　黃紫薔薇(황ᄌ쟝미)　芷芝冬柏(지지동빅)
위　間發(간발)ㅅ景(경)　그　엇더ᄒ니잇고.
(葉)　合竹桃花(합듁도화)　고온　두　분
　　　合竹桃花(합듁도화)　고온　두　분
　위　相映(샹영)ㅅ景(경)　그　엇더ᄒ니잇고.　　　　[제5장]

阿陽琴(아양금)　文卓笛(문탁적)　宗武中琴(종무듕금)
帶御香(디어향)　玉肌香(옥긔향)　雙伽倻(솽개야)ㅅ고
金善琵琶(금션비파)　宗智稽琴(종지히금)　薛原杖鼓(셜원쟝고)
위　過夜(과야)ㅅ景　그　엇더ᄒ니잇고.
(葉)　一枝紅(일지홍)의 빗근　笛吹(뎍취)
　　　一枝紅(일지홍)의 빗근　笛吹(뎍취)
위 듣고아 좀 드러지라.　　　　　　　　　　　　　[제6장]

蓬萊山(봉리산)　方丈山(방댱산)　瀛洲三山(영쥬삼산)

此三山(차삼산)　紅縷閣(홍류각)　妁婥仙子(쟉쟉션ᄌ)

綠髮額子(록발ᄋᆡᆨᄌ)　錦繡帳裏(금슈댱리)　珠簾半捲(쥬렴반권)

위　登望五湖(등망오호)ㅅ景　긔 엇더ᄒ니잇고.

(葉) 綠楊綠竹(록양록듁)　栽亭畔(ᄌ뎡반)애

　　　綠楊綠竹(록양록듁)　栽亭畔(ᄌ뎡반)애

위　囀黃鶯(뎐황ᄋᆡᆼ) 반갑두셰라.　　　　　　　　　　　[제7장]

唐唐唐(당당당)　唐楸子(당츄ᄌ)　皂莢(조협)남기

紅(홍)실로　紅(홍)글위 ᄆᆡ요이다.

혀고시라 밀오시라 鄭少年(뎡쇼년)하.

위 내 가논 ᄃᆡ ᄂᆞᆷ 갈셰라.

(葉) 削玉纖纖(샥옥셤셤)　雙手(솽슈)ㅅ길헤

　　　削玉纖纖(샥옥셤셤)　雙手(솽슈)ㅅ길헤

위　携手同遊(휴슈동유)ㅅ景(경)　긔 엇더ᄒ니잇고.　[제8장]

유원순의 문장, 이인로의 시, 이공로의 사륙변려문
이규보와 진화의 쌍운 주필
유충기의 대책문, 민광균의 경전 해석, 김양경의 시와 부
아, 과거 시험장의 광경, 그것이 어떠합니까?
금학사의 옥순 같은 제자들, 금학사의 옥순 같은 제자들
아아, 나까지 모두 몇 분입니까?　　　　　　　　　　〈제1장〉

당서와 한서, 장자와 노자, 한유와 유종원의 문집
이백과 두보의 시집, 난대집, 백락천의 문집
시경과 서경, 주역과 춘추, 대대례와 소대례를
아, 주석까지 내려 외는 광경 그 어떠합니까?
대평광기 400여 권, 대평광기 400여 권을
아, 두루 읽는 광경 그 어떠합니까?　　　　　　　　〈제2장〉

안진경체, 비백서, 행서, 초서
전서주서, 과두서, 우세남체
양털붓과 쥐털붓을 비스듬히 들고
아, 찍는 광경 그 어떠합니까?
오생과 유생 두 선생의, 오생 유생 두 선생의
아, 붓 놀리는 광경 그 어떠합니까?   〈제3장〉

황금주, 백자주, 송주, 예주
죽엽주, 이화주, 오가피주를
앵무잔, 호박잔에 가득 부어
아, 올리는 광경 그 어떠합니까?
유영과 도잠 두 선옹의, 유영과 도잠 두 선옹의
아, 취한 광경 그 어떠합니까?   〈제4장〉

홍모란, 백모란, 정홍모란
홍작약, 백작약, 정홍작약
능수버들과 매화, 노랑 자주 장미꽃,
지란과 영지와 동백꽃들이
아, 사이사이 핀 정경 그 어떠합니까?
대나무와 복사꽃 고운 두 분, 대나무 복사꽃 고운 두 분
아, 서로 바라보는 정경 그 어떠합니까?   〈제5장〉

아양의 거문고, 문탁의 피리, 종무의 중금
대어향과 옥기향이 타는 쌍가야금
김선의 비파, 종지의 해금, 설원의 장고로
아, 밤 새워 노는 광경 그 어떠합니까?
일지홍이 비낀 피리 소리, 일지홍이 비낀 피리 소리
아, 듣고서야 잠들고 싶어라.   〈제6장〉

봉래산, 방장산, 영주삼산
이 삼신산 붉은 누각에 신선아이 데리고
풍류객이 비단 장막 속에서 주렴을 반만 걷고

아, 산에 올라 오호를 바라보는 정경 그 어떠합니까?
푸른 버들 푸른 대 자라는 정자 둔덕에
푸른 버들 푸른 대 자라는 정자 둔덕에
아, 지저귀는 꾀꼬리 반갑기도 하여라.　　　　　　　　　〈제7장〉

당당당 호두나무, 쥐엄나무에
붉은 실로 붉은 그네를 매옵니다.
당기시라, 미시라, 정 소년이여.
아, 내가 가는 곳에 남이 갈까 두렵구나.
옥 깎은 듯 부드러운 두 손길에, 옥 깎은 듯 부드러운 두 손길에
아, 손잡고 함께 노는 광경 그 어떠합니까?　　　　　　　〈제8장〉

배경 ≫≫ 이 작품은 고려 고종 때 한림의 여러 유생들이 지은 **최초의 경기체가로서**, 창작 연대는 1215(고종2) ～ 1216년경으로 추측되는데, 1215년 5월 궁에서 최충헌에 의해 추천희(그네타기)가 열렸다고 한 것과 〈한림별곡〉의 마지막 장이 추천 광경을 읊은 것을 맞추어 보면 그 시기와 배경을 짐작할 수 있다. 이 노래에는 질탕하게 노는 내용이 많은데, 이것은 퇴폐적이기보다는 새롭게 성장해 가는 신진 사대부들의 득의에 찬 기상을 그려냈다고 보는 것이 타당하다. 가사의 기본 음수율은 3·3·4로 '별곡체(別曲體)'라는 독특한 음률과 구법을 가지고 있다.

어휘

- 雙韻走筆(쌍운주필) : 雙韻(쌍운)은 서로 다른 운을 택하는 일. 走筆(주필)은 생각나는 대로 곧바로 운문의 형태에 맞춰 작품을 완성하는 일.
- 琴學士(금학사) : 학사 금의(琴儀, 1152~1230). 최충헌에 의해 등용된 고려의 학자.
- 玉筍門生(옥순문생) : 옥으로 된 죽순처럼 뛰어난 재주를 가진 쟁쟁한 문하생.
- 위 : 아아, 아으, 아소 등과 같은 감탄사.
- 葉(엽) : 우리 전통 음악의 한 형식. 가사가 붙는 후렴.
- 大平廣記(대평광기) : 원명은 태평광기(太平廣記)로 중국 송나라 때의 설화집.
- 蝌蚪書(과두서) : 고대 문자의 한 가지. 황제 시대 창힐(蒼詰)이 지었다 함. 글자 모양이 올챙이 모양과 같다 하여 붙여진 이름.
- 虞書南書(우서남서) : 虞書(우서)는 〈서경(書經)〉, 南書(남서)는 〈남사(南史)〉를 가리키지만, 여기서는 당나라 초 서예가 우세남(虞世南)의 글씨체를 뜻하는 듯함.
- 丁紅牧丹(정홍모란) : 진홍색 빛깔이 감도는 모란.
- 瀛洲三山(영주삼산) : 삼신산의 하나. 동해 중에 있는 신선이 산다는 곳.
- 唐唐唐(당당당) : 당추자의 첫 음을 이용하여 음수율에 맞게 쓴 것으로 특별한 의미 없이 되풀이한 것.

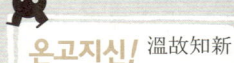

온고지신! 溫故知新

경기체가와 고려 속요는 고려 시대의 대표적인 문학으로 평가되는데, 각 장마다 여음이 붙어 반복된다는 점이나 분절된다는 점에서 공통점을 보인다. 그러나 고려 속요가 서민들의 진솔한 정서를 표출할 수 있는 양식이었던데 비해, 경기체가는 귀족들의 호사스러운 향락과 풍류적 분위기를 드러내는 양식이었다는 점이 다르다. 그런데 고려 속요의 형식과 내용은 후대에 계승되어 우리 노래의 원류가 되었지만, 경기체가는 오래 가지 못하고 그 명맥이 끊어졌다. 우리는 여기에서 민족 문화가 어떻게 계승되고 발전되는지를 엿볼 수 있다. 특정 계층의 정서를 대변하는 노래는 유행가처럼 한때 불리다가 사라지지만, 대다수 민중들의 정서를 반영하는 노래는 오래도록 살아남아 민족 문화의 맥을 이어간다는 사실을 알 수 있게 해 준다.

알짜 문제!

01 이 노래의 시상은 어떻게 전개되고 있는가?
① 논리적 순서에 따라
② 계절의 순환에 따라
③ 나열과 집약에 따라
④ 공간의 점층적 배치에 따라
⑤ 선경 후정(先景後情)에 따라

02 이 노래에 반영된 고려인의 생활상으로 가장 거리가 먼 것은?
① 무신들의 기개가 넘치고 있다.
② 득의에 찬 자부심이 나타난다.
③ 화려한 문화생활을 즐기고 있다.
④ 풍류를 즐기는 넉넉한 마음이 드러난다.
⑤ 귀족층과 서민층과의 계층적 위화감이 존재한다.

서술형 이 노래 중 특히 8장이 문학성을 높게 평가받는 이유에 대하여 15자 내외로 서술하시오.

→ 답은 [부록]에

02 용비어천가(龍飛御天歌)_ 정인지(鄭麟趾) 등

海東(해동) 六龍(육룡)이 ᄂᆞᄅᆞ샤 일마다 天福(천복)이시니.
古聖(고성)이 同符(동부)ᄒᆞ시니. [제1장]

불휘 기픈 남ᄀᆞᆫ ᄇᆞᄅᆞ매 아니 뮐씨 곶 됴코 여름 하ᄂᆞ니.
ᄉᆡ미 기픈 므른 ᄀᆞ모래 아니 그츨씨 내히 이러 바ᄅᆞ래 가ᄂᆞ니. [제2장]

狄人(적인)ㅅ 서리예 가샤 狄人(적인)이 ᄀᆞᆯ외어늘 岐山(기산)
올ᄆᆞ샴도 하ᄂᆞᇙ ᄠᅳ디시니.
野人(야인)ㅅ 서리예 가샤 野人(야인)이 ᄀᆞᆯ외어늘 德原(덕원)
올ᄆᆞ샴도 하ᄂᆞᇙ ᄠᅳ디시니. [제4장]

굴허에 ᄆᆞᄅᆞᆯ 디내샤 도ᄌᆞ기 다 도라가니 半(반)길 노핀ᄃᆞᆯ 년기
디나리잇가.
石壁(석벽)에 ᄆᆞᄅᆞᆯ 올이샤 도ᄌᆞᄀᆞᆯ 다 자ᄇᆞ시니 현번 ᄲᅬ운ᄃᆞᆯ ᄂᆞ미
오ᄅᆞ리잇가. [제48장]

ᄀᆞᄅᆞᆷ ᄀᆞᅀᅢ 자거늘 밀므리 사ᄋᆞ리로ᄃᆡ 나거ᅀᅡ ᄌᆞ모니이다.
셤 안해 자싫 제 한비 사ᄋᆞ리로ᄃᆡ 뷔어ᅀᅡ ᄌᆞ모니이다. [제67장]

千世(천세) 우희 미리 定(정)ᄒᆞ샨 漢水北(한수북)에 累仁開國
(누인개국)ᄒᆞ샤 卜年(복년)이 ᄀᆞᇫ업스시니,
聖神(성신)이 니ᅀᆞ샤도 敬天勤民(경천근민)ᄒᆞ샤ᅀᅡ 더욱 구드시

리이다.

님금하 아ᄅ쇼셔. 洛水(낙수)예 山行(산행) 가 이셔 하나빌
미드니잇가 . [제125장]

우리나라에 여섯 용이 나시어, 일마다 하늘이 복을 내리십니다.
이는 중국 옛 성군들의 사적과 일치합니다. [제1장]

뿌리 깊은 나무는 바람에 아니 흔들리므로, 꽃이 좋고 열매가 많습니다.
샘이 깊은 물은 가뭄에도 아니 끊어지므로, 내를 이루어 바다로 흘러갑니다. [제2장]

북쪽 오랑캐 사이에 가시어 오랑캐가 침범하므로, 기산으로 옮기신 것도 하늘의 뜻이십니다.
여진족 사이에 가시어 여진족이 침범하므로, 덕원으로 옮기신 것도 하늘의 뜻이십니다. [제4장]

구렁에 말을 지나게 하시어 도적이 다 돌아가니, 반 길 높이라도 다른 사람이 지나갈 수 있
겠습니까?
바위 절벽 위로 말을 올라가게 하시어 도적을 다 잡으시니, 몇 번 뛰어오르게 한들 다른 사
람이 오를 수 있겠습니까? [제48장]

강가에 진을 치고 자는데 밀물이 사흘이었지만, 떠난 뒤에야 물에 잠기었습니다.
섬 안에 진을 치고 자는데 큰비가 사흘이었지만, 비운 뒤에야 물에 잠기었습니다. [제67장]

천세 전에 미리 도읍지로 정하신 한수 이북에 어진 덕을 쌓아 나라를 여시어, 점지 받은 운
명이 끝이 없으시니,
훌륭한 왕손이 이으셔도 하늘을 공경하고 백성을 부지런히 돌보셔야 더욱 굳으실 것입니다.
임금이시여, 아소서. 낙수에 사냥 가 있으면서 할아버지만 믿었습니까? [제125장]

배경 〉〉〉 〈용비어천가〉는 세종이 창제한 훈민정음(訓民正音)
으로 기록된 첫 작품으로 세종 이전 육조(六祖 : 목
조, 익조, 도조, 환조, 태조, 태종)의 사적을 찬양
함으로써 조선 건국의 정당성을 합리화하고, 후
대 왕들에게 왕업을 잘 지켜나갈 것을 경계하는
내용을 담고 있는 악장 문학의 대표작이다. 여기
에 수록된 각 장의 배경 고사는 다음과 같다.

[제1장]

〈용비어천가〉라는 이름을 설명한 장이다. 중국
의 역대 성군의 사적과 비교하여 조선의 건국이
천명에 의한 건국으로서 중국과 같은 성격임을
주장하며 건국의 정당성을 노래하고 있다.

[제2장]

조선의 건국이 여러 대에 걸친 튼튼한 기초 위에
서 이루어졌기에 어떠한 어려움에도 쉽게 흔들리
지 않고 문화 또한 융성하고 번영을 이룰 것임을
상징적으로 노래하고 있다. 이 장은 다른 장과는
달리, 중국 고사를 인용하지 않고 우리말만을 사
용하여 깊은 뜻을 상징적으로 잘 나타내고 있다.

[제3장]

주나라 고공단보가 선조의 업을 지키고 덕을 닦

어휘

• 海東(해동) : 발해의 동쪽. 우리나
라의 별칭(중국을 기준으로 하는 말).
• 六龍(육룡) : 조선 창업 주역인 6조를
용에 비유함.(6조 : 목조, 익조, 도조,
환조, 태조, 태종)
• ᄂᆞ르샤 : 웅비(雄飛)하시어. 용이 날
았다는 뜻으로, 왕권의 권위와 정통성
을 상징함.
• 일마다 : 하시는 일마다. 일은 조선 개국
을 위한 여러 가지 사업을 말함.
• 天福(천복) : 새 왕조 창업은 천명에 의함
을 말함. 천복은 탕왕이 하의 걸을 죽이
고 은나라를 세운 것이 천명에 의하여 복
을 받은 것이라는 데서 유래한 말임.
• 古聖(고성) : 중국 역대 성군인 은의 탕
왕, 하의 걸왕, 주의 무왕 등을 말함. 〈용
비어천가〉 3장에서 109장까지의 앞줄에
서 사적의 주인공으로 등장하는 인물들.
• 同符(동 부)하시니 : 정확하게 일치하시
니, 짝이 되어 똑같이 들어맞으시니. 符
(부) 는 '符節(부절)' 의 준말로, 옥이나
대나무로 만들어 둘로 갈라 하나는 조정
에 보관하고 하나는 본인이 가지고 있다
가 일이 있을 때 서로 맞추어 보는 신표
로 삼는 물건임.
• 불휘 기픈 남ᄀᆞ : 뿌리 깊은 나무는. 국
가의 기초가 튼튼한 조선 왕조를 상징함.
• ᄉᆞ미 기픈 므른 : 샘이 깊은 물은. 나라의
근원이 오래된 조선 왕조를 상징함.
• 굴허에 : 구렁에. 좁은 골짜기에.
• 노ᄑᆞᆯ돌 : 높이인들.
• 뛰운들 : 뛰어오르게 한들.
• 셤 : 섬. 여기서는 이성계가 회군한 위화
도를 가리킴.
• 聖神(성신) : 성자신손(聖子神孫). 거룩한
왕손을 말함.
• 하나비 : 할아버지. 여기서는 하나라를 세
운 성군인 우왕을 가리킴.

- 작자 : 정인지(鄭麟趾, 1396-1478), 안지(安止, 1377-1464), 권제(權踶, 1387-1445) 등
- 연대 : 조선 세종 27년
- 갈래 : 악장. 교술시가. 서사시
- 형식 : 2행 4구체의 연장체
- 성격 : 서사적 송축가(頌祝歌)
- 구성
  [1-2장](서사) : 조선건국의 정당성과 왕조의 무궁한 번영과 발전 송축. '개국송(開國頌)'
  [3-109장](본사) : 육조의 사적을 예찬함으로써 건국의 합리성 찬양. '사적찬(事蹟讚)'
  [110-125장](결사) : 후대 임금들에 대한 교훈과 경계. '계왕훈(戒王訓)'
- 주제 : 조선 창업의 당위성과 후왕에 대한 훈계
  [제1장] 조선 창업의 정당성
  [제2장] 조선왕조의 굳건한 기초와 무궁한 발전
  [제4장] 익조에게 내린 천명
  [제48장] 이태조의 영웅적 용맹
  [제67장] 천우신조를 얻은 이태조
  [제125장] 후대 왕에 대한 경천근민의 경계
- 의의 : ①한글로 기록된 최초의 문헌 ②월인천강지곡과 더불어 악장 문학의 대표적 작품 ③세종 당시 국어 연구의 귀중한 자료
- 출전 : 만력본 〈용비어천가(龍飛御天歌)〉

아 북쪽 오랑캐 땅인 빈곡에서 사는데, 적인이 침범하므로, 빈곡을 떠나 기산 아래에 옮겨 살았다. 이때 빈곡 사람들이 그의 덕을 흠모하여 뒤를 따랐다. 목조가 경흥에 있을 때 여진족과 가깝게 지냈는데, 다음 익조에 이르러 원나라 벼슬을 하면서 그 위풍이 점점 성하자, 여진족이 모해를 계획하므로 익조는 배를 타고 적도로 피신했다. 그 후 덕원으로 옮기니, 백성들이 모두 그를 따랐다.

[제48장]

금나라 태조가 싸움에 나가 도적을 죽이고 돌아올 때 도적이 쫓아오자, 태조는 말을 타고 한 길이나 되는 언덕을 한 번에 뛰어 넘어가니, 도적은 다시 쫓지 못하고 돌아갔다. 이태조가 지리산에서 왜적을 토벌할 때, 장수들이 모두 절벽 위에 올라갈 수 없다고 하였으나 이태조는 칼등으로 말을 쳐서 한달음에 올라가니 군사들이 뒤쫓아 도적을 다 잡았다.

[제67장]

원나라 백안의 군사가 송나라를 치려고 전당강 기슭에 진을 칠 때 그곳 사람들이 조수가 밀려올 것이라고 했으나, 사흘이 지나도록 아무 일이 없다가 군사가 떠난 뒤에야 물에 잠겼다. 이성계가

위화도에 진군하매 장맛비가 여러 날 동안 내렸으나, 물이 불지 않다가 회군하니까 섬이 잠겼다.

[제125장]
신라 말의 승려 도선의 〈비결서〉에 의하면, 한수의 북쪽(한양)에 도읍을 정하면 나라가 흥할 것이라 예언하였다. 하나라 태강왕이 할아버지 우왕의 덕만 믿고 정사를 게을리 하다가 낙수 남쪽까지 사냥을 나가 백날이 되어도 돌아오지 않자, 이에 궁의 제후인 예가 태강왕을 폐위시켰다.

〈용비어천가(龍飛御天歌)〉라는 제목은 세종 자신이 직접 지은 것으로, '용이 날아서 하늘을 덮다.' 라고 풀이할 수 있으며, 여기에서 '용'은 임금을 상징한다. 이 작품은 건국신화적인 성격을 강화하기 위해서 민간에 전승되는 설화까지 받아들이기도 했지만, 일관된 줄거리에 입각한 영웅의 투쟁은 나타나지 않는다. 따라서 긴장감이 없으며, 단편적인 사건의 연속으로 된 것이 특징이다. 신빙성 없어 보이는 조상들의 이야기, 장엄한 맛이 없는 글의 전개는 유학자들의 상상력 빈곤 때문이라는 비판도 있다. 그러나 이 작품은 한글로 기록된 최초의 문헌으로서 우리말 연구의 소중한 가치를 지니고 있는 민족의 문화유산이다. 관심 있게 읽고 그 속에 담긴 당 시대의 사상을 음미함과 아울러 우리말의 옛 모습이 어떠했는지 알아보도록 하자.

01 이 작품에 대한 설명으로 바르지 않은 것은?

① 서정적 자아의 개인적 감정은 철저히 배제되어 있다.

② 정치적 상층부와 임금을 대상으로 한 귀족 문학이다.

③ 내용의 통일성과 일관성을 갖춘 본격적인 영웅 서사시이다.

④ 조선왕조의 정통성 부각과 민심 획득의 의도에서 만들어졌다.

⑤ 후대 왕이 가야할 길을 제시하여 미래 지향적 가치를 담고 있다.

02 이 작품의 국문학사적 의의와 문화적 가치에 대해 잘못 말한 것은?

① 한글로 기록된 우리나라 최초의 문헌이다.

② 역사 연구의 보조 자료로서의 가치가 있다.

③ 〈월인천강지곡〉과 더불어 악장 문학의 대표작이다.

④ 권력의 정통성을 부각시키려는 신화 창조의 전례를 보여준다.

⑤ 15세기 국어의 표기법이나 옛말본 연구에 매우 귀중한 자료이다

서술형　이 작품의 제125장에서 후대 왕들에게 무엇을 말하려고 한 것인지 배경 고사와 본문의
핵심어를 이용하여 40자 내외로 서술하시오.

➜ 답은 [부록]에

평시조 平時調

시조는 대체로 고려 중기에 형성되어 고려 말에서 조선 초기에 완성되었다고 보는 것이 일반적이다. 발생 초기부터 평시조와 사설시조가 함께 나타났으나 평시조는 조선 전시기를 통하여, 사설시조는 조선 후기에 활발히 지어졌다. 시조라는 명칭은 조선 영조 때의 가객 이세춘이 당시에 단가라고 불리던 것을 '시절가조(時節歌調)'라고 부른 데서 유래되었다. 평시조의 형식은 총 3장 6구, 12음보, 45자 내외로 이루어져 있는데, 자수는 시조마다 1, 2자 차이가 있을 수 있지만 종장 첫째 구만은 3음절을 반드시 지키도록 하고 있다. 내용은 자연과 인생의 모든 면을 다루어 매우 다양하며, 작가는 임금에서 평민까지 여러 계층에 걸쳐 나타난다.

01 가노라 삼각산아 _ 김상헌(金尙憲)

가노라 三角山(삼각산)아, 다시 보쟈 漢江水(한강수)야.
故國山川(고국산천)을 써나고쟈 ᄒ랴마는
時節(시절)이 하 殊常(수상)ᄒ니 올동말동ᄒ여라.

가노라 삼각산아, 다시 보자 한강수야.
고국산천을 떠나가고자 하지마는
시절이 하도 뒤숭숭하니 돌아올 듯 말 듯하구나.

배경 >>> 병자호란(丙子胡亂) 때, 끝까지 척화 항전(斥和抗戰)을 주장하던 지은이가 패전 후 청나라로 잡혀가면서 부른 노래로, 비분강개한 심정이 응어리져서 나타난 작품이다.

온고지신! 溫故知新　조국에 대한 뜨거운 사랑이 간절하게 표현되어 있는 시조이다. 시국이 이렇게 어지러우니 다시 이 조국 강산에 돌아올 수 있을지 없을지 의심하면서 떠나가던 찢어지는 심정은 우리 민족 모두의 아픈 가슴이었을 것이다. 임진 · 병자 양난은 우리 민족의 치욕이요, 고난이었다. 이러한 시국에 희생된 선비들의 수난 당하는 모습과 오늘날 우리의 나라 사랑의 모습을 비교해 보고 참다운 조국애에 대해 깊이 생각해 보도록 하자.

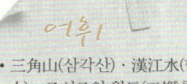

➡ 알아 두기

- 작자 : 김상헌(金尙憲, 1570~1652). 조선 중기의 문신. 호는 청음(淸陰)
- 연대 : 조선 인조 때
- 갈래 : 평시조, 우국가(憂國歌)
- 제재 : 척화파로 심양에 잡혀간 일
- 주제 : 고국산천에 대한 애절한 사랑. 우국충절(憂國忠節)
- 출전 : 「청구영언(靑丘永言)」

알짜 문제!

01 이 작품의 서정적 자아의 말하기 방법으로 가장 알맞은 것은?
① 직설적(直說的)이다.　　　　② 간접적(間接的)이다.　　　　③ 비유적(比喩的)이다.
④ 반어적(反語的)이다.　　　　⑤ 풍자적(諷刺的)이다.

02 이 작품의 서정적 자아를 가리키는 말로 가장 알맞은 것은?
① 은일지사(隱逸之士)　　　　② 독립투사(獨立鬪士)　　　　③ 포의지사(布衣之士)
④ 웅비지사(雄飛之士)　　　　⑤ 우국지사(憂國之士)

서술형 이 작품에서 알 수 있는 서정적 자아의 심정을 30자 이내로 서술하시오.

➔ 답은 [부록]에

02 가마귀 빠호는 골에_ 정몽주의 모친

가마귀 빠호는 골에 白鷺(백로)야 가지 마라.
성낸 가마귀 흰 빗츨 새오나니
淸江(청강)에 좋이 시슨 몸을 더러일까 ᄒ노라.

까마귀 싸우는 골짜기에 백로야 가지 마라.
성낸 까마귀들이 네 흰 빛을 시샘하니
맑은 물에 깨끗이 씻은 몸 더럽힐까 하노라.

배경 〉〉〉 **고려 말, 이성계 일파는 기울어져 가는** 고려 왕조를 폐하고 새로운 조선 건국에 주력하기 위해 이 과정에서 고려의 유신들을 회유, 포섭하였다. 정몽주의 모친은 아들 정몽주의 장래를 염려하여 몸가짐을 조심하라는 의미에서 이 시조를 지은 것이라고 한다. 정몽주는 결국 이방원의 초대에 갔다가 선죽교에서 피살된다.

어휘
• 가마귀 : 간신배, 이성계 일파를 상징함.
• 白鷺(백로) : 고려 유신, 정몽주를 상징함.

➡ 알아 두기

● 작자 : 정몽주의 모친
● 연대 : 고려 말
● 갈래 : 평시조, 교훈가(敎訓歌)
● 제재 : 가마귀, 백로
● 주제 : 나쁜 무리와의 교우관계를 경계함.
● 출전 :「가곡원류(歌曲源流)」

이 시조에는 자식의 장래를 염려하는 모정과 나라의 현실을 개탄하는 소극적 · 여성적 인생관이 나타나 있다. 위대한 충신의 뒤에는 이처럼 자식의 장래와 나라를 걱정하는 어머니의 큰 사랑이 자리 잡고 있음을 알 수 있다. 부모와 자식 간의 관계가 갈수록 소원해지고 있는 오늘날, 어머니의 깊은 사랑에 대해 다시 한 번 생각해 보고, 진정한 부모와 자식간의 관계는 어떠해야 할 것인지 부모님과 얘기해 보자.

알짜 문제!

01 이 작품의 시어와 그 의미하는 바가 바르게 연결되지 않은 것은?

① 가마귀 – 이성계 일파　　② 백로 – 정몽주　　③ 흰 빛 – 고려에 대한 충성심
④ 청강 – 대동강　　⑤ 더러일싸 – 해를 입을까

02 이 작품의 성격으로 가장 알맞은 것은?

① 역사적(歷史的) · 종교적(宗敎的)　　② 관념적(觀念的) · 유교적(儒敎的)
③ 교훈적(敎訓的) · 상징적(象徵的)　　④ 풍자적(諷刺的) · 해학적(諧謔的)
⑤ 비판적(批判的) · 관습적(慣習的)

서술형 이 작품의 '성낸 가마귀'는 구체적으로 어떤 상태에 있는 누구를 가리키는지 30자 내외로 서술하시오.

➤ 답은 [부록]에

03 가마귀 검다 흐고_ 이직(李稷)

가마귀 검다 흐고 白鷺(백로)야 웃지 마라.
것치 거믄들 속조차 거믈소냐.
아마도 것 희고 속 검을손 너쑨인가 흐노라.

까마귀가 겉이 검다고 백로야 비웃지 마라.
겉이 검다고 해서 속마음까지 검겠는가?
아마도 겉이 희고 속이 검은 것은 너뿐인가 하노라.

배경 >>> **고려가 멸망하자 고려 유신들은 절의를 지키며** 초야에 묻혀 망국의 한을 품고 새 왕조에 가담한 자에 대한 비판의 화살을 던졌다. 그에 반해 지은이와 같이 조선 창업에 가담한 이들은 자기 합리화와 정당성을 작품으로 나타낸다. 겉으론 군자인 체하면서도 실제는 그렇지 못한 인간들, 겉으론 우국지사인 체하면서도 속은 그렇지 못한 위선자들을 까마귀와 백로의 예를 들어 풍자하고 있는 작품이다.

어휘

- 가마귀 : 도량이 있는 존재로 조선 창업에 동참한 지은이 자신을 가리킴.
- 白鷺(백로) : 고려에 대한 절개만을 고집하는 도량이 좁은 고려 유신.

● 작자 : 이직(李稷, 1362~1431).
고려 말·조선 초의 문신. 호는
형재(亨齋)
● 연대 : 조선 초
● 갈래 : 평시조, 풍자가(諷刺歌)
● 제재 : 가마귀
● 주제 : 고려 유신들의 위선적
태도에 대한 풍자
● 출전 : 「병와가곡집(瓶窩歌曲
集)」

이 시조는 까마귀와 해오라기를 들어 우유(寓喩, allegory)에 의한 방법으로 겉과 속이 다른 소인배들에 대하여 신랄한 비판을 가하고 있다. 비록 까마귀는 겉은 검은 모습일지라도 새끼가 다 자란 후에 어미에게 먹이를 물어다 보답할 정도로 효행이 지극한 동물이라 하여 예로부터 흔히 '반포조(反哺鳥)'라 불리고 있다. 여기에 비해 해오라기는 겉은 순결하고 아름다운 듯하지만 속은 그렇지 못하다는 것이다. 우리 속담 '빛 좋은 개살구'를 생각하게 한다. 외모 지상주의에 경도되어 있는 현대인들에게 좋은 경계가 되는 작품이라고 하겠다.

알짜 문제!

01 이 작품의 '백로(白鷺)'가 나타내는 의미와 가장 가까운 사자성어(四字成語)는?
　① 주객일체(主客一體)　　② 이심전심(以心傳心)　　③ 아전인수(我田引水)
　④ 동상이몽(同床異夢)　　⑤ 표리부동(表裏不同)

02 이 작품의 서정적 자아는 자신의 처신에 대해 어떤 태도를 갖고 있는가?
　① 죄책감은 있으나 어쩔 수 없다.
　② 양심에 비추어 부끄러울 것이 없다.
　③ 새로운 세력에 아첨해야 내 살 길이 열린다.
　④ 겉으로 충성하지만 기회를 봐서 반란을 일으킬 것이다.
　⑤ 인간은 본래 위선적인 존재이므로 변절은 당연한 것이다.

서술형 이 작품의 '가마귀'의 입장에서 조선 왕조 창업에 대한 자신의 정당성을 100자 내외로 서술하시오.

➔ 답은 [부록]에

04 가마귀 눈비 마자_ 박팽년(朴彭年)

가마귀 눈비 마자 희는 듯 검노미라.
夜光明月(야광명월)이 밤인들 어두우랴.
님 向(향)흔 一片丹心(일편단심)이야 변흘 줄이 이시랴.

까마귀가 눈비를 맞아 희는 듯 검구나.
야광명월이 밤이라 하여 어둡겠는가?
임 향한 일편단심이야 변할 줄이 있겠는가?

배경 >>> 단종이 노산군(魯山君)으로 강봉되어 영월로 유배된 사건을 다루고 있다. 수양대군의 왕위 찬탈과 어린 임금 단종을 소재로 한 것으로, 야광주와 명월주가 밤이라 해서 그 빛을 잃을 까닭이 없는 것과 같이 변함없는 자신의 충절을 노래하고 있다.

어휘
- 가마귀 : 세조, 혹은 간신배를 비유함.
- 夜光明月(야광명월) : 야광주(夜光珠)와 명월주(明月珠)로 밤에도 빛나는 보석, 혹은 어둔 밤에도 빛을 잃지 않는 밝은 달로, 단종, 혹은 충신을 가리킴.
- 님 : 단종.

온고지신! 溫故知新

이 시조는 '가마귀'와 '야광명월'을 대조시켜 간신과 충신(세조와 단종)의 이미지를 뚜렷이 한 후, 자신의 충절을 종장에 부각시킨 절의가(節義歌)이다. 개인의 영달을 위해 변절을 일삼는 지조 없는 정치 행태에 대한 비판을 보여 주는 이 노래의 정신은 오늘날의 정치가들에게도 귀감이 될 만하다고 하겠다.

➡ 알아 두기
- 작자 : 박팽년(朴彭年, 1417-1456) 조선 초의 문신. 호는 취금헌(醉琴軒)
- 연대 : 조선 세조 때
- 갈래 : 평시조, 절의가(絶義歌)
- 제재 : 야광명월
- 주제 : 단종을 향한 일편단심(一片丹心)
- 출전 : 「청구영언(靑丘永言)」

알짜 문제!

01 이 작품에서 '밤'이 의미하는 바로 가장 알맞은 것은?
① 인간과 자연이 화합하는 시간
② 새로운 시대를 준비하는 시간
③ 권력의 무상함을 자각하는 시간
④ 한낮의 무더위를 식혀주는 휴식의 시간
⑤ 불의한 무리들이 득세하는 역경의 시간

02 이 작품과 직접적인 관련이 있는 유교 덕목은?
① 부자유친(父子有親)　　② 붕우유신(朋友有信)　　③ 군신유의(君臣有義)
④ 부부유별(夫婦有別)　　⑤ 장유유서(長幼有序)

서술형 이 노래에서 '일편단심(一片丹心)'의 구체적 내용을 당사자의 실명(實名)을 이용하여 20자 이내로 서술하시오.

➔ 답은 [부록]에

05 간밤의 부던 브람에_ 김상헌(金尙憲)

간밤의 부던 브람에 눈서리 치단 말가.
落落長松(낙락장송)이 다 기우러 가노민라.
호믈며 못 다 핀 곳이야 닐러 므슴 호리오.

지난밤에 불던 바람에 눈과 서리가 몰아쳤단 말인가?
낙락장송이 다 기울어 가고 있구나.
하물며 다 피지 못한 꽃이야 말해 무엇 하겠는가?

배경 ≫≫ 나라의 큰 기둥인 중신(重臣)이든, 앞으로 유망한 젊은 신하든 닥치는 대로 생명을 앗아버린 계유정난(癸酉靖難)을 일으킨 세조 일파의 잔학한 처사를 한탄하며, 정변(政變)으로 인한 인재들의 희생을 개탄하고 있는 작품이다.

어휘
- 브람 : 수양대군 일파가 단종을 폐위시키려 일으킨 계유정난(癸酉靖難).
- 눈서리 : 수양대군 일파의 포악성.
- 落落長松(낙락장송) : 김종서, 황보인 등 중신(重臣)들.
- 못 다 핀 곳 : 채 꿈을 이루지 못한 젊은 학사들.

온고지신! 溫故知新

이 시조는 유응부가 단종을 생각하며 정의를 위해 싸우던 김종서, 황보인 등이 먼저 수양대군에게 참살을 당하자, 그를 슬퍼하고 분하게 여기어 지은 것이다. 왕위를 찬탈하기 위해서 무차별적으로 인재를 살해하고 있는 권력의 포악함을 풍자하고 있는 이 작품을 통해 정당하지 못한 방법으로 권력을 쟁취하려는 세력이 얼마나 잔인할 수 있는가를 알 수 있게 된다.

➡ **알아 두기**
- 작자 : 유응부(俞應孚, ?-1456) 조선 초의 무신. 호는 벽량(碧粱)
- 연대 : 조선 세조 때
- 갈래 : 평시조. 우국가(憂國歌)
- 제재 : 계유정난
- 주제 : 무차별적인 인재 희생에 대한 개탄
- 출전 : 「청구영언(靑丘永言)」

오늘날 우리가 누리고 있는 민주사회의 가치가 얼마나 소중한 것인가를 다시 한 번 깨닫게 해주는 작품이다.

01 이 작품의 성격으로 가장 알맞은 것은?
① 해학적(諧謔的)　　② 낙관적(樂觀的)　　③ 관념적(觀念的)
④ 풍자적(諷刺的)　　⑤ 낭만적(浪漫的)

02 이 작품에 나타난 인간과 자연에 대한 감상으로 가장 알맞은 것은?
① 자연친화적인 주제가 잘 형상화되어 있어.
② 인간과 자연의 단절감이 실감 나게 표현되어 있어.
③ 인간의 문제를 자연에 비유하여 효과적으로 표현하고 있어.
④ 자연과 인간이 동화되는 과정이 점층적으로 나타나고 있어.
⑤ 인간도 자연의 일부라는 사상이 시간적으로 나열되고 있어.

서술형 이 작품의 사상적 배경이 되는 유교적 충의 사상을 잘 나타내는 6자의 한자 성어(漢字成語)를 쓰고 그 뜻을 풀이하시오.

➜ 답은 [부록]에

06 간밤의 우던 여흘_ 원호(元昊)

간밤의 우던 여흘 슬피 우러 지내여다.
이제야 싱각ᄒ니 님이 우러 보내도다.
져 물이 거스리 흐르고져 나도 우러 녜리라.

지난밤에 울며 흐르던 여울 슬피 울며 지나갔네.
이제야 생각하니 임이 울어 흘러 보냈구나.
저 물이 거슬러 흐르게 하려고 나도 울며 가리라.

배경 >>> 지은이가 단종의 유배지인 영월까지 내려갔다 오는 길에 지었다는 연군가로 불행한 임금을 애처롭게 그리는 정이 은근하면서도 애절하게 표현되어 있다.

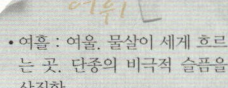

어휘
• 여흘 : 여울. 물살이 세게 흐르는 곳. 단종의 비극적 슬픔을 상징함.
• 님 : 단종을 가리킴.

溫故知新

이 시조에는 일생을 단종을 그리며 보낸 지은이의 은근하면서도 애달픈 서정이 잘 나타나 있다. 그것은 어린 나이에 등극하고 폐위 당한 단종에 대한 끝없는 충정이며, 당시 유학자들의 마음속에 뿌리 깊게 서려 있던 연군의 정이라 할 수 있다. 이처럼 '군신유의(君臣有義)'라는 유교적 가치를 신봉하던 당시의 신하들의 정신은 오늘날 어떤 방식으로 계승되어야 하는지 생각해 보자.

➡️ **알아 두기**

⬦ 작자 : 원호(元昊, ?-?) 조선 초의 문인. 호는 무항(霧巷)
⬦ 연대 : 조선 세조 때
⬦ 갈래 : 평시조, 연군가(戀君歌)
⬦ 제재 : 여흘
⬦ 주제 : 임금을 그리워하는 애절한 마음
⬦ 출전 : 「청구영언(靑丘永言)」

알짜 문제!

01 이 작품의 '여흘'에 대한 설명으로 바르지 않은 것은?

① 청각적 심상이 나타난다.

② 중의법으로 쓰인 시어이다.

③ 감정이입이 이루어지고 있다.

④ 서정적 자아의 슬픔을 대변한다.

⑤ 작가의 역사의식이 반영되어 있다.

02 이 작품을 영상화할 때 필요치 않은 장면은?

① 신하와 어린 임금이 이별하는 모습

② 비분강개하여 칼을 휘두르는 신하의 모습

③ 냇가에 앉아 슬픔에 잠겨 있는 신하의 모습

④ 어린 임금 앞에 무릎 꿇고 울고 있는 신하의 모습

⑤ 유배지에서 외롭게 살아가고 있는 어린 임금의 모습

서술형 이 작품에서는 '여흘'을 중심으로 어떻게 시상이 전개되고 있는지 40자 내외로 서술하시오

➔ 답은 [부록]에

07 강산 죠흔 경을 _ 김천택(金天澤)

江山(강산) 죠흔 景(경)을 힘센 이 닷톨 양이면
내 힘과 내 分(분)으로 어이하여 엇들쏜이.
眞實(진실)로 禁(금)하리 업쓸씌 나도 두고 논이노라.

강산 좋은 경치를 힘센 이와 다투어 가지려 한다면
내 힘과 내 분수로 어떻게 얻을 수 있을 것인가?
진실로 금하는 이가 없으니 나도 두고 노닐고 있노라.

배경 >>> **자연 친화적 삶을 노래한 작품이다.** 시 속에 나오는 '힘센 이'는 반드시 육체적인 완력만이 아니라, 권세나 돈이나 사회적 지위 같은 힘이 센 강자들을 가리키는 말이다. 다행히 이런 사회적 강자들은 속세의 영화나 부귀를 차지하기 위해 서로 다투지만, 자연의 아름다운 경관에는 눈을 팔지 않는다. 덕분에 지은이 같은 사회적 약자는 걱정 없이 자연의 아름다움을 만끽하면서도 살수 있음을 노래하고 있다.

어휘
• 죠흔 : 아름다운
• 힘센 이 : 돈이 많거나 권세가 높은 사회적 강자.
• 내 힘과 내 分(분) : 사회적으로 힘이 없는 약자의 처지.

→ 알아 두기

- 작자 : 김천택(金天澤, ?-?).
  조선 영조 때의 가인(歌人). 호
  는 남파(南波)
- 연대 : 조선 영조 때
- 갈래 : 평시조, 한정가(閑情歌)
- 제재 : 아름다운 강산(江山)
- 주제 : 자연을 즐기는 유유자
  적한 마음
- 출전 : 「해동가요(海東歌謠)」

진실로 자연은 그것을 사랑하는 사람의 것이며, 더할 수 없는 다정한 벗이다. 가객(歌客)이라는 미미한 사회적 신분의 지은이로서는 차지하려고 다툴 일이 전혀 없는 아름다운 자연의 경관에 몰입, 거기서 행복감을 맛보았을 것이다. 한 평의 땅이라도 더 차지하려고 아등바등하고 있는 현대인들은 이러한 시를 읽고, 자연을 즐기며 좀 더 여유로운 삶을 살아야겠다는 생각을 해야 할 필요가 있지 않을까?

알짜 문제!

01 이 작품에 대한 다음 설명 중 (   ) 안에 어울리는 단어는?

이 시조의 지은이는 자연을 (   )하며 그 속에 묻혀 유유자적(悠悠自適)하고 있다.

① 상상(想像) 　　② 완상(玩賞) 　　③ 애상(哀想)
④ 착상(着想) 　　⑤ 영상(映像)

02 이 작품의 '힘센 이'를 통하여 추측할 수 있는 당시대의 모습으로 가장 적당한 것은?
① 지배층의 권력 다툼이 심한 사회
② 자연을 실용적으로 이용하는 사회
③ 자연을 즐기려는 사람들을 탄압하는 사회
④ 신분의 차별이 없고 계급적으로 평등한 사회
⑤ 사회적 약자들이 자연 속에서 숨어 지내는 사회

서술형 이 작품에서 알 수 있는 지은이의 자연관에 대해 40자 내외로 서술하시오.

→ 답은 [부록]에

08 거문고 타쟈 ᄒ니_ 송계연월옹(松桂烟月翁)

거문고 타쟈 ᄒ니 손이 알파 어렵거늘
北窓松陰(북창송음)의 줄을 언져 거러두고
ᄇᄅ람의 제 우ᄂ 소리 이거시야 듯기 됴타.

거문고 타려고 하니 손이 아파 어려운데
북창 밖 소나무 그늘에 줄을 얹어 걸어 두고
바람에 저절로 우는 소리 이것이야말로 듣기 좋구나.

배경 >>> 이 시조의 출전인 「고금가곡」의 편자에 대해 책 끝에 '갑신춘송계연월옹(甲申春松桂煙月翁)'이라는 기록이 있으나 송계연월옹의 이름이나 경력은 알 수 없고 갑신은 영조 갑신년(1764)으로 추정된다. 아름다운 자연의 소리를 예찬한 작품으로, 사람이 타는 거문고 소리보다 바람에 저절로 우는 소리가 더 좋다고 함으로써 인위적인 멋보다 자연의 운치를 우위에 두는 태도를 보여주고 있다.

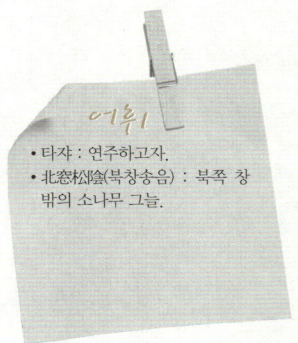

어휘

• 타쟈 : 연주하고자.
• 北窓松陰(북창송음) : 북쪽 창 밖의 소나무 그늘.

➡ 알아 두기

- 작자 : 송계연월옹(甲申春松桂煙月翁, ?-?)
- 연대 : 미상
- 갈래 : 평시조
- 제재 : 거문고
- 주제 : 자연 음향의 운치에 대한 예찬
- 출전 : 「고금가곡(古今歌曲)」

알짜 문제!

온고지신! 溫故知新

진정한 풍류란 인간 자신도 자연으로 돌아가는 데 있다고 하겠다. 그런 면에서 이 노래는 풍류의 멋을 마음껏 맛볼 수 있는 작품이다. 종장의 '듯기 됴타.'는 표현은 솔바람에 저절로 우는 거문고 소리를 말함이겠지만, 운치 있는 솔바람 소리라고도 할 수 있다. 인공적인 기계음이 넘쳐나는 현대인들의 음악이 아무리 아름답다 해도 자연의 운치는 결코 따라갈 수 없을 것이다.

01 이 작품의 지은이가 궁극적으로 말하고자 하는 바는?
  ① 거문고 소리의 아름다움
  ② 소나무 그늘의 실용적 가치
  ③ 자연을 이용하는 인간의 지혜
  ④ 악기 연주자로서 사는 삶의 고난
  ⑤ 자연 음향이 주는 운치의 멋스러움

02 이 작품의 성격으로 거리가 먼 것은?
  ① 관념적(觀念的)   ② 풍류적(風流的)   ③ 직설적(直說的)
  ④ 예찬적(禮讚的)   ⑤ 자연친화적(自然親和的)

서술형 이 작품의 지은이가 추구하는 소리의 가치는 무엇인지 50자 내외로 서술하시오.

➡ 답은 [부록]에

09 고울사 저 꽃이여_ 안민영(安玟英)

고울사 저 꽃이여 半(반)만 여읜 저 꽃이여.
더도 덜도 말고 매양 그만 허여 있어
春風(춘풍)에 향기 좇는 나뷔를 웃고 맞어 허노라.

곱구나, 저 꽃이여. 반만 시든 저 꽃이여.
더도 덜도 말고 언제나 그 정도만 하고 있어
봄바람에 향기 좇는 나비를 웃고 맞이하여라.

배경 >>> **만개한 꽃이 아니라 반쯤 시든** 꽃의 아름다움을 노래한 작품이다. 풍족한 경우에는 고귀함을 모르다가 정작 부족해지면 아쉬워하는 것이 인지상정일 것이다. 더도 덜도 말고 반만 피어 있기를 바라는 지은이의 태도는 대상에 대한 예찬인 동시에 완전한 만족을 추구하려는 세태에 대한 경계이기도 하다.

어휘

• 고울사 : 고울시고, 곱구나.
• 여읜 : 시든. 마른.

◎ 작자 : 안민영(安玟英, 1816~?)
조선 말기의 가객(歌客). 호는
주옹(周翁)
◎ 연대 : 조선 헌종 때
◎ 갈래 : 평시조
◎ 제재 : 꽃
◎ 주제 : 꽃의 아름다움에 대한
예찬
◎ 출전 : 「금옥총부(金玉叢部)」

온고지신! 溫故知新

이 시조의 묘미는 꽃이 더도 덜도 말고 언제나 반만 시든 채로 있으면 좋겠다는 불가능한 상황을 가정하고 있는 점이다. 만개한 꽃과 완전히 시들어 버린 꽃을 인간에 비유한다면 청춘과 노년이 될 수도 있다. 넘치지도 않고 모자라지도 않는 상태를 통해 지은이는 '중용지도(中庸之道)'를 말하고 싶어 했을 것이다. 만족할 줄 모르고 끝없는 욕망의 경쟁 시대에 살고 있는 현대인들도 이러한 노래를 읽으며 반쯤 시들다 만 꽃을 통해 아름다움을 느낄 수 있는 여유를 가질 수 있어야 하지 않을까?

알짜 문제!

01 이 작품에 쓰인 표현법으로 알맞은 것은?
① 과장법(誇張法)　　　② 점층법(漸層法)　　　③ 의인법(擬人法)
④ 대조법(對照法)　　　⑤ 은유법(隱喩法)

02 이 작품의 지은이가 추구하고자 하는 삶의 태도로 가장 알맞은 것은?
① 현실의 모든 욕망으로부터 벗어나려 한다.
② 입신출세를 통해 정치적 욕구를 이루려 한다.
③ 자연의 섭리를 따라 운명적 존재로 살고자 한다.
④ 넘치거나 모자라지 않는 중용의 아름다움을 추구한다.
⑤ 인간의 허무함을 극복하기 위해 종교에 귀의하고자 한다.

서술형 이 작품은 꽃의 아름다움을 예찬하고 있지만, 존재에 대한 비극적 인식을 전제로 하고 있다. 그 인식의 내용을 40자 내외로 서술하시오.

→ 답은 [부록]에

10 곳치 딘다 흐고_ 송순(宋純)

곳치 딘다 흐고 새들아 슬허 마라.
ᄇᆞ람에 흣놀리니 곳의 탓 아니로다.
가노라 희짓ᄂᆞᆫ 봄을 새와 므슴ᄒᆞ리오.

꽃이 떨어진다 하고 새들아 슬퍼 마라.
바람에 흩날리니 꽃의 탓 아니로구나.
지나가느라 짓궂은 봄을 시샘하여 무엇 하겠는가?

배경 〉〉〉 인종이 승하하고 명종이 즉위하던 해인 을사년에
척신 윤원형이 윤임의 일파를 몰아내고 죄 없는
선비를 많이 죽인 '을사사화(乙巳士禍)'의 참화
를 탄식하고 풍자한 시조로 전해진다.

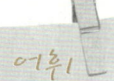

어휘

- 곳 : 꽃. 을사사화(乙巳士禍)
  때 희생된 선비들.
- 새들 : 우국지사(憂國之士)들.
  또는 세상 사람들.
- ᄇᆞ람 : 사화로 인한 정치적 풍
  파.
- 봄 : 무심히 흐르는 역사를 상
  징함.

○ 작자 : 송순(宋純, 1493~1583).
   조선 명종 때의 문신·시인. 호
   는 면앙정(俛仰亭)
○ 연대 : 조선 명종 때
○ 갈래 : 평시조, 풍자가(諷刺歌)
○ 제재 : 꽃, 새, 봄
○ 주제 : 을사사화에 대한 풍자
   와 역사에 대한 체념적 달관
○ 출전 : 「청구영언(靑丘永言)」

온고지신! 溫故知新

이 시조의 배경은 지배하느냐 지배당하느냐를 두고 다투던 처절한 당쟁의 시대로, 명종 즉위년의 을사사화가 그 배경을 이루고 있다. 그렇기에 '꽃이 진다'는 죄 없는 선비들의 죽음을 가리키고, '새'들은 세상을 바로 보는 뜻있는 사람들을, '바람'은 을사사화로 일어난 모진 풍화를 의미한다. 휘젓는 '봄'은 사화를 성공시킨 세력을 말한다. 지은이는 이 불의의 사화가 하나의 역사적 계절임을 인식하고, '새들아 슬퍼 마라.'라고 노래함으로써 정치적 현실에 대해 달관하는 태연자약한 태도를 보이고 있다. 격변기의 현실에서 어떠한 태도를 갖느냐 하는 것은 개인의 문제일 수도 있지만, 그 태도가 사회적 정의에 어긋나느냐 어긋나지 않느냐에 따라 결과에 대한 판단은 달라질 수 있을 것이다.

알짜 문제!

01 이 작품의 시어들이 가리키는 의미가 바르게 연결되지 않은 것은?
① 새들 – 세상 사람들
② 곳 – 사화에 희생된 선비
③ 봄 – 사화에 성공한 세력
④ 새와 – 새로운 세력에 동참하여
⑤ 바람 – 사화로 인한 정치적 풍파

02 이 작품에 나타난 지은이의 현실에 대한 태도를 바르게 말한 것은?
① 정치적으로 중립적인 태도를 보이고 있다.
② 맞서는 두 세력 사이에서 기회를 엿보고 있다.
③ 거스를 수 없는 역사의 흐름에 달관하고 있다.
④ 불의의 세력에 대해 직설적으로 비판하고 있다.
⑤ 새로운 세력을 규합하여 앞날을 도모하고자 한다.

서술형 이 작품의 '새'는 누구를 가리키며, 지은이와는 현실을 바라보는 태도에서 어떻게 다른지 60자 내외로 서술하시오.

→ 답은 [부록]에

11 공명을 즐겨 마라_ 김삼현(金三賢)

功名(공명)을 즐겨 마라 榮辱(영욕)이 半(반)이로다.

富貴(부귀)롤 貪(탐)치 마라 危機(위기)를 볿ㄴ니라.

우리눈 一身(일신)이 閑暇(한가)커니 두려온 일 업세라.

공명을 즐겨 마라, 영욕이 반반이다.
부귀를 탐하지 마라, 위기를 맞게 된다.
우리는 이 한 몸 한가하니 두려운 일이 없구나.

배경 >>> 자연에 묻혀 사는 은사(隱士)의 한가한 심정을 나타낸 노래로, 우리 선인들이 간직했던 초월적 인생관을 엿볼 수 있다.

온고지신! 溫故知新

이 시조의 초장과 중장은 대구를 이루고 있는데, 진서(晉書)에 나오는 '貧賤常思富貴 富貴必踐危機(빈천상사부귀 부귀필천위기) : 가난하고 천하면 항상 부귀를 바라며, 부귀하면 반드시 위태로운 고비를 겪게 된다.'는 구절을 인용하여 표현한 것이다. 동서고금을 막론하고 부귀공명을 싫어할 사람은 없을 것이다. 그러나 빛은 반드시 그림자를 동반하듯이, 부귀공명은 욕됨과 위기를 함께 지니고 있음을 경계하라는 이 노래의 의미를 물질 지상주의에 빠져 있는 현대인들은 꼭 한 번 새겨보아야 할 것이다.

▶ 알아 두기

○ 작자 : 김삼현(金三賢, ?~?). 조선 숙종 때의 문인
○ 연대 : 조선 숙종 때
○ 갈래 : 평시조, 교훈가(敎訓歌)
○ 제재 : 부귀와 공명
○ 주제 : 부귀공명에 얽매이지 않는 삶 추구
○ 출전 : 「청구영언(靑丘永言)」

알짜 문제!

01 이 작품의 지은이가 추구하는 삶의 가치를 나타내는 말은?

① 안심입명(安心立命)　　　　　　　② 입신양명(立身揚名)

③ 단표누항(簞瓢陋巷)　　　　　　　④ 이전투구(泥田鬪狗)

⑤ 현실도피(現實逃避)

02 이 작품은 어떤 사람들에 대한 경계의 의미를 내포하고 있는가?

① 부귀공명이 무엇인지 모르는 사람들

② 부귀공명에 집착하여 살아가는 사람들

③ 재산은 있으나 벼슬을 싫어하는 사람들

④ 벼슬길에 나섰지만 부귀하지 못한 사람들

⑤ 이름도 남기지 못하고 허망하게 살다 죽은 사람들

서술형 이 작품의 종장에서 말하는 '두려온 일'은 무엇에 대한 두려움인지 작품에 나오는
단어를 사용하여 20자 이내로 서술하시오.

➜ 답은 [부록]에

12 구룸이 무심튼 말이_ 이존오(李存吾)

구룸이 無心(무심)튼 말이 아마도 虛浪(허랑)ᄒ다.
中天(중천)에 떠 이셔 任意(임의)로 ᄃ니면서
구틱야 光名(광명)ᄒᆫ 날빗츨 싸라가며 덥ᄂ니.

구름이 욕심 없다는 말이 아마도 허무맹랑하다.
하늘 높이 떠 있어 마음대로 다니면서
구태여 밝은 햇빛을 따라가며 덮는 것인가?

배경 >>> **신돈(辛旽)은 중으로 공민왕의 총애를 받아** 진평후(眞平侯)라는 높은 벼슬에 올라 국정을 어지럽히고 있었다. 지은이는 신돈을 규탄하다가 도리어 죽을 고비를 겪고 시골로 은퇴하는 신세가 되는데, 이 시조는 이 무렵에 지은 것이다.

어휘
- 구룸 : 간신배. 신돈을 가리킴.
- 中天(중천) : 조정, 또는 임금의 총애를 입은 권세.
- 날빗 : 햇빛. 임금의 총명을 상징함.

온고지신! 溫故知新 무릇 권력을 가진 자가 하늘 높은 줄 모르고 교만에 빠지면 나라는 혼란스럽고 백성은 도탄에 빠지게 마련이며, 이것은 옛날과 오늘날이 다르지 않다. 권력은 하늘이 주는 영원한 것이 아니라 국민들에게서 위임 받은 일시적인 것임을 새삼 느끼게 하는 작품이다. 권력 남용이 용인되는 사회는 결코 민주적인 사회도 아니며, 선진 사회는 더욱 될 수 없음을 잊지 말아야 할 것이다.

➡ 알아 두기

- 작자 : 이존오(李存吾). 고려 공민왕 때의 충신(1341~1371). 호는 석탄(石灘)
- 연대 : 고려 공민왕
- 갈래 : 평시조, 풍자가(諷刺歌)
- 제재 : 구름
- 주제 : 간신 신돈의 횡포 풍자
- 출전 : 「청구영언(靑丘永言)」

알짜 문제!

01 이 작품에 담긴 서정적 자아의 어조는?

① 긍정적(肯定的) ② 부정적(否定的) ③ 자조적(自嘲的)

④ 예찬적(禮讚的) ⑤ 비판적(批判的)

02 이 작품의 지은이가 궁극적으로 말하고자 하는 바로 가장 적당한 것은?

① 자연의 섭리는 거스를 수가 없다.

② 어느 시대에나 간신배는 존재한다.

③ 권력은 언제나 부패하기 마련이다.

④ 인재 등용을 잘못하면 나라가 위태롭다.

⑤ 임금은 자연의 이치에 따라 백성을 다스려야 한다.

서술형 이 작품에서 대조적으로 쓰인 시어를 찾고, 그것의 상징적 의미를 30자 이내로 서술하시오.

➔ 답은 [부록]에

13 국화야 너는 어이 _ 이정보(李鼎輔)

菊花(국화)야 너는 어이 三月(삼월) 春風(춘풍) 다 지내고
落木寒天(낙목한천)에 네 홀로 퓌엿눈다.
아마도 傲霜孤節(오상고절)은 너뿐인가 ᄒ노라.

국화야, 너는 어찌 삼월 봄바람 다 지내고
낙목한천에 네 홀로 피어 있느냐?
아마도 오상고절은 너뿐인가 하노라.

배경 >>> 국화는 사군자(四君子)의 하나다. 늦가을의 찬 서리에도 굽히지 않고 피어나는 생태가 지조를 지키는 군자의 풍모와 같다고 하여 '오상고절(傲霜孤節)'이란 별칭도 가지고 있다. 낙목한천이 지은이가 처해 있는 현실적 상황이라면, 오상고절은 지은이가 추구하려는 삶의 가치가 되는 것이다.

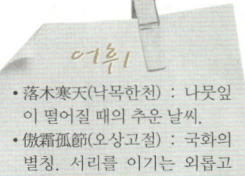

어휘
- 落木寒天(낙목한천) : 나뭇잎이 떨어질 때의 추운 날씨.
- 傲霜孤節(오상고절) : 국화의 별칭. 서리를 이기는 외롭고 굳은 절개

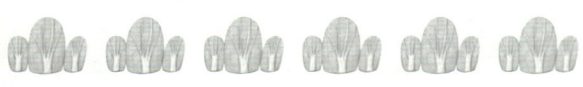

→ 알아 두기

- 작자 : 이정보(李鼎輔, 1693~
  1766) 조선 후기의 문신. 호는
  삼주(三洲)
- 연대 : 조선 숙종 때
- 갈래 : 평시조. 영물가(詠物歌).
  절의가(絶義歌)
- 제재 : 국화
- 주제 : 국화의 절개에 대한 찬
  양
- 출전 : 「병와가곡집(瓶窩歌曲集)」

온고지신! 溫故知新

국화는 역경 속에서 꿋꿋이 자신의 지조를 지켜 나가는 군자의 기품이 있다고 해서 예로부터 선비들의 사랑을 받아 온 꽃이다. 이 시조에서는 그런 국화를 의인화해서 절개를 찬양하고 있다. 절조보다는 사리에 눈이 어두워 선비 정신을 헐값에 팔아버린 못난 위정자들을 볼 적마다 작자의 심정은 어떠하였을까? 그는 이 작품에서 지조 있는 선비로서 소신대로 바르게 살고 싶은 자신의 신념을 표출하고 있는 것이다. 그러므로 이 시조의 '오상고절'은 바로 작자 자신의 모습으로도 볼 수 있다. 오늘날도 종종 개인의 영달을 위해 지조를 버리는 정치인들이 있어 국민들로부터 지탄을 받을 때가 있다. 오상고절의 정신이 계승되어야 할 마땅한 이유가 여기에 있지 않을까?

01 선비들이 즐겨 노래하던 '사군자(四君子)'에 속하지 않는 것은?
　① 송(松)　② 죽(竹)　③ 국(菊)　④ 란(蘭)　⑤ 매(梅)

02 이 작품을 통해 유추할 수 있는 지은이의 현실에 대한 태도는?
　① 낙관적(樂觀的)　　② 부정적(否定的)　　③ 예찬적(禮讚的)
　④ 도피적(逃避的)　　⑤ 허무적(虛無的)

서술형 이 작품에 나오는 '落木寒天(낙목한천)'의 표면적 의미와 이면적 의미에 대해 60자
　　　　내외로 서술하시오.

➔ 답은 [부록]에

국화야 너는 어이 | 123

14 굼벙이 매암이 되야_ 작자 미상

굼벙이 매암이 되야 느래 도쳐 느라 올라
노프나 노픈 남게 소릭는 죠커니와
그 우희 거믜줄 이시니 그를 조심ᄒ여라.

굼벵이가 매미가 되어 날개 돋아 날아올라
높디높은 나무에서 소리는 좋지마는
그 위에 거미줄 있으니 그를 조심하여라.

배경 >>> 중국의 「해록쇄사」에 보면, 초나라 때 공사라는 사람이 있었는데, 어느 날 임금을 모시고 앉아 있다가 거미줄에 곤충들이 걸리는 광경을 보게 되었다. 이에 그는 탄식하며 "벼슬이란 사람의 거미줄이다."라고 말한 뒤에 벼슬을 그만두고 고향으로 돌아가 살았다는 일화가 있다.

어휘

- 굼벙이 : 벼슬이 없는 하찮은 신분의 선비. 포의지사(布衣之士).
- 매암이 : 벼슬자리에 오른 인물.
- 노픈 남게 소릭 : 높은 자리에서 권세를 부림을 뜻함.
- 남게 : 낡 (나무)에
- 거믜줄 : 벼슬길을 위협하는 함정. 환해풍파(宦海風波).

온고지신! 溫故知新

○ 작자 : 미상
○ 연대 : 조선 시대
○ 갈래 : 평시조, 경세가(警世歌)
○ 제재 : 매미, 거미줄
○ 주제 : 험난한 벼슬길에 대한 경계
○ 출전 : 「청구영언(靑丘永言)」

알짜 문제!

이 시조는 입신출세를 꿈꾸는 사람들의 처세를 위한 교훈적 노래이다. 놓은 자리에 오를수록 위험이 많으니 더욱 조심하고 신중해야 한다는 것이다. 매미의 생태를 이용하여 환해풍파(宦海風波 : 벼슬살이에서 겪는 온갖 험한 일)를 우의적으로 풍자한 이 작품에는 오늘날의 지도자나 권력자들에게도 꼭 필요한 교훈이 들어 있다. 권력을 잡기 전에는 국민을 섬기겠노라고 해 놓고 막상 높은 지위에 오르면 세상 무서운 줄 모르고 부정부패를 저지르다가 풍파를 당하는 경우가 있음을 지난 역사는 여실히 보여주고 있다.

01 이 작품에 등장하는 시어의 상징적 의미로 바르지 않은 것은?
① 매암이 : 벼슬아치
② 굼벙이 : 벼슬이 없는 선비
③ 소리 : 마음껏 누리는 권세
④ 노픈 낡 : 정1품 이상의 관직
⑤ 거의 줄 : 벼슬을 위협하는 함정

02 이 작품을 읽고 교훈으로 삼아야 할 사람으로 거리가 먼 것은?
① 출장입상(出將入相)을 한 사람
② 입신출세(立身出世)를 꿈꾸는 사람
③ 공경대부(公卿大夫)의 자리에 오른 사람
④ 포의지사(布衣之士)로서 기회를 엿보는 사람
⑤ 은일지사(隱逸之士)로서 자연 속에 사는 사람

서술형 이 작품의 지은이가 말하고자 하는 바가 무엇인지 40자 내외로 서술하시오.

➔ 답은 [부록]에

15 쑴에 뵈노 님이_ 명옥(明玉)

쑴에 뵈노 님이 信義(신의) 없다 ᄒ것마논
貪貪(탐탐)이 그리울 제 쑴 아니면 어이 보리.
저 님아, 쑴이라 말고 ᄌ로ᄌ로 뵈시쇼.

꿈에 보이는 임이 신의가 없다 하지마는
못 견디게 그리울 때 꿈 아니면 어찌 만나겠는가?
저 임아, 꿈이라도 좋으니 자주자주 뵙게 해 주소서.

배경 >>> 초장에서는 꿈에 보이는 임과는 부부로 맺어질 인연이 없다고 하는 무속적 내용을 전제로 삼고, 중·종장에서 아무리 그렇다고 하나 꿈이 아니면 만나볼 수 없는 안타까움을 노래하고 있다.

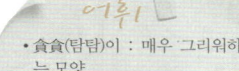

어휘

• 貪貪(탐탐)이 : 매우 그리워하는 모양.

이 시조에는 주체할 수 없이 쌓인 그리움을 꿈속에서나마 풀어보겠다는 서정적 자아의 간절한 소망이 담겨 있다. 꿈에 보이는 임과는 맺어질 수 없다는 말은 현재의 그리운 정에 비한다면 아무 것도 아니다. 꿈에서라도 간절히 사랑하는 임을 만나고 싶어 하는 이 시조는 사랑에 빠진 사람들의 가장 보편적인 정서를 보여준다. 사랑은 이처럼 예나 지금이나 다르지 않다. 사랑하는 사람을 향한 간절히 그리움이 시대를 넘어 오늘을 사는 우리들에게도 깊은 감동으로 다가오는 노래이다.

➡️ **알아 두기**

○ 작자 : 명옥(明玉, ?~?) 조선 후기 화성(華城, 지금의 수원)의 명기(名技)
○ 연대 : 조선 후기
○ 갈래 : 평시조, 연정가(戀情歌)
○ 제재 : 꿈속의 임
○ 주제 : 임에 대한 간절한 그리움
○ 출전 : 「청구영언(靑丘永言)」

알짜 문제!

01 이 작품에 나타난 꿈의 기능으로 가장 알맞은 것은?
① 임과의 사랑을 완성하게 해 준다.
② 그리운 임과 만날 수 있게 해 준다.
③ 사랑이 허무한 것임을 깨닫게 해 준다.
④ 현실에서 이룰 수 있는 사랑의 방법을 알려 준다.
⑤ 임을 기다리는 일이 매우 고통스러움을 보여준다.

02 기녀(妓女) 시조의 문학사적 의의로 바르지 않은 것은?
① 애정 문제를 중심으로 다루었다.
② 인간의 본질적 정서를 진솔하게 그렸다.
③ 여성 특유의 섬세한 감정을 노래하였다.
④ 우리말의 아름다움을 시적으로 승화시켰다.
⑤ 유교 사상을 중시하며 주로 관념적 주제를 드러냈다.

서술형 이 작품의 초장에서 '신의(信義)가 없다'라고 한 것으로 보아 서정적 자아의 사랑이 어떠한 상황에 처해 있다고 유추할 수 있는지 40자 이내로 서술하시오.

➔ 답은 [부록]에

16 내 언제 무신호여_ 황진이(黃眞伊)

> 내 언제 無信(무신)호여 님을 언제 소겻관더
> 月枕三更(월침삼경)에 온 뜻이 전혀 업너.
> 秋風(추풍)에 지느 닙 소리야 닌들 어이 호리오.

내가 언제 신의 없어 임을 언제 속였기에
달 기우는 삼경에도 오시는 기척 전혀 없네.
추풍에 지는 잎 소리야 낸들 어찌 할 것인가?

배경 >>> 이 시조의 임은 '송도삼절(松都三絕)'로 일컬어지던 서경덕으로 추정된다고 전해진다. 나뭇잎 떨어지는 소리를 임의 인기척으로 착각할 정도로 사랑하는 마음이 간절한 여인의 정서를 섬세하게 그려내었다.

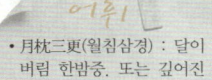

어휘

- 月枕三更(월침삼경) : 달이 져 버림 한밤중. 또는 깊어진 달밤.
- 온뜻 : (임이 나를) 찾아오려는 뜻. 오는 기척.
- 지는 닙 소리 : 서정적 자아의 외로움을 대변하는 청각적 심상.

이 시조는 이별의 한을 노래한 우리나라의 대표적인 시조 중의 하나이다. 임에 대한 변함없는 사랑과 임이 찾아 주기를 바라는 간절한 마음을 추풍에 지는 잎 소리에 의탁하여 여성의 시각으로 훌륭히 형상화하고 있다. 지금도 가을이면 수많은 사랑과 이별의 노래가 많은 이들의 가슴을 울린다. 사랑과 기다림의 정서가 어찌 옛날과 오늘날이 다르겠는가?

➡ 알아 두기

- 작자 : 황진이(黃眞伊, ?~?) 조선 중기의 명기(名技). 본명은 진(眞)
- 연대 : 조선 명종 · 선조 때
- 갈래 : 평시조, 연정가(戀情歌)
- 제재 : 추풍낙엽
- 주제 : 임을 기다리는 마음
- 출전 : 「청구영언(靑丘永言)」

알짜 문제!

01 이 작품의 서정적 자아가 처한 상황으로 알맞은 것은?
① 사랑하는 임과 헤어져 슬퍼하고 있다.
② 늦은 밤에 임이 오기를 기다리고 있다.
③ 임을 속인 일 때문에 괴로워하고 있다.
④ 다시는 임을 만나지 않으리라 다짐하고 있다.
⑤ 지는 잎을 보며 임을 만나리란 희망에 부풀어 있다.

02 이 작품을 감상하기 위한 활동으로 적절하지 않은 것은?
① 화자에게 편지를 써 보며 그의 심정을 이해한다.
② 작가가 화자를 통해 드러내고자 하는 정서를 알아본다.
③ 사건의 인과 관계와 인물 간 갈등의 양상을 정리해 본다.
④ 작가가 쓴 다른 작품을 찾아 공통된 주제 의식을 파악한다.
⑤ 작가의 삶과 문학 세계에 대한 배경 지식을 적절히 갖추고 있는지 점검하여 본다.

서술형 이 작품에 나타난 서정적 자아의 심리 변화를 20자 내외로 서술하시오.

➤ 답은 [부록]에

17 내히 됴타 ᄒᆞ고_ 변계량(卞季良)

내히 됴타 ᄒᆞ고 ᄂᆞᆷ 슬흔 일 ᄒᆞ지 말며
ᄂᆞᆷ이 혼다 ᄒᆞ고 義(의)아니면 좃지 말니
우리ᄂᆞᆫ 天性(천성)을 직희여 삼긴 디로 ᄒᆞ리라.

내가 좋다 하여 남이 싫어하는 일 하지 말며
남이 한다고 하여 옳은 일 아니면 따르지 말지니
우리는 천성을 지키어 생긴 대로 행하리라.

배경 〉〉〉 공자의 「논어」**에 나오는** 기소불욕물시어인(己所
不欲勿施於人 : 자기가 하기 싫은 일은 남에게도
하게 해서는 안 된다)의 교훈을 일깨워 주는 교
훈가로, 중장에서는 도를 벗어나 남의 주견에 맹
종하는 세태를 나무랐으며, 종장에서 착한 천성
을 지키려는 유학자의 면모가 엿보인다.

어휘
- 天性(천성) : 태어날 때부터 타
고난 착한 성품. 성선설(性善
說)에 바탕을 둠.
- 생긴 대로 : 본래 타고난 착한
성품 그대로.

- 작자 : 변계량(卞季良, 1369–1430). 고려말, 조선 초의 학자. 호는 춘정(春亭).
- 연대 : 조선 세종 때
- 갈래 : 평시조. 교훈가(敎訓歌)
- 제재 : 의(義)
- 주제 : 의를 따르고 천성을 지킬 것을 권함
- 출전 : 「청구영언(靑丘永言)」

온고지신! 溫故知新

알짜 문제!

이 작품은 중세의 윤리관과 처세를 말하고 있다. 초장에서는 자기의 정도를 지켜야 함을, 중장에서는 의(義)의 중요함을, 종장에 가서는 '순천(順天)의 도(道)'를 가르치고 있다. 이와 같은 순천의 도는 창조성을 중시하는 현대적 감각에서 어떻게 받아들여야 하느냐가 문제가 될 수 있다. 그러나 그것을 단지 운명론에 집착하여 해석할 것은 아니라고 본다. 일찍이 자기 분수를 알아서 행하고 실천함으로써 복을 기르라고 했던 소동파(蘇東坡)의 '安分以養福(안분이양복)'과 같은 뜻으로 받아들이면 되지 않을까?

01 이 작품의 내용상 교훈의 대상으로 가장 알맞은 것은?
① 의로운 일을 위해 자신을 희생하는 사람들
② 입신출세를 위해 불철주야 노력하는 사람들
③ 줏대 없이 맹목적으로 남을 따라하는 사람들
④ 자기가 좋아하는 일에 최선을 다하는 사람들
⑤ 천성을 지키기 위해서라면 자신을 포기하는 사람들

02 이 작품의 초장의 내용과 가장 관계 깊은 사자성어(四字成語)는?
① 역지사지(易地思之) ② 아전인수(我田引水) ③ 오매불망(寤寐不忘)
④ 군계일학(群鷄一鶴) ⑤ 독불장군(獨不將軍)

서술형 이 작품의 종장에 나오는 '천성(天性)'을 지키라는 지은이의 태도에 대해 70자 내외로 비판적으로 서술하시오.

→ 답은 [부록]에

18 냇ᄀ에 히오라바_ 신흠(申欽)

냇ᄀ에 히오라바 므스 일 셔 잇ᄂ다.
무심ᄒᆫ 져 고기를 여어 므슴 ᄒ려ᄂ다.
아마도 ᄒᆫ 믈에 잇거니 니저신들 엇두리.

배경 >>> **당시 고질적인 당쟁의 폐해로** 어지러워진 사회상을 엿보게 하는 풍자적인 노래다. 작자가 몸소 치른 대북파와 소북파 간의 당쟁을, 해오라기와 물고기의 대조적 이미지로 형상화하여 표현하고 있다.

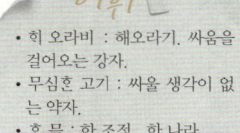

어휘

• 히 오라비 : 해오라기. 싸움을 걸어오는 강자.
• 무심ᄒᆫ 고기 : 싸울 생각이 없는 약자.
• ᄒᆫ 믈 : 한 조정. 한 나라.

◎ 작자 : 신흠(申欽, 1566~1628).
   조선 인조 때의 학자. 호는 상
   촌(象村)
◎ 연대 : 조선 중기
◎ 갈래 : 평시조. 풍자가(諷刺歌)
◎ 제재 : 당파싸움
◎ 주제 : 당쟁의 폐해 풍자
◎ 출전 : 「청구영언(靑丘永言)」

온고지신! 溫故知新

이 시조는 싸움을 걸어오는 강자로 상징되는 해오라기와 싸울 뜻이 없는 죄 없는 물고기를 대조시켜 당쟁과 약육강식의 세태를 풍자하고 있다. 강자와 약자가 '흔 물'에 산다는 점을 들어, 당시의 악폐인 당쟁을 꾸짖고, 서로간의 반목질시(反目嫉視)의 옳지 못함을 나무라는 경계의 뜻이 담겨 있다. 오늘날도 정치적 당쟁은 옛날과 크게 다르지 않다. 국민과 국가보다는 자신의 이익과 당파의 이익을 먼저 생각하는 정치가들은 늘 국민들에게 실망을 안겨준다. 이러한 정치가들을 배격하고 우리나라의 정치 선진화를 이루기 위해서는 국민의 정치적 자각이 무엇보다 필요하다 할 것이다.

알짜 문제!

01 이 작품의 초장에 대한 작가 자신의 대답으로 가장 알맞은 것은?
① 할 일 없이 서 있다.
② 사냥꾼을 피해서 숨어 있다.
③ 자연을 감상하려고 서 있다.
④ 물고기를 잡아먹으려고 서 있다.
⑤ 날아다니기 힘들어 쉬려고 서 있다.

02 이 작품의 내용과 관계없는 사자성어(四字成語)는?
① 반목질시(反目嫉視) ② 약육강식(弱肉强食) ③ 이전투구(泥田鬪狗)
④ 동상이몽(同床異夢) ⑤ 이심전심(以心傳心)

서술형 이 작품의 지은이의 처지에서 종장의 내용을 알기 쉽게 풀어 70자 내외로 서술하시오.

─────────────────────────────

─────────────────────────────

─────────────────────────────

─────────────────────────────

➡ 답은 [부록]에

19 노래 삼긴 사롬_ 신흠(申欽)

노래 삼긴 사롬 시름도 하도 할샤.
닐러 다 못 닐러 불러나 푸돗던가.
眞實(진실)로 풀릴 거시면은 나도 불러 보리라.

노래 처음 만든 사람 시름도 많기도 많았구나.
말로 다 못하여 노래 불러 풀었단 말인가?
진실로 풀릴 것이면 나도 불러 보리라.

배경 >>> 지은이가 반대파들에게 **쫓겨나** 전원생활을 할 때 지은 시조이다. 당쟁과 광해군의 횡포로 어지러워진 시대를 살아가며 생긴 깊은 시름을 말로 다 못하여 노래로 풀어 보고 싶은 마음을 노래하고 있다.

어휘!

• 닐러 다 못 닐러 : 말로로 자기의 시름을 다 풀어낼 수 없음을 뜻함.

온고지신! 溫故知新 어지러운 당쟁과 광해군의 난정 속에서 삼공(三公)의 벼슬을 지낸 지은이는, 권력이란 것이 얼마나 허무한 것인가를 체득했을 것이다. 그런 벼슬을 내던지고 자연으로 돌아와 자연을 사랑하고 술을 마시면서 세속을 떠난 생활을 하고 있었지만, 마음속에는 온갖 시름이 가득했고, 노래로써 그것을 풀 수 있다면 나도 불러 보겠다고 한 것이다. 이처럼 노래는 언제나 삶의

➡ 알아 두기

◯ 작자 : 신흠(申欽, 1566~1628). 조선 인조 때의 학자. 호는 상촌(象村)
◯ 연대 : 조선 인조 때
◯ 갈래 : 평시조
◯ 제재 : 노래
◯ 주제 : 노래를 통한 시름의 해소
◯ 출전 : 「청구영언(靑丘永言)」

고통을 달래주고 말로써 못 다한 마음을 우회적으로 전달해 주는 기능을 갖는다. 유달리 노래를 좋아하는 우리 민족의 기질이 이 작품 속에 녹아 있음을 알 수 있다.

알짜 문제!

01 이 작품의 지은이가 생각하는 노래의 기능으로 알맞은 것은?
① 문화 전승의 기능   ② 의사소통의 기능   ③ 정보 전달의 기능
④ 갈등 해소의 기능   ⑤ 예술적 창조의 기능

02 이 작품의 종장에서 '眞實(진실)로 풀릴 거시면은'이라는 구절은 어떤 의미를 전제로 한 것인가?
① '노래를 부르면 정말 시름을 잊을 수 있다.'는 확신
② '노래를 불러도 결코 시름은 잊을 수 없다.'는 체념
③ '노래는 부르면 새로운 시름이 생길 수 있다.'는 염려
④ '노래를 부르는 것과 시름은 아무 관계가 없다.'는 냉소
⑤ '노래를 부르면 정말 시름을 잊을 수 있을까?'는 의구심

서술형 이 작품의 내용으로 미루어 당 시대에는 어떤 노래가 주로 불렸을 것인지 유추하여 40자 내외로 서술하시오.

➔ 답은 [부록]에

20 노프나 노픈 남게 _ 이양원(李陽元)

노프나 노픈 남게 날 권ᄒᆞ여 오려 두고
이보오 벗님ᄂᆞ야 흔들지나 마르되야.
ᄂᆞ려져 죽기ᄂᆞᆫ 셟지 아녀 님 못 볼가 ᄒᆞ노라.

높기도 높은 나무 위에 나를 올라가라 권해 두고
여보게, 친구 분들아, 흔들지나 말아주소.
떨어져 죽기는 셟지 아니하여도, 임 못 볼까 두렵구나.

배경 >>> 지은이는 선조 때 중신들의 추천으로 영의정의 중
책을 맡았으나, 간신배들은 그를 보좌하기는커
녕 모함을 일삼아 자신들의 당쟁의 수단으로 삼
았다. 이 작품은 이를 크게 개탄하여 지은 시조
로서 풍자를 통하여 자신의 원망과 분노를 터뜨
리고 있다.

어휘
- 노픈 남게 : 높은 나무에. 영의
  정의 중책에 오름을 의미함.
- 흔들지나 : 모함하지나. 당쟁
  에 휘둘림.
- 임 : 선조 임금.

○ 작자 : 이양원(李陽元, 1526–
  1592). 조선 중기의 문인. 호는
  노저(鷺渚)
○ 연대 : 조선 선조 때
○ 갈래 : 평시조, 풍자가(諷刺歌)
○ 제재 : 당쟁
○ 주제 : 당쟁을 일삼는 간신배
  들에 대한 풍자
○ 출전 :「청구영언(靑丘永言)」

알짜 문제!

온고지신! 溫故知新

이 시조는 당파 싸움에만 급급
하여 자신의 이익만을 챙기는
간신배들에 대한 작자의 분노와 원망이 풍자와 상징으로 표현
되어 있으며, 이를 통해 조삼모사(朝三暮四)하는 세태를 개탄하
고 있다. 또한 종장에서는 죽음은 두렵지 않으나 임금에 대한
불충과 바람 앞의 촛불 같은 나라의 앞날을 걱정하는 충신의
모습이 잘 나타나 있다. 어느 시대에나 진정으로 국민을 위하
는 충신은 그 수가 적고, 사리사욕과 권력만을 추구하는 간신
배는 그 수가 많게 마련이다. 그러므로 참된 정치가가 누구인
지 가려내어 그를 지지해 주는 성숙한 시민 의식이 있어야만
선진 민주사회로 발전할 수 있는 것이다.

01 이 작품에 등장하는 '벗님늬'의 태도와 가장 잘 어울리는 사자성어(四字成語)는?
  ① 일편단심(一片丹心)　　　② 조삼모사(朝三暮四)　　　③ 견문발검(見蚊拔劍)
  ④ 삼순구식(三旬九食)　　　⑤ 경거망동(輕擧妄動)

02 이 작품을 읽은 독자가 보일 비판적 반응으로 가장 적절한 것은?
  ① 임금에 대한 충성심이 너무 미약하다.
  ② 자신의 죽음을 쉽게 생각하는 경향이 있다.
  ③ 풍자하려는 대상이 분명하게 나타나 있지 않다.
  ④ 세태에 대한 작자의 태도가 지나치게 저항적이다.
  ⑤ 능력이 없음에도 불구하고 높은 벼슬에 대한 욕심이 지나치다.

서술형 이 작품의 지은이는 어떤 현실에 직면해 있는지 30자 내외로 서술하시오.

➡ 답은 [부록]에

21 녹초 청강상에_ 서익(徐益)

綠草(녹초) 晴江上(청강상)에 굴레 버슨 물이 되여
새새로 멀이 들어 北向(북향)ᄒ야 우는 쯧은
夕陽(석양)이 재 넘어감애 님자 글여 우노라.

녹초 청강상에 굴레 벗은 말이 되어
때로 머리를 들어 북쪽을 향해 우는 뜻은
석양이 고개 넘어가니 임자 그리워 우노라.

배경 >>> 이 작품은 군신유의(君臣有義)의 유교 정신을 잘
보여 주고 있다. 작자가 벼슬을 내놓고 고향에
내려가 있을 때 중종이 승하했다는 소식을 듣고,
임금에 대한 그립고 슬픈 심정을 읊은 시조이다.

어휘

- 綠草(녹초) 晴江上(청강상) : 푸른 풀과 맑은 강이 있는 곳. 고향의 전원.
- 굴레 버슨 물 : 벼슬에서 물러나 자유로운 삶을 사는 몸.
- 北向(북향) : 임금이 있는 방향.
- 夕陽(석양)이 재 넘어감 : 중종(中宗) 임금이 승하함.

온고지신! 溫故知新　벼슬을 놓고 고향으로 내려가
'굴레 벗은 물'과 같이 한가로
운 신세가 되어 지내던 지은이는 임금(중종)의 승하 소식을 듣
고 다시 볼 수 없는 임금을 그리워하며 울고 있다. 군신유의를
표현한 전형적인 시조라고 할 수 있는 이 작품은 조선 시대의
군신 관계를 잘 보여준다. 과거의 이러한 사상을 맹목적 충성
이라고 비판할 수도 있겠으나, 임금의 죽음을 대하는 태도에서
는 사상을 초월한 인간적 슬픔이 엿보인다. 각박한 오늘날의

➡ 알아 두기

- ○ 작자 : 서익(徐益, 1542~1587). 조선 중기의 문신. 호는 만죽(萬竹)
- ○ 연대 : 조선 중종 때
- ○ 갈래 : 평시조. 연군가(戀君歌)
- ○ 제재 : 중종의 승하
- ○ 주제 : 임금의 승하에 대한 애도
- ○ 출전 : 「해동가요(海東歌謠)」

인간관계를 극복할 수 있는 방안도 결국 이와 같은 인간미의
발현에서 찾을 수 있지 않을까?

알짜 문제!

01 이 작품에 나오는 시어의 함축적 의미로 바르지 않은 것은?
① 재 넘어감 : 임금의 승하
② 北向(북향) : 대궐이 있는 방향
③ 멀이 들어 : 벼슬길에 오르기를 기다림
④ 綠草(녹초) 晴江上(청강상) : 고향의 전원
⑤ 굴레 버슨 물 : 벼슬길에서 물러난 자유로운 몸

02 이 작품의 사상적 배경과 관계없는 것은?
① 일편단심(一片丹心)   ② 우국충절(憂國忠節)   ③ 군위신강(君爲臣綱)
④ 주객일체(主客一體)   ⑤ 군신유의(君臣有義)

서술형 이 작품의 초장에 나오는 '굴레 버슨 물'을 통해 유추할 수 있는 지은이의 벼슬에
대한 관점을 '굴레'의 사전적 정의의 함께 50자 내외로 서술하시오.

➜ 답은 [부록]에

22 농암애 올아 보니 _ 이현보(李賢輔)

聾巖(농암)애 올아 보니 老眼(노안)이 猶明(유명)이로다.
人事(인사)ㅣ 變(변)혼돌 山川(산천)이쑌 가실가.
巖前(암전)에 某水某丘(모수모구)ㅣ 어제 본 듯 ᄒᆡ예라.

농암에 올라 보니 노안이 오히려 밝아지는구나.
사람 일이 변한다 해도 산천이야 변하겠는가?
바위 앞의 이름 모를 물과 언덕이 어제 본 듯하구나.

배경 >>> **이현보는 벼슬에서 물러나** 고향인 예안(禮安)의 낙동강 강변에서 한가로이 지내며, 바위에다 초막으로 어버이를 위한 휴식처를 만들어 '애일당(愛日堂)'이라 하였다. 이 시조는 이때의 전원생활을 노래하고 있다.

온고지신! 溫故知新

이 시조에서 지은이는 변화무쌍한 인간사와 변함없는 자연을 대구로 짝지어 중장에 배치하고, 종장에서는 농암을 끼고 둘러 있는 물과 언덕이 과거와 비교하여 아무런 변화가 없다 함으로써 변함없는 자연을 좀 더 구체적으로 표현하였다. 이것은 인간사에 대한 무상감을 간접적으로 나타낸 것으로 볼 수 있으며, 그러한 무상감을 자연을 통해 극복하고자 하는 자연귀

어휘

• 聾巖(농암) : 작자의 고향인 경북 안동에 있는 바위 이름. 귀머거리 바위'란 뜻으로 물살이 바위를 스치며 급한 여울을 이루어, 물이 불어나면 초막에 앉아 있어도 아래에선 부르는 소리가 들리지 않아 붙여진 이름.
• 人事(인사) : 사람들이 하는 일.

➡ **알아 두기**

◎ 작자 : 이현보(李賢輔, 1467–
1555). 조선 중종 때의 문신. 호
는 농암(聾巖)
◎ 연대 : 조선 중종 때
◎ 갈래 : 평시조, 강호한정가(江湖
閒情歌)
◎ 제재 : 농암(聾巖)
◎ 주제 : 변함없는 자연 예찬. 자
연귀의(自然歸依)
◎ 출전 : 「농암집(聾巖集)」

의 사상의 표현이라고 할 수 있다. 인간이 자연의 일부임을 망
각하고 있는 현대인들에게 이 노래는 변함없는 자연의 소중한
가치를 일깨워 주고 있다.

알짜 문제!

01 이 작품의 초장에 나오는 '老眼(노안)이 猶明(유명)'은 구체적으로 어떤 뜻을 내포하고 있
는가?
① 자연 속에 있으니 노안의 시력이 회복된다.
② 노안이라 자연의 참 모습을 볼 수 없어 안타깝다.
③ 자연은 인간의 늙음과 젊음에 따라 다르게 보인다.
④ 낯익은 자연이라 노안에도 그 모습이 선명히 다가온다.
⑤ 나이가 들면 평소에 보이지 않던 인생의 지혜가 보인다.

02 이 작품에 쓰인 표현법으로 알맞은 것은?
① 대구법, 과장법　　　　② 대조법, 의인법　　　　③ 대구법, 대조법
④ 풍유법, 과장법　　　　⑤ 대조법, 생략법

서술형 이 작품의 종장에서 '어제 본 둧 ㅎ예라.'라고 노래한 이유는 무엇인지 30자 내외로
서술하시오.

➡ 답은 [부록]에

23 눈 마즈 휘여진 디를_ 원천석(元天錫)

눈 마즈 휘여진 디를 뉘라서 굽다턴고.
구블 節(절)이면 눈 속의 프를소냐.
아마도 歲寒孤節(세한고절)은 너샌인가 ᄒ노라.

눈을 맞아 휘어진 대나무를 누가 굽었다 하던가?
굽힐 절개이면 눈 속에서 푸르겠는가?
아마도 세한고절은 너뿐인가 하노라.

배경 〉〉〉 이 시조는 국운이 기울어가는 고려 유신들의 충절을 노래한 작품으로, 이미 대세가 기울어 맞서지는 못하나마 은둔하여 절개를 지키려는 유신들의 애국정신이 잘 형상화되어 있다.

충신의 곧은 충절은 시류에 영합하는 무리들의 핍박으로 인하여 더욱 고절을 돋보이게 한다. 이는 〈논어〉의 '세한연후 지송백지후조(歲寒然後 知松柏之後凋 : 날이 추워진 뒤에야 소나무와 잣나무가 시들지 않음을 안다.)'라는 구절과 일맥상통한다. 참된 지조와 그릇된 기회주의가 어떻게 다른가를 생각하게 하는 이 시조의 정신은 오늘날 권력만을 추구하는 해바라기성 정치인들을 향하는 경계의 일침이 되기도 한다.

어휘
- 눈 : 고난. 새 왕조의 압력.
- 휘여진 : 새 왕조의 성립 과정에서 당하는 고초.
- 대 : 고려의 충신을 상징함.
- 세한고절(歲寒孤節) : 한겨울의 추위를 이기는 높은 절개.

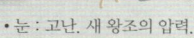
➡ 알아 두기

- 원천석(元天錫, 1330~?). 고려 말, 조선 초의 은사(隱士). 호는 운곡(耘谷)
- 연대 : 고려 말
- 갈래 : 평시조. 절의가(節義歌)
- 제재 : 눈 속의 대나무
- 주제 : 고려 왕조에 대한 충절
- 출전 : 「병와가곡집(甁窩歌曲集)」

알짜 문제!

01 이 작품에서 '눈'은 구체적으로 무엇을 가리키는가?
① 고려 유신들의 분열
② 새로운 왕조 창업의 고통
③ 고려 왕조의 비극적 종말
④ 이성계 일파의 회유와 압력
⑤ 이성계 일파와 고려 유신들 간의 공조

02 이 작품의 초장에 나타나는 서정적 자아의 모습으로 가장 알맞은 것은?
① 외유내강(外柔內剛)　　　② 내유외강(內柔外剛)　　　③ 시류영합(時流迎合)
④ 독불장군(獨不將軍)　　　⑤ 감탄고토(甘呑苦吐)

서술형 이 작품의 지은이가 반대파들에게 하고자 하는 말은 무엇인지 50자 내외로 서술하시오.

➡ 답은 [부록]에

24 뉘라셔 가마귀를 _ 박효관(朴孝寬)

뉘라셔 가마귀를 검고 凶(흉)타 ㅎ돗던고.
反哺報恩(반포보은)이 긔 아니 아름다온가.
스람이 져 시만 못ㅎ믈 못닉 슬허ㅎ노라.

누가 까마귀를 검고 흉하다 하였는가?
반포보은이 그것이 아름답지 아니한가?
사람들이 저 새만 못함을 못내 슬퍼하노라.

배경 >>> 깃털이 검고 울음소리가 곱지 않은 까마귀는 일반
적으로 흉조로 인식되고 있다. 그러나 까마귀는
반포보은하는 새로 '반포조(反哺鳥)', 또는 '효
조(孝鳥)'라고도 불린다. 이러한 까마귀의 생태
에 착안하여 지은이는 불효하는 사람들을 가리
켜 까마귀만도 못하다고 개탄하고 있는 것이다.

어휘

• 反哺(반포) : 까마귀가 자라면
어린 새끼에게 먹이를 물어다
주는 일로, 자식이 자라 부모
를 봉양함을 말함. 반포지효
(反哺之孝)의 유래.

○ 작자 : 박효관(朴孝寬, 1781–1880). 조선 후기의 가객(歌客). 호는 운애(雲崖)
○ 연대 : 조선 고종 때
○ 갈래 : 평시조, 경세가(警世歌)
○ 제재 : 까마귀
○ 주제 : 세상 사람들의 불효에 대한 탄식
○ 출전 : 「가곡원류(歌曲源流)」

온고지신! 溫故知新

이 시조에 나오는 '반포(反哺)'라는 말은 음식을 입으로 옮겨 입으로 먹게 한다는 뜻이다. 까마귀는 태어나서 60일 동안 어미로부터 먹이를 받아먹고 성장하여 어미가 늙었을 때에는 성장한 새끼가 반포하여 어미를 살게 한다고 한다. 여기에서 유래되어 자식이 자라서 부모의 은혜에 보답하는 것을 '반포보은(反哺報恩)', 또는 '반포지효(反哺之孝)'라고 한다. 부모의 자식과의 관계가 갈수록 퇴색해지고, 핵가족으로 말미암아 가족의 존재 의미가 희미해지고 있는 현대인들이 꼭 새겨 읽고 참된 효에 대해 생각해 볼 수 있는 기회를 주는 노래라고 하겠다.

알짜 문제!

01 이 작품의 시상 전개 방식으로 알맞은 것은?
① 자연의 일부로서 인간의 역할을 강조하고 있다.
② 자연에 대한 인간의 고전적 관점을 제시하고 있다.
③ 자연의 관리자로서 인간의 부도덕함을 비판하고 있다.
④ 자연의 속성을 통하여 인간의 문제를 재인식하고 있다.
⑤ 자연과 인간의 관계에 대해 새로운 관점을 제시하고 있다.

02 이 작품의 주제와 가장 관계 깊은 한자(漢字)는?
① 愛　　② 忠　　③ 節　　④ 孝　　⑤ 正

서술형 이 작품에 나타나 있는 인간관에 대해 비판하여 70자 내외로 서술하시오.

➡ 답은 [부록]에

25 님 글인 상사몽이 _ 박효관(朴孝寬)

님 글인 相思夢(상사몽)이 蟋蟀(실솔)의 넉시 되야
秋夜長(추야장) 깁푼 밤에 님의 방에 드럿다가
날 닛고 깁히 든 잠을 깨와 볼까 하노라.

임 그리워하는 상사몽이 귀뚜라미의 넋이 되어
길고 긴 가을 깊은 밤에 임의 방에 들렀다가
나를 잊고 깊이 든 잠을 깨워 볼까 하노라.

배경 〉〉〉 **임에 대한 그리움이 사무쳐** 꿈에서까지 임을
볼 정도인 화자의 애타는 마음이 귀뚜라미가 되
기를 바란다고 표현하고 있다. 실솔, 즉 귀뚜라
미는 가을이라는 계절적 배경과 밤이라는 시간
적 배경, 가을밤의 외로운 정서 등을 나타내는
전통적 소재로 쓰이고 있다.

온고지신! 溫故知新

이 시조의 서정적 자아는 긴
가을밤 내내 쓸쓸함을 느끼게
하는 귀뚜라미의 울음소리를 들으면서 임에 대한 그리움으
로 잠 못 이루고 있다. 귀뚜라미가 되어 자신의 마음을 전
달하고 임의 마음을 돌리고 싶다고 생각한 것은, 그 울음소

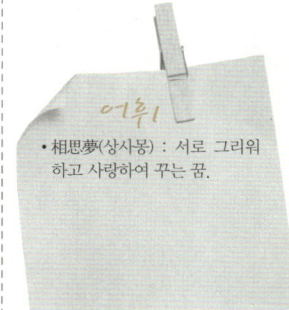

어휘
• 相思夢(상사몽) : 서로 그리워
하고 사랑하여 꾸는 꿈.

➡ 알아 두기

- 작자 : 박효관(朴孝寬, 1781–1880). 조선 후기의 가객(歌客). 호는 운애(雲崖)
- 연대 : 조선 고종 때
- 갈래 : 평시조, 연모가(戀慕歌)
- 제재 : 귀뚜라미
- 주제 : 임을 연모하는 애타는 심정
- 출전 : 「가곡원류(歌曲源流)」

리가 임에 대한 자신의 사무치는 그리움을 더 깊게 만들고 있기 때문이다. 요즘 도시에서는 귀뚜라미 소리를 거의 들을 수가 없다. 하지만 가을이 깊어가는 저녁, 도시 근교의 산이나 숲 속의 이름 모를 풀벌레 소리들의 울음이 가득하다. 그 울음소리에 귀 기울이며 이 시조에 나타난 선인들의 정서에 공감해 볼 수 있는 기회를 가져보자.

알짜 문제!

01 이 작품의 서정적 자아의 현실을 가장 바르게 말한 것은?
① 임과 함께 행복하게 살고 있다.
② 임과 헤어져 자유를 누리며 살고 있다.
③ 임을 미워하며 잊으려고 노력하고 있다.
④ 임을 그리워하며 오매불망 기다리고 있다.
⑤ 임 대신 자연에 귀의하여 현실을 초월하고 있다.

02 이 작품에서 서정적 자아의 정서를 대신하는 객관적 상관물은?
① 相思夢(상사몽)　② 蟋蟀(실솔)　③ 秋夜(추야)
④ 님의 방　⑤ 깊이 든 잠

서술형 이 작품에서 '나'와 '임'은 현재 어떤 관계에 있는지 50자 내외로 서술하시오.

➡ 답은 [부록]에

26 대쵸 볼 불근 골에_ 김상헌(金尙憲)

대쵸 볼 불근 골에 밤은 어이 뜯드르며
벼 뷘 그르헤 게는 어이 느리는고.
술 닉쟈 체 쟝ᄉ 도라가니 아니 먹고 어이리.

대추 볼이 붉은 골짜기에 밤은 어찌 떨어지며
벼 벤 그루터기에 게는 어찌 내려오는가?
술 익자 체 장수 돌아가니 아니 먹고 어찌 하리.

배경 >>> 풍요로운 가을 농촌의 정경과 풍류를 노래하고 있는 작품이다. 대추와 밤이 익어 떨어지고, 마침 체 장수까지 지나가니 잘 익은 술을 걸러 마시며 풍류를 즐기고자 하는 서정적 자아의 유유자적한 태도가 잘 나타나 있는, 조선 시대의 전형적인 전원한정가라 할 수 있다.

어휘

• 게는~느 리는고 : 벼 벨 무렵 논에 살던 게가 강으로 내려 감.
• 체 쟝샤 도라가니 : 체 장수가 (술을 거를) 체를 팔고 돌아감.

→ 알아 두기

- 작자 : 황희(黃喜, 1363~1452). 조선 시대의 명신(名臣). 호는 방촌(尨村)
- 연대 : 조선 세종 때
- 갈래 : 평시조. 전원한정가(田園閑情歌)
- 제재 : 가을의 정경
- 주제 : 가을 농촌의 풍요롭고 한가한 정취
- 출전 : 「청구영언(靑丘永言)」

온고지신! 溫故知新

이 시조는 속세를 벗어난 양반들이 어떻게 풍류를 즐기는지 잘 보여주고 있는 작품이다. 자연과 술은 풍류에 없어서는 안 될 소재라 할 수 있다. 이러한 경향은 현대인들도 마찬가지여서 일상을 떠나 자연 속에서 휴가를 즐길 때는 자연스럽게 술을 찾으며, 아름다운 자연 풍광과 함께 여유 있는 시간을 즐기곤 한다. 현대적 의미에서 진정한 풍류는 어떤 것인지 생각하며 감상하기에 좋은 작품이라 할 수 있다.

 알짜 **문제!**

01 이 작품에서 계절감과 가장 거리가 먼 소재는?
① 대쵸　　② 밤　　③ 그루터기　　④ 게　　⑤ 술

02 이 작품에 등장하는 자연은 어떤 구실을 하는가?
① 현실 도피의 근거가 된다.
② 자연의 절대성을 강조한다.
③ 부조리한 현실을 드러내 준다.
④ 인간의 유한성을 돋보이게 한다.
⑤ 인간의 유유자적한 삶의 무대가 된다.

서술형 이 작품의 서정적 자아는 언제, 어디서, 무엇을 하고 있는지 30자 내외로 서술하시오.

➔ 답은 [부록]에

27 동기로 세 몸 되어 _ 박인로(朴仁老)

同氣(동기)로 세 몸 되어 한 몸같이 지내다가
두 아운 어디 가서 돌아올 줄 모르는고.
날마다 夕陽(석양) 門外(문외)에 한숨 겨워 하노라.

동기간 세 형제로 태어나 한 몸같이 지내다가
두 아우는 어디 가서 돌아올 줄 모르는가?
날마다 해 지는 문 밖에서 한숨짓고 있노라.

배경 >>> 임진왜란의 와중에 헤어져 소식조차 알 수 없게
된 동생들에 대한 그리움을 절실하게 노래하고
있는 작품이다.

어휘

• 同氣(동기) : 형제와 자매, 남
매를 통틀어 이르는 말.
• 겨워 : 이기지 못하여.

온고지신! 溫故知新

이 시조는 동생들에 대한 그리
움과 기다림을 표현한 작품이
다. '한 몸같이' 지낸 동생들이니, 그들을 잃은 뒤에 지은이는
마치 팔다리를 잃은 것처럼 허전하고 아픈 심정 속에 살아갔
을 것이다. 그 같은 아픔과 애타는 기다림이, 문 밖에 서서 터
져 나오는 한숨을 막지 못하고 있는 작가의 모습을 통해 선명
하게 그려지고 있다. 형제간의 우애를 지키는 일은 가족의 화
목은 물론 건강한 사회와 국가를 만드는 밑바탕이다. 가족이라
는 가장 작은 사회 단위에서 믿음이 싹터야만 더 큰 사회 단위
의 믿음이 자랄 수 있기 때문이다.

➡ 알아 두기

○ 작자 : 박인로(朴仁老, 1561–
1642). 조선 중기의 문인. 호는
노계(蘆溪)
○ 연대 : 조선 선조 때
○ 갈래 : 평시조
○ 제재 : 형제 간 우애
○ 주제 : 헤어진 아우들에 대한
그리움과 슬픔
○ 출전 : 「노계집(蘆溪集)」

알짜 문제!

01 이 작품의 주제를 하나의 단어로 표현할 때 알맞은 것은?

① 효도(孝道)　　　　　② 충절(忠節)　　　　　③ 우애(友愛)

④ 자비(慈悲)　　　　　⑤ 연군(戀君)

02 이 작품의 시어 중 의미하는 바가 다른 하나는?

① 동기(同氣)　　　　　② 세 몸　　　　　③ 한 몸

④ 아우　　　　　⑤ 夕陽(석양)

서술형 이 작품에 나타난 지은이의 심정을 20자 내외로 서술하시오.

➔ 답은 [부록]에

28 동지ㅅ돌 기나긴 밤을_ 황진이(黃眞伊)

冬至(동지)ㅅ돌 기나긴 밤을 한 허리를 버혀 내여
春風(춘풍) 니불 아리 서리서리 너헛다가
어론님 오신 날 밤이여든 구뷔구뷔 펴리라.

동짓달 기나긴 밤의 한 허리를 베어 내어
봄바람 이불 아래 서리서리 넣어 두었다가
사랑하는 임 오시는 날 밤이면 굽이굽이 펴리라.

배경 〉〉〉 **황진이는 절세의 미모와 뛰어난 재질로** 시문에 능하여 많은 한시와 시조를 남기었다. 자유분방하면서도 다정다감한 그녀를 사람들은 서화담, 박연폭포와 더불어 '송도삼절(松都三絕)'이라 불렀다. 이 시조는 당대의 명창 이사종(李士宗)과 정열을 불태우던 무렵의 작품으로 전해지는데, 임을 기다리는 여인의 섬세한 마음씨가 살아 숨쉬는, 예술적 향기가 그윽한 황진이 문학의 대표라 할 만하다.

어휘

• 한 허리 : 긴 허리. 큰 허리. 허리 한가운데.
• 밤을~버혀 내여 : 밤의 한가운데를 베어 내어. 추상적인 시간을 시각적으로 구체적이고 공간적인 사물로 형상화시킨 감각적인 표현.
• 春風(춘풍) 니불 : 봄바람처럼 따스하고 향긋한 이불.
• 서리서리 : 새끼, 실 따위를 헝클어지지 아니하도록 둥그렇게 포개어 감아 놓은 모양.

○ 작자 : 황진이(黃眞伊, ?~?).
   조선 중기의 명기(名妓). 본명
   은 진(眞)
○ 연대 : 조선 명종·선조 때
○ 갈래 : 평시조, 연정가(戀情歌)
○ 제재 : 동짓달 밤
○ 주제 : 사랑하는 임을 기다리
   는 애절한 마음
○ 출전 : 「청구영언(靑丘永言)」

이 시조의 묘미는 임과 함께 보내는 짧은 봄밤을 동짓달 밤처럼 길게 만들기 위해 동짓달의 기나긴 밤을 보관하겠다는 기발한 착상에 있다. 또한 중장과 종장에서는 '서리서리', '굽이굽이'와 같은 의태어를 사용하여 여성 특유의 섬세한 감각을 매우 효과적으로 나타냈다. 황진이 문학의 생명은 이처럼 그녀의 창조적 예술 정신에 있다. 그녀의 노래가 세월을 초월하여 많은 이들의 가슴을 울리는 이유가 바로 여기에 있다고 할 수 있을 것이다.

알짜 문제!

01 이 작품의 표현상 특징으로 알맞지 않은 것은?
① 대조적인 수법으로 주제를 강화하고 있다.
② 추상적 대상을 구체적 심상으로 나타내었다.
③ 시간을 공간화하는 기발한 착상이 드러나 있다.
④ 서정적 자아의 정서가 음성 상징어를 통해 표현되어 있다.
⑤ 감정이입의 대상물을 통해 정서를 간접으로 표현하고 있다.

02 이 작품을 통해 알 수 있는 서정적 자아의 정서로 가장 거리가 먼 것은?
① 그립다   ② 외롭다   ③ 답답하다
④ 애절하다   ⑤ 안타깝다

서술형 이 작품에서 초장의 '밤'과 종장의 '밤'은 어떻게 다른지 대조적 관점에서 40자 내외로 서술하시오.

➡ 답은 [부록]에

29 두류산 양단수를 _ 조식(曺植)

頭流山(두류산) 兩端水(양단수)를 녜 듯고 이졔 보니
桃花(도화) 쁜 묽은 물에 山影(산영)조ᄎ 잠겨셰라.
아희야, 武陵(무릉)이 어듸오 나ᄂᆞᆫ 옌가 ᄒᆞ노라.

두류산의 양단수를 옛날에 듣고 이제 와 보니,
복숭아꽃 뜬 맑은 냇물에 산 그림자까지 잠겨 있구나.
아이야, 무릉도원이 어디냐? 나는 여기인가 하노라.

배경 〉〉〉 **지은이 남명 조식**은 중국의 죽림칠현(竹林七賢)을 본받은 산림학파의 한 사람으로, 수차에 걸친 관직의 부름을 물리치고 두류산 덕소동에 살며 '산천재(山天齋)'라 당호를 짓고 사색과 학문 연구에 전념하였다.

어휘
- 頭流山(두류산) : 지금의 지리산.
- 양단수(兩端水) : 물 이름. 두 갈래로 갈라진 물줄기.
- 녜 듯고 : (양단수가 절경이라는 얘기를) 옛날에 듣고.
- 武陵(무릉) : 무릉도원(武陵桃源)의 준말. 동양적 이상향을 가리키는 말.

- 작자 : 조식(曺植, 1501~1572). 조선 중종 때의 학자. 호는 남명(南冥)
- 연대 : 조선 중종 때
- 갈래 : 평시조, 강호한정가(江湖閒情歌)
- 제재 : 두류산 양단수
- 주제 : 지리산 양단수의 절경 예찬
- 출전 : 「해동가요(海東歌謠)」

온고지신! 溫故知新

이 시조는 벼슬을 마다하고 산 속에 들어가 학문에만 전념하던 지은이가 지리산 양단수의 절경을 노래한 작품이다. 양단수를 동양인의 이상향인 무릉도원에 비유하며, 선경과 같은 자연을 마음껏 즐기고 있다. 이러한 자연귀의 사상은 오늘날에는 정서상 맞지 않을 수도 있다. 합리적 실용주의와 경쟁 논리를 바탕으로 한 경제 만능주의의 시대에는 자연도 인간 삶의 유용성을 위한 도구에 불과하다는 생각이 지배적이기 때문이다. 그러나 자연은 여전히 생명의 원천이며 인간이 돌아갈 고향임을 잊지 않아야 할 것이다. 자연이 없으면 인간도 없다.

알짜 문제!

01 이 작품의 지은이가 추구하는 삶의 바탕이 되는 사상은?
① 자연귀의(自然歸依)　　　② 입신양명(立身揚名)　　　③ 수신제가(修身齊家)
④ 인생무상(人生無常)　　　⑤ 중생제도(衆生濟度)

02 이 작품에 나타난 자연의 성격으로 알맞은 것은?
① 작가의 이상향이 반영되어 있다.
② 현실과 대조적으로 묘사되어 있다.
③ 일시적인 현실 도피처로 제시되고 있다.
④ 종교적 신앙의 대상으로 자리 잡고 있다.
⑤ 시대적 상황이 상징적으로 나타나고 있다.

서술형 이 작품에서 지은이가 말하는 '武陵(무릉)'에 대해 50자 내외로 비판적으로 서술하시오.

➜ 답은 [부록]에

30 ᄆᆞ음아 너ᄂᆞᆫ 어이 _ 서경덕(徐敬德)

ᄆᆞ음아 너ᄂᆞᆫ 어이 ᄆᆡ양에 져멋ᄂᆞᆫ다.
내 늘글 적이면 넨들 아니 늘글소냐.
아마도 너 좃녀 ᄃᆞ니다가 ᄂᆞᆷ 우일가 ᄒᆞ노라.

마음아, 너는 어찌 늘 젊어 있느냐?
내가 늙을 때면 너인들 늙지 않겠는가?
아마도 너를 따라다니다가 남을 웃길까 두렵구나.

배경 >>> 몸을 육체와 마음으로 나누어서 나는 '육체'로 너는 '마음'으로 취하여 대화체 형식을 택한 일종의 탄로가(嘆老歌)다. 유한한 인생에 비하여 진리의 세계는 무한히 넓어서 다 깨달을 수가 없음을 비유한 것이라고도 하나, 늙은 도학자인 서경덕이 젊은 기생 황진이의 사랑의 포로가 된다면, 세상 사람들이 비웃을까 두렵다는 의미로 파악하기도 한다.

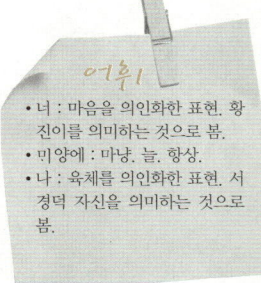

어휘

• 너 : 마음을 의인화한 표현. 황진이를 의미하는 것으로 봄.
• ᄆᆡ양에 : 마냥. 늘. 항상.
• 나 : 육체를 의인화한 표현. 서경덕 자신을 의미하는 것으로 봄.

➡ 알아 두기

- 작자 : 서경덕(徐敬德, 1489–1546). 조선 중종 때의 학자. 호는 화담(花潭)
- 연대 : 조선 중종 때
- 갈래 : 평시조, 탄로가(嘆老歌)
- 제재 : 마음
- 주제 : 마음을 따라가지 못하는 육체적 늙음에 대한 한탄
- 출전 : 「청구영언(靑丘永言)」

이 시조는 인생과 학문에서 원숙한 경지에 도달한 노학자 서화담의 경건하면서도 인간적인 멋을 느낄 수 있는 작품이다. 마음이 진실하면 시인이 아니더라도 누구나 사람의 심금을 울리는 아름다운 시가 나오기 마련이다. 자칫 목석같은 인간으로 생각하기 쉬운 도학자이지만, 사랑을 느끼는 데는 초동급부(樵童汲婦)와 다르지 않음을 이 작품은 보여준다. 이처럼 어느 시대에나 진실한 사랑의 감정은 나이와 신분을 초월하여 누구에게나 존재하는 것이다.

알짜 문제!

01 이 작품에서 서정적 자아의 마음의 상태를 유추할 때 가장 알맞은 것은?
① 육체의 늙음을 거부하고 있다.
② 정신의 늙음을 한탄하고 있다.
③ 육체의 젊음을 회고하고 있다.
④ 정신의 젊음을 예찬하고 있다.
⑤ 육체의 늙음을 한탄하고 있다.

02 이 작품을 사랑의 노래로 볼 때 서정적 자아가 지향하는 바는?
① 몸도 마음처럼 젊다면 마음껏 사랑을 하고 싶다.
② 현실에서 이루지 못한 사랑을 죽은 후에 이루고 싶다.
③ 사랑을 한다면 다른 사람의 시선 따위는 아랑곳하지 않겠다.
④ 사랑은 언제나 부질없는 것임을 사람들에게 깨우쳐 주고 싶다.
⑤ 몸이 마음을 따라와 주지 않으므로 헛된 사랑을 하고 싶지 않다.

서술형 이 작품의 종장에서 '늙 우일가 ㅎ노라.'에 나타난 지은이의 현실 인식에 대해 50자 내외로 서술하시오.

➤ 답은 [부록]에

31 모음이 어린 후ㅣ니_ 서경덕(徐敬德)

모음이 어린 後(후)ㅣ니 ᄒᄂᆞᆫ 일이 다 어리다.
萬重雲山(만중운산)에 어니 님 오리마ᄂᆞᆫ
지ᄂᆞᆫ 닙 부ᄂᆞᆫ 부람에 행여 긘가 ᄒᄂᆞ노라.

마음이 어리석으니 하는 일이 다 어리석다.
만중운산에 어느 임이 오겠는가마는
지는 잎과 부는 바람 소리에도 행여 그인가 하노라.

배경 >>> **지은이가 황진이를 그리워하며** 지은 노래라고 한
다. 부는 바람에 잎이 떨어지는 소리에도 임의
발자국 소리가 아닌가 하며 조바심하는 환청의
상태에 이르도록 임을 기다리는 절실함이 실감
있게 형상화되어 있다.

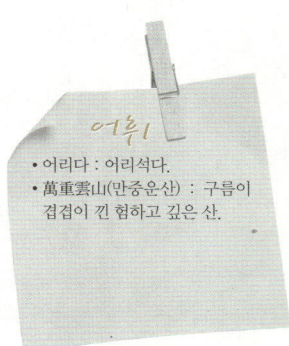

어휘

- 어리다 : 어리석다.
- 萬重雲山(만중운산) : 구름이
  겹겹이 낀 험하고 깊은 산.

➡ 알아 두기

- 작자 : 서경덕(徐敬德, 1489–1546). 조선 중종 때의 학자. 호는 화담(花潭)
- 연대 : 조선 중종 때
- 갈래 : 평시조, 연정가(戀情歌)
- 제재 : 낙엽 지는 소리
- 주제 : 임을 간절히 기다리는 마음
- 출전 : 「청구영언(靑丘永言)」

이 시조의 지은이는 도학자 이전의, 인간 본연의 순수한 감정을 노래하고 있다. 부는 바람에 지는 잎을 도치시켜 표현함으로써 운율을 조성하고 안타깝게 기다리는 마음을 드러냈다. 지은이는 스스로 마음이 어리석다고 낮추고 있지만 누를 수 없는 그리움과 안타까움, 기다림의 심정을 진솔하게 표현하고 있다. 당대 최고의 도학자에게도 사랑은 어김없이 찾아와 인간적인 고뇌에 빠져들게 하고 있는 이 작품을 통해 사랑하는 사람을 기다리고 그리워하는 것은 시대를 초월한 인지상정임을 깨닫게 된다.

알짜 문제!

01 이 작품의 서정적 자아의 심정과 가장 알맞은 사자성어(四字成語)는?
① 진퇴유곡(進退維谷)　　② 만학천봉(萬壑千峰)　　③ 백골난망(白骨難忘)
④ 오매불망(寤寐不忘)　　⑤ 사고무친(四顧無親)

02 이 작품에 나타난 갈등의 양상으로 알맞은 것은?
① 사회와 자아의 갈등　　② 자아와 자아의 갈등　　③ 사회와 사회의 갈등
④ 시대와 자아의 갈등　　⑤ 은명과 운명의 갈등

서술형 이 작품의 중장에 나오는 '萬重雲山(만중운산)'은 어떤 구실을 하는지 30자 이내로 서술하시오.

➡ 답은 [부록]에

32 미암이 밉다 울고_ 이정신(李廷藎)

미암이 밉다 울고 쓰르람이 쓰다 우니
山菜(산채)를 밉다는가 薄酒(박주)를 쓰다는가.
우리는 草野(초야)에 뭇쳐시니 밉고 쓴 줄 몰너라.

매미가 맵다고 울고, 쓰르라미가 쓰다고 우니
산나물이 맵다고 하는가, 박주가 쓰다고 하는가?
우리는 초야에 묻혀 있으니 맵고 쓴 줄 모르겠구나.

배경 >>> **속세를 떠나 초야에 묻혀** 세속의 고락을 초월하고, 부귀와 영화를 한바탕의 꿈으로 돌린 채 얽매인 데 없이 유유히 소박한 삶을 즐기고자 하는 작가의 인생관이 잘 드러나 있다. 특히 매미와 쓰르라미를 이용한 언어유희의 묘미가 인상적인 작품이다.

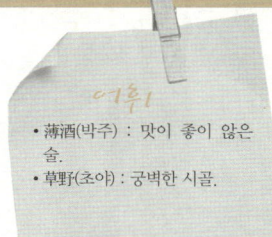

어후I
- 薄酒(박주) : 맛이 좋이 않은 술.
- 草野(초야) : 궁벽한 시골.

온고지신! 溫故知新

이 시조에서 가장 눈에 띄는 특징은 '매미'와 '쓰르라미'의 첫음에서 '맵'고 '쓰'다는 미각적 심상을 이끌어 내어, 초야에 파묻힌 생활의 유유자적을 노래하고 있다는 점이다. 조선 후기의 노래들에는 이와 같이 우리말의 묘미를 감각적으로 이용한 작품들이 많이 등장하고 있다. 이는 판소리에 나타나는 언어유희

➡ 알아 두기

- 작자 : 이정신(李廷藎, ?–?). 조선 영조 때의 가객(歌客). 호는 백회재(百悔齋)
- 연대 : 조선 영조 때
- 갈래 : 평시조. 한정가(閑情歌)
- 제재 : 초야의 삶
- 주제 : 자연 속에 묻혀 사는 즐거움
- 출전 : 「가곡원류(歌曲源流)」

를 통한 풍자 정신과도 상통하는 것으로서 서민의식의 자각과
근대성의 발현으로 해석할 수 있다.

01 이 작품의 지은이는 속세를 어떤 세계로 인식하고 있는가?
① 자연의 섭리에 따른 조화로운 세계
② 부귀와 영화가 보장되는 이상적인 세계
③ 공동체의 삶이 실현되고 있는 평등한 세계
④ 고통과 번민이 만연해 있는 부정적인 세계
⑤ 인간과 자연이 하나가 되는 물아일체의 세계

02 이 작품에 나타난 언어유희와 관계없는 것은?
① 청산리 벽계수야 수이 감을 자랑 마라.
② 너의 서방인지 남방인지 걸인 하나 내려왔다.
③ 술 익자 체 장사 돌아가니 아니 먹고 어이리.
④ 신 것을 그리 많이 먹어 낳더라도 그놈은 안 시건방질까 몰라.
⑤ 갈비를 달래면 익은 소갈비를 달래지 사람의 생갈비를 달랜단 말이오?

서술형 이 작품에 나타난 두 가지 인간형은 어떤 것인지 80자 내외로 대조적으로 서술하시오.

➜ 답은 [부록]에

33 말 업슨 청산이요 _ 성혼(成渾)

말 업슨 靑山(청산)이요 態(태) 업슨 流水(유수)ㅣ로다.
갑 업슨 淸風(청풍)이요 임즈 업슨 明月(명월)이로다.
이 中(중)에 病(병) 업슨 이 몸이 分別(분별) 업시 늙으리라.

말 없는 청산이요, 모양 없는 유수로다.
값 없는 청풍이요, 임자 없는 명월이로다.
이 중에 병 없는 이 몸이 걱정 없이 늙으리라.

배경 >>> 청산과 유수를 벗하여 청풍명월을 즐기며, 세상의 속된 욕심으로 근심할 것 없이 마음 편하게 살아보겠다는 지은이의 사상이 잘 나타난 노래이다. 논어의 '지자요수 인자요산(智者樂水 仁者樂山 : 슬기로운 이는 물을 좋아하고, 어진 이는 산을 좋아한다.)'의 경지라고 말할 수 있다.

어휘

- 態(태) 업슨 : 일정한 모양 없는. 격식 없는. 뽐내지 않는. 자연스러운.
- 갑 업슨 : 즐기기 위한 비용을 지불하지 않아도 되는.
- 分別(분별) 업시 : 아무런 근심 걱정 없이.

⬢ 작자 : 성혼(成渾, 1535~1598).
조선 선조 때의 학자. 호는 우
계(牛溪)
⬢ 연대 : 조선 선조 때
⬢ 갈래 : 평시조, 한정가(閑情歌)
⬢ 제재 : 청산, 유수, 청풍, 명월
⬢ 주제 : 자연귀의를 통한 유유
자적한 삶의 추구
⬢ 출전 : 「화원악보(花源樂譜)」

온고지신! 溫故知新

이 시조의 시상은 송나라 시인
인 소동파의 〈적벽부〉에 나오는
'천지간의 만물은 모두 주인이 있으나 강가의 청풍과 산 위의
명월은 누구나 자유롭게 취할 수 있다.'는 내용과 매우 유사하
다. 제재로 등장하는 산, 물, 바람과 달은 각각 말 많고, 가식적
이며, 물욕에 찌든 인간과 대조되어 아름답고 순수한 자연에
귀의하고자 하는 지은이의 사상을 대변하고 있다. 물질 만능을
넘어 물질 숭배까지 이르고 있는 현대인들로 하여금 자신의
삶을 되돌아보게 하는 노래라 할 수 있다.

알짜 문제!

01 이 작품의 주제 의식과 가장 거리가 먼 사자성어(四字成語)는?
① 물아일체(物我一體)　　② 수구초심(首丘初心)　　③ 자연친화(自然親和)
④ 주객일체(主客一體)　　⑤ 안빈낙도(安貧樂道)

02 이 작품의 지은이가 비판의 대상으로 보고 있는 인간형이 아닌 것은?
① 소유욕이 강한 인간
② 자기주장이 강한 인간
③ 입신양명을 지향하는 인간
④ 물질에 대한 욕망이 강한 인간
⑤ 남 앞에 자신을 드러내기 좋아하는 인간

서술형 이 작품의 지은이의 입장에서 현대인들에게 줄 수 있는 교훈을 60자 내외로 서술하
시오.

➡ 답은 [부록]에

34 묏버들 골히 것거_ 홍랑(洪娘)

묏버들 골히 것거 보내노라 님의손디.
자시는 窓(창) 밧긔 심거 두고 보쇼셔.
밤비예 새 닙곳 나거든 날인가도 너기쇼셔.

산버들 가지 가려 꺾어 보내노라, 임에게.
주무시는 방 창밖에 심어 두고 보소서.
밤비에 새 잎이 돋아나면 나인 것처럼 여기소서.

배경 〉〉〉 **지은이가 최경창(崔慶昌)이라는 문인과 깊은 정을**
나누다가 그와 이별한 후, 각별한 그리움을 이기
지 못하여 지은 작품으로 전해진다.

온고지신! 溫故知新 이 시조는 임에게 바치는 지순
한 사랑을 묏버들로 구상화시
키고 있다. 비록 몸은 서로 멀리 떨어져 있지만, 임에게 바치는
순정은 묏버들처럼 항상 곁에 있겠다는 의지를 표현한다. 그러
면서도 나 이외의 여인에게 한눈을 팔지 말라는 당부의 뜻도
숨어 있다. 봄비에 파릇파릇 움터 오는 새 잎에서는 청순가련
하고 섬세한 여인의 이미지를 느낄 수 있다. 장미꽃이나 초콜
릿 등은 현대적 의미의 묏버들이라 할 수 있다. 사랑을 전하는
매개체는 시대에 따라 달라지지만, 사랑하는 마음만은 시대를
초월하는 것이다.

알아 두기

○ 작자 : 홍랑(洪娘, ?-?). 조선
선조 때 함경도 경성(鏡城)의
기생
○ 연대 : 조선 선조 때
○ 갈래 : 평시조, 연정가(戀情歌)
○ 제재 : 묏버들
○ 주제 : 임에게 보내는 사랑과
그리움
○ 출전 : 「청구영언(靑丘永言)」

알짜 문제!

01 이 작품의 '묏버들'에 대한 설명으로 바르지 않은 것은?
① 서정적 자아의 분신이다.
② 작품의 중심 소재이다.
③ 청순한 사랑의 이미지이다.
④ 임을 향한 사랑의 매개체이다.
⑤ 임과의 심리적 거리감을 상징한다.

02 이 작품에 대한 감상을 가장 적절하게 말한 사람은?
① 은미 : 사랑의 의지가 잘 표현된 작품이야.
② 미애 : 사랑의 허무감이 상징적으로 그려져 있어.
③ 정숙 : 인간의 고통을 자연을 통해 극복하고자 하고 있어.
④ 수영 : 임과 이별한 후의 슬픔이 구체적으로 나타나 있어.
⑤ 혜옥 : 이룰 수 없는 사랑에 대한 체념이 잘 표현된 작품이야.

서술형 이 작품에서 서정적 자아가 '묏버들'을 보내게 된 이유는 무엇인지 20자 내외로 서술
하시오.

➡ 답은 [부록]에

35 반중 조홍감이_ 박인로(朴仁老)

盤中(반중) 早紅(조홍)감이 고아도 보이ᄂ다.
柚子(유자)ㅣ 안이라도 품엄즉도 ᄒ다마ᄂ
품어 가 반기리 업슬시 글노 설워 ᄒᄂ이다.

소반 위에 놓인 홍시가 곱게도 보이는구나.
유자가 아니라도 품어 갈 마음이 있지마는
품어 가도 반길 이가 없으니 그 때문에 서러워합니다.

배경 >>> 〈조홍시가(早紅枋歌)〉로 불리는 이 시조는 지은이가 이덕형(李德馨)의 집에 갔다가 그가 감을 대접하자 돌아가신 부모님이 그리워 '육적회귤(陸績懷橘)'의 고사를 떠올리며 지은 노래라 한다.

여휘
• 早紅(조홍)감 : 일찍 빨갛게 익은 감. 조홍시(早紅枋).
• 반기리 : 반길 이. 반가워해 주실 부모님.
• 글노 : 그것으로. 그것(부모님이 안 계심)으로 인하여

온고지신! 溫故知新 중국 오나라의 육적(陸績)이란 사람이 여섯 살 때 원술(遠術)의 집을 방문하여 귤을 대접받았는데, 돌아갈 때 옷 속에서 귤이 떨어져 원술이 까닭을 물으니, 모친을 생각하여 먹지 않고 옷에 품고 있었다 하여 원술이 육적의 효성에 감동했다고 한다. 이를 '육적회귤(陸績懷橘)', 또는 '회귤고사(懷橘故事)'라 한다. 요즘은 부모들이 자식을 과보호하여 사회 문제가 되고 있으며, 그에 따라 효도 정신도 점점 사라지고 있다. 이런 점에서 이

➡ 알아 두기

○ 작자 : 박인로(朴仁老, 1561–1642). 조선 선조 때의 문인. 호는 노계(蘆溪)
○ 연대 : 조선 선조 때
○ 갈래 : 평시조. 사친가(思親歌)
○ 제재 : 조홍감
○ 주제 : 돌아가신 부모님에 대한 효심
○ 출전 : 「노계집(蘆溪集)」

노래는 오늘날 우리가 깊이 새겨 두어야 할 소중한 가치를 지니고 있는 작품이라고 할 수 있다.

01 이 작품의 주제 의식과 관계없는 사자성어(四字成語)는?
① 육적회귤(陸績懷橘)　　　② 망운지정(望雲之情)　　　③ 풍수지탄(風樹之嘆)
④ 사친이효(事親以孝)　　　⑤ 맥수지탄(麥秀之嘆)

02 이 작품이 말하고자 하는 바와 유사하지 않은 것은?
① 아버님 날 낳으시고 어머님 날 기르시니 / 두 분 곧 아니시면 이 몸이 살아시랴. / 하늘같은 가없는 은덕을 어디 대여 갚사오리.
② 어버이 살아신 제 섬길 일란 다하여라. / 지나간 후면 애닯다 어찌하리. / 평생에 고쳐 못할 일이 이뿐인가 하노라.
③ 어버이 날 낳으셔 어질고자 길러내니 / 이 두 분 아니시면 내 몸 나서 어질소냐. / 아마도 지극한 은덕을 못내 갚아 하노라.
④ 종과 상전의 구별을 누가 만들어 내었던가. / 벌과 개미들이 이 뜻을 먼저 아는구나. / 한 마음에 두 뜻을 가지는 일이 없도록 속이지나 마십시오.
⑤ 뫼는 길고길고 물은 멀고멀고 / 어버이 그린 뜻은 많고많고 하고하고 / 어디서 외기러기는 울고울고 가느니.

서술형 이 작품의 중장에서 '柚子(유자)ㅣ 안이라도'라고 말한 것은 어떤 뜻인지 30자 내외로 서술하시오.

➜ 답은 [부록]에

36 방 안에 혓는 촉불_ 이개(李塏)

房(방) 안에 혓는 燭(촉)불 눌과 離別(이별)ᄒ엿관디
겻츠로 눈물 디고 속 타는 줄 모르ᄂ고.
뎌 燭(촉)불 날과 갓트여 속 타는 쥴 모로도다.

방 안에 켜 있는 촛불 누구와 이별하였기에
겉으로 눈물 흘리며 속 타는 줄 모르는가?
저 촛불 나와 같아서 속 타는 줄 모르는구나.

배경 >>> 수양대군이 어린 임금 단종의 왕위를 찬탈하고 강원도 영월로 유배를 보내자, 단종과 이별한 애타는 슬픔을 촛불에 이입하여 형상화한 작품이다.

온고지신! 溫故知新

이 시조는 단종과 이별로 인한 주체할 수 없는 슬픔을 촛불이 타는 것에 비유하여 여성적인 어조로 속 타는 마음을 형상화시키고 있다. 단종을 향한 지은이의 충절은 작품으로 끝나지 않고 단종 복위를 꾀하다 끝내 참형을 당하게 된다. 이때 지은이와 함께 목숨을 잃은 성삼문, 박팽년, 유응부, 하위지, 유성원 등 여섯 명을 가리켜 역사는 '사육신(死六臣)'이라 칭한다. 권력을 둘러싼 피비린내 나는 역사는 이제 과거의 것이 되었지만, 아직도 우리 정치의 주변에는 전근대적 당쟁이 남아 있

어휘

• 혓는 : 컨, 켜 있는.
• 눌과 이별(離別)ᄒ엿관디 : 누구와 이별하였기에. 단종과의 이별을 의미함.
• 디고 : 떨어지고.

➡ **알아 두기**

○ 작자 : 이개(李塏, 1417~1456). 조선 전기의 문신 호는 백옥헌(白玉軒)
○ 연대 : 조선 세조 때
○ 갈래 : 평시조
○ 제재 : 촛불
○ 주제 : 단종과 이별한 슬픔
○ 출전 : 「청구영언(靑丘永言)」

다. 사육신의 작품들은 현대를 사는 우리들에게 그러한 역사의
극복을 교훈으로 전해준다.

알짜 **문제!**

01 이 작품의 주제 의식과 거리가 먼 한자어는?
① 忠(충)　　　　　② 節(절)　　　　　③ 義(의)
④ 省(성)　　　　　⑤ 君(군)

02 이 작품의 서정적 자아가 말하고자 하는 바로 가장 알맞은 것은?
① 나와 촛불은 처지가 다르다.
② 나는 촛불의 속마음을 모른다.
③ 촛불은 나의 속이 타는 줄을 모른다.
④ 나도 촛불처럼 속이 타들어가고 있다.
⑤ 나는 촛불의 속 타는 이유를 알 수 없다.

서술형 이 작품을 바탕으로 지은이가 처한 상황을 역사적 현실과 관련지어 60자 내외로 서술
하시오

➡ 답은 [부록]에

37 백구야 말 무러 보자_ 김천택(金天澤)

白鷗(백구)야 말 무러 보자 놀나지 말아스라.
各區勝地(명구승지)를 어듸어듸 보왓는다.
날두려 자세히 일러든 너와 게 가 놀리라.

갈매기야, 말 물어 보자. 놀라지 마라.
명구승지를 어디어디 보았느냐?
나에게 자세히 말해 주면 너와 거기에 가 놀리라.

배경 〉〉〉 갈매기에게 산수 경치 좋은 곳을 묻는 형식을 취하고 있는 작품이다. 이러한 작자의 태도는 자연의 경관을 완상하며 유유자적하려는, 즉 자연과의 화합을 추구하려는 것으로 볼 수 있다. 이런 점에서 이 시조는 물아일체(物我一體)의 전형적인 노래라 할 만하다.

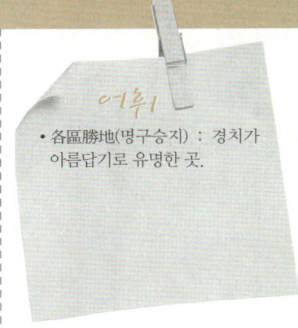

어휘
• 各區勝地(명구승지) : 경치가 아름답기로 유명한 곳.

온고지신! 溫故知新

이 시조는 아름다운 자연 속에서 노닐고 싶은 소망을 갈매기에 의탁하여 노래함으로써 인간과 자연이 하나가 되는 물아일체 사상을 노래하고 있다. 인간의 눈으로 볼 수 있는 한계를 넘어 갈매기가 본 세계까지 가고 싶어 하는 자연에 대한 갈

➡ 알아 두기

◯ 작자 : 김천택(金天澤, ?-?). 조선 영조 때의 가객(歌客). 호는 남파(南波)
◯ 연대 : 조선 영조 때
◯ 갈래 : 평시조, 한정가(閑情歌)
◯ 제재 : 백구
◯ 주제 : 자연과 동화된 삶의 추구
◯ 출전 : 「해동가요(海東歌謠)」

망이 잘 표현되어 있다. 이처럼 자연과 인간이 동화됨으로써
얻는 삶의 즐거움을 노래한 이 작품을 통해 현대인들의 바람
직한 자연관은 어떤 것이어야 하는지 생각해 보자.

01 이 작품에 쓰인 주된 표현법은?
　① 은유법(隱喻法)　　　② 대조법(對照法)　　　③ 활유법(活喻法)
　④ 인용법(引用法)　　　⑤ 의인법(擬人法)

02 이 작품의 서정적 자아가 '백구(白鷗)'에게 묻는 궁극적 이유는?
　① 인간의 유한성에 대한 절망 때문
　② 명승지를 지향하는 무한한 욕구 때문
　③ 현실을 속히 떠나고 싶은 조바심 때문
　④ 인간들은 질문에 대답을 해 주지 않기 때문
　⑤ 백구의 본능적 지혜를 본받고 싶은 소망 때문

서술형 이 작품의 초장에서 서정적 자아는 백구에게 왜 놀라지 말라고 했는지 50자 내외로
　서술하시오.

➔ 답은 [부록]에

38 백사장 홍료변에_ 작자 미상

白沙場(백사장) 紅蓼邊(홍료변)에 굽니러 먹는 져 빅노야
혼 닙에 두셋 물고 무어 낫쌔 굽니느냐.
우리도 口腹(구복)이 웬슈라 굽니러 먹네.

백사장 홍료변에 굽실거리며 먹는 저 백로야,
한 입에 두세 마리 물고 무엇이 모자라 굽실거리느냐?
우리도 입과 배가 원수라 굽실거리며 먹네.

배경 》》》 세상살이의 어려움을 백로의 습성을 통하여 우의적 표현으로 형상화한 작품이다. 가진 자들의 욕망과 서민의 어려움을 대조함으로써 사회 문제를 드러내고 있다.

이 시조에서 백로는 깨끗한 이미지가 아니라 부정적으로 표현되어 아첨하는 사족(士族)들을 상징한다. 충분히 먹을 것이 있음에도 불구하고 또 다른 부귀를 위하여 남에게 몸을 조아리며 아첨하는 백로와 같은 사족들과 먹고 살기 위해 어쩔 수 없이 세상에 굴복해야 하는 서민의 처지를 대조함으로써 부조리한 세태를 풍자하고 있다. 오늘날에도 '부익부빈익빈(富益富貧益貧)'이라는 삶의 양극화가 심각한 사회 문제로 대두하고

어휘
- 紅蓼邊(홍료변) : 붉은 여뀌풀이 피어 있는 물가.
- 굽니러 : 몸을 굽혔다 폈다 하는 모양. 세상에 굴복하는 모양새를 나타냄.
- 백로 : 가진 것이 있으면서도 더 많은 욕심을 부리는 양반들을 비유함.
- 낫쌔 : 나빠서. 부족하여서.
- 口腹(구복)이 웬슈 : 먹고 사는 일의 괴로움을 의미함.

➡ **알아 두기**

◯ 작자 : 미상
◯ 연대 : 조선 시대
◯ 갈래 : 평시조, 풍자가(諷刺歌)
◯ 제재 : 백로
◯ 주제 : 먹고 사는 일에 얽매인 세상살이의 고달픔
◯ 출전 : 「남훈태평가(南薰太平歌)」

있다. 가진 자들이 욕망을 자제하고 못가진 자들을 위해 나누어 가지려는 마음이 사회제도로 정착하고 실천될 때라야만, 이러한 사회 문제도 해결될 수 있을 것이다.

알짜 문제!

01 이 작품은 어떤 현실을 전제로 하고 있는가?
① 먹고 사는 데 대한 걱정이 없는 태평한 현실
② 인간의 욕망으로 자연이 파괴되고 있는 현실
③ 가난한 백성들이 서로 원수가 되어 싸우는 현실
④ 전쟁으로 인하여 모든 백성들이 굶주리고 있는 현실
⑤ 가진 자들이 욕망을 채우기 위해 권력에 아첨하는 현실

02 이 작품의 서정적 자아의 처지를 잘 나타내는 사자성어(四字成語)는?
① 함포고복(含哺鼓腹)   ② 삼순구식(三旬九食)   ③ 안분지족(安分知足)
④ 구밀복검(口蜜腹劍)   ⑤ 자승자박(自繩自縛)

서술형 이 작품에 등장하는 '백로'의 태도는 어떤 점에서 문제가 있는지 60자 내외로 서술하시오.

➡ 답은 [부록]에

39 백설이 ㅈ자진 골에_ 이색(李穡)

白雪(백설)이 ㅈ자진 골에 구루미 머흐레라.
반가온 梅花(매화)는 어니 곳에 픠엿ᄂ고.
夕陽(석양)에 홀로 셔 이셔 갈 곳 몰라 ᄒ노라.

백설이 잦아진 골짜기에 구름이 험하구나.
반가운 매화는 어느 곳에 피어 있는가?
석양에 홀로 서 있어 갈 곳 몰라 하노라.

배경 >>> 조선 건국을 위한 신흥 세력은 날로 팽창하고,
고려 왕조는 점점 기울어져만 가는 상황에 처한
지은이의 방황과 우국충정(憂國衷情)이 잘 나타
나 있는 작품이다.

온고지신! 溫故知新

이 시조에는 고려의 유신으로
기울어 가는 나라를 바라보며
안타까워하는 지은이의 모습이 잘 나타나 있다. '석양(夕陽)에
홀로 셔 이셔 갈 곳 몰라 ᄒ노라.' 하는 탄식은 어디선가 나타
나 주기를 바라는 '매화'(충신)와 연결되어 그 정을 더해 주고
있다. 이 작품에서는 역사적 전환기에 처한 지식인의 고뇌를
읽을 수 있으며, 그를 통해 국가와 민족이 위기에 처했을 때
지식인의 참된 역할은 어떠해야 하는지 다시 한 번 생각하게
한다.

어휘!
• 白雪(백설) : 고려의 유신(遺臣)을 상징함.
• ㅈ자진 : 녹아 없어진. 고려의 유신들이 사라졌음을 뜻함.
• 구름 : 조선 건국의 신흥 세력인 이성계 일파를 상징함.
• 梅花(매화) : 고려의 충신, 憂國之士(우국지사)를 상징함.
• 夕陽(석양) : 기울어 가는 고려 왕조를 상징함.

▶ 알아 두기

○ 이색(李穡, 1328~1396). 고려 말의 문신·학자. 호는 목은(牧隱)
○ 연대 : 고려 말
○ 갈래 : 평시조, 우국가(憂國歌)
○ 제재 : 매화
○ 주제 : 우국충정(憂國衷情)
○ 출전 : 「청구영언(靑丘永言)」

알짜 문제!

01 이 작품의 주된 정서와 관계 깊은 사자성어(四字成語)는?
① 망양지탄(亡羊之歎)　② 풍수지탄(風樹之歎)　③ 맥수지탄(麥秀之歎)
④ 비육지탄(?肉之嘆)　⑤ 만시지탄(晩時之歎)

02 이 작품의 서정적 자아의 태도와 관계없는 것은?
① 나라의 운명에 대해 근심하고 있다.
② 새 시대의 도래에 대해 기대하고 있다.
③ 새로운 세력에 대해 경계심을 보이고 있다.
④ 자신의 갈 길을 정하지 못해 방황하고 있다.
⑤ 충신들이 사라진 데 대해 안타까워하고 있다.

서술형 이 작품의 내용을 바탕으로 지은이가 어떤 갈등에 처해 있으며, 장차 어떤 미래를
선택할 것인지 80자 내외로 서술하시오.

➡ 답은 [부록]에

40 북창이 묽다커늘 _ 임제(林悌)

北窓(북창)이 묽다커늘 雨裝(우장) 업시 길을 난이
山(산)에는 눈이 오고 들에는 춘비로다.
오늘은 춘비 맛잣시니 얼어 잘까 ᄒ노라.

북창이 맑다 하기에 비옷 없이 길을 나서니
산에는 눈이 오고, 들에는 찬비가 내린다.
오늘은 찬비 맞았으니 얼어 잘까 하노라.

배경 〉〉〉 **풍류객으로 유명한 지은이가** 평양 명기인 한
우(寒雨)를 만나 사랑을 노래한 작품으로 전해
진다.

온고지신! 溫故知新
이 시조에서는 들에 내리는 '찬
비'와 기녀의 이름 '한우(寒
雨)'를 중의적으로 표현한 재치가 돋보인다. 지은이는 현실에
순응하지 못하고 법도를 초탈해서 호방하게 지냈으며, 봉건적
권위에 반항했고, 자유분방한 삶의 자세를 보여준 인물이었다.
특히, 시문을 통하여 그의 낭만성을 보여 주었는데, 이 노래도
그 중의 하나다. 직접적으로 사랑을 호소하는 것도 좋지만, 이
시조처럼 재치와 해학이 넘치게 사랑을 표현하는 것은 상대방
을 더욱 감동시킬 수 있지 않을까?

➡ 알아 두기

◉ 작자 : 임제(林悌, 1549~1587).
조선 중기의 문신. 호는 백호(白
湖)
◉ 연대 : 조선 선조 때
◉ 갈래 : 평시조, 연정가(戀情歌)
◉ 제재 : 찬비
◉ 주제 : 은근한 구애의 호소
◉ 출전 : 「해동가요(海東歌謠)」

알짜 문제!

01 이 작품의 표현상 특징으로 가장 알맞은 것은?
① 반복법을 이용하여 주제를 강조하고 있다.
② 설의법을 이용하여 내면의 심리를 드러내고 있다.
③ 대구법을 이용하여 대상의 차이를 찾아내고 있다.
④ 대조법을 이용하여 대상의 특징을 구체화하고 있다.
⑤ 중의법을 이용하여 정서를 우회적으로 전달하고 있다.

02 이 작품의 성격으로 가장 알맞은 것은?
① 해학적(諧謔的)   ② 비판적(批判的)   ③ 애상적(哀想的)
④ 풍자적(諷刺的)   ⑤ 관념적(觀念的)

서술형 이 작품의 종장을 서정적 자아가 궁극적으로 하고자 하는 말로 직접 바꾸어 30자 내외로 서술하시오.

➜ 답은 [부록]에

41 삭풍은 나모 긋틱 불고_ 김종서(金宗瑞)

朔風(삭풍)은 나모 긋틱 불고 明月(명월)은 눈 속에 춘딕
萬里邊城(만리변성)에 一長劍(일장검) 집고 셔셔
긴 프람 큰 흔 소릭에 거칠 거시 업세라.

삭풍은 나무 끝에 불고 명월은 눈 속에 찬데
만리변성에 일장검 짚고 서서
긴 휘파람 불며 큰 소리 치니 거칠 것이 없구나.

배경 >>> **북방의 여진족을 물리치고** 육진(六鎭)을 개척한
지은이의 대장부다운 호방한 기백과 당당한 의
지가 잘 나타난 노래이다.

온고지신! 溫故知新

이 시조는 초장의 삼엄한 주변
상황에 이어 종장에서 장부다
운 기상이 나타나 시적 조화를 이루고 있다. 변방을 수호하는
무장의 씩씩한 의기가 번득이며 생동하는 느낌을 줌으로써, 음
풍농월(吟風弄月)에 물든 다른 양반들의 시심에서 한 걸음 나
아간 사실성을 엿볼 수 있다. 오늘날 청소년들은 기백이 부족
하고 인내심이 부족하다는 이야기들을 자주 한다. 이러한 노래
를 통하여 호연지기를 배우고 실천하는 기회를 삼는다면 더할
나위 없이 좋을 것이다.

여후기

• 삭풍(朔風) : 겨울철에 북쪽에
서 불어오는 찬바람.
• 萬里邊城(만리변성) : 한양 땅
에서 멀리 떨어져 있는 국경의
성.
• 거칠 것 : (나에게) 감히 대적
할 자.

➡ 알아 두기

○ 작자 : 김종서(金宗瑞, 1390~
1453). 조선 전기의 문신. 호는
절재(節齋)
○ 연대 : 조선 세종 때
○ 갈래 : 평시조
○ 제재 : 만리변성, 일장검
○ 주제 : 대장부의 호방한 기개
○ 출전 : 「병와가곡집(甁窩歌曲集)」

알짜 문제!

01 이 작품의 서정적 자아가 처한 현실과 거리가 먼 것은?
① 시대적 격변기이다.
② 혹독한 겨울철이다.
③ 겨울의 풍류를 즐기고 있다.
④ 현실적 시련에 당면하고 있다.
⑤ 북쪽 오랑캐와 대치하고 있다.

02 이 작품을 읽고 감상을 말한 것으로 적당하지 않은 것은?
① 호연지기를 기르고 싶어.
② 대장부다운 기상이 잘 나타나 있어.
③ 지은이에게는 위기를 기회로 만드는 기백이 있어.
④ 유배지 생활의 어려움이 사실적으로 제시되어 있어.
⑤ 어려운 현실을 극복하려면 무엇보다 의지가 필요해.

서술형 이 작품에 제시된 자연은 어떤 구실을 하고 있는지 60자 내외로 서술하시오.

➡ 답은 [부록]에

42 산은 녯 산이로되 _ 황진이(黃眞伊)

山(산)은 녯 山(산)이로더 물은 녯 물이 안이로다.
晝夜(주야)에 흘으니 녯 물이 이실쏘냐.
人傑(인걸)도 물과 긋ㅇ야 가고 안이 오노믜라.

산은 옛 산이지만 물은 옛 물이 아니로구나.
밤낮을 흐르니 옛 물이 있겠는가?
인걸도 물과 같아서 가고 아니 오는구나.

배경 〉〉〉 **지은이는 자신을** '산'에 인간을 '물'에 비유하여 변함없는 자신과 무상한 인간들의 감정을 대조적으로 노래하고 있다. '인걸'이 서정적 자아가 그리는 특정인이라면 무정한 사람을 그리워하는 애련의 노래가 될 것이고, 화자의 철학적 대상이라면 자연을 통하여 인생을 관조하는 노래가 될 것이다.

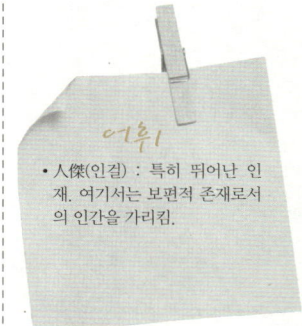

어휘
• 人傑(인걸) : 특히 뛰어난 인재. 여기서는 보편적 존재로서의 인간을 가리킴.

알아 두기

- 작자 : 황진이(黃眞伊, ?~?). 조선 중기의 명기(名妓). 본명은 진(眞)
- 연대 : 조선 명종·선조 때
- 갈래 : 평시조
- 제재 : 산, 물, 인걸
- 주제 : 임에 대한 그리움. 인생무상
- 출전 : 「해동가요(海東歌謠)」

온고지신! 溫故知新

이 시조는 산과 물의 대조를 통하여 허무한 삶의 철학적 의미를 돌아보게 하고 있는 노래다. 변함없는 산과 끊임없이 흘러가는 물을 대조하고, 흐르는 물을 사라지는 인간과 같다고 함으로써 인생에 대한 허망함을 구체화시키고 있다. 이 시조는 정을 준 사람에 대한 기녀의 단순한 그리움에서 인생무상이라는 인간의 보편적 정서로 주제의식이 확대되고 있는 노래라 할 수 있다. 이러한 정서는 오늘날에도 이어져 우리들에게 인간의 삶에 대한 철학적 사유를 던져주고 있다.

알짜 문제!

01 이 작품의 사상 전개 방식이 아닌 것은?
① 가설을 세운다.
② 가설을 증명한다.
③ 전제의 오류를 부정한다.
④ 대상의 본질적 차이를 인식한다.
⑤ 대상의 공통적 속성을 바탕으로 비유한다.

02 이 작품의 지은이가 궁극적으로 말하고자 하는 바는?
① 변하지 않는 산 속에서 살고 싶다.
② 자연은 변하기도 하고, 변하지 않기도 한다.
③ 흐르는 물은 변하기 때문에 인간과 다르다.
④ 흐르는 물과 같은 인간이지만 옛 정이 그립다.
⑤ 인간의 정은 흐르는 물과 같아서 변할 줄을 모른다.

서술형 이 작품에서 '山(산)'과 서정적 자아가 동격이라고 할 수 있는 근거에 대해 50자 내외로 서술하시오.

➡ 답은 [부록]에

43 산촌에 눈이 오니_ 신흠(申欽)

山村(산촌)에 눈이 오니 돌길이 무쳐셰라.
柴扉(시비)를 여지 마라 날 츠즈리 뉘 이시리.
밤즁만 一片明月(일편명월)이 긔 벗인가 ㅎ노라.

산촌에 눈이 오니 돌길이 묻혔구나.
사립문을 열지 마라, 날 찾을 이 누가 있겠는가?
한밤중 일편명월이 그 내 벗인가 하노라.

배경 >>> 지은이가 영창대군(永昌大君)과 김제남(金悌男)
등을 제거한 계축화옥(癸丑禍獄)에 연루되어 고
향인 김포에 물러가 있다가 춘천에 유배되어 있
을 때의 고독한 심경을 노래한 작품이다.

어휘
• 밤즁만 : 밤중쯤에. 한밤중에.
• 일편명월(一片明月) : 한 조각
밝은 달.

온고지신! 溫故知新 이 시조에 등장하는 소재들은
겨울의 산촌, 눈, 돌길, 달 등
차가운 느낌을 주는 것들로 지은이의 외로운 처지를 대변해
주고 있다. 특히 일편명월(一片明月)은 서정적 자아의 외로움을
달래주는 존재임과 동시에 유배지에서 때를 기다리는 지은이
의 처지를 잘 나타내 주고 있다. 이처럼 똑같아 보이는 자연도
지은이의 처지에 따라 다르게 인식된다. 자신의 눈으로 바라보
는 자연은 지금 어떤 모습으로 다가오고 있는지 유심히 생각
해 볼 일이다.

➡ 알아 두기

○ 작자 : 신흠(申欽, 1566~1628).
조선 인조 때의 학자. 호는 상
촌(象村)
○ 연대 : 조선 광해군 때
○ 갈래 : 평시조, 한정가(閑情歌)
○ 제재 : 일편명월
○ 주제 : 은사(隱士)의 외로움과
한가로운 정
○ 출전 : 「청구영언(靑丘永言)」

알짜 문제!

01 이 작품의 서정적 자아의 처지와 가장 유사한 의미를 가진 사자성어(四字成語)는?
① 진퇴유곡(進退維谷)　　② 구절양장(九折羊腸)　　③ 고신원루(孤臣冤淚)
④ 사고무친(四顧無親)　　⑤ 일취월장(日就月將)

02 이 작품의 분위기와 서정적 자아의 태도를 바르게 연결한 것은?
① 냉랭하다 – 추위와 굶주림에 시달리고 있다.
② 어둡다 – 인간의 유한성으로 인하여 절망하고 있다.
③ 한가하다 – 현실을 벗어나 물아일체의 경지를 지향한다.
④ 따뜻하다 – 자연 속에 돌아오니 고향에 온 듯 포근하다.
⑤ 차갑다 – 냉혹한 현실을 원망하며 조용히 때를 기다린다.

서술형 이 작품의 중장에서 '柴扉(시비)를 여지 마라'와 같이 표현한 것은 서정적 자아의 어떤 태도를 반영한 것인지 '柴扉(시비)'의 내포적 의미와 관련하여 100자 이내로 서술하시오.

➔ 답은 [부록]에

44 삼동에 뵈옷 닙고 _ 조식(曺植)

三冬(삼동)에 뵈옷 닙고 巖穴(암혈)에 눈비 마자
구름 씬 볏뉘도 쐰 적이 업건마는
西山(서산)에 히 지다 ㅎ니 눈물겨워 ㅎ노라.

겨울에 베옷 입고, 바위굴에서 눈비 맞아
구름 낀 볕 기운도 쐰 적이 없건마는
서산에 해 졌다 하니 눈물겨워 하노라.

배경 >>> 군신유의(君臣有義)의 유교 정신을 잘 보여 주는 작품이다. 벼슬을 하지 않고 산중에서 은거하는 몸이라 국록을 먹거나 군은을 입은 바 없지마는 임금이 승하했다는 소식을 듣고 애도하는 마음을 절실하게 표현하고 있다.

어휘

• 삼동(三冬) : 겨울 석 달.
• 뵈옷 : 베옷. 벼슬하지 않는 사람들이 입는 옷.
• 巖穴(암혈) : 바위와 굴. 은둔 생활하는 곳을 말함.
• 볏뉘 : 볕 기운. 임금의 은총을 의미함.
• 히지다 : 임금(중종)이 승하하다.

온고지신! 溫故知新

이 시조는 전형적인 유교사상을 표현하고 있는 노래이다. 서정적 자아는 임금의 조그만 은총을 입지 않았어도 승하 소식을 듣고 애도하는 마음을 금치 못하고 있다. 이렇듯 예나 이제나 죽음은 현실의 모든 삶의 조건을 초월하는 절대적인 것임을 알 수 있다. 비록 정치적 이유로 임금의 은총을 받지 못했으나 죽음에 임하여 애틋한 추모의 정을 노래하는 학자의

➡ 알아 두기

◯ 작자 : 조식(曺植, 1501~1572). 조선 중기의 학자. 호는 남명(南溟)
◯ 연대 : 조선 인종 때
◯ 갈래 : 평시조, 충절가(忠節歌)
◯ 제재 : 중종의 승하
◯ 주제 : 임금의 승하에 대한 애도
◯ 출전 : 「병와가곡집(瓶窩歌曲集)」

모습에서 우리가 본받아야 할 참된 인간의 품격을 엿볼 수 있
게 된다.

알짜 문제!

01 이 작품에 등장하는 시어의 내포적 의미로 바르지 않은 것은?
① 볏뉘 : 임금의 은총　　　　　② 뵈옷 : 벼슬을 떠난 삶
③ 히지다 : 임금의 죽음　　　　④ 巖穴(암혈) : 은둔 생활
⑤ 三冬(삼동) : 벼슬살이의 고난

02 이 작품의 배경이 되는 사상으로 가장 알맞은 것은?
① 군신유의(君臣有義)　　② 일편단심(一片丹心)　　③ 사친이효(事親以孝)
④ 부자유친(父子有親)　　⑤ 무위자연(無爲自然)

서술형 이 작품의 내용을 바탕으로 시대적 배경을 고려하여 지은이는 어떤 삶을 살았을 것
인지 60자 내외로 서술하시오.

➔ 답은 [부록]에

삼동에 뵈옷 닙고 ｜ 185

45 서검을 못 일우고_ 김천택(金天澤)

書劍(서검)을 못 일우고 쓸데 업쓴 몸이 되야
五十春光(오십춘광)을 해옴 업씨 지내연져.
두어라 언의 곳 靑山(청산)이야 날 낄 줄이야 잇시랴.

문무(文武)를 닦지 못하고, 쓸데없는 몸이 되어
오십 년 한평생을 한 일 없이 지냈구나.
두어라, 어느 곳인들 청산이야 날 마다할 일 있겠는가?

배경 >>> **지은이는 평민이었으며,** 신분의 한계로 인하여 벼슬길에 나갈 수 없었다. 이런 현실적 제약으로 인하여 문무(文武)를 이루지 못하고 보잘것없는 처지가 되었음을 한탄하면서, 명예나 부귀도 얻지 못한 자신의 처지를 자연을 통하여 위로받고자 하고 있다.

어휘

• 書劍(서검) : 書는 '文(문)', 劍은 '武(무)'를 의미함.
• 청산(靑山) : 아름다운 자연을 말함.
• 낄 줄 : 꺼릴 줄. 마다하여 싫어할 줄.

이 시조는 자연을 즐기는 삶의 즐거움을 표현하고 있는 작품이지만, 자신의 신분과 처지에 대한 한탄이 강하게 나타난다는 점이 특징이다. 자연에 대한 작가의 친화적 자세가 다소 쓸쓸한 느낌을 주는 것도 이 때문일 것이다. 자연친화 사상의 밑바

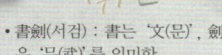 **알아 두기**

● 작자 : 김천택(金天澤, ?-?). 조선 영조 때의 가객(歌客). 호는 남파(南波)
● 연대 : 조선 영조 때
● 갈래 : 평시조
● 제재 : 청산
● 주제 : 자연을 통한 삶의 위로
● 출전 : 「해동가요(海東歌謠)」

탕에 깔려 있는 당 시대의 입신출세에 대한 욕망의 그늘을 찾아내어 오늘날 우리의 가치관과 비교해 보는 것도 의미 있는 일이 될 것이다.

알짜 문제!

01 이 작품에 나타난 벼슬에 대한 서정적 자아의 생각으로 가장 알맞은 것은?

① 처음부터 아예 벼슬에는 관심이 없었다.
② 벼슬을 하다가 물러나 자연 속에 묻혀 살고 있다.
③ 벼슬은 하고 싶었으나 현실적으로 이루지 못했다.
④ 자연을 사랑하여 벼슬에 관심을 둘 겨를이 없었다.
⑤ 자연을 좋아하는 것과 벼슬을 하는 것은 결국 같은 것이다.

02 이 작품을 통해 알 수 있는 지은이의 자연관은?

① 자연은 인간의 실용적인 삶을 위한 도구이다.
② 자연은 인간의 삶과 무관하게 저 혼자 존재한다.
③ 자연은 절대적인 것이며 신성불가침의 존재이다.
④ 자연은 인간의 삶의 고통을 위로해 주는 존재이다.
⑤ 자연은 인간에게 관념적 교훈을 주는 스승과도 같다.

서술형 이 작품의 지은이가 자아를 인식하는 태도의 문제점에 대해 50자 내외로 서술하시오.

➜ 답은 [부록]에

46 선인교 나린 물이 _ 정도전(鄭道傳)

仙人橋(선인교) 나린 물이 紫霞洞(자하동)에 흘너드러
半千年(반천년) 王業(왕업)이 물소리쑨이로다.
아희야 故國興亡(고국흥망)을 무러 무슴ᄒ리오.

선인교 아래 흐르는 물이 자하동에 흘러들어
오백 년 왕업이 물소리뿐이로구나.
아이야, 고국 흥망을 물어 무엇 하겠느냐?

배경 >>> **조선 개국 공신인 지은이가** 고려 왕조의 흥망이
무상함을 노래하고 있는 작품이다. 고려 왕조의
녹을 먹었던 그로서는 왕업이 '물소리쑨' 이라고
하여 인지상정의 무상감을 나타내고 있지만, 종
장에서는 '무러 무슴하리요.' 라고 말함으로써 이
를 극복하려는 개국 공신으로서의 의지를 보이
고 있다.

어휘
- 仙人橋(선인교) : 개성에 있는
  다리 이름.
- 紫霞洞(자하동) : 개성 송악산
  에 있는 마을 이름.
- 왕업(王業) : 고려의 왕조
- 故國興亡(고국흥망) : 고려의
  흥함과 망함.

◉ 작자 : 정도전(鄭道傳, 1342~
1398). 고려 말, 조선 초 문인.
호는 삼봉(三峯)
◉ 연대 : 조선 태조 때
◉ 갈래 : 평시조, 회고가(懷古歌)
◉ 제재 : 고려 멸망
◉ 주제 : 고려 왕업의 무상함
◉ 출전 :「청구영언(靑丘永言)」

온고지신! 溫故知新

이 시조의 지은이는 고려의 유신으로서 왕업의 무상감을 노래함과 동시에 조선의 개국공신으로서 망국의 한을 극복하려는 태도를 보이고 있다. 새로운 세력에 동조하려는 자들의 명분은 일반적으로 과거에 대한 부정으로부터 출발하는데, 이 작품도 예외가 아니다. 고려 왕업을 한낱 물소리에 비유한 것이 그 반증이다. 그러나 과거 없는 현재는 존재할 수 없다. 과거의 올바른 계승을 통한 새로운 문화의 창조를 통하여 역사의 참된 발전이 이루어진다고 볼 수 있다. 결국 조선도 고려의 연장선에 있기 때문이다.

알짜 문제!

01 이 작품에서 가장 두드러지게 나타나고 있는 서정적 자아의 정서는?
① 절망감(絶望感)　　　② 애상감(哀傷感)　　　③ 무상감(無常感)
④ 안도감(安堵感)　　　⑤ 자책감(自責感)

02 이 작품의 종장에 나타난 서정적 자아의 태도로 알맞은 것은?
① 고국의 멸망을 잊지 말아야 한다.
② 고국의 흥성했던 시절로 되돌아가고 싶다.
③ 고국의 흥망에 대해 백성들은 관심이 없다.
④ 고국의 망한 것은 모두 나의 잘못 때문이다.
⑤ 고국의 흥망에 대해 말하는 것은 의미가 없다.

서술형 이 작품의 중장에 나타난 서정적 자아의 두 가지 태도에 대해 100자 이내로 서술하시오.

➡ 답은 [부록]에

47 솔이 솔이라 ᄒᆞ니_ 송이(松伊)

솔이 솔이라 ᄒᆞ니 므슨 솔만 너기ᄂᆞᆫ다.
千尋絕壁(천심절벽)에 落落長松(낙락장송) 내 긔로다.
길 아릐 樵童(초동)의 졉낫시야 걸어볼 줄 이시랴.

솔이 솔이라 하니 무슨 소나무로 여기느냐?
천심절벽에 낙락장송 내가 바로 그것이로다.
길 아래 초동의 작은 낫이야 걸어볼 수 있겠는가?

배경 >>> 지은이는 자신이 기생이라는 천한 신분의 몸으로 선비들에게 술이나 따라 주지만, 아무 생각 없이 함부로 자신의 이름을 부르는 것에 대한 경계를 나타내고 있다. 즉, 자신의 정신적인 지조는 높은 절벽 위에 우뚝 서 있는 고고한 소나무와 같다는 의미로, 선비들이 하찮게 자신의 이름을 부르는 것에 대하여 냉정하게 충고하고 있는 것이다.

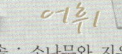

어휘
• 솔 : 소나무와 지은이의 이름 '송이(松伊)'를 가리키는 중의적 표현.
• 千尋絕壁(천심절벽) : 천 길 낭떠러지.
• 樵童(초동) : 나무 하는 아이.
• 졉낫 : 접는 낫. 초동이 쓰는 자그마한 낫.

◯ 작자 : 송이(松伊, ?-?). 강화 기생으로 전해짐.
◯ 연대 : 조선 시대
◯ 갈래 : 평시조
◯ 제재 : 낙락장송
◯ 주제 : 고고하고 의연한 자존심
◯ 출전 : 「청구영언(靑丘永言)」

이 시조에서 '솔이'는 바로 작자 자신의 이름을 우리말로 나타낸 것이다. 자신의 이름을 가지고 이중적 의미를 구사하면서, 길가의 흔한 소인배들과는 상대하지 아니하겠다는 고고한 기품을 과시하고 있다. '소나무'란 이름처럼 지조를 지키고자 하는 다짐이 당당하게 나타나 있으며, 문학성도 돋보이는 작품이다. 예나 이제나 소인배들은 사람을 귀천으로 나누고 천하다 싶은 사람들을 함부로 대하는 그릇된 버릇이 있다. 이 시조는 시대를 넘어 인간의 존엄성을 노래하고 있다는 점에서 그 가치가 높다고 할 것이다.

알짜 **문제!**

01 이 작품의 서정적 자아가 대상으로 삼는 청자로 알맞은 것은?
　① 술을 많이 먹는 사람
　② 소나무를 베러 가는 사람
　③ 남을 함부로 무시하는 사람
　④ 임과 헤어져 슬픔에 잠긴 사람
　⑤ 자신이 잘 났다고 허풍떠는 사람

02 이 작품의 서정적 자아가 궁극적으로 말하고자 하는 바는?
　① 남존여비의 사회제도는 바로잡아야 한다.
　② 신분이 천하다고 사람을 무시하면 안 된다.
　③ 진실한 마음은 언젠가 사람에게 감동을 줄 때가 있다.
　④ 부르기 쉽다고 하여 이름을 아무렇게나 부르면 안 된다.
　⑤ 낙락장송은 고귀하므로 초동이 함부로 베어서는 안 된다.

서술형 이 작품의 주된 표현법에 대해 40자 내외로 서술하시오.

➜ 답은 [부록]에

48 수양산 바라보며_ 성삼문(成三問)

首陽山(수양산) 바라보며 夷齊(이제)를 恨(한)ᄒ노라.
주려 주글진들 採薇(채미)도 ᄒ는 것가.
비록애 푸새엣 거신들 긔 뒤 싸헤 낫ᄃ니.

수양산 바라보며 백이와 숙제를 한탄하노라.
굶주려 죽을망정 고사리는 왜 캐었는가?
비록 산에 나는 풀이라도 그것이 누구의 땅에 났느냐?

배경 >>> 수양대군이 단종을 폐위하고 스스로 왕위에 오르자, 이에 항거한 지은이가 자신의 처지를 은유적으로 표현한 절의가의 대표작이다. 은나라의 충신 백이, 숙제와 자신을 비교하며 굳은 의지를 강조하고 있다.

온고지신! 溫故知新

은나라 말 주왕이 폭정을 일삼으므로, 제후 서백(西伯)의 아들 발(發, 주 무왕)이 이를 치려 하자, 백이와 숙제는 "신하로서 군주를 치는 것이 어찌 인(仁)이라 하겠는가?" 하고 만류했지만, 발이 끝내 紂(주)를 치는 것을 보고 "주나라의 녹은 먹지 않으리라." 하고 수양산에 들어가 고사리를 뜯어먹다가 굶주려 죽었다. 이로부터 후세 사람들은 충의와 절개를 일컬을 때면 으

어휘

· 首陽山(수양산) : 백이와 숙제가 은거하던 산. 수양대군을 가리키기도 함. 중의법.
· 夷齊(이제) : 중국 은나라의 충신인 백이(伯夷)와 숙제(叔齊). 주나라 무왕에게 항거하여 수양산에 들어가 고사리를 캐 먹음.
· 採薇(채미) : 고사리를 캐는 일.
· 푸새엣 것 : 산과 들에 저절로 자라는 풀. 여기서는 고사리를 의미함.

→ **알아 두기**

- 작자 : 성삼문(成三問, 1418–1456). 조선 세종 때의 문신. 호는 매죽헌(梅竹軒)
- 연대 : 조선 세조 때
- 갈래 : 평시조, 절의가(節義歌)
- 제재 : 백이와 숙제
- 주제 : 굳은 절개와 지조
- 출전 : 「청구영언(靑丘永言)」

레 이들을 들어 말하게 되었다. 성삼문은 이에서 더 나아가 수양산의 고사리조차 거부하겠다는 굳은 절개를 지키다 목숨을 잃게 된다. 한 인간의 위대한 충절이 이처럼 시대를 넘어 감동을 주는 것은 바로 그 변함없는 의기 때문일 것이다.

알짜 문제!

01 이 작품의 초장에서 '夷齊(이제)'를 한탄한 이유로 바른 것은?
① 굶어 죽지 않았기 때문
② 수양산에 간 일이 잘못 되었기 때문
③ 자신들이 모시던 임금을 버렸기 때문
④ 고사리를 캐는 것은 천한 일이기 때문
⑤ 고사리조차도 캐지 말았어야 했기 때문

02 이 작품의 주제 의식과 관계 깊은 것은?
① 맹모삼천지교(孟母三遷之敎) ② 열녀불경이부(烈女不更二夫)
③ 남녀상열지사(男女相悅之詞) ④ 충신불사이군(忠臣不事二君)
⑤ 각금시이작비(覺今是而昨非)

서술형 이 작품의 종장을 통해 지은이가 말하고자 하는 바를 직설법으로 바꾸어 30자 내외로 서술하시오.

→ 답은 [부록]에

49 십 년 ㄱ온 칼이_ 이순신(李舜臣)

十年(십년) ㄱ온 칼이 匣裏(갑리)에 우노미라.
關山(관산)을 부라보며 째째로 믄져 보니
丈夫(장부)의 爲國功勳(위국공훈)을 어니 째에 드리올고.

십 년 갈아온 칼이 칼집 속에서 우는구나.
관문을 바라보며 때때로 만져 보니
대장부의 위국공훈을 어느 때에 드릴 것인가?

배경 >>> **임진왜란 때 전쟁터에서** 목숨 걸고 나라를 구하겠다는 결의와 충성을 노래한 작품이다. 우국충정과 유비무환의 정신으로 왜적을 물리치려는 장군의 기개가 잘 드러나 있다.

이 시조는 충무공 이순신 장군의 기개와 나라 사랑이 잘 나타난 작품이다. 장군은 오직 나라를 위한 충정으로 10년을 하루같이 준비를 해왔다. 그러기에, 백의종군이라는 수모를 당하면서까지 나라를 위해 싸우다 목숨을 바친 것이다. 갑 속에 든 칼을 때때로 만져 보면서 큰 공을 세워 임금께 영광을 드릴 날을 기다리는 장군의 기백은 장엄하기까지 하다. 오늘날 우리가 장군을 민족의 영웅으로 받드는 것도 이러한 장군의 순수한 우국충정 때문이 아니겠는가?

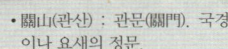 **알아 두기**

○ 작자 : 이순신(李舜臣, 1545–1598). 조선 선조 때의 무신. 시호는 충무(忠武)
○ 연대 : 조선 선조 때
○ 갈래 : 평시조, 진중시(陣中詩)
○ 제재 : 칼
○ 주제 : 우국충정과 대장부의 호기
○ 출전 : 「청구영언(靑丘永言)」

알짜 문제!

01 이 작품의 초장에서 '十年(십년) 온 칼'의 의미와 가장 유사한 사자성어(四字成語)는?

① 쾌도난마(快刀亂麻)　　　　② 초지일관(初志一貫)　　　　③ 자중지란(自中之亂)

④ 누란지위(累卵之危)　　　　⑤ 유비무환(有備無患)

02 이 작품에 나타난 서정적 자아의 태도로 알맞지 않은 것은?

① 당당하다.　　　　　　　　　　② 기백이 넘친다.

③ 싸울 준비가 되어 있다.　　　　④ 나라 위해 공을 세우고 싶다.

⑤ 위기에 처하여 슬픔을 금할 수 없다.

서술형 이 작품에 나타난 서정적 자아의 자세는 어떤 것인지 50자 내외로 서술하시오.

➔ 답은 [부록]에

50 십 년을 경영ᄒᆞ야_ 송순(宋純)

十年(십년)을 經營(경영)ᄒᆞ야 草廬三間(초려삼간) 지여내니
나 ᄒᆞᆫ 간 ᄃᆞᆯ ᄒᆞᆫ 간에 淸風(청풍) ᄒᆞᆫ 간 맛져 두고
江山(강산)은 들일 듸 업스니 둘러 두고 보리라.

십 년을 경영하야 초려삼간 지어내니
나 한 칸 달 한 칸에 청풍 한 칸 맡겨 두고
강산은 들일 데 없으니 둘러두고 보리라.

배경 ≫≫ 지은이가 벼슬에서 물러나 안빈낙도(安貧樂道)
하는 삶을 노래한 작품으로 양반 시조의 전형이
라 할 수 있다.

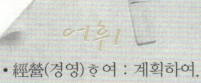
온고지신! 溫故知新

이 시조는 자연의 아름다움에
몰입된 심정을 잘 묘사하고 있
는 노래이다. 초장에서는 청빈한 생활을, 중장에서는 물아일체
의 경지를, 종장은 원경(遠景)으로 표현의 조화를 이루고 있다.
특히 종장에서 강산을 둘러두고 보겠다는 것은 안방에 둘러친
병풍을 연상할 수 있게 하는 재미있는 표현이다. 오늘날의 삶
과 거리가 있다고 생각할 수도 있는 작품이지만, 겉으로 드러
난 의미보다 청빈한 벼슬살이와 자연 사랑의 내포적 의미를
찾아내어 되새겨 보는 것이 보다 가치 있는 감상이 될 것이다.

➡ **알아 두기**

○ 작자 : 송순(宋純, 1493~1583).
조선 명종 때의 문신. 호는 면
앙정(俛 仰亭)
○ 연대 : 조선 선조 때
○ 갈래 : 평시조. 한정가(閒情歌)
○ 제재 : 전원생활
○ 주제 : 자연에 귀의한 안빈낙도
의 삶
○ 출전 : 「청구영언(靑丘永言)」

알짜 문제!

01 이 작품의 주제 의식과 관계없는 것은?
① 물아일체(物我一體)　　② 안빈낙도(安貧樂道)　　③ 자연귀의(自然歸依)
④ 가렴주구(苛斂誅求)　　⑤ 청풍명월(淸風明月)

02 이 작품에 대한 감상을 가장 바르게 말한 사람은?
① 은주 : 십 년 동안 초려삼간밖에 이루지 못했으니 지은이는 경제적으로 매우 무능한 사람이야.
② 선아 : 달과 바람을 방에 들인다고 하는 발상은 너무 비합리적이어서 작품의 가치를 떨어지게 하고 있어.
③ 채원 : 벼슬살이를 다시 하고 싶은 욕망을 감추고 자연 속에 은거하고 있으나 임금이 불러주길 바라고 있어.
④ 수정 : 중장에서는 자연의 근경을, 종장에서는 원경을 노래하고 있어서 전체적으로 조화로운 분위기를 이루고 있어.
⑤ 경희 : 종장에서 강산은 들일 데 없다고 한 것은 강산이 지은이의 삶에 도움이 안 되기 때문에 회피하려는 것으로 볼 수 있어.

서술형 이 작품의 종장이 뜻하는 의미가 무엇인지 현실적인 차원에서 50자 내외로 서술하시오.

➔ 답은 [부록]에

51 어와 동량재를_ 정철(鄭澈)

어와 棟樑材(동량재)를 더리 ᄒᆞ야 어이홀고.
헐ᄯᅳ더 기운 집의 議論(의논)도 하도 할샤.
뭇 지위 고ᄌᆞ 자 들고 헤ᄡᅳ다가 말려ᄂᆞ다.

아, 동량재를 저렇게 하여 어찌할 것인가?
헐뜯어 기울어진 집에 말이 많기도 많구나.
여러 목수가 먹통과 자를 들고 허둥대다 말려느냐?

배경 >>> **당쟁의 당사자인 지은이 자신이** 당쟁의 폐해를
풍자하고 있는 작품이다. 당쟁이 나라와 백성
을 도탄에 빠뜨릴 뿐만이 아니라 인재를 헐뜯
고 매장시켜 나라를 기울게 하고 있음을 개탄
하고 있다.

온고지신! 溫故知新   이 시조에서 '동량재'는 나라의
유능한 인재를 가리키고, '뭇
지위'는 권모술수를 일삼고 당쟁에 골몰한 정치가들을 가리키
며 '기운 집'은 어지럽기가 말이 아닌 나라꼴을 의미한다. 당쟁
이라는 것이 인재를 헐뜯고 매장시켜 나라를 기울게 하니 참
으로 딱한 일임을 한탄하며, 비판하고 있는 것이다. 정치적 입
장을 달리하는 정적은 어느 시대나 존재할 수밖에 없다. 문제

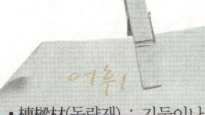

어휘

- 棟樑材(동량재) : 기둥이나 대
  들보가 될 만한 재목. 또는 나
  라의 큰 인재.
- 뭇 지위 : 여러 목수들. 지위는
  목수의 높임말.
- 고ᄌᆞ 자 : 먹고자와 자. 먹고자
  는 목수가 먹줄을 칠 때 쓰는
  먹통.

- 작자 : 정철(鄭澈, 1536~1593). 조선 명종 · 선조 때의 문신. 호는 송강(松江)
- 연대 : 조선 선조 때
- 갈래 : 평시조, 우국가(憂國歌)
- 제재 : 동량재
- 주제 : 당쟁의 폐해에 대한 개탄
- 출전 : 「송강별집추록(松江別集追錄)」

는 합리적이고 생산적인 논쟁의 장을 거쳐 합의를 도출해 나가는 민주적 가치를 중시하고 있느냐에 있다. 오늘날의 정치도 과거처럼 무조건 상대방을 깎아내리고 매장시키려고 하는 행태가 남아 있음을 부인할 수 없다. 보다 선진화된 정치 문화의 정착이 절실히 필요하다고 하겠다.

알짜 문제!

01 이 작품에 나오는 시어들의 함축적 의미로 바르지 않은 것은?
① 議論(의논) : 분열된 국론
② 기운 집 : 어지러운 나라꼴
③ 棟樑材(동량재) : 유능한 인재
④ 고즈 자 : 임금에게 올리는 진상품
⑤ 뭇 지위 : 당쟁에 골몰하는 조정 대신들

02 이 작품의 성격으로 가장 알맞은 것은?
① 풍유적(諷諭的)
② 해학적(諧謔的)
③ 관념적(觀念的)
④ 애상적(哀想的)
⑤ 우화적(寓話的)

서술형 지은이가 당쟁의 당사자인 점을 고려할 때, 이 작품에 나타난 지은이의 태도를 비판하여 50자 내외로 서술하시오.

➡ 답은 [부록]에

52 어이 얼어 잘이_ 한우(寒雨)

어이 얼어 잘이 므스 일 얼어 잘이.

鴛鴦枕(원앙침) 翡翠衾(비취금) 어듸 두고 얼어 잘이.

오늘은 춘비 맛자시니 녹아 잘까 ᄒᆞ노라.

어찌 얼어 자려는가, 무슨 일로 얼어 자려는가?
원앙침 비취금 어디에 버려두고 얼어 자려는가?
오늘은 찬비 맞고 왔으니 녹이며 잘까 하노라.

배경 >>> 조선 선조 때, 임제(林悌)가 평양 기생인 한우(寒雨)에게 읊은 사랑을 청하는 노래인 '북창이 묽다커늘~'에 대하여, 한우가 화답한 노래이다.

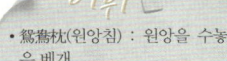

온고지신! 溫故知新

이 시조는 한우와 함께 술잔을 나누던 임제가 '…찬비 맛잣시니 얼어 잘까 하노라.'라고 읊자, 한우가 찬비를 맞은 임제를 따뜻하게 녹여 자겠다는 뜻을 은근히 밝힌, 구애에 대한 화답의 노래라 할 수 있다. 은유적이고 간접적인 표현의 비유가 돋보이는데, 특히 찬비는 한우 자신의 이름을 우의적으로 이용한 표현으로서 유희적이면서도 순발력 있는 기지를 느끼게 한다. 은근한 마음을 노래로 전하며 사랑을 나누었던 선인들의 따뜻한 정을 되새겨 볼 수 있는 작품이다.

➡ 알아 두기

○ 작자 : 한우(寒雨, ?–?). 조선 선조 때 평양 기생
○ 연대 : 조선 선조 때
○ 갈래 : 평시조, 연정가(戀情歌)
○ 제재 : 임제의 구애
○ 주제 : 구애를 받아들임.
○ 출전 : 「해동가요(海東歌謠)」

알짜 문제!

01 이 작품에 대한 설명으로 바르지 않은 것은?
① 중의적 표현을 사용하고 있다.
② 해학적 수법으로 세태를 풍자하고 있다.
③ 서정적 자아의 심리를 간접적으로 전달하고 있다.
④ 상대방의 구애(求愛)에 대한 화답가(和答歌)이다.
⑤ 특정 음절의 반복으로 음악적 리듬감을 살리고 있다.

02 이 작품 종장의 'ᄎ비 맛자시니'의 뜻으로 바른 것은?
① 나를 만나 사랑을 청하셨으니
② 벼슬살이를 어렵게 하고 있으니
③ 네가 너무 차갑게 맞이하였으니
④ 살림살이가 어려워 힘들다 하시니
⑤ 오는 길에 찬비 맞아 몸이 아프시니

서술형 이 작품의 중장에서 알 수 있는 서정적 자아의 태도를 30자 내외로 서술하시오.

➔ 답은 [부록]에

53 어져 내 일이야_ 황진이(黃眞伊)

어져 내 일이야 그릴 줄을 모로두냐.
이시라 ᄒ더면 가랴마는 제 구튀여
보닉고 그리는 情(정)은 나도 몰라 ᄒ노라.

아, 내가 저지른 일이여, 그리워할 줄 몰랐던가?
있으라 했더라면 갔으랴마는, 제 구태여
보내놓고 그리는 정은 나도 모르겠노라.

배경 >>> **사랑하면서도 신분적 차이라는** 현실적 장벽으로 인하여 임을 떠나보낼 수밖에 없는 지은이가 겪는 심리적 갈등을 노래한 작품이다.

어휘
• 내 일 : 내가 저지른 (임을 보낸) 후회스러운 일.
• 제 구틔여 : 내가 구태여. 혹은 '임이 구태여'로 해석하면 '임이 구태여 갔으랴마는'으로 문맥이 연결됨. 중장과 종장을 연결하는 이중적 효과가 있음.

 온고지신! 溫故知新

이 시조는 임을 떠나보낸 후의 회한을 진솔하게 노래내고 있는데, 애틋한 심리를 여성스럽고 섬세하게 포착하여 표현하고 있다. 자존심과 연정 사이에서 한 여인이 겪는 오묘한 심리적 갈등을 고운 우리말의 절묘한 구사를 통해서 곡진하게 나타내었다. 겉으로는 강한 척하지만 속으로는 외롭고 약한 서정적 자아의 마음이 공감을 불러일으킨다. 어느 시대를 막론하고 인간의 정이란 그 대상이 가까이 있을 때보다 멀리 떨어져 있을 때 더욱 간절하고 그리워지는 법이다.

➡ 알아 두기

○ 작자 : 황진이(黃眞伊, ?-?) 조선 중기의 명기(名妓) 본명은 진(眞)
○ 연대 : 조선 명종·선조 때
○ 갈래 : 평시조. 연정가(戀情歌)
○ 제재 : 이별
○ 주제 : 임을 그리워하는 마음
○ 출전 : 「청구영언(靑丘永言)」

알짜 **문제!**

01 이 작품에 나타난 갈등의 양상은?
① 서정적 자아의 운명적 갈등
② 서정적 자아의 심리적 갈등
③ 서정적 자아의 사회적 갈등
④ 서정적 자아와 역사적 갈등
⑤ 서정적 자아의 사상적 갈등

02 이 작품에서 유추할 수 있는 서정적 자아의 마음으로 거리가 먼 것은?
① 임을 애초에 보내지 말았어야 했다.
② 임을 보낸 것은 결과적으로 잘 된 일이다.
③ 사랑하는 마음이 이렇게 아플 줄은 몰랐다.
④ 보낸다고 굳이 떠난 임이 한편으로 야속하다.
⑤ 하루빨리 임이 다시 나를 찾아왔으면 좋겠다.

서술형 이 작품에 나타난 서정적 자아의 심리 변화 과정을 50자 내외로 서술하시오.

➜ 답은 [부록]에

54 오동에 듯는 빗발 _ 김상용(金尙容)

梧桐(오동)에 듯는 빗발 無心(무심)히 듯건마는
나의 시름 하니 닙닙히 愁聲(수성)이로다.
이 後(후)야 입 넙은 남기야 시물 줄이 이시랴.

오동나무 잎에 떨어지는 빗발 무심히 떨어지건마는
나의 근심 많으니 잎마다 근심스러운 소리로구나.
이 후에는 잎 넓은 나무야 심을 줄이 있겠는가?

배경 >>> **작가의 힘겨웠던 삶이** 배어 있는 시조이다. 인조반정과 병자호란을 겪으면서 힘들고 마음 편할 날이 없었던 시대적 배경 속에서, 오동잎에 떨어지는 빗소리에 자신의 심경을 투영시켜 표현하고 있다.

비 오는 날은 누구에게나 우울하고 원초적인 고독감 같은 것을 느끼게 한다. 더구나 많은 시름을 안고 있는 이에게야 그 빗발 소리는 한의 넋두리로 들릴 수밖에 없으리라. 지은이는 비 오는 날에 느끼는 수심을 본래 시름이 많은 자신 때문이라 했고, 그것도 오동잎에 떨어지는 빗발 소리 때문에 더욱 슬퍼진다고 했다. 오동과 나와 비가 수심의 정서로 일치되고 있다.

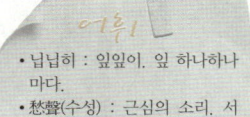

알아 두기

○ 작자 : 김상용(金尚容, 1561–
1637). 조선 중기의 문신. 호는
선원(仙源)
○ 연대 : 조선 인조 때
○ 갈래 : 평시조, 우국가(憂國歌)
○ 제재 : 오동잎
○ 주제 : 시름겨운 삶
○ 출전 : 「청구영언(靑丘永言)」

평소에 정감 있게 들리던 빗발 소리도 사람에 마음에 따라 달리 들리는 것은 시대를 초월한 인지상정이라 할 수 있다. 이러한 작품을 읽음으로써 우리는 시대를 넘어서는 감정의 교감과 문학이 주는 감동을 맛볼 수 있는 것이다.

알짜 **문제!**

01 이 작품의 제재인 오동잎은 어떤 대상인가?
① 작가의 객관적 관찰 대상
② 독자들에게 교훈을 주는 대상
③ 시대의 절망을 표상하는 대상
④ 작품의 운율을 조성하는 대상
⑤ 서정적 자아의 감정 이입의 대상

02 이 작품의 종장을 통해 작가가 궁극적으로 말하고자 하는 바는?
① 오동나무를 다 베어 버리겠다.
② 오동나무를 다시는 심지 않겠다.
③ 잎사귀가 좁은 나무로 바꿔 심겠다.
④ 태평시대가 지나갔으니 슬프기 그지없다.
⑤ 장차 나라의 근심스러운 일이 없었으면 좋겠다.

서술형 이 작품에서 오동나무가 서정적 자아의 근심을 더 깊게 하는 이유가 무엇인지 40자 내외로 서술하시오.

➔ 답은 [부록]에

55 오백 년 도읍지를 _ 길재(吉再)

五百年(오백년) 都邑地(도읍지)를 匹馬(필마)로 도라드니
山川(산천)은 依舊(의구)ᄒ되 人傑(인걸)은 간 듸 업다.
어즈버 太平烟月(태평연월)이 꿈이런가 ᄒ노라.

오백 년 도읍지를 필마로 돌아드니
산천은 예와 같은데 인걸은 간 데 없다.
아, 태평연월이 한낱 꿈인가 하노라.

배경 >>> 지은이가 고려의 옛 도읍지를 돌아보며 감회를
읊은 '회고가(懷古歌)'의 대표작으로, 고려 유신
의 입장에서 느끼는 망국의 한이 잘 표현되어 있
는 작품이다.

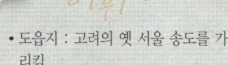

어휘

• 도읍지 : 고려의 옛 서울 송도를 가
리킴.
• 필마 : 한 필의 말.
• 인걸 : 고려 왕조의 신하들.

온고지신! 溫故知新

이 시조는 고려의 옛 도읍지에
들러 인간 세상의 무상을 탄식
한 회고의 정과, 나라는 망하고 사람은 없어졌지만 자연은 옛
날 그대로 변함이 없다는 고려 유신으로서의 망국의 한을 노
래한 작품이다. 고려의 신하로서 조선 왕조의 벼슬을 거절하고
은거하였던 지은이가 태평성대를 누리던 고려 도읍지를 바라
보는 마음을 가히 짐작할 수 있게 한다. 나라가 망한 후의 무
상감을 통하여 국가와 민족을 지켜내는 일의 당위성을 다시
한 번 새겨 보아야 할 것이다.

알아 두기

○ 작자 : 길재(吉再, 1353~1419).
고려 말, 조선 초의 문인. 호는
야은(冶隱)
○ 연대 : 조선 초
○ 갈래 : 평시조, 회고가(懷古歌)
○ 제재 : 고려의 도읍지
○ 주제 : 망국의 한과 회고의 정
○ 출전 : 「청구영언(靑丘永言)」

알짜 **문제!**

01 이 작품의 시상 전개 방식으로 가장 알맞은 것은?
① 인간과 사회의 관계를 풍자함.
② 자연과 인간의 조화를 확대시킴.
③ 인간과 자연을 대조적으로 인식함.
④ 집단적 존재로서 인간의 역할을 강조함.
⑤ 자연적 존재로서 인간의 의미를 재구성함.

02 이 작품의 배경을 이루는 주된 정서로 가장 알맞은 것은?
① 절망감(絕望感)　　　② 애상감(哀傷感)　　　③ 무상감(無常感)
④ 고독감(孤獨感)　　　⑤ 자신감(自信感)

서술형 이 작품의 지은이는 어디서 무얼 하며 무엇을 느끼고 있는지 30자 내외로 서술하시오..

➜ 답은 [부록]에

56 올히 댤은 다리 _ 김구(金絿)

올히 댤은 다리 학긔 다리 되도록애
거믄 가마괴 해오라비 되도록애
享福無彊(향복무강) ᄒ샤 億萬歲(억만세)를 누리쇼셔.

오리의 짧은 다리 학의 다리 될 때까지
검은 까마귀 해오라기 될 때까지
향복무강하시어 억만 년까지 사시옵소서.

배경 ≫≫ 어느 날 달밤 지은이가 옥당에서 책을 읽고 있는데, 중종 임금이 찾아와 함께 술을 마시면서 노래도 잘 할 것 같으니 한번 부르라고 술까지 내리면서 명하므로 즉석에서 이 노래를 지어 바쳤다고 한다.

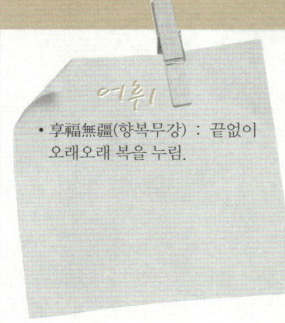

어휘

• 享福無彊(향복무강) : 끝없이 오래오래 복을 누림.

이 시조에서 오리의 짧은 다리가 학처럼 긴 다리가 된다는 것과 검은 색의 까마귀가 하얀 해오라기가 된다는 것은 모두가 불가능한 일로 과장된 표현들이다. 그러나 그만큼 임금이 무궁한 복을 누리고 오래 오래 백성을 다스려 줄 것을 바라는 작자의 뜻이 담긴 표현이다. 오늘날에도 많이 쓰이고 있는 이러한 표현을 두고 비현실적인 과장이라 하겠지만, 거기에는 일종의 종교적인 신념이나 절대적인 염원 같은 것이 깃들어 있음을 새겨 보아야 할 것이다.

➡️ 알아 두기

🔹 작자 : 김구(金絿, 1488~1534). 조선 중종 때의 문신. 호는 자암(自庵)
🔹 연대 : 조선 중종 때
🔹 갈래 : 평시조, 축수가(祝壽歌)
🔹 제재 : 향복무강
🔹 주제 : 임금의 만수무강 기원
🔹 출전 : 「자암집(自菴集)」

알짜 문제!

01 이 작품에서 사용된 주된 표현법은?
　① 반복법, 중의법　　　　② 과장법, 반어법　　　　③ 반어법, 점층법
　④ 과장법, 반복법　　　　⑤ 중의법, 점층법

02 이 작품의 특징으로 알맞은 것은?
　① 대상에 대해 직설적으로 축원하고 있다.
　② 강조법보다 비유법이 더 많이 사용되었다.
　③ 관념적 태도를 지양하여 현실감을 높이고 있다.
　④ 교훈적인 주제를 환상적인 방법으로 제시하였다.
　⑤ 동물을 등장시켜 우의적으로 대상을 비판하고 있다.

서술형 이 작품의 초장과 중장에서 나타난 시상 전개 방식의 특징과 그 효과에 대해 60자
　　　내외로 서술하시오.

➤ 답은 [부록]에

57 이런들 엇더ᄒ며 _ 이방원(李芳遠)

이런들 엇더ᄒ며 져런들 엇더ᄒ료.
萬壽山(만수산) 드렁츩이 얼거진들 긔 엇더ᄒ료.
우리도 이ᄀᆞᆺ치 얼거져 百年(백년)ᄭᅡ지 누리리라.

이런들 어떠하며 저런들 어떠하리?
만수산 드렁칡이 얽어진들 그것이 어떠하리?
우리도 이같이 얽어져 백 년까지 누리리라.

배경 >>> 지은이가 고려의 충신 정몽주(鄭夢周)를 조선 왕조 창업에 동참시키고자 회유하기 위해 지었는데, 일명 〈하여가(何如歌)〉라고 한다.

여휘

• 이런들, 져런들 : 고려의 신하든, 조선의 신하든
• 萬壽山(만수산) : 개성 서쪽 교외에 있는 고려 왕실의 일곱 능이 있는 산.
• 드렁츩 : 둔덕을 따라 벋은 칡 덩굴.

온고지신! 溫故知新

이 시조는 이방원이 고려의 충신 포은 정몽주를 초청하여, 절개를 굽혀 고려 사직을 전복하고 새 국가를 세우는데 참여할 뜻이 있는가 하고 넌지시 떠 본 노래이다. 신흥 세력의 중심인 이방원이 겉으로는 부드럽지만 의미심장한 정치적 복선을 깔고 상대방을 떠 보고 있는데, 이 뜻을 알아차린 정몽주는 〈단심가(丹心歌)〉로 화답하여 결국 죽음을 맞게 된다. 정적(政敵)이 아니었으면 좋은 친구였을지도 모를 이방원과 정몽주의 관계를 통해 정치 권력의 비정함을 다시 한 번 느끼게 된다.

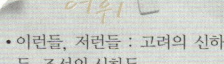 **알아 두기**

○ 작자 : 이방원(李芳遠, 1367－1422). 조선 제3대 임금. 이성계의 5남
○ 연대 : 고려 말
○ 갈래 : 평시조, 회유가(懷柔歌)
○ 제재 : 드렁칡
○ 주제 : 새로운 세력에 동참하도록 회유함.
○ 출전 : 「청구영언(靑丘永言)」

알짜 **문제!**

01 이 작품에서 서정적 자아가 말하고자 하는 궁극적 의도는?

① 화해(和解)　　　　② 갈등(葛藤)　　　　③ 용서(容恕)

④ 회유(懷柔)　　　　⑤ 굴복(屈伏)

02 이 작품의 중장에서 '만수산 드렁칡'을 비유어로 사용한 이유는?

① 발음의 유사성 때문에

② 속성의 유사성 때문에

③ 맛과 색깔의 유사성 때문에

④ 역사적 기원의 유사성 때문에

⑤ 일상생활에 사용상의 유사성 때문에

서술형 이 작품의 초장의 의미하는 바를 직설적으로 바꾸어 30자 내외로 서술하시오.

➜ 답은 [부록]에

58 이 몸이 주거 주거 _ 정몽주(鄭夢周)

이 몸이 주거 주거 일백 번 고쳐 주거
白骨(백골)이 塵土(진토) 되여 넉시라도 잇고 업고
님 향혼 一片丹心(일편단심)이야 가쉴 줄이 이시랴.

이 몸이 죽고 죽어 일백 번 다시 죽어
백골이 진토 되어 넋이야 있거나 없거나
임 향한 일편단심이야 변할 줄이 있겠는가?

배경 〉〉〉 **이 노래는 이방원이 정몽주의 마음을** 돌려보려고
지어 부른 〈하여가〉의 답가로 〈단심가(丹心歌)〉
라 한다. 정몽주는 이 노래를 통하여 고려 왕조
를 향한 굳은 절의를 보임으로써, 끝내 이방원의
무리에게 선죽교(善竹橋)에서 살해당한다.

이 시조에는 국운이 기울어가
는 고려 충신 정몽주의 '충신불
사이군(忠臣不事二君)'의 정신이 잘 나타나 있어, 가히 절의가
의 대표작이라 할 만하다. 초장에서 직서적인 반복은 굳은 결
의이자 절의이며, 중장으로 이어지는 점층적 표현은 어느 누구
도 의기를 꺾을 수 없다는 강한 의지의 표출이다. 그리하여 이

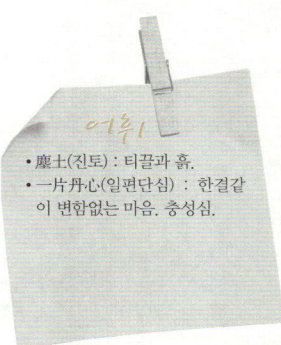

어휘
- 塵土(진토) : 티끌과 흙.
- 一片丹心(일편단심) : 한결같
  이 변함없는 마음. 충성심.

● 작자 : 정몽주(鄭夢周, 1337-1392). 고려 말의 충신. 호는 포은(圃隱)
● 연대 : 고려 말
● 갈래 : 평시조, 절의가(節義歌)
● 제재 : 일편단심
● 주제 : 고려 왕조를 향한 충성심
● 출전 : 「청구영언(靑丘永言)」

노래는 결국 종장의 '일편단심(一片丹心)'이란 주제어에 귀결될 수밖에 없게 된다. 역사의 전화기는 언제나 개인에게 선택을 요구한다. 정몽주의 선택은 개인적으로, 혹은 역사적으로 어떤 의미를 갖는지 스스로 평가해 보는 것은 자신의 가치관 확립이란 점에서 좋은 경험이 될 것이다.

알짜 문제!

01 이 작품의 표현상 특징으로 알맞지 않은 것은?
① 반복법으로 운율을 표현하고 있다.
② 점층법으로 시상을 확대하고 있다.
③ 설의법으로 주제를 강화하고 있다.
④ 직설법으로 내면을 표출하고 있다.
⑤ 은유법으로 대상을 관조하고 있다.

02 이 작품에 나타난 서정적 자아의 내면 심리로 가장 알맞은 것은?
① 죽기를 각오하면 살 수 있을 것이다.
② 어떤 회유에도 나는 굴복하지 않을 것이다.
③ 나의 절개를 몰라주는 임이 야속하기만 하다.
④ 충성은 시대에 따라 그 가치가 달라질 수 있다.
⑤ 새로운 세력에 협조하기 위해서는 죽는 시늉을 해야 한다.

서술형 이 작품의 지은이를 설득하는 내용의 말을 대화체를 이용하여 80자 내외로 서술하시오.

➔ 답은 [부록]에

59 이 몸이 주거 가셔_ 성삼문(成三問)

이 몸이 주거 가셔 무어시 될쏘ᄒᆞ니
蓬萊山(봉래산) 第一峰(제일봉)에 落落長松(낙락장송) 되야이셔
白雪(백설)이 滿乾坤(만건곤)홀 제 獨也靑靑(독야청청)ᄒᆞ리라.

이 몸이 죽어 가서 무엇이 될까 하니
봉래산 제일 높은 봉우리에 낙락장송이 되어
백설이 천지에 가득할 때 나 홀로 푸르리라.

배경 >>> **지은이가 단종의 복위를 꾀하다** 실패하고 사육신
의 한 사람으로 처형당할 때의 충정을 노래한 작
품이다. 수양대군이 왕권을 장악했을 때에도 홀
로 지조를 지키겠다는 결의가 우의적으로 표현
되었다.

어휘

• 蓬萊山(봉래산) : 여름철의 '금
강산'을 이르는 이름. 중국의
삼신산(三神山)의 하나.
• 落落長松(낙락장송) : 가지가
길게 늘어진 큰 소나무.
• 滿乾坤(만건곤) : 乾坤(건곤)은
하늘과 땅. 온 세상에 가득함.

온고지신! 溫故知新   이 시조는 단종에 대한 굳은 절
의는 어떠한 경우에라도 굽힐
수 없다는 지은이의 정신적 자세를 보여준다. 비록 외로운 죽
음의 길이지만 의로운 길이므로 위대한 정신적 승리를 다짐하
고 있는 이 작품은, 갈수록 물질 지상주의에 빠져들고 있는 현
대인들에게 정신의 중요성을 일깨워 줄 수 있는 좋은 본보기
가 되고 있다.

알아 두기

○ 작자 : 성삼문(成三問, 1418-
1456). 조선 세종 때의 문신. 호
는 매죽헌(梅竹軒)
○ 연대 : 조선 세조 때
○ 갈래 : 평시조, 절의가(絶義歌)
○ 제재 : 낙락장송
○ 주제 : 단종에 대한 변함없는
지조와 충성
○ 출전 : 「청구영언(靑丘永言)」

알짜 문제!

01 이 작품의 시어나 구절의 의미로 바르지 않은 것은?
① 蓬萊山(봉래산) : 동양적 이상향의 상징
② 第一峰(제일봉)에 : 타협을 불허하는 높은 지조
③ 獨也靑靑(독야청청) : 시류에 영합하지 않는 자세
④ 白雪(백설)이 滿乾坤(만건곤) : 수양대군의 왕권 장악
⑤ 落落長松(낙락장송) : 굳은 절개를 지키는 지은이의 모습

02 이 작품이 주는 교훈적 의미로 가장 알맞은 것은?
① 자연을 정복하는 불굴의 투혼
② 예술의 혼을 불사르는 장인 정신
③ 시대의 모순을 고발하는 비판적 태도
④ 자연과 인간의 합일을 통한 조화의 추구
⑤ 죽음을 두려워하지 않는 당당한 정신의 승리

서술형 이 작품의 시각적 심상의 특징에 대해 70자 내외로 서술하시오.

➔ 답은 [부록]에

60 이별호던 날에 _ 홍서봉(洪瑞鳳)

離別(이별)호던 날에 피눈물이 난지 만지
鴨綠江(압록강) 느린 물이 푸른 빗치 전혀 업늬.
비 우희 허여 셴 沙工(사공)이 처음 보다 호더라.

이별하던 날에 피눈물이 났는지 말았는지
압록강 흐르는 물이 푸른빛이 전혀 없네.
배 위의 백발이 된 사공이 처음 본다 하더라.

배경 >>> **병자호란 때 강화도 함락으로 자폭한** 우의정 김상
용의 후임으로 홍서봉이 등용되었다. 청나라로
끌려가는 나루에서 볼모 일행을 태운 마지막 배
위에 오른 홍서봉은 눈시울을 적시며 앞서 가는
소현세자와 대군들 일행을 바라보며 이 시조를
읊었다.

어휘
• 난지만지 : (피눈물이) 났는지
  어쨌는지 생각이 잘 안 난다.
  경황이 없다는 뜻.
• 허여 셴 : 늙어서 머리털이 허
  옇게 셴 뱃사공. 일행을 건네
  준 압록강 뱃사공의 모습.
• 처음 보다 : 오랜 세월을 살아
  온 늙은 사공도 이런 일은 처
  음 보았다는 말.

온고지신! 溫故知新 우리 민족의 입장에서 보면, 소
현세자 일행이 볼모로 잡혀가는
날이 씻을 수 없는 치욕의 날이었기에, 그날은 압록강의 푸른
물조차 온통 피눈물로 시뻘겋게 물들어 버렸을 것이다. 물론
과장이겠지만, 당시의 민족적 치욕과 처참한 비극의 표현은 이

- 작자 : 홍서봉(洪瑞鳳, 1572–1645). 조선 중기의 문신. 호는 학곡(鶴谷)
- 연대 : 조선 인조 때
- 갈래 : 평시조
- 제재 : 병자호란의 비극
- 주제 : 고국을 떠나는 슬픔과 울분
- 출전 : 「병와가곡집(甁窩歌曲集)」

것으로도 오히려 부족할지 모른다. 이토록 슬픈 사연에 물들며 역사의 연륜을 새겨온 나라는 세계에서 그 유례를 찾아보기 힘들 것이다. 우리가 과거를 되새기는 이유도 이러한 치욕을 되풀이해서는 안 된다는 역사의식을 갖기 위해서가 아니겠는가?

01 이 작품에 나타난 서정적 자아의 정서로 가장 거리가 먼 것은?

① 비탄(悲嘆)　　　　② 울분(鬱憤)　　　　③ 비분(悲憤)
④ 애통(哀痛)　　　　⑤ 자비(慈悲)

02 이 작품을 영상 자료로 제작하려고 계획을 세웠을 때 내용과 관계없는 장면은?

① 푸른 물결 넘치며 압록강이 흐르는 장면
② 인조 임금이 만조백관과 연회를 베푸는 장면
③ 배 위에서 눈물을 흘리는 소헌세자 일행의 모습
④ 청나라 군대와 조선의 군대가 전쟁을 하는 장면
⑤ 백발이 된 뱃사공이 슬픈 표정으로 노를 젓는 장면

서술형 이 작품의 종장을 통하여 알 수 있는 사실은 무엇인지 시대적 배경과 관련하여 30자 내외로 서술하시오.

➡ 답은 [부록]에

61 이시렴 브디 갈싸_ 성종(成宗)

이시렴 브디 갈싸 아니 가든 못홀쏜냐.
無端(무단)이 슬튼야 눔의 말을 드럿는야.
그려도 하 애도래라 가는 쯧을 닐러라.

있으려므나. 부디 가겠느냐? 아니 가진 못하겠느냐?
까닭 없이 싫어졌느냐? 남의 말을 들었느냐?
그래도 너무 애달프구나, 가는 뜻을 말하여라.

배경 》》》 유호인(兪好仁)이란 신하가 늙은 어머니를 봉
양하기 위해 벼슬을 사퇴하고 고향으로 내려가
게 되자, 성종이 여러 번 만류하다가 할 수 없
어 친히 주연을 베풀어 술을 권하며 읊은 노래
이다.

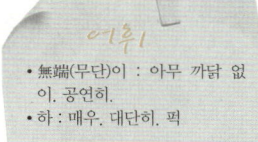

어휘

- 無端(무단)이 : 아무 까닭 없
  이. 공연히.
- 하 : 매우. 대단히. 퍽

이 시조는 임금의 권위나 지켜
야 할 여러 가지 법도에서 과감
히 벗어나 아끼는 신하에 대한 따뜻한 인정미를 보여주고 있
는 작품이다. 신하를 보내는 애타는 심정이 초장에서부터 직설
적으로 표현되어 한층 더 이별의 간절함을 더한다. 이처럼 권
위란 그것을 버릴 때 진정으로 위대해지는 법이다. 오늘날 사
회 각 분야에서 어른들의 권위가 떨어졌다고 개탄하는 사람들

→ 알아 두기

- 작자 : 성종(成宗, 1457~1494). 조선 제9대 임금. 세조의 손자
- 연대 : 조선 성종 때
- 갈래 : 평시조, 회유가(懷柔歌)
- 제재 : 신하의 사임
- 주제 : 신하를 보내는 애절한 마음
- 출전 : 「해동가요(海東歌謠)」

알짜 **문제!**

01 이 작품에서 많이 나타나고 있는 의문형은 청자에 대한 서정적 자아의 어떤 마음을 표현한 것인가?
① 부담스러운 마음　　　　② 서운하고 분한 마음　　　　③ 신뢰하지 못하는 마음
④ 간절하고 애타는 마음　　⑤ 배반에 대한 복수의 마음

02 이 작품의 청자가 듣고 감동을 했다면 그 이유로 가장 타당한 것은?
① 임금이 직접 노래했기 때문
② 떠나지 말라고 명령하기 때문
③ 신하의 마음을 헤아려 주기 때문
④ 임금의 인간적 정감이 우러나오기 때문
⑤ 주연을 베풀어 따뜻한 위로를 해주었기 때문

서술형 이 작품의 종장에서 '가는 뜻을 말하여라.'의 내포적 의미는 무엇인지 20자 내외로 서술하시오.

→ 답은 [부록]에

62 이화에 월백ᄒ고_ 이조년(李兆年)

梨花(이화)에 月白(월백)ᄒ고 銀漢(은한)이 三更(삼경)인 제
一枝春心(일지춘심)을 子規(자규)야 알냐마ᄂ
多情(다정)도 병인 양ᄒ야 좀 못 드러 ᄒ노라.

배꽃에 달빛이 희고 은하수는 삼경일 때에
일지춘심을 자규야 알겠는가마는
다정도 병인 듯하여 잠 못 이루고 있노라.

배경 >>> 흔히 〈다정가(多情歌)〉로 불리는 이 노래는 고려의 시조 중 가장 문학성이 돋보이는 작품으로 평가된다. 배꽃과 달빛과 은하수로 이어지는 '백색'의 시각적 애상이 자규의 울음소리라는 청각적 심상과 잘 어울림으로써 다정다감한 봄밤의 정서가 절실하게 표현되고 있다.

온고지신! 溫故知新

이 시조의 장면을 생각해 보자. 봄날의 한밤중을 배경으로 하여 휘영청 밝은 달빛 아래 눈물을 머금은 듯한 하얀 배꽃과 어디선가 피를 토하듯 슬픈 자규의 울음소리가 더욱 애상적인 정서를 안겨 주는데, 어찌 다정다감한 사람이 아니라 하더라도

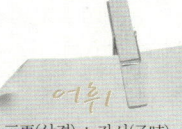

어휘
• 三更(삼경) : 자시(子時), 밤11시~새벽 1시. 한밤중.
• 一枝春心(일지춘심) : 나뭇가지에 깃들인 봄날의 마음. 그리워하는 마음.

○ 작자 : 이조년(李兆年, 1269–1343). 고려 말의 문신. 호는 매운당(梅雲堂)
○ 연대 : 고려 말
○ 갈래 : 평시조, 연모가(戀慕歌)
○ 제재 : 일지춘심
○ 주제 : 봄밤의 애상적인 정서
○ 출전 : 「병와가곡집(瓶窩歌曲集)」

잠을 이룰 수 있을까? 이러한 정서는 시간을 초월한다. 고려 시대의 지은이가 배나무가 있는 현대의 어느 집 안뜰에 와 있는 듯, 현대의 우리가 고려 시대의 지은이의 집 마당에 서 있는 듯 구분이 가질 않는다. 이렇듯 인간의 감정은 시대를 넘어 교감하는 것이며, 문학이 주는 감동의 근원도 여기에 있다고 할 것이다.

알짜 문제!

01 이 작품에 대한 설명으로 바르지 않은 것은?
① 서정적 자아의 정서가 자규에 투영되어 있다.
② 모든 시상은 종장의 '多情(다정)'에 집중되고 있다.
③ 시간적·공간적 배경이 시각적으로 조화를 이루고 있다.
④ 유배지에서 임금을 그리워하는 애절한 심정이 나타나 있다.
⑤ 초장과 중장은 시각적 심상과 청각적 심상으로 대응하고 있다.

02 이 작품의 종장에 나타난 서정적 자아의 상황과 어울리는 사자성어(四字成語)는?
① 동병상련(同病相憐)　　② 동상이몽(同床異夢)　　③ 다다익선(多多益善)
④ 주마간산(走馬看山)　　⑤ 전전반측(輾轉反側)

서술형 이 작품의 서정적 자아가 여성이라면 '一枝春心(일지춘심)'은 어떤 마음일 것인지 유추하여 40자 내외로 서술하시오.

➡ 답은 [부록]에

63 이화우 훗쁠릴 제 _ 계랑(桂娘)

梨花雨(이화우) 훗쁠릴 제 울며 줍고 離別(이별)ᄒᆞᆫ 님
秋風落葉(추풍낙엽)에 저도 날 싱각ᄂᆞᆫ가.
千里(천리)에 외로운 쑴만 오락가락 ᄒᆞ노매.

배꽃 봄비 흩뿌릴 때 손잡아 울며 이별한 임
가을바람 낙엽 지는데 저도 날 생각하는가?
천 리에 외로운 꿈만 오락가락하는구나.

배경 >>> 배꽃이 비처럼 흩날리는 봄날의 이별과 바람에
낙엽이 떨어지는 가을날의 그리움을 통하여 임
을 사랑하는 여인의 애잔한 서정이 섬세하게 그
려진 기녀의 노래이다.

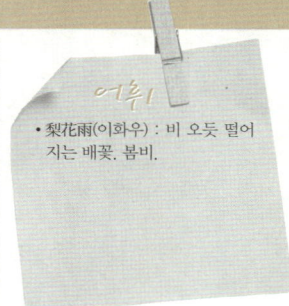

어휘!
• 梨花雨(이화우) : 비 오듯 떨어
지는 배꽃. 봄비.

온고지신! 溫故知新

이 시조는 전형적인 이별과 그
리움의 노래이다. 배꽃이 봄비
처럼 어지러이 날릴 때 서로 손잡고 못내 이별을 아쉬워했던
임은 계절이 바뀌어 낙엽 지는 가을이 되어도 소식 한번 전하
지 않고 있다. 그래서 기녀는 언제나 외로운 존재일 수밖에 없
었다. 이룰 수 없는 사랑 때문에 인고의 세월을 보내야 했던
옛날 기녀들의 시조가 지금도 공감을 얻는 것은 이별과 그리
움이라는 인간의 보편적인 감정을 노래했기 때문일 것이다.

➡ 알아 두기

- 작자 : 계랑(桂娘, 1573~1610).
  조선 명종 때 부안(扶安)의 명
  기(名妓). 본명은 이향금(李香
  今). 호는 매창(梅窓)
- 연대 : 조선 명종 때
- 갈래 : 평시조, 연정가(戀情歌)
- 제재 : 외로운 꿈
- 주제 : 임을 그리는 마음과 외
  로움
- 출전 : 「청구영언(靑丘永言)」

알짜 문제!

01 이 작품에 나오는 자연은 서정적 자아와 어떤 관계에 있는가?
① 감정이입의 대상　　　② 물아일체의 대상　　　③ 의사 전달의 매개체
④ 정서를 강화시키는 배경　⑤ 슬픔을 위로해 주는 존재

02 이 작품에 암시된 서정적 자아의 마음으로 가장 알맞은 것은?
① 임을 다시 만나고 싶다.
② 임과 이별한 것을 후회한다.
③ 임을 잊기 위해 노력할 것이다.
④ 나를 두고 떠난 임이 원망스럽다.
⑤ 다시는 사랑을 하지 않을 것이다.

서술형 이 작품의 종장에 나오는 '千里(천리)'가 의미하는 두 가지 거리감에 대해 50자 내외로 서술하시오.

➔ 답은 [부록]에

64 재 너머 성권농 집의_ 정철(鄭澈)

재 너머 成勸農(성권농) 집의 술 닉닷 말 어제 듯고
누은 쇼 발로 박차 언치 노하 지즐 틱고
아히야 네 勸農(권농) 겨시냐 鄭座首(정좌수) 왓다 ᄒ여라.

고개 너머 성권농 집에 술 익었다는 말 어제 듣고
누운 소 발로 박차 언치 놓아 눌러 타고
아이야, 네 주인 계시냐? 정 좌수 왔다 하여라.

배경 >>> **작자의 유배지 생활의 일면이** 역력히 나타나 있
는 작품이다. 힘든 세월 속에서도 정철은 술벗이
자 말벗인 성혼과의 풍류생활을 즐기며 교우의
기쁨을 누리고 있음을 알 수 있다.

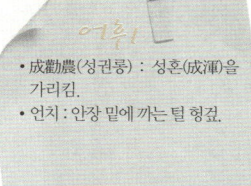

어휘!
• 成勸農(성권롱) : 성혼(成渾)을
  가리킴.
• 언치 : 안장 밑에 까는 털 형겊.

온고지신! 溫故知新

이 시조의 중장과 종장 사이에
는 지은이가 친구의 집으로 찾
아가는 과정이 생략되어 생동감을 더해 주는데, 이러한 표현은
독자들로 하여금 술을 좋아하는 송강이 술벗을 찾아가는 즐거
움을 상상하게 해 준다. 누운 소를 발로 박찬다는 표현을 통하
여 그러한 지은이의 심리를 충분히 짐작할 수 있다. 자연과 벗
과 친구는 예로부터 참 잘 어울리는 풍류의 조건들이다. 한 잔
술과 함께 하는 벗과의 만남은 삶의 기쁨이자 활력소가 될 것

이다. 이러한 노래를 통하여 벗의 소중함은 예나 이제나 변함
이 없음을 알 수 있게 된다.

알짜 문제!

01 이 작품에 대한 설명으로 바르지 않은 것은?
① 술벗을 찾아가는 기쁨이 형상화되어 있다.
② 서정적 자아의 호방한 성격이 드러나 있다.
③ 술벗과 교류를 통한 풍류 생활이 나타나 있다.
④ 술벗을 찾아가는 성급한 마음이 표현되어 있다.
⑤ 서정적 자아의 유배 생활의 실상이 잘 나타나 있다.

02 이 작품에 나타난 교우관계와 가장 거리가 먼 사자성어(四字成語)는?
① 간담상조(肝膽相照)　　② 교칠지심(膠漆之心)　　③ 금란지교(金蘭之交)
④ 막역지우(莫逆之友)　　⑤ 익자삼우(益者三友)

서술형 이 작품의 전개 과정상 중장과 종장 사이에 들어갈 서정적 자아의 심리와 행동을 유
추하여 40자 내외로 서술하시오.

_____

_____

_____

_____

_____

_____

_____

➡ 답은 [부록]에

65 전원에 나믄 흥을_ 김천택(金天澤)

田園(전원)에 나믄 興(흥)을 전 나귀에 모도 싯고
溪山(계산) 니근 길로 흥치며 도라와서
아히 琴書(금서)를 다스려라 나믄 히를 보내리라.

전원에 남은 흥취를 다리 저는 나귀에 모두 싣고
계곡 낀 산 익숙한 길로 흥겨워하며 돌아와서
아이야, 거문고와 서책을 다스려라, 남은 해를 보내리라.

배경 >>> **자연 속에서 실컷 풍류를 즐기며** 놀다가 발을 저는 나귀에 몸을 싣고 돌아와, 거문고와 서책을 즐기며 남은 시간을 보내려는 한가함과 여유로움을 노래한 작품이다.

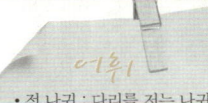

- 전 나귀 : 다리를 저는 나귀.
- 溪山(계산) : 계곡을 낀 산.
- 다스려라 : 준비하여라.

이 시조에 나타난 자연은 지은이의 안식처이다. 안분지족(安分知足)과 안빈낙도(安貧樂道)를 삶의 방식으로 여겼기에 자연스럽게 자연에 귀의하여 전원의 흥취를 만끽하였던 것이다. 특히 '나믄 히'는 중의적 표현으로 '남은 세월'의 뜻도 들어 있어 여생을 풍류 생활로 보내려는 지은이의 각별한 의지가 담겨 있다고 할 수 있다. 자연과 책과 거문고와 노래로 이어지는 일련의 삶의 방식은 그 자체로서 하나의 삶의 철학이며 가치관

➡ 알아 두기

- 김천택(金天澤, ?~?). 조선 영조 때의 가객(歌客). 호는 남파(南波)
- 연대 : 조선 영조 때
- 갈래 : 평시조, 한정가(閑情歌)
- 제재 : 전원의 흥취
- 주제 : 자연 속에서 누리는 풍류
- 출전 : 「청구영언(靑丘永言)」

이었음을 알 수 있다. 오늘날 우리가 계승할 소중한 정신적 유
산이 아닌가 한다.

01 이 작품에서 지은이가 추구하는 가치를 가장 날 나타내는 시어는?
① 田園(전원)　　　　　② 興(흥)　　　　　③ 溪山(계산)
④ 琴書(금서)　　　　　⑤ 나믄 히

02 이 작품의 서정적 자아의 심리적 상태로 가장 알맞은 것은?
① 풍류 생활을 그만 둘 때가 되었다.
② 풍류를 즐기며 여생을 보내고 싶다.
③ 자연 속에서의 풍류가 책 읽기보다 낫다.
④ 남은 해는 학문에 힘써 벼슬길에 오를 것이다.
⑤ 아무리 흥겨워도 시간이 가면 지치게 마련이다.

서술형 이 작품의 내용으로 미루어 지은이는 전원에서 무엇을 했을 것인지 30자 내외로 서술
하시오.

➜ 답은 [부록]에

66 지당에 비 뿌리고 _ 조헌(趙憲)

池塘(지당)에 비 뿌리고 楊柳(양류)에 닉 씨인 졔
沙工(사공)은 어듸 가고 뷘 비만 민엿눈고.
夕陽(석양)에 짝 일흔 골며기는 오락가락 하노매.

연못에 비 뿌리고 버드나무에 안개 낀 때에
사공은 어디 가고 빈 배만 매어 있는가?
석양에 짝 잃은 갈매기는 오락가락하는구나.

배경 >>> **비 내리는 강촌을 배경으로** 한가롭고 적막한 서정을 형상화한 노래이다. 아늑한 느낌과 동시에 서정적 자아의 외로움이 '빈 배', '짝 잃은 갈매기' 등의 사물과 자연물을 통해 잘 나타나 있다.

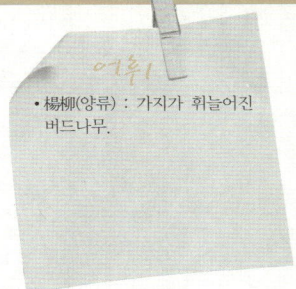

온고지신! 溫故知新

이 시조는 마치 한 폭의 동양화를 보는 듯한 느낌을 준다. 우리 조상들의 노래에는 인사(人事)를 자연에 의탁하는 것이 많은데, 이 노래에 등장하는 '비, 닉, 뷘 비, 짝 일흔 골며기' 등은 지은이의 외로움을 더해 주는 소재들이다. 이처럼 인간의 정서와 생각은 자연과 밀접한 관계에 있다. 그러한 인간과 자

➡ 알아 두기

- 작자 : 조헌(趙憲, 1544~1592). 조선 선조 때의 문신. 호는 중봉(重峯)
- 연대 : 조선 선조 때
- 갈래 : 평시조
- 제재 : 연못의 봄 경치
- 주제 : 봄날의 적막과 외로움
- 출전 : 「청구영언(靑丘永言)」

연의 관계는 오늘날도 마찬가지이며, 아무리 기계문명이 발달한다 해도 인간은 자연을 떠나 살 수 없다. 우리가 자연을 곁에 두고 아름답게 가꾸고 보존해야 하는 것은 바로 우리의 삶을 위해서임을 기억해야 한다.

01 이 작품에서 서정적 자아의 정서 전달 방법으로 알맞은 것은?
　① 암시적(暗示的)이다.　　② 직접적(直接的)이다.　　③ 우화적(寓話的)이다.
　④ 역설적(逆說的)이다.　　⑤ 풍유적(諷諭的)이다.

02 이 작품에 등장하는 시어에 대한 설명으로 바른 것은?
　① 닉 : 작품의 시대적 상황
　② 池塘(지당) : 서정적 자아의 정신적 고향
　③ 올며기 : 서정적 자아의 분신과 같은 존재
　④ 뷘 빈 : 지은이가 현실을 도피하고자 하는 수단
　⑤ 沙工(사공) : 서정적 자아가 추구하는 이상적 존재

서술형 이 작품의 서정적 자아는 어떤 처지에 놓여 있는지 '사공'과 '빈 배'를 이용하여 30자 내외로 서술하시오.

➜ 답은 [부록]에

67 집 방석 내지 마라_ 한호(韓濩)

집 方席(방석) 내지 마라 落葉(낙엽)엔들 못 안즈랴.
솔불 혀지 마라 어제 진 달 도다 온다.
아희야 薄酒山菜(박주산채)ㄹ망정 업다 말고 내여라.

짚방석 내놓지 마라, 낙엽엔들 못 앉겠는가?
관솔불 켜지 마라, 어제 진 달 돋아온다.
아이야, 박주산채일망정 없다 말고 내어 오너라.

배경 >>> **자연을 있는 그대로 즐기고자 하는** 지은이의 소
탈한 성품과 안빈낙도(安貧樂道)의 태도가 잘 나
타난 작품이다. '짚방석'과 '낙엽', '솔불'과
'달'의 대조를 통하여 인공미를 멀리하고 자연
미를 추구하는 지은이의 가치를 구현하고 있다.

온고지신! 溫故知新

이 시조의 지은이는 명필가 한
석봉이다. 아주 손쉽고도 가까
운 소재를 취하여 쉬운 말로 가깝게 쓰고 있는 태도에서 작자
자신의 필체와 흡사한 호방함을 느낄 수 있게 한다. 중장에서
는 달을 풍류의 대상으로서만 국한시키는 종래의 상투적인 수
법과는 달리 어둠을 비치는 광명의 존재로까지 끌어들이고 있

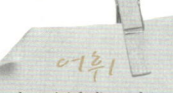

어휘

• 집 方席(방석) : 짚으로 만든
  방석.
• 솔불 : 관솔불. '관솔'은 송진
  이 많이 엉긴 소나무의 옹이.
• 薄酒山菜(박주산채) : 맛이 변
  변치 못한 술과 산나물. 값싼
  술과 안주.

● 작자 : 한호(韓濩, 1543-1605)
조선 선조 때의 명필가. 호는
석봉(石峯)
● 연대 : 조선 선조 때
● 갈래 : 평시조, 한정가(閑情歌)
● 제재 : 전원생활
● 주제 : 자연 속에 묻혀 사는 소
탈한 삶의 즐거움
● 출전 : 「청구영언(靑丘永言)」

다. 인공적 가치와 세속에 얽매임이 없이 주객일체(主客一體)의
심경에서 산촌의 가을밤을 노래하고 있는 이 작품은 자연과
인간의 화합, 그리고 다시 인간과 인간의 화합이라는 삶의 깊
은 섭리를 오늘을 사는 우리들에게 가르쳐 주고 있다.

알짜 문제!

01 이 작품에 나타난 서정적 자아의 자연에 대한 태도로 알맞은 것은?
① 자연은 인간의 일상생활을 위해 유용하게 이용해야 한다.
② 자연은 인간과 대립적인 존재로서 절대적 가치를 지닌다.
③ 자연은 인간의 사상을 전달하는 매개체로서의 구실을 한다.
④ 자연은 인간과 공존할 때 그 본래의 가치를 발견할 수 있다.
⑤ 자연은 신앙의 대상으로서 그 의미를 결코 왜곡해서는 안 된다.

02 이 작품 종장의 '薄酒山菜(박주산채)'의 내포적 의미와 관계 깊은 것은?
① 삼순구식(三旬九食)　　② 안빈낙도(安貧樂道)　　③ 요산요수(樂山樂水)
④ 함포고복(含哺鼓腹)　　⑤ 산해진미(山海珍味)

서술형 이 작품에서 지은이가 암시적으로 비판하고자 하는 삶의 태도에 대해 50자 내외로
서술하시오.

➜ 답은 [부록]에

68 천만 리 머느먼 길에_ 왕방연(王邦衍)

千萬里(천만리) 머느먼 길에 고흔 님 여희읍고
니 므음 둘 딘 업셔 냇ㄱ의 안쟈시니
져 물도 니 안 궃ㅎ여 우러 밤길 녜놋다.

천만 리 머나먼 길에 고운 임과 이별하고
내 마음 둘 데 없어 냇가에 앉았으니
저 물도 내 마음 같아서 울며 밤길 흘러가는구나.

배경 》》》 세조는 단종의 왕위를 빼앗은 후, 사육신의 단종 복위가 드러나자, 그 책임을 단종에게 전가시켜 어린 단종을 폐위시켜 영월로 유배시켰다. 폐위된 단종이 유배될 때 지은이는 의금부도사로 호송을 담당하였다. 이 시조는 어린 임금과 이별하고 돌아 오는 길에 느끼는 슬프고 울적한 심정을 읊고 있다.

온고지신! 溫故知新 이 작품은 초장에서 단종과의 이별, 중장에서 슬픔, 종장에서 감정 이입의 순으로 전개되고 있다. 비록 의금부도사로서의 직책은 다했지만, 인지상정은 어쩔 수 없음을 보여 주고 있는 이

어휘
• 머나먼 길 : 강원도 영월 땅. 단종의 유배지.
• 고흔 님 : 단종 임금을 가리킴.

- 작자 : 왕방연(王邦衍, ?-?).
  조선 세조 때 금부도사
- 연대 : 조선 세조 때
- 갈래 : 평시조, 연군가(戀君歌)
- 제재 : 단종의 유배
- 주제 : 임금을 이별한 애절한 마음
- 출전 : 「병와가곡집(甁窩歌曲集)」

노래는, 사육신들의 굳은 충정과는 달리 의금부도사로서 세조에게 충성을 다해야만 하는 신분이면서도 인간적인 애달픔을 읊었다는 데 작품의 의미를 찾을 수 있다. 그러한 감정은 지은이의 도덕관에서 비롯된다. 불의한 방법으로 권력을 찬탈한 세력에 대한 반감이 자연스럽게 단종을 향한 충성으로 나타난 것이다. 권력과 정의에 대해 다시 한 번 생각하게 하는 작품이라 할 수 있다.

알짜 문제!

01 이 작품에 대한 설명으로 바르지 않은 것은?
① 지은이의 내적 갈등이 나타난다.
② 자연친화 사상이 투영되어 있다.
③ 비유를 통해 안타까운 현실을 표현하고 있다.
④ '물'은 작자의 감정이 이입된 객관적 상관물이다.
⑤ 애달픔과 그리움을 함께 담은 연군의 단장곡(斷腸曲)이다.

02 이 작품에 나타난 서정적 자아의 정서와 가장 거리가 먼 것은?
① 그리움 　② 애달픔 　③ 연민 　④ 동정 　⑤ 복수심

서술형 이 작품의 서정적 자아가 느끼는 심리적 갈등의 원인은 무엇인지 유교적 사상을 바탕으로 30자 내외로 서술하시오.

➔ 답은 [부록]에

69 철령 노픈 봉에 _ 이항복(李恒福)

鐵嶺(철령) 노픈 峰(봉)에 쉬여 넘는 져 구름아
孤臣冤淚(고신원루)를 비 사마 씌여다가
님 계신 九重深處(구중심처)에 뿌려 본들 엇두리.

철령 높은 봉에 쉬어 넘는 저 구름아,
외로운 신하의 원루를 비 만들어 띄워다가
임 계신 구중심처에 뿌려 보면 어떠리.

배경 >>> **인목대비 폐모론에 극구 반대하다가,** 충간(忠諫)
이 받아들여지지 않고 오히려 유배 길에 오른 지
은이가 쓴 작품이다. 조정의 장래를 걱정하며 차
마 발길이 떨어지지 않는 작자의 충성심이 전편
에 걸쳐 면면히 흐르고 있다.

온고지신! 溫故知新　　　이 시조에 나오는 구름은 유배
지로 가는 도중 차마 산을 빨리
넘지 못하고 무거운 발걸음을 옮기고 있는 지은이의 모습과
같아 보인다. 또한 지은이는 자신을 '고신(孤臣)'이라 하여 임
금의 은총을 잃은 서러움에 북받쳐 있으며, 이 서러운 마음을
임금이 계신 대궐에 비로 만들어 뿌려 자신의 충절을 보이겠
다는 결의를 드러내고 있다. 당쟁의 와중에서 끝까지 자신의

의지를 굽히지 않고 있는 지은이의 태도에서 신의와 절개의 소중함을 엿볼 수 있다.

알짜 문제!

01 이 작품의 초장에 나오는 '구름'과 관계없는 사항은?
① 귀양길　　　　　② 간신배　　　　　③ 감정 이입
④ 억울한 심정　　　⑤ 우의적 수법

02 이 작품에서 유추할 수 있는 서정적 자아의 심리로 알맞지 않은 것은?
① 임금님께 충성을 다하고 싶다.
② 먼 곳으로 귀양을 가고 싶지 않다.
③ 반대파들이 득세하는 조정의 일이 걱정된다.
④ 임금님이 내 원통함을 알아주셨으면 좋겠다.
⑤ 아름다운 자연 속에서 속세의 일을 잊고 싶다.

서술형 이 작품의 내용을 하나의 문장으로 요약하되, '구름아,'로 시작하고 '~다오.'로 끝을 맺어 40자 내외로 서술하시오.

➜ 답은 [부록]에

70 청산도 절로절로_ 김인후(金麟厚)

靑山(청산)도 절로절로 綠水(녹수)도 절로절로
山(산) 절로 水(수) 절로 山水間(산수간)에 나도 절로
그 中(중)에 절로 ᄌᆞ란 몸이 늙기도 절로 ᄒᆞ리라.

푸른 산도 절로절로 푸른 물도 절로절로
산 절로 물 절로 산수 간에 나도 절로
그 중에 절로 자란 몸이 늙기도 절로 하리라.

배경 >>> 대자연의 원리가 지배하는 세상에서 그 원리를 거스르는 일 없이 자연의 법칙대로 살고 자연의 법칙에 따라 늙어가겠다는 지은이의 세계관이 표현된 작품이다.

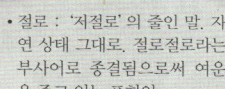

- 절로 : '저절로'의 줄인 말. 자연 상태 그대로. 절로절로라는 부사어로 종결됨으로써 여운을 주고 있는 표현임.
- 절로 자란 : 자연의 순리에 따라 자라난.

온고지신! 溫故知新

이 시조에서 '절로절로'라는 구절은 일곱 번이나 점층적으로 반복되고 있으며, 특히 고려 속요 〈청산별곡〉에서와 같이 'ㄹ' 음이 주는 탄력성으로 인해 이 작품은 높은 음악성을 보여 준다. 자연의 순리에 따른다는 지은이의 사상이 자연스러운 음악성과 절묘하게 결합되고 있다. 인간 세상에선 사리사욕에 눈이 어두워 순리를 거스르고 사회에 불협화음을 만드는 인간들이 늘 존재한다. 이 시조의 정신을 이어 받아 순리에 따르는 조화로운 사회가 만들어진다면 얼마나 좋을 것인가?

➡ **알아 두기**

- 작자 : 김인후(金麟厚, 1510~1560). 조선 중기의 문신. 호는 하서(河西)
- 연대 : 조선 중기
- 갈래 : 평시조
- 제재 : 청산, 녹수
- 주제 : 자연의 순리에 따르는 삶의 추구
- 출전 : 「병와가곡집(甁窩歌曲集)」

알짜 문제!

01 이 작품에 반복하여 등장하는 '절로' 에 대한 설명으로 바르지 않은 것은?
① 품사는 감탄사이다.
② '저절로' 의 준말이다.
③ 점층적으로 반복되고 있다.
④ 자연의 순리에 따른다는 뜻이다.
⑤ 'ㄹ' 소리는 유음으로 음악적 효과를 낸다.

02 이 작품에 나타난 지은이의 인간관으로 알맞은 것은?
① 인간은 자연의 섭리에 따라 생멸하는 존재이다.
② 인간은 산과 물처럼 변화무쌍한 역사적 존재이다.
③ 인간은 자연의 한 개체로서 독립적인 가치가 없다.
④ 인간은 사회적 동물로서 모든 자연물 중 가장 고귀하다.
⑤ 인간은 스스로 성장하고 완성해 나가는 초자연적 존재이다.

서술형 이 작품의 '절로절로'란 표현을 통해 보여주고 있는 리듬과 주제의 관계에 대해 100 자 이내로 서술하시오.

➡ 답은 [부록]에

71 청산리 벽계수야_ 황진이(黃眞伊)

靑山裏(청산리) 碧溪水(벽계수)야 수이 감을 자랑 마라.
一到滄海(일도창해)ᄒ면 다시 오기 어려오니
明月(명월)이 滿空山(만공산)ᄒ니 수여 간들 엇더리.

청산 속 벽계수야, 쉽게 흘러감을 자랑 마라.
한 번 너른 바다에 이르면 다시 오기 어려우니
명월이 공산에 가득하니 쉬어 가면 어떻겠는가?

배경 >>> 이 시조에서 '청산'은 영원한 자연을, '벽계수'는 덧없는 인생을, '수이 감'은 순간적인 인생의 삶을 비유적으로 표현한 것이다. 한번 늙거나 죽으면 젊은 시절로 돌아올 수 없으므로 인생을 즐기며 살자는 뜻의 이 노래는 '벽계수'라는 이름의 왕족을 유혹하는 중의적 의미로 해석하기도 한다.

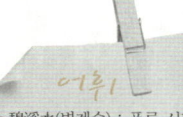

어휘

• 碧溪水(벽계수) : 푸른 시냇물. 왕족으로 황진이를 좋아했던 사람의 이름. 중의법.
• 수이 : 쉽게, 빨리.
• 明月(명월) : 밝은 달. 황진이 자신. 중의법.

온고지신! 溫故知新 이 시조는 세월은 빠르고 인생은 덧없으니 즐겁게 살아가자는 기녀다운 호소를 보여 주는 노래이다. '벽계수'는 흐르는 물과 황진이를 좋아한 왕족의 이름을, '명월'은 밝은 달과 황진이 자신을 동시에 의미함으로써 중의법으로 쓰이고 있다. 인생과 사랑을 동시에 읊고 있는 이 노래는 삶에 대한 진지한 사색과 지은이의 인간적인 면모를 잘 보여주고 있어서 오늘날까지도 많은 사람의 입에 오르내리고 있는 걸작이다.

● 작자 : 황진이(黃眞伊, ?-?). 조선 중기의 명기(名妓). 본명은 진(眞)
● 연대 : 조선 명종~선조 때
● 갈래 : 평시조. 회유가(懷柔歌)
● 제재 : 벽계수, 명월
● 주제 : 인생무상과 향락의 권유
● 출전 : 「청구영언(靑丘永言)」

알짜 문제!

01 이 작품에 나오는 시어의 의미로 바르지 않은 것은?
  ① 滄海(창해) : 늙음　　　　② 明月(명월) : 황진이
  ③ 空山(공산) : 부귀영화　　④ 靑山(청산) : 영원한 자연
  ⑤ 碧溪水(벽계수) : 덧없는 인생

02 이 작품의 성격으로 알맞지 않은 것은?
  ① 감성적(感性的)　　② 낭만적(浪漫的)　　　③ 비유적(比喻的)
  ④ 대조적(對照的)　　⑤ 역사적(歷史的)

서술형 이 작품이 '벽계수(碧溪水)'란 사람을 대상으로 지어진 것으로 볼 때, 지은이가 이러한 노래를 부르게 된 이유를 본문에 나오는 구절을 근거로 하여 150자 내외로 서술하시오.

➤ 답은 [부록]에

72 청산은 내 뜻이오 _ 황진이(黃眞伊)

靑山(청산)은 내 뜻이오 綠水(녹수)눈 님의 情(정)이
綠水(녹수) 흘너간들 靑山(청산)이야 變(변)홀손가.
綠水(녹수)도 靑山(청산)을 못 니져 우러 예어 가눈고.

청산은 내 뜻이요, 녹수는 임의 정이니
녹수 흘러간들 청산이야 변하겠는가?
녹수도 청산을 못 잊어 울며 흘러가는구나.

배경 >>> **임에 대한 변치 않는 자신의 마음을** 청산에 비유하여 표현한 작품이다. 여기에서 임은 황진이가 흠모했던 서경덕을 말하는 것으로 볼 수도 있다.

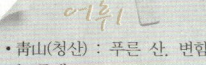
어휘

- 靑山(청산) : 푸른 산. 변함없는 존재.
- 綠水(녹수) : 푸른 물. 쉬지 않고 흐르는 변화무쌍한 존재.

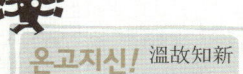
온고지신! 溫故知新

이 시조에서 지은이는 일반 양반 사대부들과는 다른 자연관을 보여준다. 사대부들은 '강산(江山)'을 한 데 묶어 산과 물을 모두 영원한 자연으로 묘사함으로써 불변의 존재라 하는데, 황진이는 '산'의 고정성과 대조되는 '물'의 '흘러감'이라는 본질에 주목하여 변화하는 인간이라고 규정하였다. 이처럼 하나의 대상도 어떤 관점에서 보느냐에 따라 그 가치와 의미가 달라짐을 알 수 있다. 날로 단순화·획일화되어 가는 현대사회에서

➡ **알아 두기**

- 작자 : 황진이(黃眞伊, ?~?). 조선 중기의 명기(名妓). 본명은 진(眞)
- 연대 : 조선 명종?선조 때
- 갈래 : 평시조, 연정가(戀情歌)
- 제재 : 청산, 녹수
- 주제 : 임을 향한 변함없는 사랑
- 출전 : 「대동풍아(大東風雅)」

남다른 가치관과 창의적 사고를 가지려면, 이 시조의 지은이처럼 자신의 눈으로 세상과 자연을 볼 수 있는 안목을 키워야 할 것이다.

01 이 작품의 초장에서 '내 쏫'이 의미하는 바로 가장 알맞은 것은?
① 인생무상을 깨달음　　　　　② 청산의 아름다움 예찬
③ 고향에 돌아가려는 마음　　　④ 임을 향한 변함없는 마음
⑤ 자연에 귀의하고자 하는 마음

02 이 작품에 나타난 서정적 자아의 '綠水(녹수)'에 대한 생각으로 적당한 것은?
① 나를 못 잊어 다시 거슬러올 것이다.
② 나의 마음을 전혀 모르고 있을 것이다.
③ 하늘의 비가 되어 나와 재회할 것이다.
④ 내가 녹수가 되어 뒤를 따라갈 것이다.
⑤ 다시는 나의 곁으로 돌아오지 않을 것이다.

서술형 이 작품의 종장이 나오기 위한 전제를 '청산'을 주어로 하여 15자 내외로 서술하시오.

➡ 답은 [부록]에

73 청초 우거진 골에 _ 임제(林悌)

靑草(청초) 우거진 골에 자는다 누엇는다.
紅顔(홍안)을 어듸 두고 白骨(백골)만 무쳣는이.
盞(잔) 자바 권ᄒᆞ리 업스니 그를 슬허ᄒᆞ노라.

푸른 풀 우거진 골짜기에 자는가? 누웠는가?
홍안을 어디 두고 백골만 묻혀 있느냐?
잔 잡아 권할 이 없으니 그것을 슬퍼하노라.

배경 >>> 지은이가 평안도 평사(評事)로 부임해 가던 길에 생전에 교분이 있었던 황진이의 무덤을 찾아가서 읊은 노래로 전해진다. 이 일이 발단이 되어 지은이는 관직에서 물러났다고 한다.

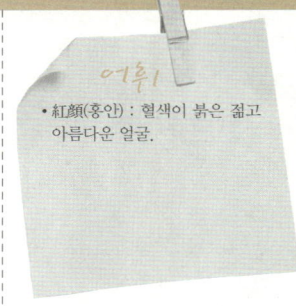

어휘
• 紅顔(홍안) : 혈색이 붉은 젊고 아름다운 얼굴.

온고지신! 溫故知新　이 시조에서는 황진이의 죽음을 안타깝게 여긴 지은이가 술병을 차고 무덤 앞에서 혼자 잔을 기울이며 인생의 허무를 되씹고 있는 모습이 잘 나타나 있다. 황홀했던 젊은 날의 얼굴은 간 데 없이 초라하고 허무한 황진이의 무덤 앞에서, 그녀의 아름다움과 시문을 사랑했던 작자의 애상적 감정은 남달랐을 것임을 충분히 짐작할 수 있다. 죽음은 모든 것을 앗아가는 절대적인 것이며, 그 앞에 엎드린 인간의 모습은 얼마나 초라한 것

➡ **알아 두기**

◯ 작자 : 임제(林悌, 1549~1587). 조선 중기의 문신. 호는 백호(白湖)
◯ 연대 : 조선 선조 때
◯ 갈래 : 평시조. 애도가(哀悼歌)
◯ 제재 : 임의 죽음
◯ 주제 : 임의 죽음에 대한 애도와 무상감
◯ 출전 : 「해동가요(海東歌謠)」

인지를 수백 년 전의 노래는 지금도 우리들에게 전해 주고 있다. 살아 있을 때 후회 없이 사랑해야 하지 않겠는가?

알짜 문제!

01 이 작품의 창작 동기를 암시하고 있는 시어는?
① 골   ② 盞(잔)   ③ 紅顔(홍안)
④ 靑草(청초)   ⑤ 白骨(백골)

02 이 작품에 대한 설명으로 알맞지 않은 것은?
① 애도의 성격을 띠고 있다.
② 대조적 심상이 나타나 있다.
③ 색채 대비로 주제를 강화하고 있다.
④ 인생무상의 정서가 짙게 나타나고 있다.
⑤ 시대적 상황으로 인한 지은이의 갈등이 내포되어 있다.

서술형 이 작품에 나타난 대조적 심상의 양상과 효과에 대해 100자 이내로 서술하시오.

➜ 답은 [부록]에

74 초암이 적료ᄒᆞᆫ딕_ 김수장(金壽長)

草庵(초암)이 寂廖(적료)ᄒᆞᆫ딕 벗 업시 혼ᄌ 안ᄌ

平調(평조) 한닙히 白雲(백운)이 절로 존다.

언의 뉘 이 죠흔 뜻을 알 리 잇다 ᄒᆞ리오.

초암이 적적하고 고요한데 벗 없이 혼자 앉아
평조로 읊는 대엽 가락에 흰 구름 절로 존다.
어느 누가 이 좋은 뜻을 알 리 있다 하겠는가?

배경 >>> **당대 최고의 가객으로 손꼽히는** 지은이가 세속을 벗어나 조용한 초가에 홀로 앉아서 거문고를 타며 풍류를 즐기는 그윽한 경지가 잘 나타나 있는 작품이다.

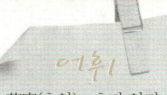

어휘
- 草庵(초암) : 초가 암자.
- 平調(평조) : 음계의 명칭. 평온하고 나직한 시조창의 곡조.
- 한닙히 : 대엽(大葉)에. 대엽은 곡조 이름.

온고지신! 溫故知新

이 노래처럼 적막한 초가에서 거문고를 타며 즐기는 풍류의 깊은 경지를 누가 알 수 있을 것인가? 무대는 적료한 초암이고, 연주자는 나 혼자만의 독주이며, 곡명은 평조 대엽 즉흥곡이고, 청중은 대자연이다. 구름은 그 중의 한 관객으로 나직하고 화평스런 곡조에 마치 졸고 있는 것 같다. 한 폭의 동양화를 연상하게 하는 작품으로, 우리 조상들의 풍류를 즐기는 경지에 한껏 빠져들게 한다. 상상으로라도 이런 경지를 한 번 느껴보는 것이 어떨까?

▶ 알아 두기
- 작자 : 김수장(金壽長, 1690-?). 조선 영조 때의 가객(歌客). 호는 노가재(老 歌齋)
- 연대 : 조선 영조 때
- 갈래 : 평시조, 한정가(閑情歌)
- 제재 : 평조 한 닙
- 주제 : 풍류를 즐기는 그윽한 경지
- 출전 : 「해동가요(海東歌謠)」

알짜 문제!

01 이 작품의 주제와 잘 어울리는 사자성어(四字成語)는?
 ① 초동급부(樵童汲婦)　　　　② 자강불식(自彊不息)　　　　③ 물아일체(物我一體)
 ④ 연하고질(煙霞痼疾)　　　　⑤ 남부여대(男負女戴)

02 이 작품의 종장에서 '죠흔 뜻'이 내포하고 있는 의미로 바른 것은?
 ① 입신출세를 꿈꾸는 청운의 꿈
 ② 자연과 더불어 즐기는 한가로운 정
 ③ 음악을 통해 깨닫게 되는 삶의 지혜
 ④ 나의 부족함을 일깨워주는 벗의 충고
 ⑤ 자연 속에서 느끼는 번잡한 세속의 정

서술형 이 작품의 종장에 나오는 '어느 누구'는 구체적으로 누구를 가리키는지 30자 내외로
　　　서술하시오.

➜ 답은 [부록]에

75 추강에 밤이 드니 _ 월산대군(月山大君)

秋江(추강)에 밤이 드니 물결이 추노미라.
낙시 드리치니 고기 아니 무노미라.
無心(무심)훈 둘빗만 싯고 뷘 비 저어 오노미라.

가을 강에 밤이 드니 물결이 차구나.
낚시 들이치니 고기 아니 무는구나.
무심한 달빛만 싣고 빈 배 저어 오는구나.

배경 >>> 가을 강의 밤경치와 달빛 아래 낚시를 드리우고 있는 정경을 묘사하고 있는 이 시조는 마치 한 폭의 동양화 같다. 성종의 친형으로 책과 산수를 좋아하고 풍류를 즐겼던 지은이의 삶이 잘 나타나 있는 작품이다.

온고지신! 溫故知新

이 시조에서는 물욕과 명리를 초월한 작가의 유유자적하는 삶을, 달빛만 가득 싣고 빈 배로 돌아오는 정경에서 느낄 수 있다. 낚시에는 관심이 없고 아름다운 자연의 정취에 정신이 팔려 버린 몰아(沒我)의 경지가 잘 나타나 있는 이 노래는, 소유하는 자연과 보고 즐기는 자연이 어떻게 다른지 물욕에 찌든 현대인으로 하여금 새삼 돌아보게 하고 있다.

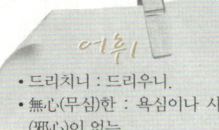
알아 두기

○ 작자 : 월산대군(月山大君, 1454~1488). 조선 성종(成宗) 임금의 친형. 본명은 이정(李婷). 호는 풍월정(風月亭)
○ 연대 : 조선 성종 때
○ 갈래 : 평시조, 한정가(閒情歌)
○ 제재 : 가을 달밤
○ 주제 : 가을 달밤의 정취와 풍류
○ 출전 : 「청구영언(靑丘永言)」

알짜 **문제!**

01 이 작품에 대한 설명으로 바른 것은?

① 대표적인 연군가(戀君歌)이다.

② 계절적 배경이 시대 상황을 암시한다.

③ 현실 지향적인 가치관이 나타나 있다.

④ 유배지에서 느끼는 고독감이 형상화되어 있다.

⑤ 각 장의 끝에 각운을 사용하여 경쾌한 운율미를 살렸다.

02 이 작품에 나타난 지은이의 삶의 태도로 알맞은 것은?

① 탈속적(脫俗的)   ② 세속적(世俗的)   ③ 교훈적(敎訓的)

④ 비관적(悲觀的)   ⑤ 냉소적(冷笑的)

서술형 이 작품의 주제를 고려할 때, 중장에서 '고기가 물지 않는다.' 는 표현은 어떤 뜻으로 한 말인지 30자 내외로 서술하시오.

➔ 답은 [부록]에

76 춘산에 눈 녹인 부람 _ 우탁(禹倬)

春山(춘산)에 눈 녹인 부람 건듯 불고 간 듸 업다.
져근덧 비러다가 마리 우희 불니고져.
귀 밋퇴 히 묵은 서리를 녹여 볼가 ᄒ노라.

춘산에 눈 녹인 바람 잠깐 불고 간 데 없다.
잠시 동안 빌려다가 머리 위에 불게 하고 싶구나.
귀 밑의 해 묵은 서리를 녹여 볼까 하노라.

배경 >>> 늙음을 한탄한 탄로가이다. 쌓인 눈을 녹여 주는 봄바람으로 하얗게 된 백발을 눈 녹이듯 녹여 자신의 젊음을 되찾겠다고 하고 있는데, 흔히 고려 속요에서 볼 수 있는 애상적 정조를 벗어난 긍정적 자세가 엿보이는 작품이다.

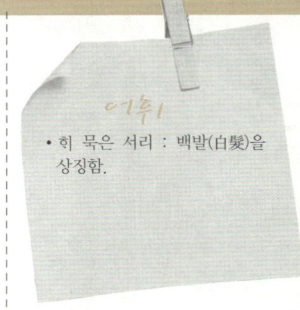

어휘
• 히 묵은 서리 : 백발(白髮)을 상징함.

온고지신! 溫故知新

이 시조는 늙음에 대한 한탄 속에서도 인생을 달관한 여유가 돋보인다. 은유법을 적절히 구사하고 있는 이 노래는 백발을 '히 무근 서리'로 표현함으로써 비유의 참신성을 보여주고 있다. 인생의 모든 것은 생각하기 나름이라고 한다. 자기에게 닥쳐온 불행을 지혜롭게 극복할 줄 아는 삶의 여유와 달관이 필요함을 이 노래는 우리들에게 들려주고 있다.

➡ 알아 두기

◯ 작자 : 우탁(禹倬, 1263~1343). 고려 충선왕 때의 학자. 호는 역동(易東)
◯ 연대 : 고려 말
◯ 갈래 : 평시조. 탄로가(嘆老歌)
◯ 제재 : 백발
◯ 주제 : 늙음에 대한 한탄과 젊어지고 싶은 마음
◯ 출전 : 「청구영언(靑丘永言)」

알짜 **문제!**

01 이 작품의 내용을 긍정적인 면에서 볼 때 지은이의 인생관은?
① 낙천적(樂天的)　　　② 염세적(厭世的)　　　③ 구도적(求道的)
④ 진취적(進就的)　　　⑤ 허무적(虛無的)

02 이 작품에 대한 설명으로 바르지 않은 것은?
① 늙음을 한탄한 노래이다.
② 인생을 달관한 여유가 보인다.
③ 긍정적인 자세를 엿볼 수 있다.
④ 자연과 인간의 삶을 비유하고 있다.
⑤ 인생에 대한 짙은 허무감이 배어 있다.

서술형 이 작품에 나타난 지은이의 인생관에 대해 100자 내외로 서술하시오.

➜ 답은 [부록]에

77 풍상이 섯거친 날에_ 송순(宋純)

風霜(풍상)이 섯거친 날에 ᄀ 피온 黃菊花(황국화)를
金盆(금분)에 ᄀ득 다마 玉堂(옥당)의 보내오니
桃李(도리)야 곳이온 양 마라 님의 뜻을 알괘라.

풍상이 섞어 치는 날에 갓 피어난 황국화를
귀한 화분에 가득 담아 옥당에 보내시니
도리야, 꽃인 체 마라, 임의 뜻을 알겠구나.

배경 >>> **명종 임금이 대궐의 국화를** 홍문관에 보내고서,
이것을 소재로 노래를 지어 바치라고 하였다. 그
러나 홍문관 관원들이 마땅히 지을 수가 없어서
숙직을 하고 있던 지은이에게 부탁하여 이 노래
를 지어 올렸더니, 임금이 크게 기뻐하고 상을
내렸다고 한다.

온고지신! 溫故知新 이 시조에서 '황국화'와 '도리'
는 대조적 관념으로 쓰인 전통
적 소재이다. '황국화'는 풍상(시련과 역경)을 극복하고 피어난
꽃으로, 역경에서도 지조를 지키는 올곧은 신하임에 반하여,
'도리'는 봄에 잠깐 피었다 지는 꽃으로, 절개나 지조가 없는 신

어휘

· 風霜(풍상) : 바람과 서리. 추운
  날씨.
· 黃菊花(황국화) : 노란 국화. 지조
  굳은 신하를 상징함.
· 玉堂(옥당) : 홍문관의 다른 이름.
· 桃李(도리) : 복숭아꽃과 오얏꽃.
  지조 없는 신하를 상징함.

→ **알아 두기**

○ 작자 : 송순(宋純, 1493~1583). 조선 명종 때의 문신. 호는 면 앙정(俛仰亭)
○ 연대 : 조선 명종 때
○ 갈래 : 평시조, 지절가(志節歌)
○ 제재 : 황국화
○ 주제 : 임금의 은혜
○ 출전 : 「해동가요(海東歌謠)」

하를 상징한다. 조선 시대 사대부들이 유독 가을에 피는 국화나 겨울에 피는 매화를 좋아하고, 시의 소재로 즐겨 사용한 이유는 그 꽃들의 속성이 자신들의 추구하는 '절(節)'이라는 관념과 일치하기 때문이다. 사계절 구분 없이 꽃을 볼 수 있는 오늘날에는 어울리지 않는 일이지만, 계절을 잃어버린 자연을 생각한다면 어딘지 씁쓸한 문명의 발전이란 생각이 들기도 한다.

알짜 문제!

01 이 작품의 제재인 '황국화(黃菊花)'를 가리키는 말은?
　① 아치고절(雅致孤節)　　② 오상고절(傲霜孤節)　　③ 세한고절(歲寒孤節)
　④ 빙자옥질(氷姿玉質)　　⑤ 만추지절(晩秋之節)

02 이 작품의 종장에 나오는 '님의 뜻'의 의미하는 바로 적당한 것은?
　① 황국화를 잘 키워 주기 바란다.
　② 신하들은 도리를 좋아해서는 안 된다.
　③ 옥당이 귀한 곳임을 잊지 말기 바란다.
　④ 절개가 굳은 신하가 되어 주기 바란다.
　⑤ 임금의 권위에 도전해서는 결코 안 된다.

　서술형 이 작품에 나타난 '꽃'의 상징적 의미를 '황국화'와 '도리'의 속성을 근거로 하여 70자 내외로 서술하시오.

→ 답은 [부록]에

78 한산섬 돌 불근 밤에 _ 이순신(李舜臣)

閑山(한산)섬 돌 불근 밤에 戍樓(수루)에 혼자 안자
큰 칼 녑희 추고 기픈 시름 후는 적에
어듸셔 一聲胡笳(일성호가)는 나의 이룰 긋누니.

한산섬 달 밝은 밤에 수루에 혼자 앉아
큰 칼 옆에 차고 깊은 시름 잠긴 때에
어디서 들리는 일성호가는 나의 애를 끊는구나.

배경 >>> **한산섬은 이순신 장군이** 임진왜란 때 왜군과 싸워 크게 이긴 남해에 있는 섬이다. 앞으로 다가올 국난을 걱정하며 수루를 지키면서 지은 충무공의 유명한 진중시(陣中詩)이다.

어휘
· 戍樓(수루) : 적군의 동정을 살피려고 성 위에 만든 누각.
· 一聲胡笳(일성호가) : 한 곡조의 피리 소리.

온고지신! 溫故知新 이 시조를 읽으면 앞으로 닥칠 국난을 미리 알려 주는 듯, 한 곡조의 호가(胡笳) 소리가 마음을 졸이게 한다. 전쟁터의 장수에게 그 소리는 어떻게 다가왔는지 '이룰 긋누니'에서 충분히 짐작할 수 있다. 나라의 위기를 한 몸으로 지탱하려던 위대한 장수의 우국 일념과 더불어 인간적인 정서를 아울러 맛보면서 민족과 국가의 의미를 다시 새겨볼 수 있는 작품이다.

➡ 알아 두기

○ 작자 : 이순신(李舜臣, 1545–1598). 조선 선조 때의 무신. 시호는 충무(忠武)
○ 연대 : 조선 선조 때
○ 갈래 : 평시조, 진중시(陣中詩)
○ 제재 : 일성호가
○ 주제 : 전쟁터에서 나라를 걱정하는 충성심
○ 출전 : 「청구영언(靑丘永言)」

알짜 문제!

01 이 작품에서 느껴지는 서정적 자아의 정서로 가장 알맞은 것은?

① 애상감(哀傷感)　　　　② 구속감(拘束感)　　　　③ 공포감(恐怖感)

④ 비장감(悲壯感)　　　　⑤ 해방감(解放感)

02 이 작품의 주제로 알맞은 것은?

① 연군지정(戀君之情)　　② 우국충정(憂國衷情)　　③ 망운지정(望雲之情)

④ 운우지정(雲雨之情)　　⑤ 애민지정(愛民之情)

서술형 이 작품의 지은이는 어디서 무엇을 하고 있는지 시대적 배경을 포함하여 육하원칙에 의거 60자 내외로 서술하시오.

➔ 답은 [부록]에

79 혼 손에 막디 잡고_ 우탁(禹倬)

혼 손에 막디 잡고 또 혼 손에 가싀 쥐고
늙는 길 가싀로 막고 오는 白髮(백발) 막디로 치려터니
白髮(백발)이 제 몬져 알고 즈럼길노 오더라.

한 손에 막대 잡고, 또 한 손에 가시 쥐고
늙는 길 가시로 막고, 오는 백발 막대로 치려고 했더니
백발이 제가 먼저 알고 지름길로 오더라.

배경 >>> **지은이의 다른 작품** '춘산에 눈 녹인 ㅂ람~' 과
같이 늙음을 한탄한 탄로가이다. 이 노래에서는
추상적인 삶의 길을 시각화하여 보여주고 있으
며, 특히 무상한 세월의 흐름을 가시와 막대로
막아보려는 해학적 발상이 돋보인다.

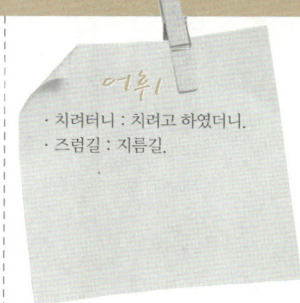

어휘
• 치려터니 : 치려고 하였더니.
• 즈럼길 : 지름길.

온고지신! 溫故知新 지은이의 다른 탄로가인 '춘산
(春山)에 눈 녹인 ㅂ람'에 나오
는 '춘산(春山)'의 '춘(春)'은 희망적이요, 미래 지향적이다. 그
러나 이 노래는 인생무상을 달관한 경지를 엿볼 수 있어 보다
후대의 작품으로 보인다. '늙는 길'과 '백발'은 같은 이미지로
소박한 표현 속에 생동감을 주고 있다. '백발이 지름길로 온
다.'는 고백을 통해 시간의 절대성 앞에 무상감과 무력감을 느

➡ 알아 두기

○ 작자 : 우탁(禹倬, 1263-1343).
고려 충선왕 때의 학자. 호는
역동(易東)
○ 연대 : 고려 말
○ 갈래 : 평시조, 탄로가(嘆老歌)
○ 제재 : 백발
○ 주제 : 늙음에 대한 한탄과 세
월의 무상함
○ 출전 : 「청구영언(靑丘永言)」

끼는 지은이의 모습은 바로 모든 인간의 모습이라 할 수 있을 것이다.

알짜 문제!

01 이 작품에 나타난 서정적 자아의 시간에 대한 궁극적 태도는?
① 비판적(批判的)　　② 우호적(友好的)　　③ 배타적(排他的)
④ 작위적(作爲的)　　⑤ 수용적(受容的)

02 이 작품의 특징에 대한 설명으로 알맞지 않은 것은?
① 시간의 추상성을 시각화하고 있다.
② 청춘에 대한 회고적 태도가 나타난다.
③ 무상과 달관의 이중적 태도가 엿보인다.
④ 시간의 절대성에 대한 대결 의지를 보인다.
⑤ '가시'와 '막대'를 이용한 해학적 발상이 나타난다.

서술형 이 작품에서 알 수 있는 시간의 본질에 대해 '시간'을 주어로 하여 20자 내외의 한 문장으로 서술하시오.

➡ 답은 [부록]에

흔 손에 막덕 잡고 | 255

80 흥망이 유수ㅎ니 _ 원천석(元天錫)

興亡(흥망)이 有數(유수)ㅎ니 滿月臺(만월대)도 秋草(추초)ㅣ로다.
五百年(오백년) 王業(왕업)이 牧笛(목적)에 부쳐시니
夕陽(석양)에 지나는 客(객)이 눈물 계워 ㅎ노라.

흥망이 운수에 있으니, 만월대도 가을 풀로 덮여 있도다.
오백 년 왕업이 목동의 피리 소리에 깃들어 있으니
석양에 지나는 나그네가 눈물겨워 하노라.

배경 >>> **고려의 신하였던 지은이가** 폐허가 되어 풀에 덮인 옛 왕궁 터를 돌아보면서 세월과 역사의 무상감을 노래한 대표적인 회고가이다.

어휘
• 滿月臺(만월대) : 개성시 송악산(松嶽山) 남쪽 기슭에 있는 고려의 왕궁 터. 궁전은 고려 말에 불타서 없어졌음.
• 五百年(오백년) 王業(왕업) : 고려의 찬란했던 왕업.
• 夕陽(석양) : 망해 버린 고려 왕조를 상징함.

온고지신! 溫故知新 이 시조의 지은이는 고려의 멸망이라는 역사의 운명 속에서 흥망에는 끝이 있다는 시간에 대한 인식을 보여주고 있다. 만월대의 영화도 가을풀이 시든 듯이 퇴락하니 그 절대적인 허무 앞에서 감회가 남다를 수밖에 없었을 것이다. 오백 년 장중한 왕업과 전통도 한낱 목동의 피리 소리에 얽힌 흘러간 역사에 지나지 않음을 느끼며, 석양에 지나는 길손은 그저 눈시울만 적시고 있는 것이다. 국가의 흥망과 개인의 관계를 생각하게 하는 전형적인 회고가로서 오늘날 우리의 국가관을 다시 한 번 돌아보게 한다.

▶ 알아 두기
◯ 작자 : 원천석(元天錫, 1330-?). 고려 말, 조선 초의 학자. 호는 운곡(耘谷)
◯ 연대 : 조선 초
◯ 갈래 : 평시조, 회고가(懷古歌)
◯ 제재 : 만월대
◯ 주제 : 망국의 한과 회고의 정
◯ 출전 : 「청구영언(靑丘永言)」

알짜 **문제!**

01 이 작품에서 대조를 이루는 주된 요소는?
① 과거와 현재　　　　　② 시간과 공간　　　　　③ 자연과 인간
④ 왕조와 개인　　　　　⑤ 역사와 인간

02 이 작품 종장에 나오는 '휭(객)'에 대한 설명으로 알맞은 것은?
① 새 시대의 희망을 상징한다.
② 서정적 자아의 청자 구실을 한다.
③ 주관적 심회를 객관화시키고 있다.
④ 주객일체의 경지를 표현하고 있다.
⑤ 국가 흥망의 무상감을 극복하고 있다.

서술형 이 작품에 나타난 어조(語調)의 특징에 대해 30자 내외로 서술하시오.

➔ 답은 [부록]에

연시조

聯時調

시조는 대체로 고려 중기에 형성되어 고려 말에서 조선 초기에 완성되었다고 보는 것이 일반적이다. 발생 초기부터 평시조와 사설시조가 함께 나타났으나 평시조는 조선 전시기를 통하여, 사설시조는 조선 후기에 활발히 지어졌다. 시조라는 명칭은 조선 영조 때의 가객 이세춘이 당시에 단가라고 불리던 것을 '시절가조(時節歌調)'라고 부른 데서 유래되었다. 연시조는 한 제목 밑에 2수 이상으로 된 시조를 말하며, 최초의 작품으로는 세종 때 맹사성이 지은 〈강호사시가〉이다. 연시조를 '연형시조'라고 부르기도 한다.

01 강호사시가(江湖四時歌)_ 맹사성(孟思誠)

江湖(강호)에 봄이 드니 미친 興(흥)이 절로 난다.
濁酒蓼溪邊(탁료계변)에 錦鱗魚(금린어)ㅣ 안주로라.
이 몸이 閒暇(한가)히옴도 亦君恩(역군은)이샷다. [春]

江湖(강호)에 녀름이 드니 草堂(초당)에 일이 업다.
有信(유신)훈 江波(강파)눈 보내ᄂᆞ니 ᄇᆞ람이다.
이 몸이 서눌히옴도 亦君恩(역군은)이샷다. [夏]

江湖(강호)에 ᄀᆞ올이 드니 고기마다 슬져 잇다.
小艇(소정)에 그믈 시러 흘리 ᄯᅴ여 더뎌 두고
이 몸이 消日(소일)히옴도 亦君恩(역군은)이샷다. [秋]

江湖(강호)에 겨월이 드니 눈 기픠 자히 남다.
삿갓 빗기 쓰고 누역으로 오슬 삼아
이 몸이 칩지 아니히옴도 亦君恩(역군은)이샷다. [冬]

강호에 봄이 오니 미친 흥이 절로 일어난다.
막걸리 마시며 노는 시냇가에 싱싱한 물고기가 안주로다.
이 몸이 한가함도 역시 임금님의 은덕이시도다. [봄]

강호에 여름이 오니 초당에 할 일이 없다.
믿음직한 강 물결은 보내는 것이 바람이로다.
이 몸이 서늘함도 역시 임금님의 은덕이시도다. [여름]

강호에 가을이 오니 물고기마다 살이 올라 있다.
작은 배에 그물 실어 흐르게 띄워 던져 두고
이 몸이 소일함도 역시 임금님의 은덕이시도다. [가을]

강호에 겨울이 오니 눈의 깊이가 한 자가 넘는다.
삿갓 비스듬히 쓰고 도롱이로 덧옷을 삼아
이 몸이 춥지 아니함도 역시 임금님의 은덕이시도다. [겨울]

어휘
• 江湖(강호) : 강과 호수로 자연을 의미함. 대유법.
• 미친 興(흥) : 주체할 수 없이 솟구쳐 오르는 (봄의) 흥취.
• 누역 : 도롱이. 띠풀 등으로 엮어 만든 비옷.

➡ **알아 두기**

○ 작자 : 맹사성(孟思誠, 1360 – 1438). 조선 전기의 재상. 호는 고불(古佛)
○ 연대 : 조선 세종 때
○ 갈래 : 연시조. 강호한정가(江湖閑情歌)
○ 제재 : 사계절의 강호생활
○ 주제 : 강호에서 자연을 즐기며, 임금의 은혜에 감사함.
○ 출전 : 「청구영언(靑丘永言)」

배경 〉〉〉 연시조의 효시로 알려진 작품으로, 춘하추동 계절별로 한 수씩 모두 4수로 이루어졌다. 자연을 벗 삼아 사는 흥취와 함께 임금의 은혜에 감사하는 내용을 노래하고 있다. 작자가 만년에 벼슬을 내놓고 고향에 돌아가 한가한 세월을 보낼 때 지은 것이다.

온고지신! 溫故知新

이 시조에서는 안분지족하는 은사(隱士)의 유유자적한 생활과, 비록 은둔 생활을 하고 있으나 임금을 향한 충의의 정신을 잊지 않고 있는 전형적인 유학자의 모습이 잘 나타나 있다. 이 작품을 통해 우리 조상들의 정신적 삶의 깊이를 헤아려 보고, 오늘날 어떻게 그 정신을 계승할 수 있는지 현대의 삶과 비교하며 생각해 보자.

알짜 문제!

01 이 작품의 내용에 대한 설명으로 가장 거리가 먼 것은?
① 군주의 부름을 기다리고 있다.　② 사대부의 전형적인 모습을 엿볼 수 있다.
③ 안빈낙도의 정신이 나타나 있다.　④ 유교적 이념보다 자연귀의 정신이 더 강하다.
⑤ 계절의 풍요로움을 노래하고 있다.

02 이 작품이 궁극적으로 추구하는 바가 잘 나타난 시어는?
① 江湖(강호)　② 草堂(초당)　③ 小艇(소정)
④ 消日(소일)　⑤ 君恩(군은)

서술형 이 작품의 각 종장에서 사용되고 있는 '亦(역)'이란 한자어에 나타나 있는 지은이의 생각을 40자 내외로 서술하시오.

➡ 답은 [부록]에

02 견회요(遣懷謠)_ 윤선도(尹善道)

슬프나 즐거오나 옳다 하나 외다 하나
내 몸의 해올 일만 닦고 닦을 뿐이언정
그 밧긔 여남은 일이야 分別(분별)할 줄 이시랴.

[1수]

내 일 망녕된 줄 내라 하여 모랄손가.
이 마음 어리기도 님 위한 탓이로세.
아뫼 아무리 일러도 임이 혜여 보소서.

[2수]

秋城(추성) 鎭胡樓(진호루) 밧긔 울어 예는 저 시내야.
무음 호리라 晝夜(주야)에 흐르는다.
님 향한 내 뜻을 조차 그칠 뉘를 모르나다.

[3수]

뫼흔 길고 길고 물은 멀고 멀고.
어버이 그린 뜻은 많고 많고 하고 하고.
어디서 외기러기는 울고 울고 가느니.

[4수]

어버이 그릴 줄을 처엄부터 알아마는
님군 향한 뜻도 하날이 삼겨시니.
진실로 님군을 잊으면 긔 不孝(불효)인가 여기노라.

[5수]

슬프나, 즐거우나, 옳다 하나, 그르다 하나
내 몸의 할 일만 닦고 닦을 뿐이니
그 밖의 다른 일이야 분별할 줄 있겠는가?

[1수]

나의 일 잘못 된 줄 나라고 하여 모르겠는가?
이 마음 어리석은 것도 임금 위하기 때문이라네.
아무개가 아무리 헐뜯어도 임금께서 헤아려 보소서.

[2수]

경원성 진호루 밖에 울며 흐르는 저 시냇물아,
무엇을 하려고 밤낮으로 흐르는가?
임 향한 내 뜻을 따라 그칠 줄을 모르는구나.

[3수]

산은 길고 길고, 물은 멀고 멀고.
어버이 그리운 마음은 많고 많고 또 많고.
어디서 외기러기는 울고 울고 가는구나.

[4수]

어버이 그리워할 줄을 처음부터 알았지마는
임금 향한 뜻도 하늘이 만드셨으니
진실로 임금을 잊으면 그것이 불효인가 여기노라.

[5수]

어휘

- 분별(分別)할 줄 : 생각하거나 근심할 줄.
- 추성(秋城) : 함경북도 경원(慶源)의 별칭. 지은이의 유배지.

온고지신! 溫故知新

배경 >>> 지은이가 30세 때 권세 높은 신하인 이이첨(李爾瞻)의 횡포를 상소하였다가 함경도 경원으로 유배되었을 때 지은 작품으로, '견회요(遣懷謠)'는 '마음을 달래는 노래'란 뜻이다.

이 시조에는 한결같이 혈기 왕성했던 젊은 시절 지은이의

➡️ 알아 두기

- **작자** : 윤선도(尹善道, 1587–1671). 조선 중기의 문신. 호는 고산(孤山)
- **연대** : 조선 광해군 때
- **갈래** : 연시조, 우국가(憂國歌)
- **제재** : 유배지에서의 정회(情懷)
- **주제** : [1수] 강직한 신념
  [2수] 임금에 대한 충정
  [3수] 연군의 정
  [4수] 어버이를 그리는 정
  [5수] 효보다 강한 충
- **출전** : 「고산유고(孤山遺稿)」

모습과 패기가 선명히 나타나 있으며, 임금을 향한 충절과 어버이를 생각하는 효성이 유학도의 의연한 감성을 바탕으로 극명하게 표현되어 있다. 특히 첫째 수에서는 자신의 강한 신념을 표출하고 있어서 오늘날 젊은이들이 본받을 만한 기개가 넘쳐나고 있다. 강직함과 자기 신념은 시대를 초월한 보석과도 같은 젊음의 가치인 것이다.

알짜 문제!

01 이 작품 각 수의 핵심적인 내용으로 알맞지 않은 것은?

① 1수 : 강직한 태도   ② 2수 : 강한 충성심
③ 3수 : 귀향의 의지   ④ 4수 : 어버이에 대한 그리움
⑤ 5수 : 군부(君父) 일체의 신념

02 이 작품에 나오는 시어에 대한 뜻으로 바르지 않은 것은?

① 외다 : 그르다   ② 삼겨시니 : 만드셨으니
③ 어리기도 : 어리석은 것도   ④ 그린 뜻 : 그리워하는 마음
⑤ 무음 호리라 : 말을 하지 않으려고

서술형   이 작품에 나타난 지은이의 성격에 대해 15자 내외로 서술하시오.

➡️ 답은 [부록]에

03 고산구곡가(高山九曲歌)_ 이이(李珥)

高山九曲潭(고산구곡담)을 사룸이 모로더니
誅茅卜居(주모복거)ᄒ니 벗님ᄂᆡ 다 오신다.
어즈버 武夷(무이)를 想像(상상)ᄒ고 學朱子(학주자)를 ᄒ리라.

[서곡]

一曲(일곡)은 어드믹오 冠岩(관암)에 ᄒᆡ 비췬다.
平蕪(평무)에 닉 거드니 遠近(원근)이 그림이로다.
松間(송간)에 綠罇(녹준)을 노코 벗 오ᄂᆞᆫ 양 보노라.

[1곡]

二曲(이곡)은 어드믹오 花巖(화암)에 春晚(춘만)커다.
碧波(벽파)에 곳츨 ᄯᅴ워 野外(야외)로 보내노라.
살룸이 勝地(승지)를 모로니 알게 ᄒᆞᆫ들 엇더리.

[2곡]

三曲(삼곡)은 어디드오 翠屛(취병)에 닙 퍼졋다
綠樹(녹수)에 山鳥(산조)는 下上其音(하상기음)ᄒᆞᄂᆞᆫ 적에
盤松(반송)이 바룸을 바드니 녀름 景(경)이 업세라.

[3곡]

四曲(사곡)은 어드믹오 松崖(송애)에 ᄒᆡ 넘거다.
潭心岩影(담심암영)은 온갓 빗치 ᄌᆞᆷ겨셰라.
林泉(임천)이 깁도록 됴ᄒ니 興(흥)을 계워 ᄒ노라.

[4곡]

五曲(오곡)은 어드미오 隱屛(은병)이 보기 죠히.

水邊精舍(수변정사)는 瀟灑(소쇄) 홈도 굿이 업다.

이 中(중)에 講學(강학)도 ᄒ려니와 咏月吟風(영월음풍) ᄒ리라.

[5곡]

六曲(육곡)은 어드미오 釣峽(조협)에 물이 넙다.

나와 고기와 뉘야 더옥 즐기ᄂ고.

黃昏(황혼)에 낙더를 메고 帶月歸(대월귀)를 ᄒ노라.

[6곡]

七曲(칠곡)은 어드미오 楓岩(풍암)에 秋色(추색) 됴타.

淸霜(청상)이 엷게 치니 絶壁(절벽)이 錦繡(금수)ㅣ로다.

寒巖(한암)에 혼자 안자셔 집을 잇고 잇노라.

[7곡]

八曲(팔곡)은 어드미오 琴灘(금탄)에 ᄃ리 붉다.

玉軫金徽(옥진금휘)로 數三曲(수삼곡)을 노ᄂ말이

古調(고조)를 알 이 업스니 혼자 즑겨 ᄒ노라.

[8곡]

九曲(구곡)은 어드미오 文山(문산)에 歲暮(세모)커다.

奇巖怪石(기암괴석)이 눈 속에 무쳐셰라.

遊人(유인)은 오지 아니ᄒ고 볼 것 업다 ᄒ더라.

[9곡]

고산 구곡의 아름다움을 사람들이 모르더니 / 풀 베고 집 지어 사니 벗님네 다 오신다. 아, 무이산을 생각하며 주자학을 배우리라. [서곡]

첫 굽이는 어디인가, 관암에 해 비친다. / 잡초 우거진 들판에 안개 걷히니 원근 경치 그림 같구나. / 소나무 사이에 술동이를 놓고 벗이 온 듯이 보노라. [1곡]

둘째 굽이는 어디인가, 화암에 봄이 무르익는구나. / 푸른 물결에 꽃을 띄워 들판 밖으로 보내노라. / 사람들이 이 경치 좋은 곳을 모르니 알게 한들 어떠리. [2곡]

셋째 굽이는 어디인가, 취병에 잎이 퍼졌다. / 푸른 나무에 산새는 높고 낮은 소리로 지저귀는데 / 반송이 바람 받아 흔들리니 여름 풍경 아니구나. [3곡]

넷째 굽이는 어디인가, 송애에 해 넘는구나. / 연못 속 바위 그림자는 온갖 빛이 잠겨 있구나. / 숲속의 샘은 깊을수록 좋으니, 흥겨워 하노라. [4곡]

다섯째 굽이는 어디인가, 은병이 보기 좋구나. / 물가의 정사는 맑고 깨끗하기 끝이 없다. / 이 가운데 강학도 하려니와 영월음풍하리라. [5곡]

여섯째 굽이는 어디인가, 조협에 물이 넓다. / 나와 물고기는 누가 더욱 즐기는가. 황혼에 낚싯대를 메고 달빛 받으며 돌아오노라. [6곡]

일곱 굽이는 어디인가, 풍암에 가을빛이 좋다. / 맑은 서리 엷게 내리니 절벽이 수놓은 비단이구나. / 찬 바위에 혼자 앉아 집을 잊고 있노라. [7곡]

여덟째 굽이는 어디인가, 금탄에 달이 밝다. / 훌륭한 거문고로 몇 곡을 연주하며 노니 옛 곡조 알 사람 없으니 혼자 즐기고 있노라. [8곡]

아홉째 굽이는 어디인가, 문산에 한 해가 저문다. / 기암괴석이 눈 속에 묻혔구나. 사람들은 오지 않고 볼 것 없다 하더라. [9곡]

배경 >>> 율곡 이이가 43세 때(선조 11년) 해주 석담(石潭)에서 은거하면서 고산구곡을 경영하여 은병정사를 짓고 후진 양성에 힘쓰고 있을 때, 주자(朱子)의 〈무이구곡가(武夷九曲歌)〉를 모방해서 지은 작품이라고 한다.

➡️ 알아 두기

- 작자 : 이이(李珥, (1536-1584). 조선 중기의 학자. 호는 율곡(栗谷)
- 연대 : 조선 선조 때
- 갈래 : 연시조
- 제재 : 고산 구곡담의 절경
- 주제 : 강학의 즐거움과 고산의 아름다움
  [서곡] 고산구곡가의 창작 동기
  [1곡] 관암의 아침 경치
  [2곡] 화암의 늦봄 경치
  [3곡] 취병의 여름 경치
  [4곡] 송애의 황혼녘 절경
  [5곡] 수변정사에서의 강학과 영월음풍
  [6곡] 조협에서 즐기는 풍류
  [7곡] 풍암의 가을 절경
  [8곡] 금탄에서의 아름다운 물소리와 풍류
  [9곡] 문산의 눈 덮인 세모 정경
- 출전 : 「청구영언(靑丘永言)」

온고지신! 溫故知新

이 시조는 자연을 벗하며 주자학을 연찬하겠다는 학구적 열의가 강하게 나타난 노래다. 표현에 있어서는 감정 표현이 절제되어 있기 때문에, 서정성과 기교가 부족하다는 평가를 받기도 한다. 그러나 자연의 질서와 아름다움을 깨닫고 풍류를 즐기면서도 학문에 대한 강한 의지를 보여주고 있다는 점에서, 오늘날 우리가 본받을 만한 선비 정신의 정수를 보여주고 있는 작품이다. 자세히 읽고, 진정한 학문의 자세가 어떤 것인지 느끼고 배울 수 있는 기회를 가져 보도록 하자.

어휘

- 고산(孤山) : 황해주 해주 소재의 산.
- 구곡담(九曲潭) : 아홉 번 굽이 도는 계곡. 송나라의 주자(朱子)의 영향을 받음.
- 武夷(무이) : 중국 복건성 소재의 산. 주자(朱子)가 정사를 짓고 학문 닦은 곳.
- 冠巖(관암) : 갓처럼 생긴 바위.
- 花巖(화암) : 꽃이 핀 아름다운 바위.
- 翠屛(취병) : 푸른 병풍 같은 절벽.
- 盤松(반송) : 키 작고 가로 퍼진 소나무.
- 松崖(송애) : 소나무가 서 있는 절벽.
- 隱屛(은병) : 굽이지고 눈에 띄지 않는 병풍 같은 절벽.
- 精舍(정사) : 학문을 닦기 위해 지은 집. 본래는 불교의 사찰을 의미함.
- 講學(강학) : 학문을 연구하고 가르치는 일.
- 咏月吟風(영월음풍) : 자연을 시로 짓고 읊으며 즐겁게 노는 일.
- 釣峽(조협) : 낚시하기 좋은 좁은 골짜기.
- 楓巖(풍암) : 단풍으로 뒤덮인 바위.
- 琴灘(금탄) : 거문고를 연주하는 아름다운 소리 들리는 물가.

알짜 **문제!**

01 이 작품을 감상한 내용으로 적당하지 않은 것은?

① 조협(釣峽)에서 낚시질로 고기를 잡아 삼순구식(三旬九食)을 벗어나려는 모습이 드러난다.

② 물소리만이 들리는 정사(精舍)의 분위기는 유학자로서의 학구적 열의를 불러일으키고 있다.

③ 벗님네는 풍류객으로서의 찾아오는 벗들이 아니라, 학문에 뜻을 품고 모여 드는 후학(後學)들을 이른다.

④ 화암(花巖)의 늦봄 승경(勝景)은 도연명의 〈도화원기〉속에 나오는 '무릉도원(武陵桃源)'을 연상하게 한다.

⑤ 관암의 아침 해가 솟은 후, 산골짜기를 휘감았던 안개마저 걷힌 원근(遠近)의 경치는 아름다운 한 폭의 산수도를 펼쳐 놓은 듯하다.

02 이 작품의 소재들은 작품의 완성도에 어떻게 기여하고 있는가?

① 학문과 세속의 가치를 대신하고 있다.

② 갈등과 소외의 현실을 상징하고 있다.

③ 자연과 인간의 거리를 함축하고 있다.

④ 조화와 자족의 경지에 이바지하고 있다.

⑤ 과거와 현재를 이어주는 가교 역할을 하고 있다.

서술형 이 작품에서 [7곡]의 종장은 어떤 상황을 나타내고 있는지 표면적 의미와 이면적 의미에 대하여 50자 내외로 서술하시오.

➔ 답은 [부록]에

04 농가구장(農歌九章)_ 위백규(魏伯珪)

서산의 도들 볏 셔고 구움은 느제로 내다.
비 뒷 무근 풀이 뉘 밧시 짓터든고.
두어라 추례 지운 닐이니 미는 다로 미오리라.

[1장]

도롱이예 홈의 걸고 쓸 곱은 검은 쇼 몰고
고동플 뜻 머기며 깃믈 ᄌ 느려갈 제
어디셔 픔진 벗님 홈ᄭ 가쟈 ᄒ 눈고.

[2장]

둘너내쟈 둘너내쟈 긴 ᄎ골 둘너내쟈.
바라기 역고를 골골마다 둘너내쟈.
쉬 짓튼 긴 ᄉ래는 마조 잡아 둘너내쟈.

[3장]

쫌은 든는 대로 듯고 볏슨 쐴 대로 쐰다.
청풍의 옷깃 열고 긴 파람 흘리 불 제
어디셔 길 가는 소님니 아는 ᄃ시 머무 눈고.

[4장]

힝긔예 보리 ᄆ오 사발의 콩닙 치라.
내 밥 만홀 셰요 네 반찬 적글셰라.
먹은 뒷 혼숨 좀경이야 네오 내오 다 홀소냐.

[5장]

돌라가쟈 도라가쟈 히지거단 도라가쟈.
계변의 손발 싯고 홈의 메고 돌아올 제
어듸셔 우배초적이 홈씌 가쟈 빈아는고.
[6장]

면화는 세드래 네드래요 일원 벼는 피는 모가 곱는가.
오뉴월이 언제 가고 칠월이 분이로다.
아마도 하느님 너히 삼길 제 날 위ᄒ야 삼기샷다.
[7장]

아히는 낙기질 가고 집사룸은 저리치 친다.
새 밥 닉을 싸예 새 술을 걸러셔라.
아마도 밥 들이고 잔 자블 싸여 호흠 계워 ᄒ노라.
[8장]

취ᄒ느니 늘그니요 웃는니 아희로다.
흐튼 슌비 흐린 술을 고개 수겨 권홀 째여
뉘라셔 흐르쟝고 긴 노래로 ᄎ례춤을 미루는고.
[9장]

서산에 아침 햇볕 비치고, 구름은 상서로이 떠 있다.
비 온 뒤의 묵은 풀이 누구의 밭에 더 짙어졌는가?
두어라, 차례 정해진 일이니 매는 대로 매리라.   [1장]

도롱이에 호미 걸치고, 뿔 굽은 검은 소 몰고
고동풀을 뜯어먹게 하며 깃물가로 내려갈 때
어디서 짐을 진 벗이 함께 가자 하는가?   [2장]

뽑아 내자, 뽑아 내자, 긴 밭고랑 뽑아 내자.
바랭이 여뀌를 고랑마다 뽑아 내자.
쉽게 짙은 긴 사래는 마주 잡아 뽑아 내자.   [3장]

땀은 떨어질 대로 떨어지고, 햇볕은 쬘 대로 쬔다.
맑은 바람에 옷깃 열고 긴 휘파람 흘려 불 때
어디서 길가는 손님네 아는 듯이 머무는가?   [4장]

밥그릇에 보리밥이오, 사발에 콩잎채라.
내 밥 많을까 걱정이오, 네 반찬 적을까 걱정이라.
먹은 뒤 한숨 잠자는 즐거움이야 너와 내가 다르랴?   [5장]

돌아가자, 돌아가자, 해지거든 돌아가자.
시냇가에서 손발 씻고, 호미 메고 돌아올 때
어디서 들리는 초동의 풀피리 소리 함께 가자 재촉하는고.   [6장]

면화는 세 다래 네 다래로 피고, 이른 벼는 피는 이삭 곱더라.
오뉴월이 언제 갔는지, 칠월이 중순이로다.
아마도 하느님이 너희 만드실 때 나를 위해 만드셨구나.   [7장]

아이는 낚시질 가고, 집사람은 절이 채 친다.
새 밥 익을 때에 새 술을 거르리라.
아마도 밥 들이고 잔 잡을 때 호탕한 흥에 겨워 하노라.   [8장]

취하는 이는 늙은이요, / 웃는 이는 아이로다.
어지럽게 술잔 돌리며
탁주를 고개 숙여 권할 때에
누구라서 장고소리
긴 노래에 차례 춤을 미루는가?
                                              [9장]

어휘

- 도들 볏 : 돋을 볕. 해가 돋아 오를 때의 햇볕.
- 느제로 : 늦에로. '늦'은 '조짐'으로 '상서(祥瑞)'의 뜻으로 보임.
- 고동플 : 고들빼기로 보임.   • 깃믈ㄱ : 나무와 풀이 무성하게 난 시냇가.
- 픔진벗님 : 짐을 진 친구.   • 둘너내쟈 : 둘러[揮] 내자, 뽑아내자.
- 바라기 역고 : 바랭이와 여뀌. 밭이나 길가에서 흔히 나는 풀.
- 쉬 짓튼 : 잡초가 우거진.   • 힝긔 : 행기(行器). 여행용 기구로 '밥그릇'을 말
- 보리 무오 : 보리밥이오, 또는 보리밥을 말고.   • 콩닙치 : 콩잎채. 콩잎 반찬
- 잠경이야 : '잠겹이야'의 잘못으로 보임. '잠겹다'는 '졸음이 오다'의 뜻.
- 우배초적 : '牛背樵笛/牛背草笛(우배초적)'. 소의 등에 앉아서 부는 초동의 풀피리
- 저리 치 친다 : 겉절이 김치를 무친다.   • 순배(巡杯). 차례로 돌리는 술잔.
- 흐린 술 : 탁주(濁酒). 막걸리.

◉ 작자 : 위백규(魏伯珪, 1727-
1798). 조선 후기의 실학자. 호는
존재(存齋)
◉ 연대 : 조선 후기
◉ 갈래 : 연시조, 농가(農歌)
◉ 제재 : 농가의 생활
◉ 주제 : 농부의 고된 노동과 소박
한 생활의 풍취
◉ 출전 : 「삼족당가첩(三足堂歌帖)」

배경 ⟩⟩⟩ 지은이가 농촌에서 일생을 보내면서 농민과 같은 심정으로 농민의 생활을 우리말로 노래한 작품이다. 지은이가 추구한 실학적 학문에 대한 실천의 일부로 볼 수 있다. 전형적인 농촌 생활을 일과의 진행시간 순서에 따라 노래하며, 부패한 시대에 대한 회의적인 시각에서 벗어나 밝고 생동감 있는 분위기를 드러내고 있다.

온고지신! 溫故知新

이 작품은 특히 지방의 사투리를 그대로 살려냈다는 것이 중요한 특징이라 할 수 있다. 표준어를 쓰는 것이 당연하다고 생각하던 기존의 시조 제작 관습과 전통에서 벗어나 지방 사람들의 정서에 맞는 아름다움을 이뤄내고 있다. 사투리는 지방 사람들의 단순한 의사소통의 매개체만이 아니라, 민족의 역사이며 정신의 산물이라 할 수 있다. 점점 사투리가 사라져가고 있는 오늘날, 이 시조는 우리 사투리의 소중함을 새삼 느끼게 해준다.

알짜 **문제!**

01 이 작품에 나타난 농부들의 모습으로 거리가 먼 것은?
 ① 새참 먹은 뒤에 낮잠 자는 모습
 ② 도롱이 입고 검은 소를 몰고 가는 모습
 ③ 아침 햇볕을 맞으며 농부들이 김매는 모습
 ④ 술 마시고 흥에 겨워 임금에게 감사하는 모습
 ⑤ 땀을 뻘뻘 흘리며 바람 부는 쪽을 향해 휘파람 부는 모습

02 이 작품에 나타난 시구 중 농사와 관계가 가장 먼 것은?
 ① 픔진볏님 ② 흐튼 순빗 ③ 짓튼 긴 스래 ④ 비 뒷 무근 풀 ⑤ 쏠 곱은 검은 쇼

서술형 이 작품은 어떤 점에서 근대 의식을 내포하고 있는지 두 가지 면에서 50자 내외로 서술하시오.

➔ 답은 [부록]에

05 도산십이곡(陶山十二曲)_ 이황(李滉)

이런둘 엇더ᄒ며 뎌런둘 엇더ᄒ료.
草野愚生(초야우생)이 이러타 엇더ᄒ료.
ᄒ물며 泉石膏肓(천석고황)을 고텨 므슴ᄒ료.

[전6곡 제1]

煙霞(연하)로 지블 삼고 風月(풍월)로 버들 사마
太平聖代(태평성대)예 病(병)오로 늘거나뇌.
이 듕에 바라ᄂ 이른 허므리나 업고쟈.

[전6곡 제2]

淳風(순풍)이 죽다ᄒ니 眞實(진실)로 거즈마리.
人性(인성)이 어디다 ᄒ니 眞實(진실)로 올ᄒ마리.
天下(천하)에 許多英才(허다영재)를 소겨 말ᄉ할가.

[전6곡 제3]

幽蘭(유란)이 在谷(재곡)ᄒ니 自然(자연)이 듣디 됴해.
白雪(백설)이 在山(재산)ᄒ니 自然(자연)이 보디 됴해.
이 듕에 彼美一人(피미일인)을 더옥 닛디 몯ᄒ애.

[전6곡 제4]

山前(산전)에 有臺(유대)ᄒ고 臺下(대하)애 有水(유수)ㅣ로다.
ᄲᅢ 만ᄒᆫ 골며기ᄂ 오명가명 ᄒ거든
엇더타 皎皎白鷗(교교백구)ᄂ 멀리 ᄆᆞᆷ ᄒ난고.

[전6곡 제5]

春風(춘풍)에 花滿山(화만산)후고 秋夜(추야)애 월만대(月滿臺)라.
四時佳興(사시가흥)ㅣ사람과 흔 가지라.
후믈며 魚躍鳶飛(어약연비) 雲影天光(운영천광)이야 어늬 그지
이슬고.
[전6곡 제6]

天雲臺(천운대) 도라드러 완락재(玩樂齋) 소쇄(瀟灑)흔 듸
萬卷生涯(만권생애)로 樂事(낙사)ㅣ 無窮(무궁)후애라.
이 듕에 往來風流(왕래풍류)를 닐러 므슴홀고
[후6곡 제1]

雷霆(뇌정)이 破山(파산)후야도 聾者(농자)는 몯 듣느니.
白日(백일)이 中天(중천)후야도 瞽者(고자)는 몯 보느니.
우리는 耳目聰明男子(이목총명남자)로 聾瞽(농고) 곧 듸 마로리.
[후6곡 제2]

古人(고인)도 날 몯 보고 나도 古人(고인) 몯 뵈.
古人(고인)을 몯 뵈아도 녀던 길 알픠 잇늬.
녀던 길 알픠 잇거든 아니 녀고 엇뎔고.
[후6곡 제3]

當時(당시)에 녀던 길흘 몃 히를 보려 두고
어듸 가 도니다가 이제아 도라온고.
이제나 도라오나니 녇듸 므음 마로리.
[후6곡 제4]

靑山(청산)눈 엇뎨ㅎ야 萬古(만고)애 프르르며
流水(유수)눈 엇뎨ㅎ야 晝夜(주야)애 긋디 아니눈고.
우리도 그치디 마라 萬古常靑(만고상쳥)호리라.

[후6곡 제5]

愚夫(우부)도 알며 ㅎ거니 그 아니 쉬운가.
聖人(셩인)도 몯다 ㅎ시니 그 아니 어려온가.
쉽거나 어렵거나 듕에 늙눈 주를 몰래라.

[후6곡 제6]

이런들 어떠하며 저런들 어떠하겠는가? / 초야우생이 이렇다 하여 어떠하겠는가?
하물며 천석고황을 고쳐 무엇 하리.

[전6곡 제1]

연하로 집을 삼고 풍월로 벗을 삼아 / 태평성대에 병으로 늙어 가네.
이 가운데 바라는 일은 허물이나 없고자.

[전6곡 제2]

순박한 풍습 죽었다 하니 진실로 거짓말이네. / 인성이 어질다 하니 진실로 옳은 말이네.
천하에 수많은 영재를 속여 말씀하실까?

[전6곡 제3]

그윽한 난초 골짜기에 피어 있으니 자연이 듣기 좋네. / 흰 구름 산에 걸려 있으니 자
연히 보기 좋네. / 이 가운데 저 아름다운 분을 더욱 잊지 못하네.

[전6곡 제4]

산 앞에 대 있고 대 아래에 물 흐르는구나. / 떼 지어 갈매기들은 오락가락하는데
어찌하여 새하얀 말은 멀리 마음 두는가?

[전6곡 제5]

봄바람에 꽃은 산을 뒤덮고 가을밤에 달은 누각에 가득하구나. / 네 계절의 아름다운 흥이 사람과 마찬가지라. / 하물며 천지조화의 오묘함이야 어느 끝이 있을까? [전6곡 제6]

천운대 돌아 들어간 곳에 완락재는 맑고 깨끗한데 / 많은 책 읽는 인생에 즐거운 일이 끝이 없구나. / 이 가운데 오고가는 풍류를 말해 무엇 하겠는가? [후6곡 제1]

벼락이 산을 깨도 귀머거리는 못 듣는다. / 태양이 하늘에 떠 있어도 장님은 보지 못한다. / 우리는 눈귀 밝은 남자로 귀머거리와 장님 같지 않으리. [후6곡 제2]

고인도 나를 못 보고 나도 고인을 뵙지 못하네. / 고인을 뵙지 못해도 가시던 길이 앞에 있네. / 가시던 길 앞에 있으니 아니 가고 어떻게 하겠는가? [후6곡 제3]

당시에 가던 길을 몇 해나 버려두고 / 어디에 가서 다니다가 이제야 돌아왔는가? 이제야 돌아왔으니 다른 곳에 마음 두지 않으리라. [후6곡 제4]

청산은 어찌하여 영원토록 푸르며 / 유수는 어찌하여 밤낮으로 그치지 아니하는가? 우리도 그치지 말고 영원토록 푸르게 살아가리라. [후6곡 제5]

어리석은 사람도 알며 행하니 그 아니 쉬운가? / 성인도 못다 행하시니 그 아니 어려운가? / 쉽거나 어렵거나 간에 늙는 줄을 모르노라. [후6곡 제6]

배경 >>> **퇴계 이황이 관직에서 물러나,** 안동에 도산서원을 건립하고 후진을 교육하여 양성시키고 있을 때, 1565년(명종 20년)에 지은 작품이다. 12수로 이루어진 이 작품은 크게 두 부분으로 나뉜다. 자연과 더불어 살며 사물에 접하여 일어나는 감흥을 읊은 전 6곡은 '언지(言志)'이고, 학문의 즐거움과 의지, 수덕(修德)의 자세를 노래한 후 6곡은 '언학(言學)'이다. 전후 각 6수씩으로 이루어져 있기 때문에 〈도산 전후 육곡〉 또는 〈도산

육곡〉이라고도 불리는데, 지은이의 친필로 된 목판본이 도산서원에 전해진다.

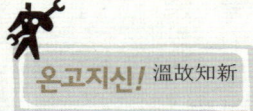

이황은 자신이 지은 〈도산십이곡발〉에서 우리 가곡이 무릇 음란한 노래가 많아서 이야기할 만한 것이 못 되며, 이별(李鼈)이 '육가(六歌)'를 본떠 이 노래를 짓는다고 밝히고 있고, 또한 이를 아이들로 하여금 익혀 부르게 하여 나쁜 마음을 씻어 버리고 서로 마음이 통하게 하고자 한다고 〈도산십이곡〉을 지은 이유를 설명하였다. 이처럼 아름다운 자연 속에 반듯한 기상을 기르며 학문 탐구에 정진했던 퇴계 이황의 정신은 아무리 예찬을 해도 지나침이 없다. 우리가 계승해야 할 진정한 의미의 호연지기(浩然之氣)는 바로 이런 것이 아닐까 한다.

➡ 알아 두기

- 작자 : 이황(李滉, 1501-1570). 조선 중종~선조 때의 대유학자. 호는 퇴계(退溪)
- 연대 : 조선 명종 때
- 갈래 : 연시조, 교훈가(敎訓歌)
- 제재 : 언지(言志), 언학(言學)
- 주제 : 자연에 대한 감흥과 학문 수양의 자세
  [전6곡1] 자연에 대한 깊은 사랑
  [전6곡2] 태평성대에 자기 수련의 자세
  [전6곡3] 좋은 풍습과 착한 성품에 대한 신념
  [전6곡4] 연군지정
  [전6곡5] 자연을 멀리하는 현실 개탄
  [전6곡6] 대자연의 조화와 오묘함 예찬
  [후6곡1] 학문에 몰두하는 삶의 즐거움
  [후6곡2] 진리 터득의 지혜
  [후6곡3] 옛 성현의 도리를 본받는 학문
  [후6곡4] 학문 수양에 대한 새로운 다짐
  [후6곡5] 학문 정진에의 의지
  [후6곡6] 학문에의 영원한 정진
- 출전 : 「도산십이곡(陶山十二曲) 목판본」

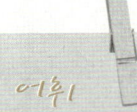

어휘

- 草野愚生(초야우생) : 시골에 묻혀 사는 어리석은 사람(겸손의 표현).
- 泉石膏肓(천석고황) : 세속에 물들지 않고 자연에 묻혀 지내고 싶은 마음의 고질병.
- 煙霞(연하) : 안개와 놀. 고요한 산수의 경치.
- 淳風(순풍) : 예부터 내려오는 순박한 풍속. 특히 뒷사람들이 본받아야 할 도의나 윤리를 가리킴.
- 彼美一人(피미일인) : 저 사람의 고운 분. 임금을 가리킴.
- 皎皎白鷗(교교백구) : 현인이나 성자가 타는 새하얀 망아지. 현자(賢者)를 뜻함.
- 멀리 ᄆᆞᄋᆞᆷ ᄒᆞ 눈고 : 멀리 마음을 두는가? 멀리 가려고만 하는가? 여기를 버리고 딴 데 뜻을 지니는 것을 경계하는 의미를 지님.
- 魚躍鳶飛(어약연비) : '고기는 뛰고 솔개는 난다'는 말로 〈시경〉에 나오는 말. 천지조화의 묘함을 이름.
- 雲影天光(운영천광) : 구름의 그림자와 밝은 햇빛. 만물의 천성을 얻어 조화를 이룬 상태.
- 耳目聰明(이목총명) : 눈 밝고 귀 밝음. 학문을 닦아 도를 깨달은 상태를 의미함.

알짜 문제!

01 이 작품의 내용에 대한 설명으로 바르지 않은 것은?
① 자연귀의를 노래하고 있다.
② 도(道)의 완성을 지향하고 있다.
③ 유교적 보편 가치를 지향하고 있다.
④ 학문 연구의 의지를 버리지 않고 있다.
⑤ 탐관오리(貪官汚吏)들에 대해 개탄하고 있다.

02 이 작품에서는 문학의 어떤 특성이 가장 강조되고 있는가?
① 예술성(藝術性)　　② 현실성(現實性)　　③ 효용성(效用性)
④ 창조성(創造性)　　⑤ 역사성(歷史性)

서술형　이 작품에서 [전6곡 제5]의 종장에 나타난 서정적 자아의 갈등 양상에 대해 60자 내외로
서술하시오.

➡ 답은 [부록]에

06 만흥(漫興)_ 윤선도(尹善道)

山水間(산수간) 바회 아래 뛰 집을 짓노라 ᄒ니
그 모론 ᄂᆞᆷ들은 운눈다 ᄒᆞᆫ다마ᄂᆞᆫ
어리고 햐암의 ᄯᅳᆺ의ᄂᆞᆫ 내 分(분)인가 ᄒᆞ노라.   [1수]

보리밥 풋ᄂᆞ물을 알마초 머근 後(후)에
바횟긋 믉ᄀᆞ의 슬카지 노니노라.
그 나믄 녀나믄 일이야 부롤 줄이 이시랴.   [2수]

잔 들고 혼자 안자 먼 뫼흘 ᄇᆞ라보니
그리던 님이 오다 반가옴이 이러ᄒᆞ랴.
말ᄉᆞᆷ도 우움도 아녀도 몯내 됴하 ᄒᆞ노라.   [3수]

누고셔 三公(삼공)도곤 낫다 ᄒᆞ더니 萬乘(만승)이 이만ᄒᆞ랴.
이제로 헤어든 巢父許由(소부허유)ㅣ 냑돗더라.
아마도 林泉閑興(임천한흥)을 비길 곳이 업세라.   [4수]

내 셩이 게으르더니 하ᄂᆞᆯ히 아ᄅᆞ실샤
人間萬事(인간만사)롤 ᄒᆞᆫ 일도 아니 맛뎌
다만당 ᄃᆞ토리 업슨 江山(강산)을 딕히라 ᄒᆞ시도다.   [5수]

江山(강산)이 됴타ᄒᆞᆫ 들 내 分(분)으로 누얼ᄂᆞ냐.
님군 恩惠(은혜)롤 이제 더욱 아노이다.
아ᄆᆞ리 갑고자 ᄒᆞ야도 ᄒᆡ올 일이 업세라.   [6수]

산과 물 사이 바위 아래 띠집을 지으려 하니
그 뜻을 모르는 사람들은 비웃는다 하지마는
어리석은 시골뜨기 마음엔 내 분수인가 하노라.   [1수]

보리밥 풋나물을 알맞게 먹은 후에
바위 끝 물가에서 실컷 놀고 있노라.
그 밖에 다른 일이야 부러워할 줄이 있겠는가?   [2수]

술잔 들고 혼자 앉아 먼 산을 바라보니
그리워하던 임이 온다 한들 반가움이 이러하겠는가?
말하거나 웃지 아니하여도 한없이 좋아하노라.   [3수]

누군가 삼공보다 낫다고 하더니 천자가 이만하겠는가?
이제 생각해 보니 소부와 허유가 영리했도다.
아마도 자연 속에서 노니는 즐거움은 비길 데가 없어라.   [4수]

내 천성이 게으른 것을 하늘이 아시고서
인간 만사를 한 가지 일도 아니 맡겨
다만 다툴 사람 없는 강산을 지키라 하시도다.   [5수]

강산이 좋다 한들 내 분수로 누웠겠는가?
임금님의 은혜인 것을 이제야 더욱 알겠도다.
아무리 갚고자 하여도 할 수 있는 일이 없구나.   [6수]

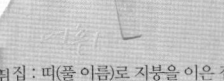

- 뛰집 : 띠(풀 이름)로 지붕을 이은 집.
- 하암 : 향암(鄕闇). 시골에서 자라 어리
  석은 사람. 자신을 낮추어 표현한 말.
- 三公(삼공) : 삼정승(영의정, 좌의정,
  우의정).
- 萬乘(만승) : 천자(天子), 또는 천자의
  자리. 중국 주나라 때에 천자가 병거
  일만 채를 즈리(直隷) 지방에서 출동
  시켰던 데서 유래함.
- 巢父許由(소부허유) : 소부와 허유. 중
  국 요순 시대의 전설적인 은사(隱士)들.
- 낫돗더라 : 낫았더라, 영리했도다.
- 林泉閑興(임천한흥) : 자연 속에서 한
  가롭게 풍류를 즐기며 사는 즐거움.

배경 >>> 이 작품은 지은이가 병자호란 때 왕을 호종(扈從,
임금을 모시고 따라감)하지 않았다 하여 경상도
영덕에 유배되어 있다가 풀려나 해남의 금쇄동
에 은거하고 있을 때 지은 것으로, 「산중신곡」에
들어 있는 연시조이다.

- 작자 : 윤선도(尹善道, 1587–1671). 조선 중기의 문신. 호는 고산(孤山)
- 연대 : 조선 인조 때
- 갈래 : 연시조. 강호한정가(江湖閑情歌)
- 제재 : 자연을 벗하는 삶
- 주제 : 자연에 묻혀 사는 은사의 한가로운 정
  [1수] 안분지족(安分知足)
  [2수] 안빈낙도(安貧樂道)
  [3수] 물아일체(物我一體)
  [4수] 은거(隱居)의 흥취
  [5수] 자연귀의(自然歸依)
  [6수] 군은(君恩)
- 출전 : 「고산유고(孤山遺稿)」

은고지신! 溫故知新

이 작품에는 세속적 삶보다 자연의 경치를 즐기며 살아가는 은자의 삶이 더 낫다는 가치관과 자부심이 잘 드러나 있다. 이것은 벼슬에서 물러나면 일반적으로 강호가도를 추구했던 조선 시대의 많은 선비들의 삶과 다르지 않다. 하지만 자연 속에서도 임금의 은혜를 잊지 않고 있다는 점에서 여전히 현실에 대한 미련은 가지고 있음을 알 수 있다. 여기에서 우리는 조선 시대 선비 정신의 명암을 엿보고 그들의 어떤 점을 오늘날에 계승해야 할 것인지 생각해 보아야 할 것이다. 바람직한 것은 세속과 자연의 완전한 결별이 아닌, 조화를 추구하는 삶이 아닐까?

알짜 문제!

01 이 작품에서 대조적으로 쓰인 시어끼리 짝지은 것은?
① 말솜 ↔ 우움
② 恩惠(은혜) ↔ 내 分(분)
③ 三公(삼공) ↔ 萬乘(만승)
④ 人間萬事(인간만사) ↔ 江山(강산)
⑤ 巢父許由(소부허유) ↔ 林泉閑興(임천한흥)

02 이 작품의 2수에 나오는 '녀나믄 일'에 해당하는 것은?
① 뛰집을 짓노라
② 먼 뫼흘 부라보니
③ 잔 들고 혼자 안자
④ 人間萬事(인간만사)
⑤ 듁(의 슬카지 노니노라

서술형 이 작품을 통해 알 수 있는 '작가적 현실'에 대해 50자 내외로 서술하시오.

➜ 답은 [부록]에

07 매화사(梅花詞)_ 안민영(安玟英)

梅影(매영)이 부드친 窓(창)예 玉人金釵(옥인금차) 비겨신져.

二三(이삼) 白髮翁(백발옹)은 거문고와 노리로다.

이윽고 盞(잔) 드러 勸(권)하랄 제 달이 쏘 한 오르더라.

[1수]

어리고 성권 梅花(매화) 너를 밋지 아녓더니

눈 期約(기약) 能(능)히 직혀 두세 송이 퓌엇고나.

燭(촉) 줍고 갓가이 스랑헐 제 暗香(암향) 좃 추 浮動(부동)터라.

[2수]

氷姿玉質(빙자옥질)이여 눈 속에 네로구나.

フ마니 香氣(향기) 노아 黃昏月(황혼월)을 期約(기약)ᄒ니

아마도 雅致高節(아치고절)은 너쑨인가 하노라.

[3수]

눈으로 期約(기약)터니 네 果然(과연) 퓌엇고나.

黃昏(황혼)에 달이 오니 그림즈도 성긔거다.

淸香(청향)이 盞(잔)에 썻스니 醉(취)코 놀녀 허노라.

[4수]

黃昏(황혼)의 돗는 달이 너와 期約(기약) 두엇더냐.

閤裡(합리)에 즈든 곳치 香氣(향기) 노아 맛는고야.

니 엇지 梅月(매월)이 벗 되는 줄 몰낫던고 ᄒ노라.

[5수]

ᄇ람이 눈을 모라 山窓(산창)에 부딪치니

찬 氣運(기운) 시여 드러 좀든 梅花(매화)를 侵擄(침노)ᄒ다.

아무리 얼우려 ᄒ인들 봄 뜻이야 아슬소냐.

[6수]

져 건너 羅浮山(나부산) 눈 속에 검어 웃쑥 울퉁불퉁 광뒤 등걸아.

네 무슴 힘으로 柯枝(가지) 돗쳐 곧조ᄎ 져리 퓌엿ᄂ다.

아모리 석은 비 半(반)만 남아슬망졍 봄 뜻즐 어이 ᄒ리오.

[7수]

東閣(동각)에 숨은 곳치 躑躅(척촉)인가 杜鵑花(두견화)인가.

乾坤(건곤)이 눈이여늘 제 엇지 敢(감)히 퓌리.

알괘라 白雪陽春(백설양춘)은 梅花(매화)밧게 뉘 이시리.

[8수]

매화 그림자 부딪친 창에 미인의 금비녀 비껴 섰구나.
두어 명의 백발노인은 거문고와 노래를 즐기도다.
이윽고 술잔 들어 권할 때 달이 또한 오르더라.   [1수]

어리고 성근 가지 너를 믿지 아니하였더니
눈 올 때 핀다는 약속 능히 지켜 두세 송이 피었구나.
촛불 잡고 가까이 사랑할 때 그윽한 향기조차 떠도는구나.   [2수]

빙자옥질이여, 눈 속의 너로구나.
가만히 향기 풍기며 저녁달을 기다리니
아마도 아치고절은 너뿐인가 하노라.　　　　　　　　　[3수]

눈 올 때 피겠다더니 너 과연 피었구나.
황혼에 달이 뜨니 그림자도 성성하구나.
맑은 향이 술잔에 어리었으니 취해 놀고자 하노라.　　　[4수]

황혼에 뜬 달은 너와 만날 기약하였더냐?
화분 속에 잠자던 꽃이 향기 풍기며 맞이하는구나.
내 어찌 달과 매화가 벗인 줄 몰랐던고 하노라.　　　　[5수]

바람이 눈을 몰아 산집 창문에 부딪치니
찬 기운 새어 들어 잠들어 있는 매화를 괴롭힌다.
아무리 얼게 하려 한들 봄 뜻이야 빼앗을 수 있겠는가?　[6수]

저 건너 나부산 눈 속에 거무튀튀 울퉁불퉁 광대등걸아
네 무슨 힘으로 가지를 돋쳐서 꽃조차 저처럼 피웠는가?
아무리 썩은 배 반만 남았을망정 봄 뜻을 어찌하리오?　[7수]

동쪽 문설주에 숨은 꽃이 철쭉꽃인가 진달래꽃인가?
온 세상이 눈 속인데 저들이 어찌 감히 피어나리?
알겠구나, 백설 속의 봄은 매화밖에 또 누가 있으랴?　　[8수]

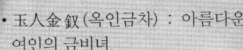

- 玉人金釵(옥인금차) : 아름다운
  여인의 금비녀.
- 暗香不動(암향부동) : 송나라 임포
  (林逋)의 〈山園小梅(산원소매)〉
  중, 疏影橫
  斜水淸淺 暗香不動黃昏月(성긴 그
  림자 옆으로 비껴 물은 맑고 잔잔
  한데, 그윽한 향기 풍기는 어스름
  달밤)'이라는 구절에서 인용한 것.
- 氷姿玉質(빙자옥질) : 얼음처럼 맑
  고 깨끗한 자태와 옥처럼 아름다
  운 바탕.
- 雅致高節(아치고절) : 우아한 풍치
  와 높은 절개.
- 羅浮山(나부산) : 중국 광동성에
  있는 산.
- 광디 등걸 : 거칠고 보기 흉하게
  생긴 나뭇등걸.

배경 〉〉〉 이 작품은 일명 '영매가(詠梅歌)'라고도 하는데,
지은이가 스승인 박효관의 '운애산방'에서 기생
과 더불어 거문고를 타며 놀 때, 박효관이 가꾼
아름다운 매화를 완상하고 지은 것으로 지은이
의 대표작이다.

➡ 알아 두기

- ◎ 작자 : 안민영(安玟英, 1816~?). 조선 말기의 가객. 호는 주옹(周翁)
- ◎ 연대 : 조선 고종 때
- ◎ 갈래 : 연시조, 영매가(詠梅歌)
- ◎ 제재 : 매화
- ◎ 주제 : 매화의 아름다움 예찬
- ◎ 출전 : 「금옥총부(金玉叢部)」

온고지신! 溫故知新

이 시조만큼 매화의 속성과 매화에 대한 애정이 잘 나타난 작품도 없을 것이다. 추운 겨울인데 연약하여 보기에도 미덥지 않은 약한 가지가 봄의 선구로서 피어나는 것을 보며, 자연의 섭리와 아름다움에 취한 지은이의 마음이 매화의 향기처럼 그윽하게 퍼지는 노래이다. 얼핏 보면 하찮아 보이는 꽃 한 송이에서도 깊은 운치를 느끼고 자연의 섭리를 찾아낼 줄 알았던 선인들의 지혜가 돋보이는 작품이라 할 수 있다.

알짜 문제!

01 이 작품의 각 수에 대한 설명으로 알맞지 않은 것은?

① 1수는 서사(序詞)의 성격을 띤다.
② 2수는 매화에 대한 화자의 애정이 잘 나타난다.
③ 3수는 매화의 고결하고 운치 있는 모습을 찬미하고 있다.
④ 7수는 유일하게 장형시조에 근접하는 형태를 취하고 있다.
⑤ 8수는 어두운 시대에 저항하려는 작가의식이 함축되어 있다.

02 이 작품의 '매화'(㉮)와 다음 글의 '매화'(㉯)의 차이점으로 바른 것은?

> 지금 눈 내리고
> 매화 향기 홀로 아득하니
> 내 여기 가난한 노래의 씨를 뿌려라.
> ─이육사, 〈광야〉 중에서

① ㉮는 중의적이나, ㉯는 우의적이다.
② ㉮는 보조관념이나, ㉯는 원관념이다.
③ ㉮는 자연물이나, ㉯는 시대적 상징물이다.
④ ㉮는 세속적 가치이나, ㉯는 이상적 가치이다.
⑤ ㉮는 서정적 자아의 분신이나, ㉯는 객관적 상관물이다.

서술형 이 작품의 구조상 문제점을 6수와 7수에 나오는 '매화'를 예로 들어 50자 내외로 서술하시오.

➡ 답은 [부록]에

08 비가(悲歌)_ 이정환(李廷煥)

반밤듕 혼쟈 이러 뭇노라 이내 꿈아.
萬里遼陽(만리요양)을 어내듯 단녀 온고.
반갑다 鶴駕仙容(학가선용)을 친히 뵌 듯하여라.

[1수]

풍설 석거친 날에 뭇노라 北來使者(북래사자)야.
小海容顏(소해용안)이 언매나 치오신고.
故國(고국)의 못 죽는 孤臣(고신)이 눈물계워 하노라.

[2수]

후생 듁은 후에 항왕을 뉘 달래리.
楚軍(초군) 三年(삼년)에 艱苦(간고)도 그지 없다.
어느제 漢日(한일)이 밝아 太公(태공) 오게 할고.

[3수]

朴堤上(박제상) 듁은 후에 님의 실람 알리 업다.
異域春宮(이역춘궁) 뉘라셔 모셔 오리.
지금에 鴟述嶺歸魂(치술령귀혼)을 못내 슬허 하노라.

[4수]

旄丘(모구)를 돌아보니 衛(위)사람 에엿브다.
歲月(세월)이 자로 가니 츩줄이 길엇세라.
이 몸의 해어진 갓옷을 기워줄 이 업서라.

[5수]

朝廷(조정)을 바라보니 武臣(무신)도 하 만하라.
辛苦(신고)한 和親(화친)을 누를 두고 한 것인고.
슬프다 趙殿吏(조구리) 이미 죽으니 參乘(참승)하리 업서라.

[6수]

九重(구중) 달 밝은 밤의 聖慮(성려) 일뎡 만흐려니.
이역 풍상에 鶴駕(학가)인들 니즐소냐.
이밧긔 억만 창생을 못내 분별하시는다.

[7수]

구렁에 낫는 풀이 봄비에 절로 길어
알을 일 업스니 긔 아니 조흘소냐.
우리는 너희만 못하야 실람 겨워 하노라.

[8수]

조그만 이 한 몸이 하늘 밧긔 떠디니
오색 구름 기픈 곳의 어느 거시 서울인고
바람에 지나는 검줄 갓하야 갈 길 몰라 하노라.

[9수]

이거사 어린 거사 잡말 마라스라.
漆室(칠실)의 悲歌(비가)를 뉘라서 슬퍼하리.
어듸서 濁酒(탁주) 한 잔 얻어 이 실람 풀가 하노라.

[10수]

한밤중 혼자 일어나 물어본다, 이내 꿈아. / 수만 리 이국땅 요양을 언제 다녀왔느냐? 반갑다, 꿈에 뵌 왕세자들이지만 친히 뵌 듯하구나.   [1수]

눈보라 섞여 불어오단 날에 묻는다, 심양에서 온 사신아. / 우리 왕자님들이 얼마나 추워하시는가? / 고국의 못 죽는 외로운 신하 눈물겨워 하노라.   [2수]

후생 죽은 후에 항왕을 누가 달랠 것인가? / 초군 삼년에 고생도 끝이 없다. 어느 때 한나라 세상이 밝아 어진 신하 나오게 할 것인가?   [3수]

박제상 죽은 후에 임의 시름을 알 사람 업다. / 타국에 잡혀간 왕자님들 누가 모셔 올 것인가? / 지금에야 치술령에 돌아온 혼을 못내 슬퍼하노라.   [4수]

모구를 돌아보니 위나라 사람이 어여쁘다. / 세월이 자주 가니 칡넝쿨이 길었구나. 이 몸의 해어진 갓옷을 기워줄 이 업구나.   [5수]

조정을 바라보니 무신이 많기도 하구나. / 고통스런 화친은 누구를 두고 한 것인가? 슬프다 조구리가 이미 죽으니 참승할 이가 없구나.   [6수]

궁궐의 달 밝은 밤에 임금님 하실 일 많겠구나. / 다른 나라 바람 서리에도 임금님인들 잊겠는가? / 이밖에 수많은 백성을 못내 걱정하시는가?   [7수]

골짜기에 자라난 풀이 봄비에 절로 길어 / 앓을 일 없으니 그것이 아니 좋겠는가? 우리는 너희만 못하여 시름겨워 하노라.   [8수]

조그만 이 한 몸이 하늘 밖에 떨어지니 / 오색 구름 깊은 곳에 어느 것이 서울인가? 바람에 지나는 검불 같아서 갈 길 몰라 하노라.   [9수]

이것아, 어리석은 것아, 잡스런 말 하지 마라. / 어두운 방 슬픈 노래를 누구라서 슬퍼하리. / 어디서 탁주 한 잔 얻어 이 시름 풀까 하노라.   [10수]

배경 ⟫⟫ 원제목은 〈국치비가(國恥悲歌)〉로 병자호란의 국치를 통분히 여겨 지은 연시조이다. 인조가 삼전도에서 청나라에 굴욕적인 항복을 하고, 아들인 소현세자와 봉림대군이 볼모로 잡혀가는 치욕을 당한다. 지은이가 볼모로 잡혀 가 있는 두 왕자를 걱정하고 국치를 당하고도 죽지 못한 자신의 처지를 한탄하는 내용으로서, 병자호란을 당하여 지은 보기 드문 비가(悲歌)이다.

➡ 알아 두기

- 작자 : 이정환(李廷煥, ?~?). 조선 인조 때의 학자. 호는 송암(松巖)
- 연대 : 조선 인조 때
- 갈래 : 연시조
- 제재 : 병자호란의 국치
- 주제 : 국치에 대한 비분과 우국충정
- 출전 : 「송암유고(松巖遺稿)」

온고지신! 溫故知新

이 시조엔 볼모로 잡혀간 왕자들에 대한 염려와 임금과 백성에 대한 근심, 국치를 보고도 순국하지 못하는 처지를 한탄하는 등 국난의 시대를 살아갔던 지식인의 고뇌와 갈등이 진실어린 어조로 표현되어 있다. 이처럼 고난의 시대에 비분강개와 우국충정으로 나라를 근심하고 백성을 걱정했던 선인들의 정신은 아무리 예찬해도 지나침이 없을 것이다. 오늘날 지구촌 시대라 하여 국가 간 경계의식이 많이 약화되었다 해도 여전히 나라 사랑의 가치는 살아 있으며, 또한 지켜 나가야 할 소중한 자산임을 잊지 말아야 할 것이다.

어휘

- 遼陽(요양) : 청나라가 건국된 곳. • 鶴駕仙容(학가선용) : 학을 탄 신선의 모습. 여기서는 소현세자와 봉림대군.
- 北來使者(북래사자) : 왕세자 등이 볼모로 잡혀 가 있던 청(淸)나라의 심양에서 온 사자(使者).
- 小海容顔(소해용안) : '소해(小海)'는 왕세자를 뜻하며 '용안(容顔)'은 얼굴의 높임말.
- 후생~항왕 : 병자호란 후 조선의 상태를 초나라를 세운 항우에 대적한 한나라에 비유하여 표현함. 항우는 조선을 침략한 청나라를 비유함. 적진에 가서 후생처럼 협상하여 왕자를 데리고 올만한 인물이 없음을 말함.
- 漢日(한일)이 밝아 : 조선이 힘을 되찾아 청나라를 굴복시키는 날을 비유함.
- 朴堤上(박제상) : 눌지 마립간 즉위 10년(426년)에 왕의 명을 받아, 고구려에 볼모로 있던 눌지 마립간의 동생 복호(卜好)를 구하여 신라로 돌아왔으며, 이어서 왜국(倭國)에 볼모로 있는 왕자 미사흔을 구하러 건너가, 왕자를 구출하여 신라로 보내고 자신은 그곳에서 살해당함.
- 치술령(鵄述嶺) : 박제상의 아내가 남편을 기다리다 망부석이 되었다는 고개.
- 尨丘(모구) : 중국의 지명으로 보임. • 갓옷 : 털가죽 옷.
- 參乘(참승) : 윗사람을 마차로 모시는 것. • 鶴駕(학가) : 학을 태운 수레. 임금을 비유함.

알짜 문제!

01 이 작품 각 수의 내용을 말한 것으로 바르지 않은 것은?

① 6수 : 조정에 무신이 많은데도 임금을 제대로 보필할 사람이 없음을 한탄함.

② 7수 : 임금이 고생하는 왕자들을 걱정하면서도 백성들의 일을 분별하느라 고민이 많음.

③ 8수 : 자연의 풀은 저절로 자라나는데 인간은 그보다 못하여 나라에 대한 근심을 이기지 못함.

④ 9수 : 서울로 가서 나라의 정치를 바로 잡고 싶지만 작고 힘없고 멀리 있으니 어떻게 해야 할지 모름.

⑤ 10수 : 서정적 자아의 나라에 대한 말을 듣고 슬퍼할 사람이 많으므로 함께 술을 먹으며 근심을 잊으려 함.

02 이 작품에서 유추할 수 있는 문학의 정의로 가장 알맞은 것은?

① 문학은 시대 상황을 반영하는 예술이다.

② 문학은 작가의 무의식을 표현하는 수단이다.

③ 문학은 관념적 사상을 형상화하는 학문이다.

④ 문학은 내세를 지향하는 종교적 가치의 산물이다.

⑤ 문학은 언어의 창조성을 극대화시키는 매개체이다.

서술형 이 작품의 7수에서 임금은 어떤 상황에 처해 있는지 60자 내외로 서술하시오.

➡ 답은 [부록]에

09 어부가(漁父歌)_ 이현보(李賢輔)

이 듕에 시름 업스니 漁父(어부)의 生涯(생애)이로다.
一葉扁舟(일엽편주)를 萬頃波(만경파)에 띄워 두고
人世(인세)를 다 니젯거니 날 가는 주를 알랴.
[1수]

구버는 千尋綠水(천심녹수) 도라보니 萬疊靑山(만첩청산)
十丈紅塵(십장홍진)이 언매나 ㄱ렛는고.
江湖(강호)애 月白(월백)ᄒ거든 더옥 無心(무심)ᄒ라.
[2수]

靑荷(청하)애 바볼 ᄡ고 綠柳(녹류)에 고기 ᄢᅦ여 蘆荻
花叢(노적화총)애 비 미야 두고
一般淸意味(일반청의미)를 어늬 부니 아ᄅ실고.
[3수]

山頭(산두)에 閑雲(한운)이 起(기)ᄒ고 水中(수중)에 白鷗
(백구)이 飛(비)이라.
無心(무심)코 多情(다정)ᄒ니 이 두 거시로다.
一生(일생)애 시르믈 닛고 너를 조차 노로리라.
[4수]

長安(장안)을 도라보니 北闕(북궐)이 千里(천리)로다.
漁舟(어주)에 누어신돌 니즌 스치 이시랴.
두어라 내 시름 아니라 濟世賢(제세현)이 업스랴.
[5수]

이 세상살이 가운데 시름없는 것이 어부의 생활이로다.
조그마한 쪽배를 넓은 바다 위에 띄워 두고
인간 세상일을 다 잊었으니 세월 가는 줄을 알랴?   [1수]

굽어보니 천 길 푸른 물, 돌아보니 겹겹이 푸른 산
열 길 붉은 먼지가 얼마나 가려 있는가?
강호에 달이 밝으니 더욱 무심하구나.   [2수]

푸른 연잎에 밥을 싸고 푸른 버들가지에 물고기 꿰어
갈대꽃 우거진 떨기에 배 매어 두고
자연 속의 참된 맛을 어느 사람이 알 것인가?   [3수]

산머리에 한가한 구름 일고 물 위에 흰 갈매기 날고 있네.
아무런 사심 없이 다정한 이들은 이 두 것이로구나.
한평생의 시름 잊고 너희를 따라 놀리라.   [4수]

장안을 돌아보니 대궐이 천 리로구나.
고깃배에 누워 있은들 잊은 적이 있으랴?
두어라, 내 시름이 아니니 세상 구제할 현인이 없겠는가?   [5수]

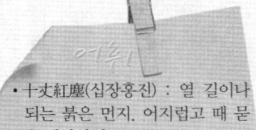

• 十丈紅塵(십장홍진) : 열 길이나
되는 붉은 먼지. 어지럽고 때 묻
은 세상살이.
• 一般淸意味(일반청의미) : (자연
속에서 살아가는) 평범하고 깨끗
한 삶의 의미.
• 濟世賢(제세현) : 세상과 백성을
구제할 수 있는 어진 사람. 나라
의 훌륭한 인재.

배경 〉〉〉 〈어부가〉는 고려 때부터 12장의 장가(長歌)와 10
장의 단가(短歌)로 전해져 왔는데, 지은이가 이
를 개작하여 9장의 장가, 5장의 단가로 만들었
다. 후에 고산 윤선도의 〈어부사시사〉에 영향을
주었다. 이 작품은 〈어부가〉중 단가 5장인데, 9
장의 장가와 구별하기 위해 〈어부단가〉로 부르
기도 한다.

알아 두기

- 작자 : 이현보(李賢輔, 1467–1555). 조선 중종 때의 문신. 호는 농암(聾巖)
- 연대 : 조선 중종 때
- 갈래 : 연시조, 강호한정가(江湖閑情歌)
- 제재 : 어부의 생활
- 주제 : 강호에 묻혀 사는 어부의 한가로운 정과 풍류
- 출전 : 「농암집(聾巖集)」

온고지신! 溫故知新

이 시조는 일상을 떠나 자연을 벗하며 고기잡이하는 풍류객으로서의 생활을 그리고 있다. 우리 선인들은 예부터 운치 있는 생활을 즐겼음을 잘 보여주는 노래이다. 그러나 아무리 자연 속에 묻혀 풍류를 즐겼을망정 마음속으로는 인간사에서 벗어날 수 없었던 것이니, '니즌 스치 이시랴.'와 같은 표현을 통하여 여전히 벼슬에 대한 미련과 임금에 대한 충성심이 있음을 엿볼 수 있다. 이와 같이 이상을 추구하면서도 현실을 버리지 못하는 인간의 본원적 갈등은 고금이 다르지 않다. 그 이상과 현실을 어떻게 조화롭게 승화시켜 자신의 삶을 고양시키느냐 하는 것은 각자가 해결해 나가야 할 평생의 과제일 것이다.

 **알짜 문제!**

01 이 작품에 나타난 시어에 대한 설명으로 바르지 않은 것은?
① 萬頃波(만경파) : 너르고 너른 바다
② 蘆荻花叢(노적화총) : 갈대꽃이 모여 핀 곳
③ 一葉扁舟(일엽편주) : 아주 작은 한 척의 배
④ 十丈紅塵(십장홍진) : 열 길이나 되는 붉은 구름
⑤ 千尋綠水(천심녹수) : 천 길이나 되는 깊고 푸른 물

02 이 작품의 주제의식으로 거리가 먼 것은?
① 유유자적(悠悠自適)   ② 연군지정(戀君之情)   ③ 안분지족(安分知足)
④ 자연귀의(自然歸依)   ⑤ 삼수갑산(三水甲山)

서술형 이 작품에서 알 수 있는 사대부들의 모순된 내면의식에 대해 70자 내외로 서술하시오.

➡ 답은 [부록]에

10 어부사시사(漁父四時詞) _ 윤선도(尹善道)

東동風풍이 건들 부니 믉결이 고이 닌다.
돋 드라라 돋 드라라
東동胡호룰 도라보며 西셔湖호로 가쟈스라.
至지匊국悤총 至지匊국悤총 於어思스臥와
압뫼히 디나가고 뒷뫼히 나아온다.

[春詞3]

우는 거시 벅구기가 프른 거시 버들숩가.
이어라 이어라
漁어村촌 두어 집이 닛 속의 나락들락
至지匊국悤총 至지匊국悤총 於어思스臥와
말가한 기픈 소희 온갇 고기 쒸노ᄂ다.

[春詞4]

구즌비 머저 가고 시냇물이 묽아 온다.
비 떠라 비 떠라
낫대룰 두러메니 기픈 興흥을 禁금 못 홀돠.
至지匊국悤총 至지匊국悤총 於어思스臥와
沿연江강疊텹嶂쟝은 뉘라셔 그려낸고.

[夏詞1]

년닙희 밥 싸두고 반찬으란 쟝만 마라.
닫 드러라 닫 드러라
靑청蒻약笠립은 써 잇노라 綠녹蓑사依의 가져오냐.
至지匊국悤총 至지匊국悤총 於어思스臥와

無무心심훈 白빅鷗구는 내 좃는가 제 좃는가.
[夏詞2]

水슈國국의 ᄀᆞ올히 드니 고기마다 슐져 일다.
닫 드러라 닫 드러라
萬만頃경澄딩波파의 슬카지 容용與여ᄒᆞ쟈.
至지匊국恩총 至지匊국恩총 於어思ᄉᆞ臥와
人인間간을 도라보니 머도록 더옥 됴타.
[秋詞2]

乾건坤곤이 제곰인가 이거시 어듸메오.
배 매여라 배 매여라
서풍진 못 미츠니 부체하야 무엇하리.
至지匊국恩총 至지匊국恩총 於어思ᄉᆞ臥와
두어라 드른 말이 업서시니 귀 씨셔 무엇하리.
[秋詞8]

구름이 거든 後후에 힛빗치 둑겁거다.
배 띄워라 배 띄워라
天텬地지閉폐塞식ᄒᆞ되 바다흔 依의舊구ᄒᆞ다.
至지匊국恩총 至지匊국恩총 於어思ᄉᆞ臥와
ᄀᆞ업고 ᄀᆞ업쓴 믈ᄀᆞ이 깁 편는 듯 ᄒᆞ여라.
[冬詞1]

간밤의 눈 갠 後후에 景경物믈이 달랃고야.
이어라 이어라
압희는 萬만頃경琉류璃리 뒤희는 千쳔疊텹玉옥山산
至지匊국恩총 至지匊국恩총 於어思ᄉᆞ臥와
仙션界계ㄴ가 佛불界계ㄴ가 人인間간이 아니로다.
[冬詞4]

봄바람이 잠깐 부니 물결이 곱게 인다.
동쪽 호수 돌아보며 서쪽 호수로 가자꾸나.
앞산이 지나가고 뒷산이 나아온다.   [춘사3]

우는 것이 뻐꾸기인가, 푸른 것이 버들 숲인가?
어촌의 두어 집이 안개 속에 들락날락
맑고 깊은 연못에 온갖 고기 뛰논다.   [춘사4]

궂은 비 멈춰가고 시냇물이 맑아온다.
낚싯대를 둘러메니 깊은 흥을 금치 못하겠구나.
안개 긴 강과 겹겹 봉우리는 누가 그려냈는가?   [하사1]

연잎에 밥을 싸두고 반찬일랑 장만 마라.
삿갓은 쓰고 있노라, 도롱이는 가져 왔느냐?
무심한 갈매기는 내가 저를 좇는가, 저가 나를 좇는가?   [하사2]

바다마을에 가을이 드니 고기마다 살져 있다.
넓고 맑은 물에서 실컷 즐겨 보자.
인간세상 돌아보니 멀수록 더욱 좋구나.   [추사2]

하늘땅이 제각긴가, 여기가 어디인가.
세속의 바람 먼지 못 미치니 부채질하여 무엇 하리?
두어라, 들은 말이 없으니 귀 씻어 무엇 하리?   [추사8]

구름 걷힌 후에 햇볕이 두텁도다.
천지가 막혔으나 바다만은 여전하다.
끝없고 끝없는 물결이 비단 펴 놓은 듯하구나.   [동사1]

간밤 눈 갠 후에 경치가 다르구나.
앞에는 만경유리 뒤에는 천첩옥산
선계인가 불계인가 인간계가 아니로구나.   [동사4]

배경 >>> **1651년에 지은이가 은거하던** 보길도의 부용동을 배경으로 읊은 40수의 연시조이다. 고려 후기부터 전해지던 〈어부가〉를 조선 중기에 이현보가 개작하였으며, 윤선도가 이를 바탕으로 새롭게 지은 것이다. 이 작품의 구조는 상당히 정제되어 있다. 우선 춘하추동의 각 계절에 따라 10수씩을 배정하고 계절의 변화에 따른 경물의 변화 내지 어부의 생활을 차례대로 형상화했다. 또 각 작품마다 삽입되어 있는 여음은 출범에서 귀선까지의 과정을 질서 있게 보여준다. 여기서는 총 40수 중 계절별로 2수씩 8수를 신는다.

➡ 알아 두기

○ 작자 : 윤선도(尹善道, 1587~1671). 조선 중기의 문신. 호는 고산(孤山)
○ 연대 : 조선 효종 때
○ 갈래 : 연시조, 강호한정가(江湖閑情歌)
○ 제재 : 어촌의 사계절
○ 주제 : 어촌의 자연 속에서 한가롭게 살아가는 삶의 즐거움
○ 출전 : 「고산유고(孤山遺稿)」

온고지신! 溫故知新

이 작품은 우리말이 가질 수 있는 유려한 율조를 최대한 살리고 있다. 조흥구를 곁들여 단형의 평시조에 변화를 주었으며, 진부한 고사나 설명을 취하지 않고 있다. 또한 대구법, 원근법, 시간의 추이에 따른 시상의 전개 등을 통해 생동감 넘치는 전원생활의 흥을 형상화시키고 있다. 일찍이 우리말의 아름다움을 감각적으로 살려낼 줄 알았던 지은이의 탁월한 언어적 감각이 놀랍다. 이 작품을 읽으면서, 오늘 우리는 이러한 우리말의 아름다움을 얼마나 살려 쓰고 있는지 돌아보아야 하지 않을까?

어휘

● 돌 드라라 : 돛 달아라. 흥을 돋우는 여음.
● 지국총 국恩총 지국총 국恩총 於어쓰스와臥와 : '지국총'은 노 저을 때 '찌그덩' 하고 나는 소리. '어스와'는 노 저으며 외치는 '어기여차' 소리. 흥을 돋우는 여음.
● 이어라 : (노를) 저어라.
● 靑청翡약笠립 : 푸른 갈대로 만든 삿갓.
● 綠녹養사依의 : 짚 따위로 엮어 만들어 걸쳐 두르던 비옷. 도롱이.
● 萬만頃경琉류璃리 : 유리처럼 넓고 맑은 바다를 비유한 말.
● 千천疊텹玉옥山산 : 겹겹이 둘러 있는 눈 덮인 산.

알짜 문제!

01 이 작품에 대한 설명으로 바르지 않은 것은?

① 우리말의 묘미를 창조적으로 구사하여 전대의 작품보다 높은 문학성을 구현하였다.

② 고려 후기부터 전해오던 〈어부가〉를 개작한 이현보의 단가(短歌)의 영향을 받아 지어진 작품이다.

③ 자연을 묘사하는 대부분의 대목에서 참신성이 떨어지며 추상적이고 관념적인 묘사가 많이 나타난다.

④ 각 수의 초장 다음에 나오는 후렴구는 각 계절마다 출범(出帆)에서 귀선(歸船)까지의 과정을 보여주고 있다.

⑤ 어촌의 사시(四時) 풍경을 그렸으나 어부의 인간적 삶은 배제되고 자연의 아름다움에 초점을 맞추어 형상화하였다.

02 이 작품에 사용된 여음구의 기능으로 적절하지 않은 것은?

① 노 젓는 상황을 생생하게 재현해 준다.

② 의성어를 활용함으로 경쾌한 리듬감을 느끼게 해 준다.

③ 사계절 어부의 생활을 보다 풍부하게 상상할 수 있게 해 준다.

④ 노래의 흥취가 한 개인이 아니라 여러 사람의 것임을 보여 준다.

⑤ 여러 사람이 함께 흥에 겨워 즐기고 있는 장면을 연상하게 해 준다.

서술형 이 작품과 이현보의 〈어부가(漁父歌)〉에 나타나 있는 서정적 자아의 삶의 태도가 어떻게 다른지 80자 내외로 서술하시오.

➡ 답은 [부록]에

11 오륜가(五倫歌)_ 주세붕(周世鵬)

사룸 사룸마다 이 말숨 드러스라.
이 말숨 아니면 사룸이오 사룸 아니
이 말숨 닛디 말오 비호고야 마로리이다.

[1수]

아버님 날 나ㅎ시고 어마님 날 기르시니
父母(부모)옷 아니시면 내 모미 업슬랏다.
이 덕을 갑흐려 하니 하놀 ㄱ이 업스샷다.

[2수]

죵과 항것과룰 뉘랴셔 삼기신고.
벌와 가여미아 이 뜨들 몬져 아이
혼 무옴애 두 뜯 업시 속이디나 마옵새이다.

[3수]

지아비 밧 갈러 나간 듸 밥고리 이고 가
飯床(반상)을 들오듸 눈섭의 마초이다.
진실노 고마오시니 손이시나 드르실가.

[4수]

兄(형)님 자신 져즐 내 조쳐 머궁이다.
어와 뎌 아ㅇ야 어마님 너 ㅅ랑이아.
兄弟(형제)옷 不和(불화)ㅎ면 개 도티라 ㅎ리라.

[5수]

늘그니눈 父母(부모) ㄱ고 얼운은 兄(형) ㄱ투니
ㄱ툰듸 不恭(불공)ㅎ면 어듸가 드룔고.
날노셔 무지어시든 절ㅎ고야 마로리이다.

[6수]

300 | 연시조

사람 사람마다 이 말씀을 들으려무나.
이 말씀이 아니면 사람이면서도 사람이 아닌 것이니
이 말씀을 잊지 않고 배우고야 말 것입니다. [1수]

아버님 날 낳으시고 어머님 날 기르시니
부모님이 아니셨으면 이 몸이 없었겠구나.
이 덕을 갚으려 하니 하늘 끝이 없도다. [2수]

신하와 임금의 구별을 누가 만들어 내었던가?
벌과 개미들이 이 뜻을 먼저 아니
한 마음에 두 뜻이 없도록 속이지나 마십시오. [3수]

지아비 밭 갈러 간 데 밥고리 이고 가서
밥상을 들어 올리되 눈썹 높이에 맞춥니다.
진실로 고마운 분이시니 손님과 다르겠습니까? [4수]

형님이 잡수신 젖을 내가 따라 먹습니다.
아아, 저 아우야, 어머님 너 사랑이야.
형제간에 화목하지 못하면 개나 돼지라 할 것입니다. [5수]

늙은이는 부모 같고, 어른은 형 같으니,
이와 같은데 공손하지 않으면 어디가 다른 것인가?
나로서는 맞이하게 되면 절하고야 말 것입니다. [6수]

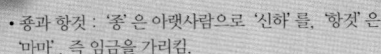

- 종과 항것 : '종'은 아랫사람으로 '신하'를, '항것'은
  '마마', 즉 임금을 가리킴.
- 밥고리 : 도시락의 옛말.
- 飯床(반상)을 ~ 마초이다 : 중국 후한(後漢) 때 양홍(梁
  鴻)과 그의 처 맹광(孟光) 사이의 '거안제미(擧案齊眉
  : 상을 들되 눈썹과 가지런히 되게 높여 든다)'라는 고
  사를 인용함.
- 도티라 : '돝(돼지)'이라.
- 어디가 두롱고 : (짐승과) 어디가 다른 것인가.

○ 작자 : 주세붕(周世鵬, 1495-
  1554). 조선 중종·명종 때의
  학자. 호는 신재(愼齋)
○ 연대 : 조선 중종 때
○ 갈래 : 연시조. 교훈가(敎訓歌)
○ 제재 : 삼강오륜
○ 주제 :
  [1수] 서시(오륜의 중요성)
  [2수] 부자유친(父子有親)
  [3수] 군신유의(君臣有義)
  [4수] 부부유별(夫婦有別)
  [5수] 형제우애(兄弟友愛)
  [6수] 장유유서(長幼有序)
○ 출전 : 「무릉속집(武陵續集)」

배경 》》 이 시조는 **삼강오륜(三綱五倫)**을 바탕으로 백
성들에게 유교 사상을 전파하려고 하는 강한
목적성을 띠고 있다.

온고지신! 溫故知新

이 작품은 교훈가(敎訓歌)로
서 사람들에게 유교의 중심
덕목인 삼강오륜(三綱五倫)을 가르치려는 목적으로 만들어
졌다. 따라서 문학적인 관점보다 사상적 관점으로 이해할
필요가 있다. 오늘날의 관점에서 삼강오륜은 새롭게 해석되
고 계승되어야 할 것이다. 현대는 옛날과 같은 유교사회가
아니기 때문에, 민주주의의 가치와 핵가족 시대의 가족 관
계, 지식 정보화 사회의 대인 관계 등을 고려하여 보다 유
연하고 새로운 가치관을 정립해야 할 것이다.

알짜 문제!

01 오륜(五倫) 중 이 작품에 나오지 않은 것은?
  ① 군신유의(君臣有義)   ② 부자유친(父子有親)   ③ 부부유별(夫婦有別)
  ④ 장유유서(長幼有序)   ⑤ 붕우유신(朋友有信)

02 이 작품에 나타난 유교적 가치 중 현대적 관점에서 비판한 내용으로 가장 적당한 것은?
  ① 늙은이는 부모 같다는 것은 옳지 않다. 왜냐하면 부모님은 한 분이시기 때문이다.
  ② 임금과 신하를 차별하는 것은 비민주적이다. 왜냐하면 인간은 평등하기 때문이다.
  ③ 아버님이 날 낳으셨다는 것은 과학적이지 못하다. 왜냐하면 어머님이 낳으시기 때문이다.
  ④ 형이 먹은 젖을 따라 먹는다는 것은 비위생적이다. 왜냐하면 현대는 모유를 잘 먹이지 않
    기 때문이다.
  ⑤ 지아비한테 지어미가 밥상을 들어 올려 바치는 모습은 전근대적이다. 왜냐하면 부부는 평
    등한 관계이기 때문이다.

서술형 이 작품에서 4수의 종장은 무엇을 의미하는지 20자 내외로 서술하시오.

➔ 답은 [부록]에

12 오우가(五友歌)_ 윤선도(尹善道)

내 버디 몃치나 ᄒ니 水石(수석)과 松竹(송죽)이라.
東山(동산)의 ᄃ 오르니 긔 더옥 반갑고야.
두어라 이 다ᄉ 밧긔 또 더ᄒ야 무엇ᄒ리.　　　[1수]

구룸 빗치 조타 ᄒ나 검기ᄅ ᄌ로 ᄒ다.
ᄇ람 소리 ᄆᆰ다 ᄒ나 그칠 적이 하노매라.
조코도 그츨 뉘 업기ᄂ 믈쑨인가 ᄒ노라.　　　[2수]

고즌 므스 일로 퓌며셔 쉬이 디고
플은 어이 ᄒ야 프르ᄂ 듯 누르ᄂ니
아마도 변티 아닐손 바회쑨인가 ᄒ노라.　　　[3수]

더우면 곳 피고 치우면 닙 디거ᄂ
솔아 너ᄂ 엇디 눈서리ᄅ 모ᄅᄂ다.
九泉(구천)의 불희 고ᄃ 줄을 글로 ᄒ야 아노라.[4수]

나모도 아닌 거시 플도 아닌 거시
곳기ᄂ 뉘 시기며 속은 어이 뷔연ᄂ다.
뎌러코 四時(사시)에 프르니 그를 됴하 ᄒ노라.　[5수]

쟈근 거시 노피 떠서 만물을 다 비취니
밤듕의 光明(광명)이 너만ᄒ니 쏘 잇ᄂ냐.
보고도 말 아니 ᄒ니 내 벋인가 ᄒ노라.　　　[6수]

내 벗이 몇이나 하니 수석과 송죽이라.
동산에 달 오르니 그것이 더욱 반갑구나.
두어라, 이 다섯 밖에 또 더하여 무엇 하리.　　　　　　　　　　[1수]

구름 빛이 좋다 하나 검기를 자주 한다.
바람소리 맑다 하나 그칠 때가 많구나.
깨끗하고도 그칠 때가 없기는 물뿐인가 하노라.　　　　　　　[2수]

꽃은 무슨 일로 피면서 쉬 지고
풀은 어찌하여 푸르는 듯 누르나니
아마도 변치 않은 것은 바위뿐인가 하노라.　　　　　　　　　[3수]

더우면 꽃 피고 추우면 잎 지거늘
소나무야, 너는 어찌 눈과 서리를 모르는가?
구천에 뿌리가 곧은 줄을 그것으로 하여 아노라.　　　　　　[4수]

나무도 아닌 것이 풀도 아닌 것이
곧기는 누가 시켰으며, 속은 어찌 비었는가?
저렇게 사철을 푸르니 그를 좋아하노라.　　　　　　　　　　[5수]

작은 것이 높이 떠서 만물을 다 비추니
밤중에 밝은 빛이 너 만한 것이 또 있겠느냐?
보고도 말 아니 하니 내 벗인가 하노라.　　　　　　　　　　[6수]

배경 》》》 **자연물을 이상적인 인격체로** 관념화하여 그들을
벗으로 삼음으로써 시대적 · 현실적 좌절감을 해
소하려고 한 지은이의 사상이 문학적으로 형상
화되어 있는 작품이다. 자연물에 도덕적 의미를
부여함으로써 자기 수양의 본보기로 삼고 있는
작가의 정신이 잘 나타나 있다.

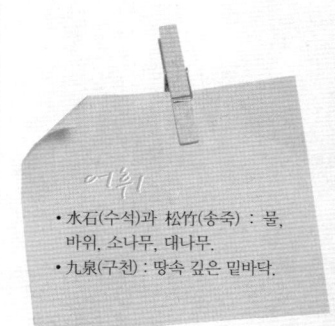

여휘

• 水石(수석)과 松竹(송죽) : 물, 바위, 소나무, 대나무.
• 九泉(구천) : 땅속 깊은 밑바닥.

- 작자 : 윤선도(尹善道, 1587~1671). 조선 중기의 문신. 호는 고산(孤山)
- 연대 : 조선 인조 때
- 갈래 : 연시조. 영물가(詠物歌)
- 제재 : 물, 바위, 소나무, 대나무, 달
- 주제 : 오우(五友) 예찬
  [1수] 서사오우의 소개
  [2수] 물의 영원성
  [3수] 바위의 불변성
  [4수] 소나무의 절개
  [5수] 대나무의 절개
  [6수] 달의 무언
- 출전 : 「고산유고(孤山遺稿)」

이 작품에는 지은이가 추구하는 인간상이 다섯 가지의 자연물을 통해 형상화되어 있는데, 다섯 가지 자연물이 갖는 공통점은 고결함과 영원성이다. 변화무쌍하고 기회주의적인 세속적 가치에 좌절한 지은이는 이러한 자연물의 속성에서 이상적 인간형을 발견하고 그와 같은 인간이 되기 위한 정신적 자기 수양에 몰두했을 것이다. 그런데 이러한 인간형은 현대에서도 여전히 이상적 인간형이라는 데에 이의가 없을 것이다. 오히려 옛날에 비해 엄청나게 빠른 속도로 변화하고 있는 시대에서 불변성과 고결함은 옛날보다 더 필요한 정신적 가치가 아닐까?

알짜 문제!

01 이 작품의 제재와 속성이 바르게 연결된 것은?
① 수(水) - 맑다　　② 송(松) - 곧다　　③ 월(月) - 작다
④ 석(石) - 크다　　⑤ 죽(竹) - 길다

02 이 작품의 지은이가 '오우(五友)'를 통하여 제시하고자 하는 인간형으로 가장 거리가 먼 것은?
① 욕심이 없는 인간　　② 말을 잘 하는 인간　　③ 지조를 지키는 인간
④ 일관성 있고 변함없는 인간　　　　　　⑤ 청렴하고 신뢰할 수 있는 인간

서술형 이 작품에 나타난 지은이의 자연관에 대해 40자 내외로 서술하시오.

→ 답은 [부록]에

13 하우요(夏雨謠)_ 윤선도(尹善道)

비 오ᄂᆞᆫ디 들희 가랴 사립 닷고 쇼 머겨라.
마히 ᄆᆡ양이랴 잠기 연장 다ᄉᆞ려라.
쉬다가 개ᄂᆞᆫ 날 보아 ᄉᆞ래 긴 밧 가라라.

[1수]

심심은 ᄒᆞ다마ᄂᆞᆫ 일 업ᄉᆞᆯ 순 마히로다.
답답은 ᄒᆞ다마ᄂᆞᆫ 閑暇(한가)홀 순 밤이로다.
아히야 일즉 자다가 東(동) 트거든 닐거라.

[2수]

비 오는데 들에 가겠느냐, 사립문 닫고 소 먹여라.
장마가 늘 계속되겠느냐, 쟁기와 연장 손질하여라.
쉬다가 개는 날 보아서 사래 긴 밭 갈아라.

[1수]

심심은 하다마는 일없음은 장마 때문이로다.
답답은 하다마는 한가함은 밤과 같도다.
아이야, 일찍이 자다가 동트거든 일어나라.

[2수]

배경 >>> 「산중신곡」에 들어 있는 연시조로 지은이가 인조 때 유배지 영덕에서 풀려나 해남에 은거하고 있을 당시 지은 것이다. 장마철의 한가로움 속에서도 부지런히 농사에 대비할 것을 권유하는 교훈적인 작품이다.

어휘
• 쇼 머겨라 : 일 없을 때 소를 잘 먹여 튼튼하게 키워 미리 농사에 대비해라.
• 마히 : '마'는 장마.
• 잠기 : 쟁기. 논밭을 가는 농기구.

➡ 알아 두기

- 작자 : 윤선도(尹善道, 1587–1671). 조선 중기의 문신. 호는 고산(孤山)
- 연대 : 조선 인조 때
- 갈래 : 연시조, 교훈가(敎訓歌)
- 제재 : 장마
- 주제 : 장마철의 한가로움과 농사에 대비하는 법
- 출전 : 「고산유고(孤山遺稿)」

온고지신! 溫故知新

이 작품에서는 여름 장마철의 한가로움과 함께 앞날을 준비하는 세심한 지은이의 생활 태도가 잘 드러나 있다. 쉬면서도 소를 먹이고 연장을 미리 준비하여 날이 갤 때를 대비하는 자세에서 유비무환의 삶을 엿볼 수 있다. 자연 속에 산다는 것은 무조건 한가한 것이 아님을 보여준다. 정중동(靜中動)의 이미지가 잘 부각된 이 짧은 작품에서 우리는 미리 준비하고 계획하는 삶의 중요성을 깨닫게 된다.

알짜 문제!

01 이 작품의 특성을 말한 것으로 바르지 않은 것은?
① 평범한 시상   ② 고유어 사용   ③ 향토색 표출
④ 설의법 사용   ⑤ 사대부 정신

02 이 작품의 주제와 관계있는 사자성어(四字成語)는?
① 초지일관(初志一貫)   ② 아전인수(我田引水)   ③ 초동급부(樵童汲婦)
④ 유비무환(有備無患)   ⑤ 자승자박(自繩自縛)

서술형 이 작품의 내용을 요약하여 30자 내외로 서술하시오.

➡ 답은 [부록]에

14 훈민가(訓民歌)_ 정철(鄭澈)

아바님 날 나흐시고 어마님 날 기르시니
두 분곳 아니시면 이 몸이 사라실가.
하늘 ᄀᆞ튼 ᄀᆞ업슨 恩德(은덕)을 어디다혀 갑ᄉ오리.

[1수]

님금과 빅셩과 ᄉ이 하늘과 ᄯᅡ히로디
내의 셜운 일을 다 아로려 ᄒ시거든
우린들 ᄉᆞᆯ진 미나리를 홈자 엇디 머그리.

[2수]

형아 아이야 네 술흘 ᄆᆞᆫ져 보와.
뉘손디 타나관디 양지조차 ᄀᆞᆮᄐᆞᆫ다.
ᄒᆞᆫ 졋 먹고 길러나이셔 닷 ᄆᆞᄋᆞᆷ을 먹디 마라.

[3수]

어버이 사라신 제 셤길 일란 다ᄒᆞ여라.
디나간 後(후)면 애둛다 엇디 ᄒᆞ리.
평싱애 곳텨 못홀 일이 잇ᄲᅮᆫ인가 ᄒᆞ노라.

[4수]

ᄒᆞᆫ 몸 둘헤 ᄂᆞ화 夫婦(부부)를 삼기실샤
이신 제 홈ᄭᅴ 늙고 주그면 ᄒᆞᆫ디 간다.
어디셔 망녕의 ᄶᅥ시 눈 흘긔려 ᄒᆞᄂᆞ뇨.

[5수]

간나히 가는 길흘 스나히 에도드시
스나히 녜는 길흘 계집이 츼도드시
제 남진 제 계집 아니어든 일홈 뭇디 마오려.

[6수]

네 아돌 孝經(효경) 닑더니 어도록 비홧느니.
내 아돌 小學(소학)은 모릐면 모출로다.
어느 제 이 두 글 비화 어딜거든 보려뇨.

[7수]

무을 사룸들아 올흔 일 호쟈스라.
사룸이 되어 나셔 올치옷 못호면
무쇼를 갓 곳갈 씌워 밥먹이나 다르랴.

[8수]

풀목 쥐시거든 두 손으로 바티리라.
나갈 디 겨시거든 막대 들고 조츠리라.
鄕飮酒(향음쥬) 다 파훈 후에 뫼셔가려 호노라.

[9수]

놈을오 삼긴 듕의 벗곳티 有信(유신)호랴.
내의 왼 일을 다 닐오려 호노매라.
이 몸이 벗님곳 아니면 사룸 되미 쉬올가.

[10수]

아버님 날 낳으시고 어머님 날 기르시니
두 분이 곧 아니시면 이 몸이 살아 있을까?
하늘같은 끝없는 은덕을 어찌 다 갚아드릴 것인가?　　　　　　　　[1수]

임금과 백성 사이 하늘과 땅인데
나의 서러운 일을 다 아시려고 하시거든
우리라고 좋은 미나리를 혼자 어찌 먹으리?　　　　　　　　　　　[2수]

형아, 아우야, 네 살을 만져 보아라.
누구에게서 태어났기에 모습조차 같은 것인가?
같은 젖 먹고 자라났으니 딴 마음을 먹지 마라.　　　　　　　　　[3수]

어버이 살아계실 때 섬기는 일을 다하여라.
돌아가신 후면 애달프다 한들 어찌 하리?
평생에 다시 못할 일은 이뿐인가 하노라.　　　　　　　　　　　　[4수]

한 몸을 둘로 나누어 부부로 생겨나게 하시니
살아있는 동안 함께 늙고 죽으면 한 곳에 간다.
어디서 망령된 것이 눈 흘기려 하는가?　　　　　　　　　　　　　[5수]

여자가 가는 길을 남자가 돌아가듯이
남자가 다니는 길을 여자가 비껴가듯이
제 남편 제 아내가 아니면 이름도 묻지 마라.　　　　　　　　　　[6수]

네 아들 효경 읽더니 얼마나 배웠는가?
내 아들 소학은 모래면 마칠 것이다.
언제쯤에나 이 두 글 배워 어질어진 모습 보려나.　　　　　　　　[7수]

마을 사람들아, 옳은 일 하자꾸나.
사람으로 태어나서 옳지 못하면
마소에 갓과 고깔 씌워 밥 먹이는 것과 무엇이 다르랴?　　　　　[8수]

팔목을 쥐시면 두 손으로 받들리라.
나갈 데가 계시면 지팡이 들고 좇아가리라.
잔치가 다 끝난 후에 모시고 가려 하노라.　　　　　　　　　　　[9수]

남으로 생긴 것 중에 벗같이 믿음이 있으랴?
나의 그릇된 일을 다 일러 주려 하는구나.
이 몸에 벗님 곧 없으면 사람됨이 쉬울까?
　　　　　　　　　　　　　　　　　　　　　　　　　　　　　[10수]

- 딴 모음 : 다른 마음. 우애를 해치는 마음.
- 망녕의 꺼시 : 정신 나간 것이. 망령든
  것이. 자기 부인을 가리키는 듯함.
- 鄕飮酒(향음주) : 향음주례(鄕飮酒禮). 예
  전에, 온 고을의 유생(儒生)이 모여 향약
  (鄕約)을 읽고 술을 마시며 잔치하던 일.

➡ 알아 두기

- ◎ 작자 : 정철(鄭澈, 1536-1593). 조선 명종·선조 때의 문신. 호는 송강(松江)
- ◎ 연대 : 조선 선조 때
- ◎ 갈래 : 연시조, 교훈가(敎訓歌)
- ◎ 제재 : 유교의 도덕
- ◎ 주제 : [1수] 부모님 은덕 찬양
  [2수] 군신의 도리
  [3수] 형제간의 우애
  [4수] 효행의 도리
  [5수] 부부의 도리
  [6수] 남녀의 유별
  [7수] 자녀의 학문 권장
  [8수] 올바른 행동 권유
  [9수] 어른 공경의 태도
  [10수] 교우의 중요성
- ◎ 출전 : 「송강가사(松江歌辭)」

배경 》》》 〈경민가(警民歌)〉라고도 하는 이 시조는 지은이가 선조 13년에 강원도 관찰사로 부임하였을 때 백성들로 하여금 도덕을 깨치게 하기 위하여 지은 것으로, 삼강오륜의 유교적 윤리가 주된 내용이다. 송나라 때 백성을 교화하려고 진양(陳襄)이 지었다는 〈선거권유문(仙居勸諭文)〉을 본보기로 삼은 것이라 한다. 여기서는 총 16수 중 10수를 싣는다.

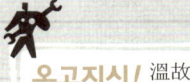

온고지신! 溫故知新

이 작품은 명령이나 포고 따위로 백성들을 다스리기보다는 백성 스스로가 깨달아서 행동하게 하려고 노래로 지어서 널리 불리게 한 것이다. 따라서 목적 문학의 성격을 지녀 문학적인 운치는 적다고 할 수 있지만, 평이한 말 속에 은연중 간곡한 교훈을 담고 있다. 끝맺는 말을 청유형이나 명령형으로 하여 백성들에 대한 설득력을 높이고 있는 점도 돋보이는 표현이다. 봉건 시대의 사상이기 때문에 현대적 가치와 잘 맞지 않는 것이 있지만, 우리의 삶에 좋은 지침이 될 수 있는 덕목들은 창조적으로 계승하여 발전시킬 필요가 있을 것이다.

알짜 문제!

01 이 작품의 각 수와 관계있는 사자성어(四字成語)가 아닌 것은?
① 1수 : 부생모육(父生母育)   ② 4수 : 풍수지탄(風樹之嘆)   ③ 5수 : 부창부수(夫唱婦隨)
④ 8수 : 상부상조(相扶相助)   ⑤ 10수 : 순망치한(脣亡齒寒)

02 이 작품은 목적성을 띤 시조 가운데 문학성이 뛰어나다는 평가를 받고 있는데, 그 이유로 알맞은 것은?
① 구조적으로 완벽한 통일성을 보여줌.   ② 중국 유학의 영향을 받아 한문으로 표기됨.
③ 이념보다 일상적인 인간관계의 설정에 치중함.   ④ 유교의 가치를 실천할 수 있는 방법을 제시함.
⑤ 지은이의 상상력을 바탕으로 한 창의성이 뛰어남.

서술형 이 작품이 문학적 설득력이 강한 이유를 언어적 측면에서 40자 내외로 서술하시오.

➔ 답은 [부록]에

사설시조 辭說時調

사설시조는 모든 문학예술의 형식이 산문화하는 방향으로 전환하던 조선 후기의 산물이다. 평시조의 작자 층이 사대부 중심이었던 데 비해, 사설시조는 가객들을 비롯한 중간층 부류의 작자들이 많다. 따라서 평시조의 관념적 세계에 비하여 골계미와 해학미를 통하여 현실의 모순을 날카롭게 풍자하고 있으며, 시정(市井) 생활의 건강함과 발랄함이 잘 나타나 있다. 형식을 보면, 종장은 평시조와 비슷한 틀을 유지하되 초·중장 혹은 그 중 어느 일부가 4음보 율격의 정제된 구조에서 현저하게 이탈하여 장형화하는데, 대개 중장이 길어진다. 내용은 애정, 거래, 수탈, 패륜 등 다채로운 주제를 다루면서 유교적 충의에 집착하던 주제 의식에서 벗어남으로써 근대성을 나타내고 있다.

갓나희들이 여러 層(층)이오레.
송골미도 갓고 줄에 안즌 져비도 갓고 百花園裏(백화원
리)에 두루미도 갓고 綠水波瀾(녹수파란)에 비오리도 갓
고 싸히 퍽 안즌 쇼로기도 갓고 석은 등걸에 부헝이
도 갓데.
그려도 다 각각 님의 스랑인이 皆一色(개일색)인가ㅎ노라.

계집들이 여러 층이더라.
송골매 같기도 하고, 줄에 앉은 제비 같기도 하고, 온갖 꽃들이 핀 뜰에 두루미 같기
도 하고, 푸른 물결 위에 비오리 같기도 하고, 땅에 앉은 소리개 같기도 하고, 썩은
등걸에 부엉이 같기도 하네.
그래도 다 각각 임의 사랑이니 다 뛰어난 미인인가 하노라.

배경 〉〉〉 우리 문학사에 등장한 적이 없었던 새로운 애정관
을 보여 주는 작품이다. 우리 문학에 등장하는 임
은 주로 이별한 임, 부재(不在)하는 임이었는데
이 작품에서는 함께 살며 사랑하는 임으로 나타
난다. 지은이의 긍정적 인간관을 엿볼 수 있다.

온고지신! 溫故知新

이 작품의 초장에서는 여인들이
다양하다고 전제하고, 중장에서
는 여인들을 여러 종류의 새에 비유한 뒤, 종장에서는 그 다양
한 여인들이 그래도 자신들의 임에게는 각각 가장 사랑 받는

어휘

• 百花園裏(백화원리) : 온갖 꽃들
이 만발한 뜰 안.
• 綠水波瀾(녹수파란) : 크고 작은
푸른 물결. 파란은 '파랑(波
浪)'.
• 皆一色(개일색) : 모두 다 일색.
일색은 뛰어난 미인.

여인들이니 모두 일색이라고 보아야 한다는 지은이의 애정관을 피력하고 있다. 지은이의 긍정적 인간관을 엿볼 수 있는 작품으로서 사설시조의 근대성이 잘 나타나 있다. 오늘날 특정한 모습의 외모를 갖추어야 미인이라는 생각이 오히려 부끄러울 정도로 다양성을 인정하는 지은이의 가치관은 본받을 만하다 할 것이다.

➡ **알아 두기**

- 작자 : 김수장(金壽長, 1690~?). 조선 영조 때의 가객(歌客). 호는 노가재(老 歌齋)
- 연대 : 조선 영조 때
- 갈래 : 사설시조. 해학가(諧謔歌)
- 제재 : 여러 여인들
- 주제 : 여인들의 다양한 아름다움
- 출전 : 「해동가요(海東歌謠)」

알짜 문제!

01 이 작품의 성격으로 알맞지 않은 것은?

① 비유적(比喩的) ② 해학적(諧謔的) ③ 풍자적(諷刺的)
④ 긍정적(肯定的) ⑤ 주술적(呪術的)

02 이 작품에 등장하는 비유어들이 가리키는 여인의 모습으로 가장 적절한 것은?

① 두루미 : 소박한 여인 ② 소리개 : 잘 먹는 여인 ③ 송골미 : 키 작은 여인
④ 저비 : 몸매가 날렵한 여인 ⑤ 부엉이 : 눈이 안 보이는 여인

서술형 이 작품의 종장과 어울리는 우리 속담 두 개를 쓰시오.

➡ 답은 [부록]에

02 개를 여라믄이나_ 작자 미상

개를 여라믄이나 기르되 요 개굿치 얄믜오랴.
뮈온 님 오며는 꼬리를 홰홰 치며 쒸락 내리 쒸락 반
겨서 내둣고, 고온 님 오며는 뒷발을 버동버동 므르
락 나으락 캉캉 즈져서 도라가게 흔다.
쉰밥이 그릇그릇 난들 너 머길 줄이 이시랴.

개를 열 마리 넘게 기르지만 요 개같이 얄미운 놈 있을까?
미운 임 오며는 꼬리를 홰홰 치며 뛰어 올랐다 내리 뛰었다 하면서 반겨 맞이하고,
고운 임 오며는 뒷발을 버둥버둥 물러섰다가 나아갔다가 캉캉 짖어서 돌아가게 한다.
쉰밥이 그릇그릇 남을지라도 너 먹일 줄이 있겠는가?

배경 》》》 임을 기다리는 야릇한 심정을 해학적으로 표현한 사설시조로서 임을 기다리는 심정이 일상어로 소박하고 진솔하게 나타나 있다 소박한 서민적 해학의 묘미를 느낄 수 있으며, 임을 내쫓는 개의 동작을 의성어와 의태어를 사용하여 묘사한 부분이 매우 사실적이어서 사설시조의 특징이 잘 드러난다.

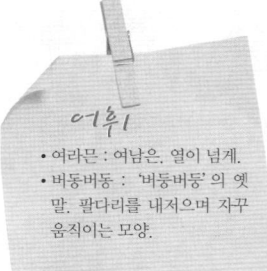

어휘
• 여라믄 : 여남은. 열이 넘게.
• 버동버동 : '버둥버둥' 의 옛말. 팔다리를 내저으며 자꾸 움직이는 모양.

온고지신! 溫故知新

이 작품에서 임이 오기를 기다리는 서정적 자아의 마음은 간절하다 못해 개에게 그 미움을 전가시키고 있다. 오는 임을 개

→ 알아 두기

● 작자 : 미상
● 연대 : 조선 후기
● 갈래 : 사설시조, 연모가(戀母歌)
● 제재 : 개
● 주제 : 임을 애타게 기다리는 마음
● 출전 : 「청구영언(靑丘永言)」

가 막는 일은 없지마는 짖는 개 때문에 임이 돌아가 오지 않는다고 표현한 것은 해학적이다. 이는 아무리 기다려도 오지 않는 임을 직접적으로 원망하지 않고, 그것을 죄 없는 개한테로 옮겨서 원망하고 있는 것이다. 이처럼 사랑하는 사람에 대한 기다림과 원망이라는 이중적인 마음은 옛날이나 지금이나 다르지 않음을 알 수 있다. 지금 누군가를 기다리며 원망하고 있다면 그를 사랑하고 있는 것이 아닐까?

01 이 작품의 표현상 특징으로 가장 바른 것은?

① 점층법으로 주제를 강조하고 있다.
② 소박한 일상어를 사용하여 친근감을 준다.
③ 직설적 어법으로 시대상을 고발하고 있다.
④ 우화적 수법으로 양반들을 풍자하고 있다.
⑤ 대화체를 통하여 인물 간의 심리를 묘사하고 있다.

02 이 작품의 서정적 자아와 유사한 심리를 나타내는 속담은?

① 개가 벼룩 씹듯 한다.
② 방귀 뀐 놈이 성 낸다.
③ 미운 놈 떡 하나 더 준다.
④ 개같이 벌어 정승같이 쓴다.
⑤ 종로에서 뺨 맞고 한강에서 눈 흘긴다.

서술형 이 작품의 서정적 자아의 심리 상태를 40자 내외로 서술하시오.

→ 답은 [부록]에

03 개야미 불개야미_ 작자 미상

개야미 불개야미 즌등 부러진 불개야미
압발 정종(疔腫) 나고 뒷발 죵귀 난 불개야미 廣陵(광
릉) 심재 너머 드러 가람의 허리를 ᄀ르 무러 추혀 들
고 北海(북해)를 것너닷 말이 이셔이다. 님아 님아.
온 놈이 온 말을 ᄒ여도 님이 짐작ᄒ쇼셔.

개미 불개미, 잔등 부러진 불개미
앞발에 정종 나고 뒷발에 종기 난 불개미가 광릉 샘고개 넘어 들어가 호랑이의 허리를 가로 물어 추켜들고, 북해를 건넜다는 말이 있습니다. 임아, 임아.
백 사람이 백 가지 말을 해도 임이 짐작하소서.

배경 >>> 이 시조는 사람의 모함이 근거 없음을 개미에게 의탁하여 희화적(戲畵的)으로 비유한 작품이다.

이 작품의 핵심은 종장이다. '온 놈'의 '온 말'은 중상모략을 뜻 하는 것으로, 중장에서 개미를 극단적으로 과장함으로써 아무 리 많은 사람들의 말이라도 허무맹랑한 거짓일 수밖에 없음을 빗대어 나타낸 것이다. 예로부터 근거 없는 헛소문이나 남을 음해하는 말들은 많은 사람들의 입에 오르내리지만 결국 거짓 으로 판명되는 경우가 많다. 그러나 그 과정에서 죄 없는 사람 이 당하는 피해는 달리 보상받을 길이 없다. 오늘날은 인터넷

어휘
• 疔腫(정종) : 단단하고 뿌리 가 깊으며 형태가 못과 같은 부스럼.
• 가람 : 칡범. 호랑이.
• 온 : 백(百)

➡ 알아 두기

- ◯ 작자 : 미상
- ◯ 연대 : 조선 후기
- ◯ 갈래 : 사설시조, 해학가(諧謔歌)
- ◯ 제재 : 불개미
- ◯ 주제 : 허황된 말에 대한 경계
- ◯ 출전 : 「청구영언(靑丘永言)」

이 발달한 익명의 시대라서 근거 없는 비난이나 의혹들이 삽시간에 온라인상에 퍼져 개인의 명예를 훼손시키는 일이 많이 일어나고 있다. 진실이 아니면 말하지 않는 상식이 무엇보다 필요한 때임을 잊지 말아야 하겠다.

알짜 문제!

01 이 작품에 사용된 주된 표현법과 기능이 바르게 연결된 것은?

① 은유법(隱喩法) - 비판　② 과장법(誇張法) - 풍자　③ 의인법(擬人法) - 강조
④ 대조법(對照法) - 비교　⑤ 반어법(反語法) - 의문

02 이 작품에 등장하는 '불개야미'는 어떤 존재를 상징하는가?

① 권세가 있는 존재　② 부귀영화를 꿈꾸는 존재　③ 황당한 상상을 하는 존재
④ 무능하고 보잘것없는 존재　⑤ 장차 권력의 자리에 오르려는 존재

서술형 이 작품의 서정적 자아와 '임'이 군신(君臣) 관계라고 할 때, 종장의 의미는 무엇인지 30자 내외로 서술하시오.

➔ 답은 [부록]에

개야미 불개야미 ｜ 319

04 귀쏘리 져 귀쏘리   작자 미상

귀쏘리 져 귀쏘리 여엿부다 져 귀쏘리
어인 귀쏘리 지는 둘 새는 밤의 긴 소리 쟈른 소리
節節(절절)이 슬픈 소리 제 혼자 우러 녜어 紗窓(사창)
여윈 줌을 슬쓰리도 새오는고야.
두어라 제 비록 微物(미물)이나 無人洞房(무인동방)에 내
뜻 알리는 저쑨인가 ᄒᆞ노라.

귀뚜라미, 저 귀뚜라미, 불쌍하다 저 귀뚜라미
어찌된 귀뚜라미가 지는 달, 새는 밤에 긴 소리, 짧은 소리, 마디마디 슬픈 소리로
저 혼자 울어 내어, 비단 창문 안에 옅은 잠을 살뜰히도 깨우는구나.
두어라, 제 비록 미물이지만 독수공방하는 나의 뜻을 아는 이는 저뿐인가 하노라.

배경 >>> **임과 이별하고 독수공방하는** 여인의 슬픔과 외
로움을 귀뚜라미에 이입(移入)하여 노래하고 있
는 사설시조이다.

이 작품에서는 귀뚜라미의 소리
가 주는 청각적 이미지가 인상
적이다. 임과 이별하고 독수공방하는 여인의 슬픔과 쓸쓸함을,
미물에 지나지 않는 귀뚜라미만이 알아주듯 가슴 저미게 울고
있다. 사랑하는 임을 그리워하며, 임을 향한 그리움을 귀뚜라
미에 의탁하여 노래하고 있는 것이다.   여기서 귀뚜라미는 가

어휘
• 우러 녜어 : 계속 울어.
• 紗窓(사창) : 비단으로 막을 친 부
  녀자의 방.
• 여윈 줌 : 옅은 잠. 살포시 든 잠.
• 슬쓰리도 : 살뜰히도. 잘도.
• 무인동방(無人洞房) : 사랑하는
  사람 없이 혼자 지내는 여인의
  방. 독수공방(獨守空房).

→ **알아 두기**

○ 작자 : 미상
○ 연대 : 조선 후기
○ 갈래 : 사설시조, 연모가(戀慕歌)
○ 제재 : 귀뚜라미
○ 주제 : 독수공방하는 여인의 슬픔과 외로움
○ 출전 : 「청구영언(靑丘永言)」

을밤의 쓸쓸한 정서를 표현하는 대표적인 객관적 상관물이라 할 수 있다. 이 시조를 읽으면 사랑하는 사람을 향한 그리움과 기다리는 외로움이 귀뚜라미 소리와 함께 시대를 넘어 들려오는 듯하다.

알짜 문제!

01 이 작품의 서정적 자아의 모습을 나타내는 사자성어(四字成語)는?
① 동상이몽(同床異夢)   ② 진퇴유곡(進退維谷)   ③ 전전반측(輾轉反側)
④ 좌충우돌(左衝右突)   ⑤ 좌고우면(左顧右眄)

02 이 작품에 대한 감상을 말한 것으로 가장 알맞은 것은?
① '사창(紗窓)'이라는 시어로 보아 이 작품의 서정적 자아는 여자라 할 수 있어.
② 시조의 형식이 파괴되고 있는 것으로 보아 이 작품의 지은이는 초현실주의자라고 할 수 있어.
③ '두어라'라는 시어로 보아 서정적 자아의 곁에 다른 사람이 함께 있는 것이 확실해.
④ 귀뚜라미가 제재인 것으로 보아 이 작품의 주제는 계절감을 나타내는 것으로 볼 수 있어.
⑤ 귀뚜라미의 소리가 반복적으로 등장하는 것으로 보아 지은이는 귀뚜라미를 연구하는 사람이라 할 수 있어.

서술형 이 작품의 서정적 자아가 귀뚜라미에 대해 가지는 이중적 태도에 대해 60자 내외로 서술하시오.

➜ 답은 [부록]에

05 나모도 돌도 바히 작자 미상

나모도 돌도 바히 업슨 뫼헤 매게 조친 가토리 안과 大
川(대천) 바다 한가온디 一千石(일천석) 시른 빈에 노도
일코 닷도 일코 농총도 근코 돗대도 것고 치도 쌔지
고 브롬 부러 물결치고 안긔 뒤셧거 ㅈㅈ진 놀에 갈
길은 千里萬里(천리만리) 남고 四面(사면)이 거머 어둑 져
믓 天地寂寞(천지적막) 가치노을 썻느디 水賊(수적) 만난
都沙工(도사공)의 안과 엇그제 님 여흰 내 안이야 엇다
가 ㄱ을ㅎ리오.

나무도 돌도 전혀 없는 산에 매에게 쫓기는 까투리 마음과
대천 바다 한가운데 일천 석 실은 배에 노도 잃고, 닻도 잃고, 용총도 끊어지고, 돛
대도 꺾이고, 키도 빠지고, 바람 불어 물결치고 안개 뒤섞여 잦아진 날에, 갈 길은
천 리 만 리 남고, 사면이 검어 어둑어둑 저물고 천지 적막하여 까치놀 떴는데, 해적
만난 도사공의 마음과
엊그제 임 여윈 내 마음이야 어디다 비교하리요?

배경 >>> 임을 잃어버린 절박한 심정을 긴박한 상황에 처
한 까투리의 심정과 설상가상의 처지에 있는 도
사공의 심정과 비교함으로써 그 비극성을 극대
화시키고 있는 사설시조이다.

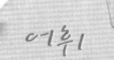

어휘
• 농총 : 용총줄. 돛대에 매어
놓은 줄.
• 가치노을 : 까치놀. 사나운
물결.
• 都沙工(도사공) : 뱃사공들
의 우두머리.

● 작자 : 미상
● 연대 : 조선 후기
● 갈래 : 사설시조
● 제재 : 까투리, 도사공
● 주제 : 임과 이별한 절망과 슬픔
● 출전 : 「청구영언(靑丘永言)」

온고지신! 溫故知新

이 시조는 사랑하던 임을 여읜 걷잡을 수 없는 심정은 그 무엇에다 견줄 수 없음을 노래하고 있다. 매에게 쫓기는 극한 상황에 처한 까투리와 당장 물속에 가라앉을지도 모르는 도사공의 마음이라 하지만 임을 잃은 심정에는 비길 수 없는 것이다. 특히 중장에서는 모든 상상할 수 있는 극한적 상황을 나열하면서 내용면으로는 점층적 구성으로 절박감을 더해 준다. 이 노래는 상상할 수 있는 그 어떤 절박한 상황에도 비교할 수 없는 것이 사랑의 슬픔임을 보여주고 있다.

알짜 문제!

01 이 작품에서 사용된 표현법이 아닌 것은?

① 비교법(比較法) ② 과장법(誇張法) ③ 점층법(漸層法)
④ 반복법(反復法) ⑤ 반어법(反語法)

02 이 작품에 나타난 상황에 어울리지 않는 사자성어(四字成語)는?

① 진퇴양난(進退兩難) ② 백척간두(百尺竿頭) ③ 일파만파(一波萬波)
④ 설상가상(雪上加霜) ⑤ 사면초가(四面楚歌)

서술형 이 작품에서 알 수 있는 서정적 자아의 심정을 30자 내외로 서술하시오.

➔ 답은 [부록]에

06 논밭 갈아 기음 매고_ 작자 미상

논밭 갈아 기음 매고 뵈잠방이 다임 쳐 신들메고
낫 갈아 허리에 차고 도끼 버려 두러메고 茂林山中(무
림산중) 들어가서 삭다리 마른 섶을 뷔거니 버히거니
지게에 질머 지팡이 바쳐 노코 새암을 찾아가서 점심
도슭 부시고 곰방대를 톡톡 떨어 닢담배 퓌여 물고 코
노래 조오다가
석양이 재 넘어갈 제 어재를 추이르며 긴 소래 저른
소래 하며 어이 갈고 하더라.

논밭 갈아 김매고, 베잠방이 대님 쳐 신들메고
낫 갈아 허리에 차고 도끼를 벼려 둘러메고, 울창한 산 속에 들어가서, 삭정이 마른
섶을 베거니 자르거니 지게에 짊어져 지팡이 받쳐 놓고, 샘을 찾아가서 점심 도시락
비우고 곰방대를 톡톡 털어 잎담배 피워 물고 콧노래 졸다가
석양이 재 넘어갈 때 어깨를 추스르며, 긴 소리 짧은 소리 하며 어이 갈까 하더라.

배경 >>> 농부의 하루 생활을 진솔하고 사실적으로 형상
화한 사설시조로 농부의 모습이 매우 생동감 있
게 표현되어 있다.

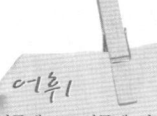

이 작품에는 힘들고 고된 일상
생활 속에서도 길고 짧은 노래
로 흥을 돋우는 농부의 모습이 생동감 넘치게 표현되어 있다.
일하면서 노래하고 노래하면서 일했던 조상들의 모습에서 우

어휘
• 신들메고 : 신들메 하고. '신들
메'는 '들메끈'의 북한어로 신
이 벗어지지 않도록 신을 발에
다 동여매는 끈.
• 버려 : 벼리어. 칼날을 날카롭게
갈아.
• 도슭 : 도시락의 옛말.
• 곰방대 : 살담배를 피우는 데에
쓰는 짧은 담뱃대.

- 작자 : 미상
- 연대 : 조선 후기
- 갈래 : 사설시조
- 제재 : 농부의 생활
- 주제 : 농부의 고되고 힘든 삶의 애환
- 출전 : 「청구영언(靑丘永言)」

리는 풍류를 즐기며 낙천적으로 살았던 민족성을 발견하게 된다. 날로 삭막해지는 오늘날 우리는 이러한 조상들의 성정을 계승하고 되살릴 필요가 있지 않을까 한다.

알짜 **문제!**

01 이 작품에 나타난 서정적 자아의 행동으로 보기 어려운 것은?
① 식곤증으로 존다.
② 밭에서 김을 맨다.
③ 샘물가에서 점심을 먹는다.
④ 노래를 부르며 이별의 슬픔을 달랜다.
⑤ 산속에서 나무를 하여 지게에 얹는다.

02 이 작품에 나타난 노래의 기능으로 가장 알맞은 것은?
① 농사의 과정을 알려준다.
② 인생의 무상함을 한탄한다.
③ 자연의 아름다움을 예찬한다.
④ 노동의 고단함을 잊게 해 준다.
⑤ 이웃과 상부상조하는 정신을 일깨운다.

서술형 이 작품에 나타난 서정적 자아의 태도와 그것을 알 수 있는 근거에 대해 60자 내외로 서술하시오.

➡ 답은 [부록]에

07 님이 오마 ㅎ거놀_ 작자 미상

님이 오마 ㅎ거놀 져녁밥을 일 지어 먹고
中門(중문) 나서 大門(대문) 나가 지방 우희 치ᄃ라 안자
以手加額(이수가액) ㅎ고 오ᄂ가 가ᄂ가 건넌 山(산) 브라
보니 거머횟득 셔 잇거놀 져야 님이로다 보션 버서 품
에 품고 신 버서 손에 쥐고 곰븨님븨 님븨곰븨 쳔방
지방 지방쳔방 즌듸 ᄆ른듸 ᄀᆯ히지 말고 위령충창 건
너가서 情(졍)엣말 ㅎ려ㅎ고 겻눈을 흘깃 보니 上年(상
년) 七月(칠월) 사흔날 ᄀᆯ가벅긴 주추리 삼대 술드리도
날 소겨거다.
모쳐라 밤일싀만졍 힝혀 낫이런들 눔 우일 번ㅎ괘라.

임께서 오신다기에 저녁밥을 일찍 지어먹고
중문 나서 대문 나가 문지방 위에 치달아 앉아 이마에 손 대고 오는지 가는지 건너
산 바라보니, 검고 희뜩희뜩하게 서 있기에 저것이 임이로구나, 버선 벗어 품에 품
고, 신 벗어 손에 쥐고 엎치락뒤치락 허둥거리며 진 곳 마른 곳을 가리지 않고 우당
탕 건너가서 정다운 말 하려고 곁눈으로 흘깃 보니, 작년 칠월 사흘날 갈아 벗긴 삼
의 줄기가 살뜰하게도 나를 속였구나.
마침 밤이기에 망정이지 행여 낮이었으면 남 웃길 뻔했구나.

배경 >>> 온다고 한 임을 한시라도 빨리 만나고 싶어 하는
여인의 섬세하고 간절한 마음이 진솔하게 표현
된 사설시조이다. 임을 기다리는 마음이 너무 간
절한 나머지 착각을 일으키며 겸연쩍어하는 모

어휘
• 以手加額(이수가액) : 이마에 손
을 대고, 멀리 바라보는 모습.
• 거머횟득 : 검은 빛과 흰 빛이 뒤
섞여 마치 사람처럼 서 있는 모양.
• 곰븨님븨 : '곰비임비'의 옛말. 물
건이 거듭 쌓이거나 일이 계속 일
어남을 나타냄.
• 쳔방지방 : 천방지축. 너무 급하여
허둥지둥 함부로 날뛰는 모습.
• 위령충창 : 급히 달려가며 나는
발소리를 가리킴. 우당탕.
• 주추리 삼대 : 씨를 받기 위하여
밭에 세워둔 삼의 줄기.

- **작자** : 미상
- **연대** : 조선 후기
- **갈래** : 사설시조, 연모가(戀慕歌)
- **제재** : 임
- **주제** : 임을 기다리는 애타는 심정
- **출전** : 「청구영언(靑丘永言)」

습에서 서민들의 솔직한 정서를 읽을 수 있는 해학적인 노래이다.

온고지신! 溫故知新

임이 오신다기에 건너편 산기슭을 바라보니, 어스름한 가운데 희끄무레한 그림자가 보여 버선도 신도 벗어 들고 한 달음에 달려가는 모습이 해학적으로 그려진 노래이다. 임을 그리워하는 안타까운 심정이 앞뒤를 생각할 겨를 없는 성급한 행동으로 구상화되어 나타나 있다. 종장에서 자신의 행동을 겸연쩍어하고 있는 모습은 오히려 기다리는 이의 행복감을 반어적으로 보여준다. 사랑하는 임을 기다리던 옛날 여인의 처지에서 이 작품을 감상한다면 충분히 그 마음을 짐작하고도 남을 것이다.

알짜 문제!

01 이 작품에 나타난 서정적 자아의 태도로 거리가 먼 것은?
① 진지하다.　　　② 솔직하다.　　　③ 서민적이다.
④ 위선적이다.　　　⑤ 가식이 없다.

02 이 작품의 특징으로 바르지 않은 것은?
① 사건이 서사적으로 구성되어 인물 간 갈등이 나타난다.
② 반어적 진술을 통하여 서정적 자아의 심리를 드러내었다.
③ 음성 상징어를 사용하여 인물의 행동을 사실적으로 그렸다.
④ 반복법을 사용한 속도감 있는 운율로 급한 행동과 조화를 이룬다.
⑤ 평시조의 형식이 파괴되어 조선 후기의 산문 정신을 반영하고 있다.

서술형 이 작품은 어떤 점에서 해학성을 띠고 있는지 50자 내외로 서술하시오.

➡ 답은 [부록]에

08 댁들에 동난지이 작자 미상

宅(댁)들에 동난지이 사오. 져 쟝ᄉ야 네 황화 긔 무서
시라 웨ᄂ다. 사자.

外骨内肉(외골내육) 兩目(양목)이 上天(상천) 前行後行(전행
후행) 小(소)아리 八足(팔족) 大(대)아리 二足(이족) 淸醬(청
장) ᄋ스슥ᄒᄂᆫ 동난지이 사오.

쟝ᄉ야 하 거복이 웨지 말고 게젓이라 ᄒ렴은.

사람들이여, 동난지이 사시오. 저 장수야, 네 물건 그 무엇이라 외치느냐? 사자.
밖은 뼈요, 속은 살이며, 두 눈은 하늘을 향하고, 앞뒤로 기는 작은 다리 여덟 개
큰 다리 두 개, 청장이 아삭아삭 씹히는 동난지이 사시오.
장수야, 너무 거북하게 외치지 말고 게젓이라 하려무나.

배경 〉〉〉 서민들의 일상생활에서 우러나오는 감정이 여과 없이 표출되어 있는 이 노래는 게 장수와의 대화를 통한 상거래의 내용을 보여 주었다는 점에서 특이하다. 중장에서 '게'를 묘사한 대목은 사설시조의 미의식인 해학미를 느끼게 하며, 'ᄋ스슥ᄒᄂᆫ'과 같은 감각적 표현은 한층 현실감을 더해 주고 있다.

어휘
• 동난지이 : '게젓'의 옛말. 방게를 간장에 넣어 담근 젓.
• 황화 : 황아. 여러 가지 자질구레한 일용 잡화. 끈목, 담배쌈지, 바늘, 실 따위.
• 淸醬(청장) : 진하지 아니한 간장. 게장.

➡ 알아 두기

- ◆ 작자 : 미상
- ◆ 연대 : 조선 후기
- ◆ 갈래 : 사설시조, 풍자가(諷刺歌)
- ◆ 제재 : 동난지이
- ◆ 주제 : 현학적 허세에 대한 풍자
- ◆ 출전 : 「청구영언(靑丘永言)」

온고지신! 溫故知新

이 작품은 익살스러운 대화체로 구성되어 있으며, 장사꾼이 게를 장황하게 묘사하고 있는 대목을 통하여 쉬운 우리말을 두고 한자를 사용하는 현학적 허세를 풍자하고 있다. 지배 계층이 한자를 숭상하던 당시에는 서민들도 그 흉내를 내어 한자를 사용하는 일이 많았는데 이 노래는 그러한 세태를 비판하고 있는 것이다. 오늘날은 영어가 우리의 일상을 지배하고 있다. 불필요하게 영어를 쓰는 일이 허다한데, 이에 대한 반성이 필요함은 물론 쉽고 아름다운 우리말을 가꾸는 일도 게을리해서는 안 될 것이다.

알짜 문제!

01 이 작품의 성격으로 가장 거리가 먼 것은?
 ① 해학적(諧謔的)   ② 풍자적(諷刺的)   ③ 상징적(象徵的)
 ④ 비판적(批判的)   ⑤ 현실적(現實的)

02 이 작품의 서정적 자아는 어떤 사람이라고 할 수 있는가?
 ① 잡화를 팔러 다니는 상인
 ② 생활고에 시달리는 부녀자
 ③ 양반 문화를 동경하는 평민
 ④ 새로운 문물을 소개하는 외국인
 ⑤ 허세 부리는 세태를 비판하는 서민

서술형 이 작품을 통해 알 수 있는 당시의 시대상을 70자 내외로 서술하시오.

➡ 답은 [부록]에

09 두터비 프리를 물고_ 작자 미상

두터비 프리를 물고 두험 우희 치드라 안자
것넌 山(산) 브라보니 白松鶻(백송골)이 떠잇거늘 가
슴이 금즉ᄒ여 풀덕 쒸어 내드다가 두험 아래 잣바
지거고.
모쳐라 놀랜 낼싀만졍 에헐질 번ᄒ괘라.

두꺼비가 파리를 물고 두엄 위에 뛰어올라 앉아
건너편 산을 바라보니 백송골이 떠 있어서, 가슴이 섬뜩하여 펄쩍 뛰어 내달리다
가 두엄 아래 나자빠졌구나.
마침 날랜 나였기에 망정이지 피멍이 들 뻔했구나.

배경 >>> **두꺼비를 의인화하여 약육강식을** 풍자한 사설시
조로서, 백성을 못살게 굴던 양반들이 더 강한
권력을 가진 자나 한족(漢族)과 같은 강대국 앞
에서는 굴복하는 비굴한 태도를 풍자적으로 비
판하고 있다.

온고지신! 溫故知新

이 노래는 아둔한 자가 실수하
고도 자기 합리화를 꾀하는 우
스꽝스러운 모습을 풍자하고 있는데, 스스로 잘났다고 생각하
는 인간 심리를 익살스럽게 표현하였다. 그리고 약한 서민(파
리)에게는 강한 척 뽐내며 못살게 굴지만, 강한 외세(백송골)

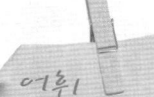

어휘

• 두험 : 두엄. 풀, 짚 또는 가축
  의 배설물 따위를 썩힌 거름.
• 白松鶻(백송골) : 백송고리. 몸
  은 흰색이고 매 종류 가운데 몸
  이 크며 성질이 굳세고 날쌔어
  사냥하는 데 씀.
• 에헐질 : 어혈(瘀血 : 타박상 따
  위로 피가 맺힘)이 생김.

330 | 사설시조

→ **알아 두기**

● 작자 : 미상
● 연대 : 조선 후기
● 갈래 : 사설시조, 풍자가(諷刺歌)
● 제재 : 두꺼비
● 주제 : 양반들의 허세에 대한 풍자와 비판
● 출전 : 「청구영언(靑丘永言)」

앞에서는 꼼짝 못하는 비굴한 양반(두꺼비)을 대조적으로 등장시켜 당시 사회상을 풍자하고 있다. 어느 사회나 강자와 약자가 있기 마련이지만, 약자를 배려하고 함께 어울려 사는 사회가 진정한 선진 민주 사회라 할 수 있을 것이다. 오늘날 우리 사회의 모습은 어떤지 이 작품을 통해 비추어 보자.

알짜 문제!

01 이 작품이 풍자하고 있는 대상으로 알맞지 않은 것은?
　① 허세를 부리는 양반
　② 사대주의에 빠진 지배층
　③ 간신배에 둘러싸여 있는 임금
　④ 약한 백성을 착취하는 탐관오리
　⑤ 자기 잘못을 합리화하려는 권력층

02 이 작품의 종장에 나타난 '나'의 태도로 알맞은 사자성어(四字成語)는?
　① 자승자박(自繩自縛)　　② 오매불망(寤寐不忘)　　③ 자화자찬(自畵自讚)
　④ 안하무인(眼下無人)　　⑤ 자강불식(自强不息)

서술형 이 작품에 등장하는 '두꺼비, 파리, 백송골'은 당 시대에서 각각 누구를 암시하는지 60자 내외로 서술하시오.

→ 답은 [부록]에

10 모시를 이리져리_ 작자 미상

모시를 이리져리 삼아 두로 삼아 감삼다가
가다가 한가온디 쏙 근쳐지거놀 晧齒丹脣(호치단순)으
로 흠쌜며 감샌라 纖纖玉手(섬섬옥수)로 두 긋 마조 자
바 부쳐 니으리라 져 모시를.
우리 님 亽랑 긋쳐 갈 졔 져 모시쳐로 니으리라.

모시를 이리저리 삼아 두루 감아 삼다가
가다가 한가운데 똑 끊어지니, 흰 이와 붉은 입술로 흠뻑 빨며 이로 감아 빨아
섬섬옥수로 두 끝 마주 잡아 붙여 이으리라, 저 모시를.
우리 임의 사랑 그쳐 갈 때 저 모시처럼 이으리라.

배경 〉〉〉 이 작품의 지은이는 길쌈하는 여인으로 보인다.
끊어진 실을 잇듯이 정성스러운 마음으로 임과
의 사랑을 이어가겠다는 마음의 다짐을 노래하
고 있다.

온고지신! 溫故知新

영원한 사랑을 꿈꾸는 것은 동
서고금의 인지상정이다. 이 시
조는 영원한 사랑에 대한 소망을 주제로 노래하고 있어 진솔
하고 직선적인 평민들의 의식을 잘 반영하고 있다. 특히 길쌈
이라는 자신의 일상생활에서 얻은 제재를 통하여 사랑을 구체
적으로 형상화함으로써 사설시조의 근대성을 엿볼 수 있게 한
다. 오늘날의 젊은이들은 사랑을 무엇처럼 이으려고 할까?

알아 두기

◉ 작자 : 미상
◉ 연대 : 조선 후기
◉ 갈래 : 사설시조
◉ 제재 : 길쌈
◉ 주제 : 임과의 영원한 사랑에
　대한 의지
◉ 출전 : 「청구영언(靑丘永言)」

01 이 작품의 서정적 자아의 심리 상태로 알맞은 것은?

① 이별한 임을 원망하고 있다.

② 길쌈하는 것을 싫증내고 있다.

③ 임과의 이별을 염려하고 있다.

④ 끊어진 실 때문에 슬퍼하고 있다.

⑤ 다시는 길쌈을 하지 않으리라 다짐하고 있다.

02 이 작품의 중장에 나오는 '섬섬옥수(纖纖玉手)'와 가장 관계 깊은 말은?

① 홍안(紅顔)   ② 파안(破顔)   ③ 동안(童顔)

④ 백안(白眼)   ⑤ 벽안(碧眼)

서술형   이 작품이 서민들에게 설득력 있는 노래라고 한다면, 그 근거는 무엇인지 40자 내외로 서술하시오.

➜ 답은 [부록]에

11 부람도 쉬여 넘는_ 작자 미상

부람도 쉬여 넘는 고기 구름이라도 쉬여 넘는 고기

山(산)진이 水(수)진이 海東靑(해동청) 보라미라도 다 쉬여 넘는 高峰(고봉) 長城嶺(장성령) 고기

그 너머 님이 왔다 ㅎ면 나는 아니 호 번도 쉬여 넘어가리라.

바람도 쉬여 넘는 고개, 구름이라도 쉬여 넘는 고개
산진이, 수진이, 해동청, 보라매도 다 쉬여 넘는 높은 봉우리 장성령 고개
그 너머 임이 왔다 하면, 나는 한 번도 쉬지 않고 넘으리라.

배경 〉〉〉 이 사설시조는 바람, 구름, 날짐승까지도 쉬여 넘어야 할 만큼 험준한 고개라 할지라도 임을 만나기 위해서는 단숨에 넘어가겠다는 적극적 사랑의 의지가 함축되어 있는 조선 후기의 대표적 연정가이다.

온고지신! 溫故知新 이 작품의 핵심 제재인 고개는 화자와 임의 사이를 가로막는 장애물의 상징이며, 종장은 어떤 장애물이라도 극복하여 임을 놓치지 않겠다는 강인한 의지를 가식이나 허세 없이 솔직하게 표현하고 있다. 이처럼 사랑은 쉽게 주어지는 것이 아니라 스

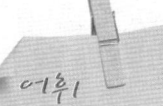

어휘

• 山(산)진이 : 산지니. 산속에서 자라 오랜 해를 묵은 매나 새매. 산진, 산진매.
• 水(수)진이 : 사람의 손으로 길들인 매나 새매. 수진(手陳).
• 해동청(海東靑) : 송골매.
• 보라매 : 그해에 난 새끼를 길들여서 사냥에 쓰는 매.

스로의 의지에 의해서 성취할 수 있는 것임을 이 작품은 가르쳐 주고 있다. 사랑을 쉽게 얻고 쉽게 버리려는 풍조가 퍼지고 있는 오늘날, 현대인들이 곱씹어 볼 만한 노래이다.

◯ 작자 : 미상
◯ 연대 : 조선 후기
◯ 갈래 : 사설시조, 연정가(戀情歌)
◯ 제재 : 장성령 고개
◯ 주제 : 열정적인 사랑의 의지
◯ 출전 : 「악학습령(樂學拾零)」

알짜 문제!

01 이 작품에 나타난 시상 전개의 특징으로 가장 알맞은 것은?
① 모순된 진술을 통하여 현실을 풍자하고 있다.
② 과장법을 사용하여 내적 의지를 강화하고 있다.
③ 의인화 기법을 사용하여 생동감을 부각시키고 있다.
④ 반어적 수법을 이용하여 감정을 우회적으로 나타내고 있다.
⑤ 자연과 인간의 속성을 대조하여 인간의 고결함을 강조하고 있다.

02 이 작품의 서정적 자아의 심리 상태를 나타내는 사자성어(四字成語)는?
① 오비이락(烏飛梨落)　　② 누란지위(累卵之危)　　③ 학수고대(鶴首苦待)
④ 사고무친(四顧無親)　　⑤ 감탄고토(甘呑苦吐)

서술형 이 작품에서 지은이는 자연물을 어떤 의도로 이용하고 있는지 60자 내외로 서술하시오.

➡ 답은 [부록]에

12 붉가버슨 아해들이 _ 작자 미상

붉가버슨 兒孩(아해)ㅣ들이 거믜줄 테를 들고 기천으
로 往來(왕래)ㅎ며
붉가숭아 붉가숭아 져리 가면 죽ㄴ니라 이리 오면
ㅅㄴ니라 부로나니 붉가숭이로다.
아마도 世上(세상) 일이 다 이러ㅎ가 ㅎ노라.

발가벗은 아이들이 거미줄 테를 들고 개천으로 왕래하며
"발가숭아, 발가숭아, 저리 가면 죽는다. 이리 오면 산다." 하고 부르는 이가
발가숭이로다.
아마도 세상일이 다 이러한가 하노라.

배경 >>> **발가숭이 아이들이 잠자리를** 잡고 노는 놀이를
통하여 강자가 약자를 잡으려고 속이는 세태를
풍자하고 있는 작품이다.

온고지신! 溫故知新

이 시조는 어린이들이 잠자리를
잡으려고 자기에게로 와야 산다
고 부르듯이 세상일이 아마도 다 그러하리라는 것을 소박하게
풍자하고 있는데, '붉가버슨 아해들'과 '붉가숭이'는 모해하
는 자를, '붉가숭아(잠자리)'는 모해를 받는 자를 비유하였다.
세상엔 좋은 사람만 있는 것이 아니다. 어수룩한 사람을 모해
하여 자기 이득을 취하려는 사람들도 많다. 무조건 나의 편이

어휘
• **거믜줄 테** : 잠자리를 잡기 위
해 막대기 끝에 테를 만들고
거미줄을 감은 것.
• **붉가숭이** : 잠자리(붉가숭아)와
잠자리를 잡으려는 아이들을
동시에 가리킴.

- 작자 : 이정신(李廷藎, ?-?).
  조선 영조 때의 가객(歌客). 호
  는 백회재(百悔齋)
- 연대 : 조선 영조 때
- 갈래 : 사설시조, 풍자가(諷刺
  歌)
- 제재 : 잠자리, 아이들
- 주제 : 서로 모해하는 세상사
  에 대한 풍자
- 출전 : 「청구영언(靑丘永言)」

라고 잘해 주는 사람이 좋은 사람은 아닌 것이다. 이 시조를
통해 세상을 살아나가는 지혜를 터득할 일이다.

01 이 작품에서 아이들이 잠자리를 '붉가숭이'라고 부르는 이유는?
① 잠자리와 보호하려고
② 잠자리가 곤충이기 때문
③ 잠자리가 귀엽게 생겼기 때문
④ 잠자리도 옷을 입지 않기 때문
⑤ 잠자리를 자기들과 같은 편이라고 속이려고

02 이 작품을 통해 추측할 수 있는 당 시대의 세태로 알맞은 것은?
① 전쟁이 일어났을 것이다.
② 신분 제도가 무너졌을 것이다.
③ 상부상조 정신이 강했을 것이다.
④ 불신 풍조가 만연해 있었을 것이다.
⑤ 먹을 것이 없어 굶는 사람이 많았을 것이다.

서술형 이 작품은 역설적으로 의미 구조가 이루어져 있는데, 그 근거에 대해 50자 내외로 서술
하시오.

→ 답은 [부록]에

13 서방님 병 들여 두고_ 김수장(金壽長)

書房(서방)님 病(병) 들여 두고 쓸 것 업셔
鐘樓(종루) 져지 달린 파라 배 수고 감 수고 柚子(유자)
수고 石榴(석류) 숫다. 아츠 아츠 이저고. 五花糖(오화
당)을 니저발여고ᄂ.
수박에 술 쏘즈 노코 한숨계워 ᄒ노라.

서방님 병들어 두고 쓸 것 없어
종루 시장에 딴 머리를 팔아, 배 사고, 감 사고, 유자 사고, 석류를 샀다. 아차 아
차 잊었구나. 오색 사탕을 잊어버렸구나.
수박에 숟가락 꽂아 놓고 한숨 겨워 하노라.

배경 >>> 한 평범한 아낙네의 일상생활을 노래하고 있는
사설시조이다. 병든 남편에 대한 애틋한 정과 건
망증에 대한 한탄이 '아차, 아차' 하는 감탄사와
함께 해학적으로 표현되어 있다.

이 노래에는 쓸 만한 물건이 없
어 자신의 머리카락을 팔아 남
편에게 만들어 줄 화채의 재료를 사오는 아내의 애틋한 사랑
이 나타나 있어 잔잔한 감동을 준다. 건망증 때문에 단맛을 내
야 할 오화당을 사오지 못한 자신을 '아차, 아차' 하며 질책하

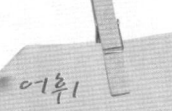

어휘
• 쓸 것 : (돈 될 만큼) 쓸 만한 것.
• 달릭 : 다리. 옛날 여자들의 머
리숱이 많아 보이라고 덧넣었던
딴 머리.
• 鐘樓(종루) : 오늘날 종로 네거
리에 있는 종각을 말함.

➡ 알아 두기

● 작자 : 김수장(金壽長, 1690–
?). 조선 영조 때의 가객(歌客).
호는 노가재(老歌齋)
● 연대 : 조선 영조 때
● 갈래 : 사설시조
● 제재 : 여러 가지 과일, 오화당
● 주제 : 남편에 대한 애틋한 사
랑
● 출전 : 「해동가요(海東歌謠)」

는 모습은 오히려 흐뭇한 미소를 자아내게 한다. 물질이 넘쳐
나는 현대를 사는 우리들에게 작지만 소중한 사랑의 가치를
보여주는 노래라 할 수 있을 것이다.

알짜 문제!

01 이 작품의 특징으로 알맞지 않은 것은?
① 역설적 기법이 돋보인다.
② 해학적인 요소가 등장한다.
③ 서민들의 삶의 애환이 나타나 있다.
④ 인물의 진솔한 심리가 암시되어 있다.
⑤ 당 시대의 경제 상황을 짐작할 수 있다.

02 이 작품에 나타난 여인상으로 가장 알맞은 것은?
① 체념적 여인상　　　② 도전적 여인상　　　③ 이기적 여인상
④ 희생적 여인상　　　⑤ 소극적 여인상

서술형　이 작품에 나오는 '오화당(五花糖)'을 통해 알 수 있는 당 시대의 경제적 특성을 50자
내외로 서술하시오.

➡ 답은 [부록]에

14 싀어마님 며ㄴ라기 작자 미상

싀어마님 며ㄴ라기 낫바 벽 바닥을 구르지 마오.
빗에 바든 며ㄴ린가. 갑세 쳐 온 며ㄴ린가. 밤나모
셕은 등걸에 휘초리 나니 ㄱ치 앙살픠신 싀아바
님, 볏 뵌 쇠똥 ㄱ치 되죵고신 싀어마님, 三年(삼년)
겨론 망태에 새 송곳부리 ㄱ치 쏐쏙ㅎ신 싀누의
님, 당피 가론 밧틔 돌피 나니 ㄱ치 싀노란 욋곳
ㄱ튼 피똥 누ㄴ 아돌 ㅎ나 두고
건밧틔 메곳 ㄱ튼 며ㄴ리를 어듸를 낫바 ㅎ시ㄴ고.

시어머님, 며늘아기 나쁘다고 부엌 바닥을 구르지 마오.
빚 대신 받은 며느리인가? 값을 쳐서 데려온 며느리인가? 밤나무 썩은 등걸에
회초리 난 것 같이 매서우신 시아버님, 볕 쬔 쇠똥같이 말라빠지신 시어머님, 삼
년 걸려서 엮은 망태기에 새 송곳부리같이 뾰족하신 시누이님, 당피 간 밭에 돌
피 난 것 같이 샛노란 외꽃 같은 피똥 누는 아들 하나 두고,
기름진 밭에 메꽃 같은 며느리를 어디를 나빠하시는가?

배경 》》》 이 사설시조는 대가족 제도에서 시집살이의 어려
움을 노래한 것으로, 며느리의 원정(怨情)이 진
솔하게 나타난 작품이다. 시집 식구들의 부정적
인 모습이 해학적으로 그려져 있는데, 이것은 봉
건적 가족제도의 모순에 대한 비판 의식의 표출
이라고 할 수 있다.

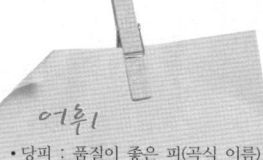

어휘
• 당피 : 품질이 좋은 피(곡식 이름)
  의 종류.
• 가론 : 경작(耕作)한.
• 돌피 : 가축의 사료로 쓰는 볏과의
  한해살이풀.

- 작자 : 미상
- 연대 : 조선 후기
- 갈래 : 사설시조, 풍자가(諷刺歌)
- 제재 : 시집살이
- 주제 : 고된 시집살이에 대한 며느리의 원정(怨情)
- 출전 : 『악학습령(樂學拾零)』

온고지신! 溫故知新

이 작품에서는 매서운 시아버지와 꼬장꼬장한 시어머니, 뾰족한 시누이를 해학적으로 풍자하고, 남편을 '피똥 누는' 아들로 표현함으로써 어리고 못났음을 조롱하고 있다. 이를 통해 며느리의 원망을 노래했다. 이러한 부녀자의 원정은 내방가사나 민요에도 많이 나타나는데, 시집살이를 주제로 한 것은 거의 일맥상통하는 모습을 보여 주고 있다. 오늘날은 예전과 같이 심한 시집살이를 하는 며느리는 거의 없다고 하지만, 고부간의 갈등은 예로부터 그 맥을 이어오고 있다. 이 작품은 그러한 가족관계에서 서로의 마음에 대한 이해의 중요성을 보여주고 있다.

알짜 문제!

01 이 작품에서 사용된 주된 표현법으로 바른 것은?

① 반복법, 은유법, 직유법 ② 직유법, 대유법, 반어법 ③ 대조법, 직유법, 열거법
④ 과장법, 대조법, 은유법 ⑤ 열거법, 반복법, 점층법

02 이 작품의 지은이가 궁극적으로 말하고자 하는 바는?

① 며느리의 비인간성 비판 ② 남존여비 사상의 문제점 풍자
③ 봉건적 가족제도의 모순점 풍자 ④ 신분제도의 근본적 문제점 비판
⑤ 시집 식구들의 비도덕적 행태 고발

서술형 이 작품에서 서정적 자아는 며느리를 어떻게 바라보고 있는지 70자 내외로 서술하시오.

➡ 답은 [부록]에

15 어이 못 오던가 _ 작자 미상

어이 못 오던가. 무슴 일노 못 오던가.
너 오눈 길에 무쇠로 城(성)을 쓰고, 성 안에 담 쓰고,
담 안에 집을 짓고, 집안에 두지 노코, 두지 안에 櫃(궤)
를 쓰고, 그 안에 너를 必字形(필자형)으로 結縛(결박) ᄒ
여 너코, 雙排目(쌍배목) 외걸쇠 金(금)거북 자물쇠로 슈
긔슈긔 잠가 잇더냐. 네 어이 그리 아니 오더니.
ᄒ 히도 열두 돌이오, ᄒ 돌도 셜흔 눌의 날 보라 올
홀니 업스랴.

어찌하여 못 오던가? 무슨 일로 못 오던가?
너 오는 길에 무쇠로 성을 쌓고, 성 안에 담 쌓고, 담 안에 집을 짓고, 집안에 뒤
주 놓고, 뒤주 안에 궤를 짜고, 그 안에 너를 오랏줄로 꽁꽁 묶어 넣고, 쌍배목,
외걸쇠, 금거북 자물쇠로 꼭꼭 잠가 두었느냐? 너 어째서 그렇게 오지 않았느냐?
한 해도 열두 달이요, 한 달도 서른 날에 나를 보러 올 하루가 없단 말인가?

배경 >>> 이 사설시조는 오지 않는 사람에 대한 그리움을
원망조로 노래하고 있는 작품이다. 특히 중장에
서는 연쇄법을 통해서 오지 못하는 까닭을 묻고
있는데, 보고 싶은 마음의 간절함이 해학과 과장
을 통해서 잘 드러난 작품이라 하겠다.

여휘
• 必字形(필자형)으로 結縛
(결박)ᄒ여 : 오랏줄로 꽁꽁
묶은 모습을 가리킴.
• 雙排目(쌍배목) : 쌍으로 된
문고리를 거는 쇠.
• 외걸쇠 : 하나로 된 걸쇠.
'걸쇠'는 문을 걸어 잠그고
빗장으로 쓰는 'ㄱ'자 모양
으로 생긴 쇠.

온고지신! 溫故知新

○ 작자 : 미상
○ 연대 : 조선 후기
○ 갈래 : 사설시조, 연모가(戀慕歌)
○ 제재 : 임
○ 주제 : 임에 대한 원망과 간절한 기다림
○ 출전 : 「악학습령(樂學拾零)」

이 작품에서는 중장의 표현법이 두드러진다. '무쇠 성, 담, 집, 뒤주, 궤, 자물쇠'로 이어지는 연쇄법을 통하여 임과 서정적 자아 사이의 제약과 장애물을 열거함으로써 생동감과 해학적인 분위기를 조성하고 있다. 이 노래 역시 다른 사랑의 노래와 마찬가지로 사랑하는 사람에 대한 간절한 기다림과 원망이라는 이중적 심리 상태가 잘 형상화되어 있음을 알 수 있다.

알짜 문제!

01 이 작품의 표현상 특징으로 알맞지 않은 것은?
① 반복법의 사용으로 운율감을 느낄 수 있다.
② 과장법으로 상황의 절박함을 강조하고 있다.
③ 연쇄법을 이용한 표현으로 해학성이 나타난다.
④ 의문형 종결로 간절한 속마음을 드러내고 있다.
⑤ 상투적인 한자어 사용으로 현실이 관념화되어 있다.

02 이 작품의 서정적 자아로 가장 알맞지 않은 사람은?
① 아끼는 제자를 기다리는 스승
② 반가운 손님을 기다리는 장사꾼
③ 사랑하는 선비를 기다리는 기생
④ 충성스런 신하를 기다리는 임금
⑤ 보고 싶은 자식을 기다리는 부모

서술형 이 작품에서 알 수 있는 서정적 자아의 마음을 50자 내외의 한 문장으로 서술하시오.

→ 답은 [부록]에

16 일신이 사쟈 흔이 작자 미상

一身(일신)이 사쟈 흔이 물샷 계워 못 견딀쐬.
皮(피)ㅅ겨 ㄱ튼 갈랑니 보리알 ㄱ튼 슈통니 줄인니
ㄱ 신니 즌 벼록 굴근 벼록 강벼록 倭(왜)벼록 긔는
놈 쒸는 놈에 琵琶(비파) ㄱ튼 빈대 삭기 使令(사령) ㄱ
튼 등에아비 갈싸귀 샴의약이 셴 박희 눌은 박희 바
금이 거절이 불이 쐪죡한 목의 달리 기다 한 목의 야
윈 목의 술진 목의 글임애 쐪록이 晝夜(주야)로 빈 씨
업시 물건이 쏘건이 셜건이 뭇 건이 甚(심)한 唐(당)빌
리 예셔 얼여왜라.
그 中(중)에 참아 못 견딀손 六月(유월) 伏(복) 더위예
쉬프린가 ᄒ노라.

이내 몸이 살자 하니 물것 많아 못 견디겠구나.
돌피 껍질 같은 작은 이, 보리알 같은 살찐 이, 굶주린 이, 갓 깨어난 이, 작은
벼룩, 굵은 벼룩, 강벼룩, 왜벼룩, 기는 놈, 뛰는 놈에 비파 같은 빈대 새끼, 사령
같은 등에, 각다귀, 사마귀, 흰 바퀴, 누런 바퀴, 바구미, 고자리, 부리 뾰족한 모
기, 다리 기다란 모기, 야윈 모기, 살찐 모기, 그리마, 뾰록이,
밤낮 쉴 새 없이 물거니 쏘거니 빨거니 뜯거니 심한 당비루
이보다 어렵도다. 그 중에서도 차마 못 견딜 것은
유월 복더위에 쉬파리인가 하노라.

어휘

• 물썻 : 무는 것. 사람의 살을 물어뜯는 곤충들.
• 琵琶(비파) ㄱ튼 : 비파같이 넓적한.
• 사령 : 조선 시대에 각 관아에서 심부름하던 사람.
• 박희 : 바퀴벌레.
• 고자리 : 구더기의 방언(전북, 충남).
• 그리마 : 지네와 가까운 종류로 다리가 여러 쌍이며 머리
  에 긴 더듬이가 있음.
• 唐(당)빌리 : 당비루. 피부병의 일종.
• 예셔 얼여왜라 : 이것(심한 피부병) 때문에 매우 견디기
  어렵다는 뜻.

- 작자 : 미상
- 연대 : 조선 후기
- 갈래 : 사설시조, 풍자가(諷刺歌)
- 제재 : 물것
- 주제 : 세상살이의 어려움
- 출전 : 「해동가요(海東歌謠)」

배경 >>> '물 것' 때문에 현실 생활이 어렵다고 하소연하는 사설시조이다. '물것'은 단지 벌레나 곤충만을 말하는 것이 아니라, 민중을 수탈하는 탐관오리를 상징한다는 점에서 당 시대의 현실을 날카롭게 풍자하고 있는 작품이라 할 수 있다.

온고지신! 溫故知新

이 작품은 사람을 괴롭히는 '물것'의 종류를 많이 열거한 것이 특이하며, 그것들을 호흡이 빠르게 엮어 나가는 평민들의 익살스런 말투에서 해학성이 나타난다. 여기에 등장하는 곤충이나 벌레들은 백성을 착취하는 무리들을 상징하는 것으로 볼 수 있다. 즉, 이 노래는 백성들을 착취하는 무리들이 너무 많아서 고통을 견딜 수 없는 현실을 풍자하고 있는 것이다. 어느 시대든지 약자를 괴롭히는 자들이 존재하고, 그로 인해 고통받는 가난한 사람들이 존재한다는 점에서 이 작품은 교훈성을 내포하고 있다. 사회적 약자들이 보호받고 평화롭게 사는 세상을 만드는 것은 사회 구성원 모두의 책무일 것이다.

알짜 문제!

01 이 작품의 제재인 '물것'이 상징하는 의미와 가장 관계 깊은 사자성어(四字成語)는?
① 적반하장(賊反荷杖)　　② 오비이락(烏飛梨落)　　③ 아전인수(我田引水)
④ 가렴주구(苛斂誅求)　　⑤ 오월동주(吳越同舟)

02 이 작품의 해학성은 주로 어디에서 나오고 있는가?
① 순수한 고유어의 사용　　② 언어유희에 의한 반복　　③ 익살스러운 말투 사용
④ 일상생활의 모습 반영　　⑤ 다양한 소재들의 등장

서술형 이 작품의 종장에서 '쉬파리'가 왜 가장 못 견디는 존재인지 사자성어(四字成語)를 이용하여 40자 내외로 서술하시오.

➡ 답은 [부록]에

17 창 내고쟈 창을_ 작자 미상

窓(창) 내고쟈 窓(창)을 내고쟈 이 내 가슴에 窓(창) 내고쟈.
고모장지 셰살장지 들장지 열장지에 암돌져귀 수돌져
귀 비목걸새 크나큰 쟝도리로 쑥 딱 바가 이 내 가슴
에 창 내고쟈.
잇다감 하 답답홀 제면 여다져 볼가 ᄒ노라.

창 내고자, 창을 내고자, 이 내 가슴에 창을 내고자.
고모장지, 세살장지, 들장지, 열장지에 암톨쩌귀, 수톨쩌귀, 배목걸쇠를 크나큰
장도리로 뚝딱 박아 이 내 가슴에 창을 내고자.
이따금 너무 답답할 때면 여닫아 볼까 하노라.

배경 >>> 세상살이의 고달픔이나 근심에서 오는 답답한 심
정을 꽉 막혀 있는 방으로 나타내고, 가슴에 창
문이라도 내서 시원스럽게 펴고 싶다는 착상을
재미있게 표현하고 있는 작품이다. 일상생활에
서 소재를 가져왔다는 점이 더욱 이 작품의 문학
적 가치를 높이고 있다.

이 작품은 구체적인 생활 언어
와 친근한 일상적 사물을 열거
함으로써 괴로움을 강조하는 수법을 쓰고 있어 다분히 해학적
이다. 삶의 비애와 고통을 어둡게만 그리지 않고 이처럼 웃음

어휘
- 내고자 : 내고 싶다.
- 고모장지 : 고무래 모양의 장지.
  '장지'는 방과 방 사이, 또는 방
  과 마루 사이에 칸을 막아 끼우
  는 문.
- 세살장지 : 가는 살로 만든 장지.
- 들장지 : 들어 올려 매달게 만든
  장지.
- 열장지 : 좌우로 열어젖히게 만
  든 장지.
- 돌쩌귀 : 돌쩌귀. 문짝을 문설주
  에 달아 여닫는 데 쓰는 두 개의
  쇠붙이로 암짝(암톨쩌귀)은 문설
  주에, 수짝(수톨쩌귀)은 문짝에
  박아 맞추어 꽂음.
- 비목걸새 : 문고리에 꿰는 쇠.

◉ 작자 : 미상
◉ 연대 : 조선 후기
◉ 갈래 : 사설시조, 해학가(諧謔歌)
◉ 제재 : 창
◉ 주제 : 세상살이의 고달픔
◉ 출전 : 「청구영언(靑丘永言)」

을 통해 극복하려는 것이 바로 평민 문학의 한 특징이라고 할 수 있다. 조상들의 이러한 긍정적 삶의 자세는 오늘을 살아가는 우리들이 이어받아야 할 소중한 정신적 자산이기도 하다.

알짜 문제!

01 이 작품의 중장에 대한 독자의 반응으로 가장 적절한 것은?
① 이 세상엔 창의 종류가 참 많군.
② 창문을 만드는 과정이 사실적으로 묘사되고 있군.
③ 창을 내고 싶은 내적인 절실함이 잘 나타나 있군.
④ 다른 대상과 소통하고 싶은 욕구가 잘 나타나 있군.
⑤ 이 시의 서정적 자아는 창에 관한 전문가임에 틀림없어.

02 이 작품에 대한 감상 중, 작품의 내재적 의미에 중점을 둔 것은?
① 오늘날 사람들에게 많은 교훈을 주는 작품이야. 생각이 너무 순수한 것 같아.
② 당시 서민들이 쓰는 일상 언어가 그대로 쓴 걸 보니 작가는 서민이었을 거야.
③ 그 당시 현실이 얼마나 답답했으면 가슴에다 창을 내고 싶었을까? 정말 공감 가는 발상이야.
④ 세상살이의 고달픔이 잘 나타나 있어. 아마도 조선 후기의 사회가 살기 어수선했던 모양이야.
⑤ 가슴에 창을 내고 싶다고 한 것도 그렇고 암톨쩌귀, 수톨쩌귀, 배목걸쇠를 이용한 착상도 참 기발하다고 생각해.

서술형 이 작품의 지은이는 어떤 일을 하는 사람인지, 그리고 그 근거는 무엇인지 50자 내외로 서술하시오.

➡ 답은 [부록]에

18 창 밧기 어룬어룬커늘_ 작자 미상

窓(창) 밧기 어룬어룬커늘 님만 너겨 펄쩍 쮜여 쭉 나
셔 보니
님은 아니 오고 으스름 달빗체 녈 구름 날 속여고ᄂ.
맛초아 밤일세망정 힝여 낫이런들 남 우일 번하여라.

창밖이 어른어른하거늘 임만 여겨 펄쩍 뛰어 뚝 나서 보니
임은 아니 오고 으스름 달빛에 지나가는 구름 날 속였구나.
마침 밤이었기에 망정이지 행여 낮이었으면 남 웃길 뻔했구나.

배경 >>> **여성으로 보이는 화자가 임을** 초조하게 기다리
는 마음을 표현한 사설시조이다. 초장은 임이 오
기를 간절히 바라던 마음이 착각을 일으킨 부분
이고, 중장은 그 사실을 깨닫게 된 과정이며, 그
런 행동이 다른 사람들에게 웃음거리가 될 뻔했
다는 종장에서는 서정적 자아의 솔직한 심정이
해학적으로 나타나고 있다.

이 작품은 사랑하는 임을 간절
히 기다리는 안타까운 마음을
노래하고 있다. 지나가는 구름의 그림자를 임의 모습을 착각하
고 황급히 뛰어나갔다가 속은 것을 알고 몹시 겸연쩍어하는

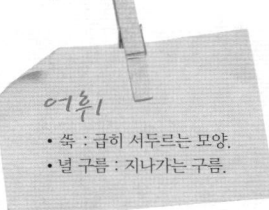

어휘
• 쭉 : 급히 서두르는 모양.
• 녈 구름 : 지나가는 구름.

○ 작자 : 미상
○ 연대 : 조선 후기
○ 갈래 : 사설시조, 연모가(戀慕歌)
○ 제재 : 달밤의 구름
○ 주제 : 임을 애타게 기다리는 마음
○ 출전 : 「청구영언(靑丘永言)」

모습에서 해학성을 찾을 수 있으며, 한 여인의 소박하고 진솔한 삶을 읽어낼 수 있다. 지나치게 가식적이고 이미지화되어 있는 오늘날의 인간형을 생각해 볼 때, 이 작품에 나오는 진실하고 소박한 인간미가 그리워진다.

알짜 문제!

01 이 작품에 드러나 있는 정서로 볼 수 없는 것은?

① 기다림　　　② 초조함　　　③ 성급함　　　④ 실망감　　　⑤ 두려움

02 이 작품 뒤에 이어질 서정적 자아의 행동으로 가장 알맞은 것은?

① 임을 찾아서 길을 떠난다.
② 구름을 원망하며 슬피 운다.
③ 자신의 어리석음을 자책하며 분노한다.
④ 잠을 이루지 못하고 다시 임을 기다린다.
⑤ 임을 기다리는 것을 포기하고 잠을 잔다.

서술형 이 작품의 서정적 자아의 행동을 행인이 보았다면 무엇이라 말했겠는지 추측하여 30자 내외로 서술하시오.

➜ 답은 [부록]에

혼 잔 먹새그려. 또 혼 잔 먹새그려. 곳 것거 算(산) 노
코 無盡無盡(무진무진) 먹새그려.
이 몸 주근 후면 지게 우희 거적 더퍼 주리혀 미여 가
나 流蘇寶帳(유소보장)의 萬人(만인)이 우러녜나 어욱새
속새 덥가나무 白楊(백양) 수폐 가기곳 가면 누른 히
흰 돌 フ 논 비 굴근 눈 쇼쇼리 브람 불 제 뉘 혼 잔 먹
쟈 홀고.
ㅎ믈며 무덤 우희 진나비 프람 불 제 뉘우촌돌 엇
더리.

한 잔 먹세그려. 또 한 잔 먹세그려. 꽃 꺾어 잔 수를 세면서 한없이 먹세그려.
이 몸 죽은 뒤면 지게 위에 거적 덮어 졸라매고 가거나, 아름다운 상여를 만인이
울며 따라가거나, 억새, 속새, 떡갈나무, 백양 무성한 숲에 가기만 하면 누런 해
와 흰 달 뜨고, 가랑비와 함박눈 내리고, 소소리바람 불 적에 누가 한 잔 먹자
하겠는가?
하물며 무덤 위에 원숭이 휘파람 불 적에 뉘우친들 무슨 소용 있겠는가?

배경 〉〉〉 국문학사상 최초의 사설시조라고 불리는 〈장진주
사(將進酒辭)〉라는 작품이다. 꽃을 꺾어서 술잔
수를 세면서 흥겹게 즐기는 낭만적인 정경과 후
반부에 나오는 무덤 주변의 삭막한 분위기가 대
조적인 효과를 나타냄으로써 인생무상을 그리고
있다.

어휘
- 算(산) 노코 : 산가지(수효를 셈하는
데에 쓰던 막대기)를 놓고.
- 流蘇寶帳(유소보장) : 술이 달려 있
는 비단 장막. 주로 상여 위에 침.
- 쇼쇼리브람 : 이른 봄에 살 속으로
스며드는 듯한 차고 매서운 바람.

→ 알아 두기

○ 작자 : 정철(鄭澈, 1536~1593).
  조선 명종·선조 때의 문신. 호
  는 송강(松江)
○ 연대 : 조선 선조 때
○ 갈래 : 사설시조, 권주가(勸酒歌)
○ 제재 : 술
○ 주제 : 음주취락(飮酒醉樂)
○ 출전 : 「송강가사(松江歌辭)」

온고지신! 溫故知新

당나라 시인 이백은 그의 〈장진주(將進酒)〉라는 악부시(樂府詩)에서 '아침에 푸른 실 같던 머리가 저녁에 흰 눈이 되었다.'라 하여 세월의 덧없음을 말한 뒤, '그대와 함께 마시고 만고의 수심을 삭이리.'라 노래함으로써 속세의 수심을 술로 씻어내고자 하였다. 송강도 이 영향을 받은 듯 술과 인생무상을 노래하고 있다. 이 노래는 인생의 문제를 술로 해결하려는 일종의 '취락사상(醉樂思想)'을 반영하고 있는데, 현실에 무기력한 퇴폐적인 정조라고 비판할 수도 있다. 하지만 작자의 호탕한 기상과 낙관적인 가치관이 나타나고 있다는 점에서 다양한 측면의 감상이 가능한 작품이라 하겠다.

알짜 문제!

01 이 작품에 나오는 시어 중 내포적 의미가 다른 하나는?
① 거적   ② 무덤   ③ 진 나비   ④ 백양 숲   ⑤ 流蘇寶帳(유소보장)

02 이 작품에 대한 비판적 감상으로 가장 알맞은 것은?
① 술 한 잔 같이 먹을 사람이 없는 한심한 작자로군.
② 자연에 대한 지나친 관념화가 문학성을 떨어뜨리는군.
③ 아름다운 상여는 죽음을 예찬하는 태도로 볼 수 있어.
④ 꽃을 꺾어 가며 술을 먹겠다는 것은 자연 파괴 행위야.
⑤ 문제를 술로 해결하려는 것은 현실 도피적이라 바람직하지 못해.

서술형 이 작품의 종장에서 '뉘우친들'이라고 했는데, 무엇을 뉘우친다는 것인지 작품의 내용을 참고하여 40자 내외로 서술하시오.

➔ 답은 [부록]에

가사

歌辭

가사는 고려 말에서 조선 초에 걸쳐 발생한 문학의 한 형식으로 4음보 율격의 장편 연속체로 된 시가이다. 한 음보는 대개 3·4음절이며, 행수는 제한이 없다. 조선 전기의 양반가사(정격가사)는 마지막 행이 시조의 종장처럼 3·5·4·3으로 되어 있으나, 조선 후기 평민가사(변격가사)는 종구가 없다. 가사는 운문과 산문의 중간 형태로서 흔히 운문의 형식에 산문의 내용을 실었다고 말해진다. 조선 전기 가사의 주 작자 층은 양반 사대부 계층으로, 그들이 노래한 것은 주로 '강호 가사'이다. 이 작품들에는 혼탁한 세상의 고단함과 갈등으로부터 벗어나 자연에 묻혀 심성을 수양하며 살아가는 유학자의 모습이 나타나 있다. 조선 후기 가사는 작자 층이 다양해지면서 작품의 경향도 다양해졌다. 여성 및 평민 작자 층의 성장에 힘입어 당대의 모순과 학정으로 인한 민중의 고통, 탐욕스러운 인물의 풍자를 통한 세태의 희화화, 남녀 간의 애정을 중심으로 한 욕구의 좌절 및 성취 등 내용과 주제 면에서 많은 변모를 보인다.

01 상춘곡(賞春曲)_ 정극인(丁克仁)

紅塵(홍진)에 뭇친 분네 이내 生涯(생애) 엇더ᄒ고. 녯
사룸 風流(풍류)룰 미츨가 못 미츨가. 天地間(천지간) 男
子(남자) 몸이 날만ᄒ 이 하건마ᄂ, 山林(산림)에 뭇쳐
이셔 至樂(지락)을 ᄆ룰 것가. 數間茅屋(수간모옥)을 碧
溪水(벽계수) 앏픠 두고, 松竹(송죽) 鬱鬱裏(울울리)예 風
月主人(풍월주인) 되어셔라.

엇그제 겨을 지나 새 봄이 도라오니, 桃花杏花(도
화행화)ᄂ 夕陽裏(석양리)예 퓌여 잇고, 綠楊芳草(녹양
방초)ᄂ 細雨中(세우 중)에 프르도다. 칼로 몰아 낸가
붓으로 그려 낸가. 造化神功(조화신공)이 物物(물물)마
다 헌ᄉ룹다. 수풀에 우ᄂ 새ᄂ 春氣(춘기)룰 못내
계워 소리마다 嬌態(교태)로다. 物我一體(물아일체)어
니, 興(흥)이이 다룰소냐. 柴扉(시비)예 거러 보고, 亭
子(정자)애 안자 보니, 逍遙吟詠(소요음영)ᄒ야 山日(산
일)이 寂寂(적적)ᄒ디, 閒中眞味(한중진미)룰 알 니 업
시 호재로다.

이바 니웃드라, 山水(산수) 구경 가쟈스라. 踏靑(답
청)으란 오눌 ᄒ고, 浴沂(욕기)란 來日(내일) ᄒ새. 아츰
에 採山(채산)ᄒ고, 나조히 釣水(조수)ᄒ새. ᄀᆺ 괴여 닉
은 술을 葛巾(갈건)으로 밧타 노코, 곳나모 가지 것
거, 수 노코 먹으리라. 和風(화풍)이 건뒷 부러 綠水

354 | 가사

(녹수)룰 건너오니, 清香(청향)은 잔에 지고, 落紅(낙홍)은 옷새 진다. 樽中(준중)이 뷔엿거든 날ᄃ려 알외여라. 小童(소동) 아히ᄃ려 酒家(주가)에 술을 믈어, 얼운은 막대 집고, 아히ᄂ 술을 메고, 微吟緩步(미음완보)ᄒ야 시냇ᄀ의 호자 안자, 明沙(명사) 조흔 믈에 잔 시어 부어 들고, 清流(청류)룰 굽어보니 써오ᄂ니 桃花(도화) ㅣ로다. 武陵(무릉)이 갓갑도다. 져 미이 긘 거인고. 松間(송간) 細路(세로)에 杜鵑花(두견화)룰 부치 들고, 峰頭(봉두)에 급피 올나 구름 소긔 안자 보니, 千村萬落(천촌만락)이 곳곳이 버려 잇니. 煙霞日輝(연하일휘)ᄂ 錦繡(금수)룰 재폇ᄂ 듯. 엇그제 검은 들이 봄빗도 有餘(유여)홀샤.

功名(공명)도 날 씌우고, 富貴(부귀)도 날 씌우니, 清風明月(청풍명월) 外(외)예 엇던 벗이 잇ᄉ올고. 簞瓢陋巷(단표누항)에 훗튼 혜음 아니 ᄒ니. 아모타, 百年行樂(백년행락)이 이만ᄒᄂ들 엇지ᄒ리.

속세에 묻혀 사는 사람들아, 나의 삶이 어떠한가? 옛 사람의 풍류를 따를까 못 따를까? 세상에 남자로 태어난 몸이 나와 같은 사람이 많건마는, 산림에 묻혀 사는 지극한 즐거움을 모르는 것일까? 초가삼간을 맑은 시내 앞에 지어 두고, 소나무와 대나무 우거진 숲 속에 풍월주인이 되었도다.

엊그제 겨울 지나 새 봄이 돌아오니, 복숭아꽃과 살구꽃은 석양 속에 피어 있고, 푸른 버들과 향기로운 풀은 가랑비 속에 푸르도다. 칼로 마름질해 냈는가, 붓으로 그려냈는가? 조물주의 신기한 솜씨가 사물마다 야단스럽구나. 수풀에 우는 새는 봄기운을 이기지 못하여 소리마다 아양을 떠는구나. 자연과 내가 하나이니 흥이야 다르겠는가? 사립문 둘레를 걸어 보고, 정자에 앉아 보니, 시를 읊조리며 천천히 거닐어 산 속의 나날이 고요하고 적적한데, 한중진미를 아는 이 없이 나 혼자로구나!

여보게 이웃들아, 산수 구경 가자꾸나. 풀 밟기는 오늘 하고, 냇물 목욕은 내일 하세. 아침에는 산나물을 캐고 저녁에는 낚시질을 하세. 이제 막 괴어 익은 술을 갈건으로 걸러 놓고, 꽃나무 가지 꺾어 잔 수를 세어 가며 먹으리라. 봄바람이 잠깐 불어 푸른 물을 건너오니 맑은 향기는 술잔에 스며들고, 붉은 꽃잎은 옷에 떨어진다. 술동이가 비었거든 나에게 알리어라. 아이 시켜 술집에 술이 있나 물어, 어른은 지팡이를 짚고, 아이는 술동이를 메고, 나직이 시를 읊조리며 천천히 걸어 시냇가에 혼자 앉아, 깨끗한 모래사장 맑은 물에 잔 씻어 술 가득 부어 들고, 맑은 시냇물을 굽어보니, 떠오르는 것이 복숭아꽃이로다. 무릉도원이 가깝도다. 저 들이 바로 그 곳인가? 소나무 숲 사이 좁은 길에 진달래꽃을 부여잡고, 산봉우리에 급히 올라 구름 속에 앉아 내려다보니, 수많은 촌락이 여기저기에 벌여 있네. 안개와 놀과 빛나는 햇살은 마치 비단을 펼쳐 놓은 듯하구나. 엊그제까지 검던 들이 봄빛으로 넘치는구나.

공명도 나를 꺼려하고, 부귀도 나를 꺼려하니, 청풍명월 외에 어떤 벗이 있겠는가? 단표누항에 번거로운 생각 아니 하네.

아무튼 한평생 즐거움이 이만하면 어떠한가?

배경 〉〉〉 이 작품은 은일지사의 삶을 노래한 가사이다. 속세를 떠난 물아일체의 경지를 노래한 본격적 은일가사(隱逸歌辭)의 첫 작품으로 송순의 〈면앙정가〉, 정철의 〈성산별곡〉으로 이어지는 호남지역 강호 가사의 시작이라는 평가를 받고 있다.

어휘

- 風月主人(풍월주인) : 자연의 주인. 자연을 즐기는 사람(지은이 자신)을 가리킴.
- 뭇 내 계워 : 끝내 이기지 못하여.
- 閑中眞味(한중진미) : 한가로운 가운데 맛보는 삶의 참된 즐거움.
- 踏靑(답청) : 봄에 파랗게 난 풀을 밟으며 산책함. 또는 그런 산책.
- 浴沂(욕기) : 기수에서 목욕함. 〈논어〉에 나오는 말로 유유자적한 삶을 말함.
- 葛巾(갈건) : 칡베로 만든 두건. 술을 거를 때도 사용함.
- 煙霞日輝(연하일휘) : 안개와 놀과 빛나는 햇살. 아름다운 자연을 가리킴.
- 淸風明月(청풍명월) : 맑은 바람과 밝은 달. 소동파의 〈적벽부〉에 나오는 말.
- 單瓢陋巷(단표누항) : 누추한 곳에서 가난하게 사는 청빈한 선비의 생활.
- 行樂(행락) : 재미있게 놀고 즐겁게 지냄.

➡ 알아 두기

- **작자** : 정극인(丁克仁, 1401~1481). 조선 태종~성종 때의 문인. 호는 불우헌(不憂軒)
- **연대** : 조선 성종 때
- **갈래** : 가사(양반가사, 서정가사)
- **구성**
  [서사] 산림에 묻혀 사는 삶
  [본사] 자연 친화의 삶(물아일체, 한중진미, 무릉도원)
  [결사] 자연귀의와 안빈낙도
- **주제** : 봄 경치의 완상과 안빈낙도
- **의의** : 가사 문학의 효시(나옹화상의 〈서왕가〉를 효시로 보기도 함)
- **출전** : 「불우헌집(不憂軒集)」

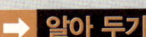

온고지신! 溫故知新

이 가사는 아름다운 자연 속에서 소요음영하고 음주와 풍류를 즐기며 안빈낙도하는 달관의 삶을 노래하는 대표적인 양반 가사이다. 중국 고사를 많이 이용함으로써 관념적 이상향을 노래하고 있는 이 가사를 통해 조선 시대 사대부들의 현실과 자연에 대한 인식의 단면을 엿볼 수 있게 된다. 부정적 현실을 도피하고 관념적 자연에 은거하고자 했던 그들의 정신세계에서 우리가 계승할 것과 비판할 것은 각각 무엇인지 생각해 보자.

알짜 문제!

01 이 작품의 내용에 대한 설명으로 바르지 않은 것은?
① 중국의 자연을 배경으로 하고 있어 내용상 전통적인 우리의 정서와 어울리지 않는 부분이 많다.
② 아름다운 산수 속에서 소요하며 음주 풍류를 즐기고 안빈낙도하는 달관의 경지를 깨닫고 있다.
③ 앞 부분에서 서정적 자아는 '수간모옥'이라는 작은 공간에서 풍월주인으로서의 삶에 대한 자긍심을 느끼고 있다.
④ 서정적 자아의 산수 구경은 작은 공간을 벗어나 더 넓은 세계를 향하여 나아가고 싶어 하는 심정을 반영하고 있다.
⑤ 속세를 떠나 자연에 몰입하고 있는 한정(閒情)이 '벽계수', '녹양방초' 등의 자연적 배경과 잘 어우러져 나타나고 있다.

02 이 작품에서 세속을 벗어나려는 행위를 표현한 구절로 거리가 먼 것은?
① 얼운은 막대 집고, 아ᄒᆡᄂᆞᆫ 술을 메고,
② ᄀᆞᆺ 괴여 닉은 술을 葛巾(갈건)으로 밧타 노코,
③ 아ᄎᆞᆷ에 採山(채산)ᄒᆞ고, 나조ᄒᆡ 釣水(조수)ᄒᆞ새.
④ 柴扉(시비)예 거러 보고, 亭子(정자)애 안자 보니,
⑤ 踏靑(답청)으란 오ᄂᆞᆯᄒᆞ고, 浴沂(욕기)란 來日(내일)ᄒᆞ새.

서술형 이 작품의 내용 중 '엇그제 검은 들이 봄빗도 有餘(유여)홀샤.'란 구절의 내포적 의미를 속세의 삶과 연결 지어 70자 내외로 서술하시오.

➔ 답은 [부록]에

无等山(무등산) 흔 활기 뫼히 동다히로 버더 이셔,
멀리 쎄쳐 와 霽月峯(제월봉)의 되어거눌, 無邊大野(무
변대야)의 므숨 짐쟉ᄒ노라, 일곱 구비 홈디 움쳐 므
득므득 버럿ᄂ 둧, 가온대 구비ᄂ 굼긔 든 늘근 뇽이
션줌을 ᄀ 세야 머리롤 언쳐시니, 너른바회 우히 松
竹(송죽)을 헤혀고 亭子(졍자)롤 언쳐시니, 구름 튼 靑
鶴(쳥학)이 千里(쳔리)를 가리라 두 ᄂ래 버럿ᄂ 둧.

玉泉山(옥쳔산) 龍泉山(용쳔산) ᄂ린 믈이 亭子(졍자)
압 너븐 들히 올올히 펴진 드시, 넙써든 기노라 프
르거든 희디 마나, 雙龍(쌍룡)이 뒤트ᄂ 둧 긴 깁을
치 펏ᄂ 둧, 어드러로 가노라 므숨 일 비얏바 둗ᄂ
둧 ᄯ로ᄂ 둧 밤낫즈로 흐르ᄂ 둧. 므조친 沙汀(사졍)
은 눈ᄀ치 펴졋거든, 어즈러온 기러기ᄂ 므스거슬
어르노라, 안즈락 ᄂ리락 모드락 흣트락, 蘆花(노화)
를 ᄉ이 두고 우러곰 좃니ᄂ뇨.

너븐 길 밧기요, 긴 하눌 아릭 두르고 심존 거슨 뫼
힌가 屛風(병풍)인가 그림가 아닌가. 노픈 둧 ᄂ즌 둧
긋ᄂ 둧 닛ᄂ 둧, 숨거니 뵈거니, 가거니 머믈거니,
어즈러온 가온딕 일홈ᄂ 양ᄒ야 졋티 아녀, 웃득이
셧ᄂ 거시 秋月山(추월산) 머리 짓고, 龍龜山(용구산) 夢
旋山(몽션산) 佛臺山(불대산) 魚登山(어등산) 涌珍山(용진

산) 錦城山(금성산)이 虛空(허공)에 버러거든, 遠近(원근)
蒼崖(창애)의 머믄 것도 하도 할샤. 흰 구름 브흰 煙霞
(연하), 프로니는 山嵐(산람)이라. 千巖(천암) 萬壑(만학)을
제 집으로 삼아 두고, 나명셩 들명셩 일히도 구는지
고. 오르거니 느리거니, 長空(장공)의 써나거니 廣野
(광야)로 거너거니, 프르락 블그락 여트락 디트락, 斜
陽(사양)과 서거디어 細雨(세우)조차 쓰리는다.

藍輿(남여)를 비야 투고 솔 아릭 구븐 길로 오며 가
며 ᄒᆞᆫ 적의, 綠陽(녹양)의 우는 黃鶯(황앵) 嬌態(교태)
겨워 ᄒᆞᆫ는고야. 나모 새 ᄌᆞᄌᆞ지어 綠陰(녹음)이 얼런
적의, 百尺(백척) 欄干(난간)의 긴 조으름 내여 펴니,
水面(수면) 涼風(양풍)이야 긋칠 줄 모르는가.

즌 서리 싸딘 후의 산 빗치 錦繡(금수)로다. 黃雲(황
운)은 쏘 엇디 萬頃(만경)에 펴겨 디오. 漁笛(어적)도 흥
을 계워 둘롤 쓰와 브니는다. 草木(초목) 다 진 후의
江山(강산)이 믹몰커놀, 造物(조물)리 헌ᄉᆞᄒᆞ야 氷雪(빙
설)로 쑤며내니, 瓊宮瑤臺(경궁요대)와 玉海銀山(옥해은
산)이 眼底(안저)에 버러셰라. 乾坤(건곤)도 가움열샤,
간 대마다 경이로다.

人間(인간)을 써나와도 내 몸이 겨를 업다. 이것도
보려 ᄒᆞ고 져것도 드르려코, ᄇᆞ름도 혀려 ᄒᆞ고 ᄃᆞᆯ도

마츠려코, 봄으란 언제 줍고 고기란 언제 낙고, 柴 扉(시비)란 뉘 다드며 딘 곳츠란 뉘 쓸려료. 아츰이 낫브거니 나조히라 슬흘소냐. 오놀리 不足(부족)커니 來日(내일)리라 有餘(유여)ᄒ랴. 이 뫼히 안자 보고 져 뫼히 거러 보니, 煩勞(번로)ᄒᆫ ᄆᆞᄋᆞᆷ의 ᄇᆞ릴 일리 아조 업다. 쉴 사이 업거든 길히나 젼ᄒᆞ리야. 다만 ᄒᆞᆫ 靑 藜杖(청려장)이 다 므듸어 가노믜라.

술이 닉어거니 벗지라 업슬소냐. 블니며, ᄐᆞ이며, 혀이며, 이야며, 온가짓 소리로 醉興(취흥)을 비야거 니, 근심이라 이시며 시롬이라 브트시랴. 누으락 안 즈락, 구브락 져츠락, 을프락 ᄑᆞ람ᄒᆞ락 노혜로 놀거 니, 天地(천지)도 넙고넙고 日月(일월)도 ᄒᆞᆫ가ᄒᆞ다.

義皇(희황)을 모롤러니 이적이야 긔로고야. 神仙(신 선)이 엇더턴지 이 몸이야 긔로고야. 江山風月(강산풍 월) 거놀리고 내 百年(백년)을 다 누리면, 岳陽樓(악양 루) 샹의 李太白(이태백)이 사라오다, 浩蕩(호탕) 情懷(정 회)야 이에서 더ᄒᆞᆯ소냐.

이 몸이 이렁 굼도 亦君恩(역군은)이샷다.

무등산 한 줄기 산이 동쪽으로 뻗어 있어, 무등산을 멀리 떼어버리고 나와 제월봉이 되었거늘, 끝없는 넓은 들에 무슨 생각을 하느라고, 일곱 굽이가 한 데 움츠리어 우뚝우뚝 벌여놓은 듯, 그 가운데 굽이는 구멍에 든 늙은 용이 선잠을 막 깨어 머리를 얹혀 놓았으니, 넓은 반석 위에 송죽을 헤치고 정자를 앉혀놓았으니, 마치 구름 탄 청학이 천 리를 가려고 두 날개를 벌린 듯하다.

옥천산, 용천산에서 흐르는 냇물이 정자 앞 넓은 들에 잇달아 퍼져 있으니, 넓거든 길지를 말거나, 푸르거든 희지나 말 것이지, 쌍룡이 몸을 뒤트는 듯도 하고, 긴 비단을 펼쳐 놓은 듯도 하니, 어디로 가려고 무슨 일이 바빠서 달려가는 듯 따라가는 듯 밤낮을 쉬지 않고 흐르는 듯하다. 물 따라 벌여 있는 물가의 모래밭은 눈같이 하얗게 퍼졌는데, 어지러운 기러기는 무엇을 어르느라고, 앉았다 내려갔다 모였다 흩어졌다 하며, 갈대꽃을 사이에 두고 울면서 따라다니는가?

넓은 길 밖이요, 긴 하늘 아래 두르고 꽂은 것은 산인가, 병풍인가, 그림인가, 아닌가? 높은 듯 낮은 듯, 끊어지는 듯 잇는 듯, 숨기도 하고 보이기도 하며, 가기도 하고 머물기도 하며, 어지러운 가운데 이름난 양 하늘도 두려워하지 않고, 우뚝 선 것이 추월산 머리를 이루고, 용귀산, 봉선산, 불대산, 어등산, 용진산, 금성산이 허공에 벌어져 있는데, 원근의 푸른 언덕에 펼쳐진 모양이 많기도 많구나. 흰 구름과 뿌연 안개와 놀, 푸른 것은 산아지랑이로구나. 수많은 바위와 골짜기를 제 집으로 삼아 두고, 들락날락하며 아양도 떠는구나. 오르거니 내리거니, 먼 하늘에 떠나거니 넓은 벌판으로 건너거니, 푸르락 붉으락, 옅을락 짙으락, 지는 해와 섞이어 가랑비마저 뿌리는구나.

뚜껑 없는 가마를 재촉해 타고 소나무 아래 굽은 길로 오가는 때에, 푸른 버들에 우는 노랑 꾀꼬리는 교태를 이기지 못하는구나. 나뭇가지 사이가 우거져 녹음이 무르익은 때에, 긴 난간에서 긴 졸음을 내어 펴니, 물 위에 서늘한 바람이야 그칠 줄 모르는가?

된서리 걷힌 후에 산 빛이 수놓은 비단 물결 같구나. 누렇게 익은 곡식은 또 어찌 넓은 들에 퍼져 있는가? 어부의 피리소리도 흥을 이기지 못해 달을 따라 부는구나. 초목이 다 떨어진 후에 강과 산이 묻혀 있는데, 조물주가 야단스러워 얼음과 눈으로 자연을 꾸며내니, 눈에 덮인 아름다운 자연이 눈 아래 펼쳐 있구나. 하늘과 땅도 풍성하구나, 간 곳마다 아름다운 경치로다.

인간 세상을 떠나와도 내 몸이 틈이 없다. 이것도 보려 하고 저것도 들으려 하고, 바람도 쐬려 하고 달도 맞으려 하고, 밤은 언제 줍고 고기는 언제 낚으며, 사립문은 누가 닫으며 떨어진 꽃은 누가 쓸 것인가? 아침 시간이 모자란데 저녁이라고 자연이 싫어지겠는가? 오늘도 시간이 부족한데 내일이라고 시간이 넉넉할 것인가? 이 산에 앉아보고 저 산을 걸어보니, 번거로운 마음에 버릴 일이 전혀 없다. 쉴 사이가 없는데 길이나마 전할 틈이 있으랴. 다만 한 청려장이 다 무디어 가는구나.

술이 익었으니 벗이 없을 것인가? 노래를 부르게 하며, 가야금을 타게 하며, 해금을 켜게 하며, 방울을 흔들며, 온갖 아름다운 소리로 취흥을 재촉하니, 근심이라 있으며 시름이라 붙겠는가? 누웠다 앉았다가, 구부렸다 젖혔다가, 시를 읊었다 휘파람 불었다가 하며 마음 놓고 노니, 천지도 넓고 넓으며 세월도 한가하다.

태평성대를 모르고 지내더니 이때야말로 태평성대로구나. 신선이 어떻던가, 이 몸이 곧 신선이로구나. 강산풍월 거느리고 내 한평생 다 누리면, 악양루 위의 이태백이 살아온다 할지라도, 호탕한 정회야말로 이보다 더할 것인가? 이 몸이 이렇게 지내는 것도 역시 임금의 은혜이시도다.

배경 >>> 지은이는 만년에 벼슬을 그만 두고 향리인 전라남도 담양으로 돌아가 기촌(企村)에 '면앙정'을 짓고 문인들과 교류하며, 산수의 아름다움에 몰입하여 풍류를 즐겼다. 이 작품은 그런 자신의 은일생활을 노래한 것으로서, 자랑스러운 고장에서 소박한 마음으로 바라보는 자연에서 저절로 얻는 흥취를 네 계절의 변화에 따라 읊고 있다.

온고지신! 溫故知新

이 작품에는 자연의 흥취를 즐기는 정서가 본격적으로 표현되어 있다. 그러나 지은이는 신선이 된 듯이 행세하고 있으면서도 결국에는 군은으로 돌아옴으로써 유학자로서의 자신의

- 작자 : 송순(宋純, 1493~1583). 조선 명종 때의 문신·시인. 호는 면앙정(俛仰亭)
- 연대 : 조선 중종 때
- 갈래 : 가사(양반가사, 서정가사, 은일가사)
- 구성 : [서사] 면앙정의 위치와 주변의 아름다움
  [본사] 면앙정의 4계절
  [결사] 신선적인 풍류생활
- 주제 : 대자연 속에서의 풍류와 군은
- 의의 : 강호가도를 확립한 노래로, 정극인의 〈상춘곡〉의 계통을 잇고, 정철의 〈성산별곡〉에 영향을 줌.
- 출전 : 필사본 「〈잡가(雜歌)」

위치를 잊지 않고 있음을 노래한다. 여기에서 유학 사상의 관념 속에서 자연을 즐기려 했던 양반가사의 전형을 엿볼 수 있는데, 현대인들의 자연관과 차이를 보이는 근거가 되기도 한다. 담양에 가서 '면앙정'에 올라 자연을 바라보면서 이 작품 속 지은이의 심정과 자신의 심정을 비교해 본다면, 자연에 대한 선인들의 자연관을 조금이나마 이해할 수 있을 것이다.

알짜 문제!

01 이 작품의 표현상 특징으로 알맞지 않은 것은?

① 선경후정(先景後情)의 구성 방식이다

② 계절의 순서에 따라 흥취를 표현하고 있다.

③ 기승전결의 수법으로 갈등을 전개하고 있다.

④ 대구와 열거 등의 방식으로 서정을 노래하고 있다.

⑤ 면앙정 주변의 정경을 '근경→원경' 순으로 묘사하고 있다.

02 이 작품에 나타난 자연의 성격으로 가장 알맞은 것은?

① 도가 사상을 전하는 매개체   ② 절대적 존재로서 신앙의 대상

③ 인간과 완전 융합한 귀의의 대상   ④ 도덕과 심성을 기르는 군자의 벗

⑤ 실생활에 도움을 주는 효용적 가치

서술형 이 작품이 정극인의 〈상춘곡〉의 영향을 받았다면, 어떤 점에서 그러한지 40자 내외로 서술하시오.

→ 답은 [부록]에

03 관동별곡(關東別曲)_ 정철(鄭澈)

江강湖호애 病병이 깁퍼 竹듁林님의 누엇더니, 關관東동 八팔百빅 里니에 方방面면을 맛디시니, 어와 聖셩恩은이야 가디록 罔망極극ᄒ다.

延연秋츄門문 드리ᄃ라 慶경會회 南남門문 ᄇ라보며, 下하直직고 믈너나니 玉옥節졀이 알픠 셧다. 平평丘구驛역 몰을 ᄀ라 黑흑水슈로 도라드니, 蟾셤江강은 어듸메오 雉티岳악이 여긔로다. 昭쇼陽양江강 ᄂ린 믈이 어드러로 든단 말고. 孤고臣신 去거國국에 白빅髮발도 하도 할샤.

東동洲쥐 밤 계오 새와 北븍寬관亭뎡의 올나ᄒ니, 三삼角각山산 第뎨一일峰봉이 ᄒ마면 뵈리로다. 弓궁王왕 大대闕궐 터희 烏오鵲쟉이 지지괴니, 千천古고 興흥亡망을 아ᄂ다 몰ᄋᄂ다. 淮회陽양 녜 일홈이 마초아 ᄀ톨시고. 汲급長댱孺유 風풍彩치를 고텨 아니 볼 게이고.

營영中듕이 無무事ᄉᄒ고 時시節졀이 三삼月월인 제, 花화川쳔 시내길히 楓풍岳악으로 버더 잇다. 行ᄒ裝장을 다 썰티고 石셕逕경의 막대 디퍼, 百빅川쳔洞동 겨퇴 두고 萬만瀑폭洞동 드러가니, 銀은 ᄀ튼 무지게 玉옥 ᄀ튼 龍룡의 초리, 섯돌며 쑴ᄂ

소리 十십 里리의 ㅈ자시니, 들을 제ᄂᆞᆫ 우레러니 보
니ᄂᆞᆫ 눈이로다.

金금剛강臺ᄃᆡ 믠 우層층의 仙션鶴학이 삿기 치니,
春츈風풍 玉옥笛뎍聲셩의 첫ᄌᆞᆷ을 ᄭᆡ돗던디, 縞호衣
의玄현裳샹이 半반空공의 소소 ᄯᅳ니, 西셔湖호 녯
主쥬人인을 반겨셔 넘노ᄂᆞᆫ 듯.

小쇼香향爐노 大대香향爐노 눈 아래 구버보고, 正
졍陽양寺ᄉᆞ 眞진歇헐臺ᄃᆡ 고텨 올나 안준마리, 廬
녀山산 眞진面면目목이 여긔야 다 뵈ᄂᆞ다. 어와 造
조化화翁옹이 헌ᄉᆞ토 헌ᄉᆞ홀샤. 놀거든 ᄯᅱ디 마나
셧거든 솟디 마나. 芙부蓉용을 고잣ᄂᆞᆫ 듯 白빅玉옥
을 뭇것ᄂᆞᆫ 듯, 東동溟명을 박ᄎᆞᆫ 듯 北북極극을 괴
왓ᄂᆞᆫ듯.

놉흘시고 望망高고臺ᄃᆡ 외로올샤 穴혈望망峰봉이
하ᄂᆞᆯ의 추미러 므ᄉᆞ 일을 ᄉᆞ로리라, 千쳔萬만 劫겁
디나ᄃᆞ록 구필 줄 모르ᄂᆞᆫ다. 어와 너여이고. 너 ᄀᆞᄐᆞ
니 ᄯᅩ 잇ᄂᆞᆫ가.

開ᄀᆡ心심臺ᄃᆡ 고텨 올나 衆듕香향城셩 ᄇᆞ라보며,
萬만二이千쳔峰봉을 歷녁歷녁히 혀여ᄒᆞ니, 峰봉마
다 밋쳐 잇고 굿마다 서린 긔운, ᄆᆞᆰ거든 조티 마나

조커든 묽디 마나. 뎌 긔운 흐터 내야 人인傑걸을
문둘고쟈. 形형容용도 그지업고 體톄勢셰도 하도
할샤. 天텬地디 삼기실 제 自ㅈ然연이 되연마는, 이
제 와 보게 되니 有유情정도 有유情정홀샤.

　毗비盧로峰봉 上샹上샹頭두의 올라 보니 긔 뉘신
고. 東동山산 泰태山산이 어느야 놉돗던고. 魯노國
국 조븐 줄도 우리는 모르거든, 넙거나 넙은 天텬下
하 엇씨ᄒᆞ야 젹닷 말고. 어와 뎌 디위를 어이ᄒᆞ면
알 거이고. 오르디 못ᄒᆞ거니 ᄂᆞ려가미 고이ᄒᆞᆯ가.

　圓원通통골 ᄀᆞ는 길로 獅ᄉᆞ子ᄌᆞ峰봉을 ᄎᆞ자가니,
그 알픠 너러바회 化화龍룡쇠 되어세라. 千쳔年년
老노龍룡이 구비구비 서려 이셔, 晝듀夜야의 흘녀
내여 滄챵海ᄒᆡ예 니어시니, 風풍雲운을 언제 어더
三삼日일雨우를 디련는다. 陰음崖애예 이온 플을
다 살와 내여스라.

　磨마訶하衍연 妙묘吉길祥샹 雁안門문재 너머 디
여, 외나모 써근 ᄃᆞ리 佛블頂뎡臺디 올라ᄒᆞ니, 千쳔
尋심絶졀壁벽을 半반空공애 셰여 두고, 銀은河하水
슈 한 구비를 촌촌이 버혀 내여, 실ᄀᆞ티 플텨이셔
뵈ᄀᆞ티 거러시니, 圖도經경 열두 구비 내 보매는 여

러히라. 李니謫뎍仙션 이제 이셔 고텨 의논ᄒ게 되면, 廬녀山산이 여긔도곤 낫단 말 못ᄒ려니.

山산中듕을 ᄆᆡ양 보랴, 東동海ᄒᆡ로 가쟈ᄉ라. 籃남輿여 緩완步보ᄒ야 山산映영樓누의 올나ᄒ니, 玲녕瓏농 碧벽溪계와 數수聲셩 啼뎨鳥됴ᄂᆞᆫ 離니別별을 怨원ᄒᄂᆞᆫ 돗, 旌졍旗긔를 ᄲᅭ티니 五오色ᄉᆡᆨ이 넘노ᄂᆞᆫ 돗, 鼓고角각을 섯부니 海ᄒᆡ雲운이 다 것ᄂᆞᆫ 돗. 鳴명沙사길 니근 ᄆᆞᆯ이 醉ᄎᆔ仙션을 빗기 시러 바다ᄒᆞᆯ 겻티 두고 海ᄒᆡ棠당花화로 드러가니, 白ᄇᆡᆨ鷗구야 ᄂᆞ디 마라, 네 버딘 줄 엇디 아ᄂᆞᆫ.

金금闌난窟굴 도라드러 叢총石셕亭뎡 올라ᄒ니, 白ᄇᆡᆨ玉옥樓누 남은 기동 다만 네히 셔 잇고야. 工공倕슈의 셩녕인가 鬼귀斧부로 다ᄃ 문가. 구ᄐ야 六뉵面면은 므어슬 象샹톳던고.

高고城셩을란 뎌만 두고 三삼日일浦포ᄅᆞᆯ ᄎᆞ자가니, 丹단書셔ᄂᆞᆫ 宛완然연ᄒ되 四ᄉ仙션은 어디 가니. 예 사흘 머믄 後후의 어디 가 ᄯᅩ 머믈고. 仙션遊유潭담 永영郎낭湖호 거긔나 가 잇ᄂᆞᆫ가. 淸쳥澗간亭뎡 萬만景경臺ᄃᆡ 몃 고디 안돗던고.

梨니花화ᄂᆞᆫ 불셔 디고 접동새 슬피 울 제, 洛낙山

산 東동畔반으로 義의相샹臺딕예 올라 안자, 日일
出츌을 보리라 밤듕만 니러ᄒᆞ니, 祥샹雲운이 집픠
ᄂᆞᆫ 동 六뉵龍뇽이 바퇴ᄂᆞᆫ 동, 바다히 써날 제ᄂᆞᆫ 萬
만國국이 일위더니, 天텬中듕의 티쓰니 毫호髮발을
혜리로다. 아마도 녈구름 근쳐의 머믈셰라. 詩시仙
션은 어디 가고 咳ᄒᆡ唾타만 나맛ᄂᆞ니. 天텬地디間
간 壯쟝혼 긔별 ᄌᆞ셔히도 홀셔이고.

斜샤陽양 峴현山산의 躑텩躅튝을 므니불와, 羽우蓋
개芝지輪륜이 鏡경浦포로 ᄂᆞ려가니, 十십 里리 氷빙
紈환을 다리고 고텨 다려, 長댱松숑 울흔 소개 슬ᄏᆞ
장 펴뎌시니, 믈결도 자도 잘샤 모래롤 혜리로다.

孤고舟쥬 解ᄒᆡ纜람ᄒᆞ야 亭뎡子ᄌ 우희 올나가니,
江강門문橋교 너믄 겨틱 大대洋양이 거긔로다.
從둉容용혼다 이 氣긔像샹 濶활遠원혼다 뎌 境경
界계. 이도곤 ᄀᆞ존 디 쏘 어듸 잇닷 말고. 紅홍粧장
古고事ᄉᆞ롤 헌ᄉᆞ타 ᄒᆞ리로다.

江강陵능 大대都도護호 風풍俗쇽이 됴흘시고. 節
졀孝효旌졍門문이 골골이 버러시니, 比비屋옥可가
封봉이 이제도 잇다 홀다.

眞진珠쥬館관 竹듁西셔樓루 五오十십川쳔 ᄂᆞ린

믈이 太태白빅山산 그림재롤 東동海히로 다마 가
니, 츨하리 漢한江강의 木목覓멱의 다히고져. 王왕
程뎡이 有유限ᄒᆞ고 風풍景경이 못 슬믜니, 幽유
懷회도 하도 할샤 客긱愁수도 둘 듸 업다. 仙션槎
사롤 씌워 내여 斗두牛우로 向향ᄒᆞ살가, 仙션人인
을 ᄎᆞᄌᆞ려 丹단穴혈의 머므살가.

天텬根근을 못내 보와 望망洋양亭뎡의 올은말이,
바다 밧근 하ᄂᆞᆯ이니 하ᄂᆞᆯ 밧근 므서신고. ᄀᆞᆺ득 노ᄒᆞᆫ
고래 뉘라셔 놀내관ᄃᆡ, 블거니 씀거니 어즈러이
구ᄂᆞᆫ디고. 銀은山산을 것거 내여 六뉵合합의 ᄂᆞ리ᄂᆞᆫ
ᄃᆞᆺ, 五오月월 長댱天텬의 白빅雪셜은 므ᄉᆞ 일고.

져근덧 밤이 드러 風풍浪낭이 定뎡ᄒᆞ거ᄂᆞᆯ, 扶부桑
상 咫지尺척의 明명月월을 기ᄃᆞ리니, 瑞셔光광 千
쳔丈댱이 뵈ᄂᆞᆫ ᄃᆞᆺ 숨ᄂᆞᆫ고야. 珠쥬簾렴을 고텨 것고
玉옥階계롤 다시 쓸며, 啓계明명星셩 돗도록 곳초
안자 ᄇᆞ라보니, 白빅蓮년花화 ᄒᆞᆫ 가지롤 뉘라셔 보
내신고. 일이 됴흔 世셰界계 ᄂᆞᆷ대되 다 뵈고져. 流
뉴霞하酒쥬 ᄀᆞᆺ득 부어 ᄃᆞᆯᄃᆞ려 무론 말이, 英영雄웅
은 어ᄃᆡ 가며 四ᄉᆞ仙션은 긔 뉘러니, 아ᄆᆞ나 맛나 보
아 녯긔별 뭇쟈 ᄒᆞ니, 仙션山산 東동海히예 갈 길히

머도 멀샤.

　松숑根근을 볘여 누어 풋좀을 얼픗 드니, 쑴애 혼 사룸이 날두려 닐온 말이, 그디룰 내 모루랴 上상界계예 眞진仙션이라. 黃황庭뎡經경 一일字주룰 엇디 그룻 닐거 두고, 人인間간의 내려와셔 우리룰 짤 오눈다. 져근덧 가디 마오 이 술 혼 잔 머거 보오. 北북斗두星셩 기우려 滄창海히水슈 부어 내여 저 먹고 날 머겨눌, 서너 잔 거후로니 和화風풍이 쳡습쳡습ᄒ야 兩냥腋익을 추혀 드니, 九구萬만 里리 長댱空공애 져기면 놀리로다. 이 술 가져다가 四ᄉ海히예 고로 ᄂ화, 億억萬만 蒼창生싱을 다 醉취케 밍근 後후의, 그제야 고텨 맛나 또 혼 잔 ᄒ잣고야. 말 디쟈 鶴학을 ᄐ고 九구空공의 올나가니, 空공中듕 玉옥簫쇼 소리 어제런가 그제런가. 나도 좀을 씨여 바다홀 구버보니, 기픠룰 모루거니 ᄀ인들 엇디 알리.

　明명月월이 千쳔山산 萬만落낙의 아니 비쵠 디 업다.

자연을 사랑하는 병이 깊어, 은거지 창평에서 지내고 있었는데, 강원도 8백 리의 관찰사 직분을 맡겨 주시니, 아아, 임금님의 은혜야 갈수록 끝이 없다.

경북궁 서문인 연추문으로 달려 들어가 경회루 남쪽 문을 바라보며, 임금님께 하직하고 물러나니, 옥절이 앞에 서 있다. 평구역[양주]에서 말을 갈아타고 흑수[여주]로 돌아 들어가니, 섬강[원주]은 어디인가? 치악산[원주]이 여기로구나. 소양강 흘러내리는 물이 어디로 흘러든다는 말인가? 외로운 신하가 서울을 떠나니 나라 걱정으로 백발이 많기도 많구나.

동주[철원]의 밤을 겨우 새워 북관정에 오르니, 서울의 삼각산 제일봉이 웬만하면 보일 것도 같구나. 태봉국 궁예왕의 대궐 터였던 곳에 까막까치가 지저귀니, 그 오랜 옛날 나라의 흥망을 아느냐, 모르느냐? 이곳이 옛날 한(漢)나라에 있던 '회양'이라는 이름과 공교롭게도 같구나. 선정을 베풀었다는 회양 태수 급장유의 풍채를 이곳 회양에서 다시 볼 것이 아닌가?

감영 안이 무사하고 시절이 3월인 때, 화천의 시냇길이 금강산으로 뻗어 있다. 행장을 간편히 하고, 돌길에 막대 짚어, 백천동 곁에 두고 만폭동 계곡으로 들어가니, 은 같은 무지개 옥같이 흰 용의 꼬리, 섞어 돌며 내뿜는 소리가 십 리 밖까지 퍼졌으니, 멀리서 들을 때에는 우렛소리 같더니, 가까이서 보니 눈이 날리는 것 같구나.

금강대 맨 꼭대기에 선학이 새끼를 치니, 봄바람에 들려오는 옥피리 소리에 선잠을 깨었던지, 흰 저고리 검은 치마로 단장한 학이 공중에 솟아 뜨니, 서호의 옛주인 임포를 반기듯 나를 반겨 넘나들며 노는 듯하구나.

소향로봉과 대향로봉을 눈 아래 굽어보고, 정양사 진헐대에 다시 올라 앉으니, 여산같이 아름다운 금강산의 참모습이 여기서야 다 보인다. 아아, 조물주의 솜씨가 야단스럽기도 야단스럽구나. 저 수많은 봉우리들은 나는 듯하면서 뛰는 듯도 하고, 우뚝 섰으면서도 솟은 듯하니, 참으로 장관이로다. 연꽃을 꽂아 놓은 듯, 백옥을 묶어 놓은 듯, 동해를 박차는 듯, 북극을 괴어 놓은 듯하구나.

높기도 하구나 망고대여, 외롭기도 하구나 혈망봉이 하늘에 치밀어 무슨 일을 아뢰려고 오랜 세월이 지나도록 굽힐 줄 모르는가? 아, 너로구나. 너 같은 높은 기상을 지닌 것이 또 있겠는가?

개심대에 다시 올라 중향성을 바라보며, 만 이천 봉을 똑똑히 헤아려 보니, 봉마다 맺혀 있고 끝마다 서린 기운, 맑거든 깨끗하지 말거나 깨끗하거든 맑지나 말 것이지. 저 맑고 깨끗한 기운을 흩어 내어 뛰어난 인재를 만들고 싶구나. 생긴 모양도 각양각색 다양도 하구나. 천지가 생겨날 때에 저절로 이루어진 것이지만, 이제 와서 보니 모두가 뜻이 있게 만들어진 듯하여 정답기도 하구나!

금강산의 최고봉인 비로봉에 올라 본 사람이 누구이신가? (공자님은 동산에 올라 노나라가 작음을 알고, 태산에 올라 천하를 작다고 했으니) 동산과 태산의 어느 것이 비로봉보다 높던가? 노나라가 좁은 줄도 우리는 모르거든, 하물며 넓거나 넓은 천하를 공자는 어찌하여 작다고 했는가? 아, 공자와 같은 그 높고 넓은 경지를 어찌하면 알 수 있겠는가?(공자의 호연지기를 도저히 따를 수 없네.) 오르지 못하는데 내려감이 무엇이 이상할까?

원통골의 좁은 길로 사자봉을 찾아가니, 그 앞의 넓은 바위가 화룡소가 되었구나. 마치 천 년 묵은 늙은 용이 굽이굽이 서려 있는 것 같이 밤낮으로 물을 흘러 내어 넓은 바다에 이었으니, 바람과 구름을 언제 얻어 저 용은 흡족한 비를 내리려느냐? 그늘진 낭떠러지에 시든 풀을 다 살려 내려무나.

마하연, 묘길상, 안문재를 넘어 내려가, 썩은 외나무다리를 건너 불정대에 오르니, 천 길 절벽을 공중에 세워 두고, 은하수 큰 굽이를 마디마디 잘라내어, 실처럼 풀어서 베처럼 걸어 놓았으니, 산수도경에는 열 두 굽이라 하였으나, 내가 보기엔 더 되어 보인다. 이백이 지금 있어서 다시 의논하게 되면, 여산폭포가 여기 십이폭포보다 낫다는 말 못할 것이다.

산중 경치만 매양 보겠는가, 동해로 가자꾸나. 남여 타고 천천히 걸어서 산영루에 오르니, 반짝이는 시냇물과 여러 소리로 우짖는 산새는 나와의 이별을 원망하는 듯하고, 깃발을 휘날리니 오색 기폭이 넘노는 듯하며, 북과 나팔을 섞어 부니 바다 구름이 다 걷히는 듯하다. 밟으면 소리 나는 모랫길에 익숙한 말이 취한 신선을 비스듬히 태우고 바다를 곁에 두고 해당화 꽃밭으로 들어가니, 백구야 날지 마라, 내가 네 벗인 줄 어찌 아느냐?

금란굴 돌아들어 총석정에 올라가니, 옥황상제가 거처하던 백옥루의 남은 기둥 다만 네 개만 서 있구나. 옛 중국의 명장(名匠)인 공수의 작품인가? 귀신의 도끼로 다듬었는가? 구태여 육 면 돌기둥은 무엇을 본떴는가?

고성을 저만큼 두고 삼일포를 찾아가니, 붉은 글씨 뚜렷이 남아 있으나, 글을 쓴 사선은 어디 갔는가? 여기 사흘 머무른 뒤에 어디 가서 또 머물렀던가? 선유담, 영랑호 거기나 가 있는가? 청간정, 만경대를 비롯하여 몇 군데서 앉아 놀았던가?

배꽃은 벌써 지고 소쩍새 슬피 울 때, 낙산 동쪽 언덕으로 의상대에 올라 앉아, 해돋이를 보려고 한밤중쯤 일어나니, 상서로운 구름이 뭉게뭉게 피어나는 듯, 여섯 마리 용이 해를 떠받치는 듯, 바다에서 솟아오를 때에는 온 세상이 흔들리는 듯하더니, 하늘에 치솟아 뜨니 가는 털도 셀 수 있겠구나. 혹시나 지나가는 구름이 해 근처에 머무를까 두렵구나. 이백은 어디로 가고, 시구만 남았느냐? 천지간 굉장한 소식 자세히도 표현하였구나.

저녁 햇빛 비껴드는 현산의 철쭉꽃을 이어 밟아, 우개지륜을 타고 경포로 내려가니, 십 리나 뻗쳐 있는 얼음같이 흰 비단을 다리고 다시 다려, 큰 소나무 우거진 숲 속에 실컷 펼쳐져 있으니, 물결도 잔잔하기도 잔잔하구나, 물 속 모래알까지도 헤아릴 만하구나.

한 척의 배를 띄워 호수를 건너 정자 위에 올라가니, 강문교 넘은 곁에 동해가 거기로구나. 조용하구나 이 기상이여, 넓고 아득하구나 저 동해의 경계여. 이곳보다 아름다운 경치를 갖춘 곳이 또 어디 있단 말인가? 홍장 고사를 야단스럽다 하겠구나.

강릉 대도호부의 풍속이 좋기도 하구나. 충신, 효자, 열녀를 표창하기 위하여 세운 정문이 동네마다 널렸으니, 즐비하게 늘어선 집마다 모두 벼슬을 줄 만하다는 요순시절의 태평성대가 이제도 있다고 하겠도다.

진주관[삼척] 죽서루 아래 오십천의 흘러내리는 물이 태백산 그림자를 동해로 담아가니, 차라리 그 물줄기를 임금 계신 한강으로 돌려 서울의 남산에 닿게 하고 싶구나. 관원의 여정은 유한하고, 풍경은 볼수록 싫증나지 않으니, 그윽한 회포가 많기도 많구나, 나그네의 시름도 둘 곳이 없다. 신선이 타는 뗏목을 띄워 내어 북두성과 견우성으로 향할까? 사선을 찾으러 단혈에 머무를까?

하늘의 끝을 끝내 못 보고 망양정에 오르니, 바다 밖의 하늘인데 하늘 밖은 무엇인가? 가뜩이나 성난 고래를 누가 놀라게 하기에, 물을 불거니 뿜거니 하면서 어지럽게 구는 것인가? 은산을 꺾어 내어 온 세상에 흩뿌려 내리는 듯, 오월 드높은 하늘에 백설은 무슨 일인가?

잠깐 사이 밤이 되어 풍랑이 가라앉기에, 해 뜨는 곳 가까운 동해 바닷가에 명월을 기다리니, 상서로운 빛줄기가 보이는 듯 숨는구나. 구슬로 만든 발을 다시 걷어 올리고 옥돌같이 고운 층계를 다시 쓸며, 샛별이 돋아오를 때까지 꼿꼿이 앉아 바라보니, 흰 연꽃 한 가지를 어느 누가 보내셨는가? 이렇게 좋은 세상을 백성들에게 다 보이고 싶구나. 신선주 가득 부어 들고 달에게 묻는 말이, "옛날의 영웅은 어디 갔으며, 신라 때 사선은 누구더냐?" 아무나 만나 보아 영웅과 사선에 관한 옛 소식을 묻고자 하니, 선산이 있다는 동해로 갈 길이 멀기도 하구나.

소나무 뿌리를 베고 누워 풋잠을 얼핏 드니, 꿈에 한 사람이 나에게 이르는 말이, "그대를 내가 모르랴? 그대는 하늘나라의 참 신선이라. 황정경 한 글자를 어찌 잘못 읽어 두고, 인간 세상에 내려와서 우리를 따르는가? 잠시 가지 말고 이 술 한 잔 먹어 보오." 하더니, 북두칠성 같은 국자를 기울여 동해물 같은 술을 부어 저 먹고 나에게도 먹이거늘, 서너 잔 기울이니 온화한 봄바람이 산들산들 불어 양 겨드랑이를 추켜올리니, 아득히 먼 하늘에 웬만하면 날 것 같구나. "이 술 가져다가 온 세상에 고루 나눠 온 백성을 다 취하게 만든 후에, 그때에야 다시 만나 또 한 잔 하자꾸나." 말이 끝나자 신선은 학을 타고 높은 하늘에 올라가니, 공중의 옥피리 소리가 어제던가, 그제던가? 나도 잠을 깨어 바다를 굽어보니, 깊이를 모르는데 하물며 끝인들 어찌 알리?

명월이 온 세상에 아니 비친 곳이 없다.

배경 >>> 이 작품은 조선 선조 13년(1580)에 송강 정철이 그의 나이 45세 되는 정월에 강원도 관찰사로 부임하여 3월에 관동 팔경을 두루 유람하고서 그 도정과 산수, 풍경과 고사, 풍속 등을 읊은 가사이다. 이 노래는 조선시대 가사 문학의 대표작이라고 할 수 있으며, 숙종 때 김만중은 우리나라의 참된 문장은 송강의 〈관동별곡〉, 〈사미인곡〉, 〈속미인곡〉 세 편이라고 칭송하기도 하였다.

온고지신! 溫故知新

이 작품의 내용은 3단계로 구성되어 있다. 서사에서는 관찰사

어휘

- 竹林 : 대나무 숲. 자연, 여기서는 지은이의 은거지인 전남 창평(昌平)
- 玉옥節절 : 관직의 신표로 주던 수기(手旗)
- 西서湖호 녯 主주人인 : 중국 송나라 때 서호에 숨어 매화를 아내로 학을 아들로 삼아 살았다는 임포(林逋)를 말함. 지은이 자신을 빗대면.
- 老노龍룡 : 화룡소의 물굽이를 비유한 말. 지은이를 상징함.
- 陰음崖애애 이온 플 : 도탄에 빠진 백성들을 상징함.
- 藍남輿여 : 덮개가 없는 가마.
- 四ᄉ仙션 : 신라의 국선(國仙) '술랑, 남랑, 영랑, 안상' 등 4 사람을 가리킴.
- 咳히睡타 : 훌륭한 사람이 남긴 말이나 글귀.
- 羽우蓋개芝지輪륜 : 깃으로 장식한 신선이나 귀인이 타는 수레. 자신이 탄 수레를 미화한 표현.
- 氷빙紈執설 : 경포호의 맑고 잔잔한 물을 비유함.
- 紅홍粧장 古고事ᄉ : 고려 때 강릉 기생 홍장에 얽힌 고사. 강릉 태수 박신과의 이별이 아쉬워 경포호에서 그늘 놀리며 놀던 일.
- 고래 : 파도를 비유한 말.
- 白빅雪셜 : 하얗게 부서지는 물보라를 비유한 말.
- 扶부桑상 : 전설 속 동해 바다의 해와 달이 뜨는 곳. 반대말은 함지(咸池)
- 白빅蓮년花화 : 하얗게 빛나는 달을 비유한 말.
- 黃황庭뎡經경 : 도교의 경전.

로 임명되어 여행에 오르는 동기를 밝히고, 본사에서는 부임지인 원주에 도착한 후 다시 관내를 순행하기 위해 길을 떠나 금강산 내외를 구경하면서 감상을 옮겼다. 결사에서는 동해의 달맞이와 꿈속에서 만난 신선과의 풍류를 노래하고 있다. 특히 지은이는 양반이면서 한문 사용을 적게 하고, 우리말의 유려함을 잘 살려 씀으로써 작품의 국문학적 가치를 높이고 있다. 이러한 작품을 읽음으로써 우리의 자연과 우리말에 대한 긍지를 한껏 높일 수 있는 기회가 될 수 있을 것이다. 〈관동별곡〉에 나오는 여정에 따라 금강산과 동해안을 돌아보면서, 송강의 정신을 되새겨 보는 기회를 가져 보자.

알짜 문제!

01 이 작품에 나타난 지은이의 사상으로 거리가 먼 것은?
　① 우국지정(憂國之情)　　② 애민사상(愛民思想)
　③ 연군지정(戀君之情)　　④ 자연친화(自然親和)　　⑤ 현실도피(現實逃避)

02 이 작품에 나타난 지은이의 생각과 그것을 나타낸 구절이 바르게 연결되지 않은 것은?
　① 인재를 키움 – 뎌 기운 흐터 내야 人인傑걸을 만들고쟈.
　② 절개를 지킴 – 千쳔萬만 劫겁 디나ᄃ 록 구필 줄 모ᄅᄂ 다.
　③ 학문을 연구함 – 工공倕슈의 셩녕인가 鬼귀斧부로 다ᄃ 문가.
　④ 나라를 걱정함 – 孤고臣신 去거國국에 白ᄇ 髮발도 하도 할샤.
　⑤ 백성을 잘 다스림 – 陰음崖애예 이온 플을 다 살와 내여ᄉ라.

서술형 이 작품에서 지은이의 갈등이 나타난 부분을 지적하고 그 의미와 갈등의 해소 과정을 결사 부분의 '꿈'과 관련지어 120자 내외로 서술하시오.

▶ 답은 [부록]에

04 사미인곡(思美人曲)_ 정철(鄭澈)

　　이 몸 삼기실 제 님을 조차 삼기시니, ᄒᆞᆼ싱 緣연分분이며 하놀 모롤 일이런가. 나 ᄒᆞ나 졈어 잇고 님 ᄒᆞ나 날 괴시니, 이 ᄆᆞᆷ 이 ᄉᆞ랑 견졸 ᄃᆡ 노여 업다. 平평生싱애 願원ᄒᆞ요ᄃᆡ ᄒᆞᆫ딕 녜쟈 ᄒᆞ얏더니, 늙거야 므ᄉᆞ 일로 외오 두고 글이ᄂᆞᆫ고. 엇그제 님을 뫼셔 廣광寒한殿뎐의 올낫더니, 그 더딕 엇디ᄒᆞ야 下하界계예 ᄂᆞ려오니, 올 적의 비슨 머리 얼킈연 디 三삼年년이라. 燕연脂지粉분 잇ᄂᆞ마ᄂᆞᆫ 눌 위ᄒᆞ야 고이 홀고. ᄆᆞᆷ의 미친 실음 疊텹疊텹이 ᄡᅡ혀 이셔, 짓ᄂᆞ니 한숨이오, 디ᄂᆞ니 눈믈이라. 人인生싱은 有유限ᄒᆞᆫᄒᆞᆫ디 시룸도 그지업다. 無무心심ᄒᆞᆫ 歲세月월은 믈 흐르ᄃᆞᆺ ᄒᆞᄂᆞ고야. 炎염凉냥이 ᄯᅢ룰 아라 가ᄂᆞᆫ ᄃᆞᆺ 고텨 오니, 듯거니 보거니 늣길 일도 하도 할샤.

　　東동風풍이 건듯 부러 積적雪셜을 헤텨 내니, 窓창 밧긔 심근 梅ᄆᆡ花화 두세 가지 피여셰라. ᄀᆞᆺ득 冷닝淡담ᄒᆞᆫ디 暗암香향은 므ᄉᆞ 일고. 黃황昏혼의 돌이 조차 벼마틱 빗최니, 늣기ᄂᆞᆫ ᄃᆞᆺ 반기ᄂᆞᆫ ᄃᆞᆺ, 님이신가 아니신가. 뎌 梅ᄆᆡ花화 것거 내여 님 겨신 딕 보내오져. 님이 너롤 보고 엇더타 너기실고.

곳 디고 새 닙 나니 綠녹陰음이 실렷ᄂᆞᆫᄃᆡ, 羅나韋위 寂적寞막ᄒᆞ고 繡슈幕막이 뷔여 잇다. 芙부蓉용을 거더 노코 孔공雀쟉을 둘러 두니, ᄀᆞᆺ득 시름 한ᄃᆡ 날은 엇디 기돗던고. 鴛원鴦앙錦금 버혀 노코 五오色ᄉᆡᆨ線션 플텨 내여, 금자ᄒᆞ 견화이셔 님의 옷 지어 내니, 手슈品품은ᄏᆞ니와 制졔度도도 ᄀᆞ졸시고. 珊산瑚호樹슈 지게 우ᄒᆡ 白ᄇᆡᆨ玉옥函함의 다마 두고, 님의게 보내오려 님 겨신 ᄃᆡ ᄇᆞ라보니, 山산인가 구름인가 머흐도 머흘시고. 千쳔里리 萬만里리 길흘 뉘라셔 ᄎᆞ자 갈고. 니거든 여러 두고 날인가 반기실가.

ᄒᆞᄅᆞ밤 서리김의 기러기 우러 녤 제, 危위樓루에 혼자 올나 水슈晶졍簾념 거든마리, 東동山산의 ᄃᆞᆯ이 나고 北북極극의 별이 뵈니, 님이신가 반기니 눈믈이 절로 난다. 淸쳥光광을 픠워 내여 鳳봉凰황樓누의 븟티고져. 樓누 우ᄒᆡ 거러 두고 八팔荒황의 다 비최여, 深심山산 窮궁谷곡 졈낫ᄀᆞᄐᆡ 밍그쇼셔.

乾건坤곤이 閉폐塞ᄉᆡᆨᄒᆞ야 白ᄇᆡᆨ雪셜이 ᄒᆞᆫ 빗친 제, 사ᄅᆞᆷ은ᄏᆞ니와 ᄂᆞᆯ새도 긋쳐 잇다. 瀟쇼湘샹 南남畔반도 치오미 이러커든, 玉옥樓누高고處쳐야 더옥 닐너 므ᄉᆞᆷ하리. 陽양春츈을 부쳐 내여 님 겨신 ᄃᆡ

쏘이고져. 茅모詹첨 비쵠 히롤 玉옥樓누의 올리고
져. 紅홍裳상을 니믜츠고 翠취袖슈롤 半반만 거더,
日일暮모 脩슈竹듁의 혬가림도 하도 할샤. 댜른 히
수이 디여 긴밤을 고초 안쟈, 靑청燈등 거른 겻틱 鈿
뎐恐공候후 노하 두고, 숨의나 님을 보려 턱 밧고 비
겨시니, 鴛앙鴦금도 초도 출샤 이 밤은 언제 샐고.
  ᄒᆞᄅᆞ도 열두 때 ᄒᆞᆫ 둘도 셜흔 날, 져근덧 싱각 마라
이 시름 닛쟈 ᄒᆞ니, ᄆᆞ음의 미쳐 이셔 骨골髓슈의
쎄텨시니, 扁편鵲쟉이 열히 오나 이 병을 엇디ᄒᆞ리.
어와, 내 병이야 이 님의 타시로다. 출하리 싀여디
여 범나븨 되오리라. 곳나모 가지마다 간 ᄃᆡ 죡죡
안니다가, 향 므든 ᄂᆞᆯ애로 님의 오시 올므리라. 님
이야 날인 줄 모ᄅᆞ셔도 내 님 조츠려 ᄒᆞ노라.

이 몸이 태어날 때 임을 따라 태어나니, 한평생 함께 살아갈 인연이며, 하늘이 어찌 모를 일이던가? 나 오직 젊어 있고 임 오직 날 사랑하시니, 이 마음 이 사랑 비교할 곳 전혀 없다. 평생에 원하되 함께 살아가고자 하였더니, 늙어서야 무슨 일로 외로이 두고 그리워하는가? 엊그제 임을 모시고 광한전에 올라 있었더니, 그동안에 어찌하여 속세에 내려오니, 올 적에 빗은 머리 헝클어진 지 3년이네. 연지와 분이 있지만 누굴 위하여 곱게 단장할까? 마음에 맺힌 근심이 첩첩이 쌓여 있어, 짓는 것이 한숨이요, 떨어지는 것이 눈물이네. 인생은 유한한데 시름도 한이 없다. 무심한 세월은 물 흐르듯 흘러가는구나. 더위와 추위가 때를 알아 지나가는 듯 다시 돌아오니, 듣거니 보거니 느낄 일도 많기도 많구나.

봄바람이 문득 불어 쌓인 눈을 헤쳐 내니, 창 밖에 심은 매화가 두세 가지 피었구나. 가뜩 차갑고 쌀쌀한데 그윽이 풍기는 향기는 무슨 일인가? 황혼에 달이 따라와 베갯머리에 비치니, 흐느끼는 듯 반기는 듯, 임이신가, 아니신가? 저 매화 꺾어 내어 임 계신 데 보내고 싶다. 임이 너를 보고 어떻다 여기실까?

꽃 지고 새 잎이 나니 녹음이 깔렸는데, 비단 휘장 적막하고 수놓은 장막 안이 비어 있다. 연꽃 휘장을 걷어 놓고 공작 병풍을 둘러 두니, 가뜩이나 시름 많은데 날은 어찌 길던가? 원앙 비단 베어 놓고 오색실 풀어내어, 금자로 재어서 임의 옷 만들어 내니, 솜씨는 말할 것도 없거니와 격식도 갖추었구나. 산호수 지게 위에 백옥함에 담아 두고, 임에게 보내려고 임 계신 데 바라보니, 산인가 구름인가 험하기도 험하구나. 천 리 만 리 머나먼 길에 누구라서 찾아갈까? 가거든 열어 두고 나인가 하며 반가워하실까?

하룻밤 서리 기운에 기러기가 울며 날아갈 때, 높다란 누각에 혼자 올라서 수정 발을 걷으니, 동산에 달이 떠오르고 북극성이 보여, 임이신가 하여 반가워하니 눈물이 절로 난다. 맑은 달빛을 피워 내어 임이 계신 궁궐에 보내고 싶구나. 누각 위에 걸어 두고 온 세상에 다 비추어, 깊은 산골짜기도 대낮 같이 환하게 만드소서.

천지가 추위에 얼어붙어 백설 일색으로 덮여 있을 때, 사람은 말할 것도 없거니와 날짐승도 끊겨 있다. 남쪽 지방도 추위가 이러한데, 임 계신 곳이야 더욱 말해 무엇 하리? 따뜻한 봄기운을 부쳐 내어 임 계신 곳에 쐬게 하고 싶구나. 초가집 처마에 비친 해를 임 계신 궁궐에 올리고 싶구나. 붉은 치마를 여미어 입고 푸른 소매를 반만 걷어, 해 저물 때 긴 대나무에 기대어 여러 생각이 많기도 많구

나. 짧은 겨울 해 쉬이 넘어가고 긴 밤을 꼿꼿이 앉아, 청등 걸어 둔 옆에 전공
후 놓아두고, 꿈에나 임을 보려고 턱 받치고 기대어 있으니, 원앙금이 차기도
차구나, 이 밤은 언제 샐 것인가?

하루도 열두 때 한 달도 서른 날, 잠시 임 생각을 말고 이 시름 잊으려 하니,
마음에 맺혀 있어 뼛속에 사무쳤으니, 편작이 열 명이 오더라도 이 병을 어찌
할 것인가? 아, 내 병이야 이 임의 탓이로다. 차라리 죽어서 범나비가 되리라.
꽃나무 가지마다 간 데 족족 앉고 다니다가, 향기 묻은 날개로 임의 옷에 옮으
리라. 임이야 나인 줄 모르셔도 나는 임을 따르려 하노라.

어휘

• 廣광寒한殿뎐 : 달나
라 궁전. 임금이 있는
대궐을 가리킴.
• 下하界계 : 인간 세상.
작자가 있는 전라도 평창
을 가리킴.
• 芙부蓉용 : 연꽃을 수놓은
비단 휘장.
• 孔공雀작 : 공작새를 수놓은
병풍.
• 瀟쇼湘샹 南남畔반 : 중국의
남쪽 지방. 여기서는 작자가
머물고 있는 곳.
• 玉옥樓누高고處처 : 옥으로
된 누각의 높은 곳. 임금이
있는 대궐을 말함.
• 日일暮모 脩슈竹듁 : 해 저
물 무렵 긴 대나무에 의지함.
• 鈿뎐恐공候후 : 자개로 장식
을 한 공후(악기).
• 扁편鵲쟉 : 중국 춘추 시대의
명의(名醫).

배경 >>> 이 작품은 송강이 50세 되던 해에 조정에서 물러
나 4년간 전남 창평에서 은거하던 중, 자신의 불
우한 처지를 읊은 것이다. 다른 송강 가사 중, 〈
속미인곡〉과 더불어 우리말의 아름다움과 세련
됨이 잘 구사된 가사 문학 최고 걸작 가운데 하
나로서, 작품 속에 등장하는 서정적 자아의 목소
리가 여성으로 되어 있는 연군지사이다.

온고지신! 溫故知新 　임금을 사모하는 신하의 정성
을 한 여인이 사랑하는 임을 그
리워하는 연모의 정으로 바꾸어 표현하고 있는 작품이다. 외로
운 신하가 임금을 그리워하는 심경은 계절의 변화와 관계없이
한결같음을 볼 수 있다. 그리고 국문을 경시하던 시대였음에도
불구하고, 이 작품은 국문으로 쓰여 역대 사대부들에게 큰 영

➡ 알아 두기

- ◐ 작자 : 정철(鄭澈, 1536~1593). 조선 명종 · 선조 때의 문신. 호는 송강(松江)
- ◐ 연대 : 조선 선조 때
- ◐ 갈래 : 가사(양반가사, 서정가사)
- ◐ 구성 : [서사] 임과의 인연과 이별 후의 그리움
  [본사] 임을 그리는 마음
  [결사] 변함없는 충성심
- ◐ 주제 : 연군지정(戀君之情)
- ◐ 의의 : 〈속미인곡〉과 더불어 가사 문학의 극치를 이룬 작품으로, 고려속요 〈정과정〉의 맥을 잇는 연군지사임.
- ◐ 출전 : 「송강가사(松江歌辭)」

향을 주었고 홍만종과 김만중 등 여러 문인들에게서 찬사를 받았다. 송강의 우리말 사랑을 깊이 새기면서 오늘날 우리말이 어떤 처지에 있는지 한 번 생각해 보아야 할 것이다.

알짜 문제!

01 이 작품에 나타난 서정적 자아의 임에 대한 생각으로 알맞지 않은 것은?
① 임을 용서하고 기다릴 것이다.
② 임을 모시지 못해 원망스럽다.
③ 임에게 내 마음을 전하고 싶다.
④ 임이 잘 지내시는지 걱정스럽다.
⑤ 임을 보고 싶어 마음에 병이 들었다.

02 이 작품에 나오는 단어의 내포적 의미로 바르지 않은 것은?
① 北북極극 : 임금
② 廣광寒한殿뎐 : 대궐
③ 扁편鵲쟉 : 조정 대신
④ 下하界계 : 전라도 창평
⑤ 暗암香향 : 임금에 대한 충성

서술형 이 작품에 나오는 '芙부蓉용을 거더 노코 孔공雀쟉을 둘러 두니'는 화자의 어떤 심리를 나타내는 행동인지 20자 내외로 서술하시오.

➡ 답은 [부록]에

05 속미인곡(續美人曲)_ 정철(鄭澈)

데 가는 뎌 각시 본 듯도 ᄒᆞ뎌이고. 텬天샹上 빅白
옥玉경京을 엇디ᄒᆞ야 니離별別ᄒᆞ고, ᄒᆡ 다 뎌 져믄
날의 눌을 보라 가시ᄂᆞ고.

어와, 네여이고. 내 ᄉᆞ셜 드러 보오. 내 얼굴 이 거
동이 님 괴얌 즉ᄒᆞᆫ가마ᄂᆞᆫ, 엇딘디 날 보시고 네로다
녀기실ᄉᆡ, 나도 님을 미더 군ᄠᅳ디 젼혀 업서, 이리
야 교틱야 어즈러이 구돗ᄯᅥᆫ디, 반기시ᄂᆞᆫ 눗비치 녜
와 엇디 다ᄅᆞ신고. 누어 ᄉᆡᆼ각ᄒᆞ고 니러 안자 혜여ᄒᆞ
니, 내 몸의 지은 죄 뫼ᄀᆞ티 ᄡᅡ혀시니, 하ᄂᆞᆯ히라 원
망ᄒᆞ며 사름이라 허믈ᄒᆞ랴. 셜워 플텨 혜니 조造믈
物의 타시로다.

글란 ᄉᆡᆼ각 마오.

미친 일이 이셔이다. 님을 뫼셔 이셔 님의 일을 내
알거니, 믈 ᄀᆞ튼 얼굴이 편ᄒᆞ실 적 몃 날일고. 츈春
한寒고苦열熱은 엇디ᄒᆞ야 디내시며, 츄秋일日동冬
텬天은 뉘라셔 뫼셧ᄂᆞ고. 쥭粥조早반飯 죠朝셕夕
뫼 녜와 ᄀᆞᆺ티 셰시ᄂᆞᆫ가. 기나긴 밤의 ᄌᆞᆷ은 엇디 자
시ᄂᆞ고.

님 다히 쇼消식息을 아므려나 아쟈 ᄒᆞ니, 오늘도
거의로다. 뉘일이나 사름 올가. 내 ᄆᆞ음 둘 듸 업다.

어드러로 가쟛 말고. 잡거니 밀거니 놉픈 뫼히 올라
가니, 구롬은ᄏ니와 안개ᄂ 므ᄉ일고. 산山쳔川이
어둡거니 일日월月을 엇디 보며, 지咫쳑尺을 모ᄅ
거든 쳔千리里ᄅᆯ 바라보랴. 출하리 믈ᄀᆞᆯ의 가 비 길
히나 보쟈 ᄒᆞ니, 바람이야 믈결이야 어둥졍 된뎌이
고. 샤공은 어ᄃᆡ 가고 븬 비만 걸롓ᄂᆞ니. 강江텬天의
혼쟈 셔서 디ᄂᆞ 히ᄅᆞᆯ 구버보니, 님다히 쇼消식息이
더옥 아득ᄒᆞᆫ뎌이고.

  모茅쳠簷 ᄎᆞᆫ 자리의 밤듕만 도라오니, 반半벽壁쳥
靑등燈은 눌 위ᄒᆞ야 볼갓ᄂᆞᆫ고. 오ᄅᆞ며 ᄂᆞ리며 헤ᄊᆞ
며 바니니, 져근덧 녁力진盡ᄒᆞ야 풋ᄌᆞᆷ을 잠간 드니,
졍精셩誠이 지극ᄒᆞ야 ᄭᅮᆷ의 님을 보니, 옥玉 ᄀᆞᄐᆫ 얼
굴이 반半이나마 늘거셰라. ᄆᆞᄋᆞᆷ의 머근 말ᄉᆞᆷ 슬ᄏᆞ
장 ᄉᆞᆲ쟈 ᄒᆞ니, 눈믈이 바라 나니 말인들 어이ᄒᆞ며,
졍情을 못다ᄒᆞ야 목이조차 몌여ᄒᆞ니, 오뎐된 계鷄
셩聲의 ᄌᆞᆷ은 엇디 ᄭᆡ돗던고.

  어와, 허虛ᄉ事로다. 이 님이 어ᄃᆡ 간고. 결의 니러
안자 창窓을 열고 바라보니, 어엿븐 그림재 날 조촐
ᄲᅮᆫ이로다. 출하리 싀여디여 낙落월月이나 되야이
셔, 님 겨신 창窓 안히 번드시 비최리라.

  각시님, 둘이야ᄏ니와 구즌 비나 되쇼셔.

저기 가는 저 각시 본 듯도 하구나. 하늘의 백옥경을 어찌하여 이별하고, 해 다 저 문 날에 누구를 보러 가시는가?

아, 당신이로구나. 나의 사설을 들어 보오. 내 얼굴 이 행동이 임이 사랑함 직한가 마는, 어쩐지 날 보시고 너로구나 여기시기에, 나도 임을 믿어 군뜻이 전혀 없어, 아양 떨며 애교부리며 어지러이 굴었던지, 반기시는 얼굴빛이 옛날과 어찌 다르신가? 누워 생각하고 일어 앉아 헤아리니, 내 몸의 지은 죄 산같이 쌓였으니, 하늘이라 원망하며 사람이라 탓하랴? 서러워 풀어 헤아리니 조물주의 탓이로다.

그렇게는 생각 마오.

맺힌 일이 있습니다. 임을 모시고 있어 임의 일을 내 아는데, 물같이 약한 얼굴 편하실 적이 몇 날일까? 이른 봄의 추위와 한여름 무더위는 어떻게 지내시며, 가을과 겨울은 누가 모셨는가? 죽조반과 아침저녁 진지는 옛날과 같이 잡수시는가? 기나긴 밤에 잠을 어떻게 주무시는가?

임 계신 곳 소식을 어떻게든지 알고자 하니, 오늘도 거의 지났구나. 내일이라 사람이 올까? 내 마음 둘 데 없다. 어디로 가자는 말인가? 잡거니 밀거니 하여 높은 산에 올라가니, 구름은 물론이거니와 안개는 무슨 일인가? 산천이 어둡거니 일월을 어찌보며, 지척을 모르는데 천 리를 어찌 보랴? 차라리 물가에 가서 뱃길이나 보자 하니, 바람이야 물결이야 어수선하게 되었구나. 사공은 어디가고 빈 배만 걸려 있구나. 강가에 혼자 서서 지는 해를 굽어보니, 임 계시는 곳 소식이 더욱 아득하구나.

초가집 찬 잠자리에 한밤중이 돌아오니, 벽 가운데 푸른 등은 누굴 위하여 밝은 것인가? 산을 오르며 내리며 헤매며 방황하다 보니, 잠깐 사이 힘이 다하여 풋잠을 잠시 드니, 정성이 지극하여 꿈에서 임을 보니, 옥과 같은 고운 얼굴 반이나 늙었구나. 마음속에 품은 말씀 실컷 아뢰려고 하였더니, 눈물이 연달아 쏟아지니 말인들 어찌하며, 마음의 정을 다 풀지 못하여 목마저 메니, 방정맞은 닭소리에 잠은 어찌 깨었던가?

아, 헛되 일이로구나. 이 임이 어디 갔는가? 잠결에 일어나 앉아 창을 열고 바라보니, 가엾은 그림자 날 따를 뿐이로다. 차라리 죽어서 지는 달이나 되어, 임 계신 창 안에 뚜렷하게 비치리라.

각시님, 달은커녕 궂은비나 되소서.

배경 》》 지은이의 〈사미인곡〉과 함께 '전후미인곡'(前後 美人曲)'이라 불린다. 임금을 그리는 심정을 두 여인의 대화를 빌려 은유적으로 노래하고 있는

어휘

- 킥白옥玉경京 : 옥황상제가 사는 곳. 임금이 있는 대궐을 말함.
- 죽粥조반부반飯 : 아침밥 전에 먹는 죽. 자릿조반.
- 님 다히 : 임이 계시는 곳. 다히'는 방향, 편, 쪽을 말함.
- 강江딘天 : 툭 트인 강가.
- 모茅첨簷 : 초가지붕의 처마.

→ **알아 두기**

○ 작자 : 정철(鄭澈, 1536~1593).
  조선 명종 · 선조 때의 문신. 호
  는 송강(松江)
○ 연대 : 조선 선조 때
○ 갈래 : 가사(양반가사, 서정가사)
○ 구성 : [서사] 임과 이별한 사연
  [본사] 임에 대한 사랑과 그리움
  [결사] 죽어서라도 이루고 싶은
  사랑
○ 주제 : 연군지정(戀君之情)
○ 의의 : 우리말의 구사가 절묘하
  여 문학성이 높고, 대화 형식으
  로 된 최초의 작품
○ 출전 : 「송강가사(松江歌辭)」

작품으로 1585년(선조 18) 정철이 50세 때 당쟁으로 조정에서 물러나 창평에 머무르는 동안 지은 것이다.

온고지신! 溫故知新

이 작품은 〈사미인곡〉의 속편으로 생각되기 쉬우나 전혀 다른 면에서 임금을 그리워하는 마음을 읊고 있는데, 구체적이고 현실적인 측면에서 그리움을 표현하고 있음을 알 수 있다. 〈사미인곡〉이 사치스럽고 과장된 면이 있는 것에 비해, 이 작품은 고사(故事)와 한자 어구가 훨씬 적으며 소박하고 진실한 자기 심정을 나타내고 있다. 두 작품을 비교하여 읽으면서 관념적인 표현과 구체적인 표현 중 어느 것이 더 진실한 감정을 나타낼 수 있는지 알아보는 것도 흥미 있는 감상 방법이 될 수 있을 것이다.

알짜 문제!

01 이 작품에서 질문하는 여인을 '갑녀'라 하고 대답하는 여인을 '을녀'라 할 때, 갑녀의 눈에 비친 을녀의 모습으로 가장 알맞은 것은?

① 현실을 초월하여 이상향을 꿈꾸는 여인   ② 남성을 혐오하며 사랑을 부정하는 여인
③ 잃어버린 가족을 찾아 헤매고 있는 여인   ④ 굶주림 때문에 고통스러워하고 있는 여인
⑤ 사랑을 잃어버리고 방황하는 버려진 여인

02 이 작품에 나타난 을녀의 가치관으로 가장 알맞은 것은?

① 운명론(運命論)   ② 낙관론(樂觀論)   ③ 이상론(理想論)
④ 현실론(現實論)   ⑤ 절대론(絕對論)

서술형 이 작품의 끝 부분에서 을녀가 '둘 이야ᄀ 니와 구즌 비나 되쇼셔.'라고 말한 의미는 무엇인지 '달'과 '궂은비'의 차이점을 바탕으로 100자 내외로 서술하시오.

→ 답은 [부록]에

엇그제 저멋더니 ㅎ마 어이 다 늘거니. 少年行樂(소년
행락) 생각ㅎ니 일러도 속절업다. 늘거야 서른 말솜 ㅎ
자니 목이 멘다. 父生母育(부생모육) 辛苦(신고)ㅎ야 이 내
몸 길러 낼 제, 公候配匹(공후배필)은 못 바라도 君子好
逑(군자호구) 願(원)ㅎ더니, 三生(삼생)의 怨業(원업)이오 月
下(월하)의 緣分(연분)으로 長安遊俠(장안유협) 경박자(輕薄
子)룰 숨곤치 만나 잇서, 當時(당시)의 用心(용심)ㅎ기 살
어름 디듸는 듯. 三五二八(삼오이팔) 겨오 지나 天然麗質
(천연여질) 절로 이니, 이 얼골 이 態度(태도)로 百年期約
(백년기약)ㅎ얏더니, 年光(연광)이 훌훌ㅎ고 造物(조물)이
多猜(다시)ㅎ야, 봄바람 가을 믈이 뵈오리 북 지나듯.
雪鬢花顔(설빈화안) 어듸 두고 面目可憎(면목가증) 되거고
나. 내 얼골 내 보거니 어느 임이 날 괼소냐. 스스로
慚愧(참괴)ㅎ니 누구를 怨望(원망)ㅎ리.

三三五五(삼삼오오) 冶遊園(야유원)의 새 사람이 나단 말
가. 곳 피고 날 저물 제 定處(정처) 업시 나가 잇어, 白馬
金鞭(백마금편)으로 어듸어듸 머무는고. 遠近(원근)을 모
르거니 消息(소식)이야 더욱 알랴. 因緣(인연)을 긋쳐신
들 싱각이야 업슬소냐. 얼골을 못 보거든 그립기나 마
르려믄. 열두 재 김도 길샤 설흔 날 支離(지리)ㅎ다. 玉

窓(옥창)에 심근 梅花(매화) 몃 번이나 픠여 진고. 겨울 밤 차고 찬 제 자최눈 섯거 치고, 여름날 길고 길 제 구즌 비는 무스 일고. 三春花柳(삼춘화류) 好時節(호시절)에 景物(경물)이 시름업다. 가을 ᄃᆞᆯ 방에 들고 蟋蟀(실솔)이 床(상)에 울 제, 긴 한숨 디ᄂᆞᆫ 눈물 속절업시 헴만 만타. 아마도 모진 목숨 죽기도 어려울사.

도로혀 풀쳐 혜니 이리 ᄒᆞ여 어이 ᄒᆞ리. 靑燈(청등)을 돌라 노코 綠綺琴(녹기금) 빗기 안아, 碧蓮花(벽련화) 한 곡조를 시름 조ᄎᆞ 섯거 타니, 瀟湘夜雨(소상야우)의 댓소리 섯도ᄂᆞᆫ ᄃᆞᆺ, 華表(화표) 千年(천년)의 別鶴(별학)이 우니ᄂᆞᆫ ᄃᆞᆺ, 玉手(옥수)의 타는 手段(수단) 녯 소래 잇다마ᄂᆞᆫ, 芙蓉帳(부용장) 寂寞(적막)ᄒᆞ니 뉘 귀에 들리소니. 肝腸(간장)이 九曲(구곡) 되야 구븨구븨 ᄭᅳᆫ쳐서라.

ᄎᆞᆯ하리 잠을 드러 ᄭᅮᆷ의나 보려 ᄒᆞ니, 바람의 디ᄂᆞᆫ 닢과 풀 속에 우는 즘생 무스 일 원수로서 잠조차 ᄭᆡ오ᄂᆞᆫ다. 天上(천상)의 牽牛織女(견우직녀) 銀河水(은하수) 막혀서도, 七月七夕(칠월칠석) 一年一度(일년일도) 失期(실기)치 아니거든, 우리 님 가신 후는 무슨 弱水(약수) 가렷관듸, 오거나 가거나 消息(소식)조차 ᄭᅳ쳤는고. 欄干(난간)의 비겨 셔서 님 가신 ᄃᆡ 바라보니, 草露(초로)ᄂᆞᆫ

맷쳐 잇고 暮雲(모운)이 디나갈 제, 竹林(죽림) 푸른 고딕 새 소리 더욱 설다. 세상의 서룬 사람 수업다 ᄒ려니와, 薄命(박명)ᄒᆫ 紅顔(홍안)이야 날 가ᄐᆞ니 ᄯᅩ 이실가. 아마도 이 님의 지위로 살동말동 ᄒ여라.

엊그제 젊었더니 벌써 어찌 다 늙었는가? 어릴 적 즐겁게 지내던 일을 생각하니 말해도 소용없다. 늙어서야 서러운 사연 말하자니 목이 멘다. 부모님이 낳아 기르며 몹시 고생하여 이 내 몸 길러낼 때, 높은 벼슬아치의 배필을 바라지 못해도 군자의 좋은 짝이 되기를 원하였는데, 삼생의 원망스러운 업보요 부부의 인연으로, 장안의 호탕하면서도 경박한 사람을 꿈같이 만나, 시집간 당시 조심하여 모시기를 마치 살얼음 디디는 듯하였다. 열다섯 열여섯 살 겨우 지나 타고난 아름다운 모습 저절로 나타나니, 이 얼굴 이 태도로 평생을 약속하였더니, 세월이 빨리 지나고 조물주마저 시기하여, 봄바람 가을 물이 베올 사이의 북이 지나가듯 빨리 지나갔다. 꽃같이 아름다운 얼굴 어디 두고 미운 얼굴 되었구나. 내 얼굴을 내가 보고 알거니와 어느 임이 나를 사랑할 것인가? 스스로 부끄러워 하니 누구를 원망하리?

여러 사람 떼 지어 다니는 술집에 새 기생이 생겼단 말인가? 꽃 피고 날 저물 때 정처 없이 나가서, 호사로운 행장을 하고 어디어디 머물러 노는가? 멀리 있는지 가까이 있는지 모르는데, 임의 소식이야 더욱 알 수 있으랴? 인연을 끊었지마는 생각이야 없을 것인가? 임의 얼굴 못 보면 그립지나 말았으면 좋으련만, 하루가 길기도 길구나, 한 달은 지루하기만 하다. 규방 앞에 심은 매화 몇 번이나 피었다 졌는가? 겨울밤 차고 찬 때 자국눈 섞여 내리고, 여름날 길고 긴 때 궂은비는 무슨 일인가?

삼춘화류 좋은 시절에 아름다운 경치를 보아도 아무 생각이 없다. 가을 달이 방에 비치고 귀뚜라미 침상에서 울 때, 긴 한숨 흘리는 눈물에 헛되이 생각만 많다. 아마도 모진 목숨 죽기도 어렵구나.

돌이켜 풀어 헤아리니 이렇게 살아서 어찌할 것인가? 청사초롱을 둘러놓고 거문고를 비스듬히 안아, 벽련화 한 곡을 시름조차 섞어 연주하니, 소상강 밤비에 댓잎 소리가 섞여 들리는 듯, 망주석에 천 년 만에 찾아온 별난 학이 울고 있는 듯, 고운 손으로 타는 솜씨는 옛 가락이 아직 남아 있지마는, 부용장이 적막하니 누구의 귀에 들리겠는가? 구곡간장이 굽이굽이 끊어졌구나.

차라리 잠이 들어 꿈에나 보려 하니, 바람에 떨어지는 나뭇잎과 풀 속에서 우는 짐승은 무슨 원수가 져서 잠마저 깨우는가? 하늘나라의 견우와 직녀는 은하수가 막혔어도, 칠월칠석에 일 년에 한 번씩 때 놓치지 않고 만나는데, 우리 임 가신 뒤는 무슨 약수 가렸기에, 오거나 가거나 소식마저 끊어졌는가? 난간에 기대어 서서 임 가신 곳을 바라보니, 이슬은 풀잎에 맺혀 있고 저녁 구름이 지나갈 때, 대나무 숲 우거진 곳에 새 소리가 더욱 서럽다. 세상에 서러운 사람 수없이 많다고 하지만, 기구한 운명을 가진 젊은 여자 신세 나 같은 이가 또 있을까?
아마도 이 임의 탓으로 살 듯 말 듯 하구나.

배경 〉〉〉 이 가사는 조선조 봉건사회의 남존여비 사상으로 말미암아 독수공방함으로써 겪게 되는 부녀자의 고독한 심정을 노래한 규방가사(내방가사)이다. 홍만종의 〈순오지〉에는 허균의 첩 무옥이 지은 것으로 되어 있다.

어휘

- 三生(삼생) : 불교에서, 전생(前生)과 금생(今生)·후생(後生)을 이르는 말.
- 雪鬢 花顔(설빈화안) : 고운 머리채와 젊고 아름다운 얼굴.
- 面目可憎(면목가증) : 모습이 미움. 나이가 든 미운 얼굴을 말함.
- 白馬金鞭(백마금편) : 흰 말과 금 채찍. 호사스러운 차림새를 말함.
- 三春花柳(삼춘화류) : 봄에 피는 아름다운 꽃과 버들.
- 碧蓮花(벽련화) : 거문고로 연주하는 곡명의 하나.
- 瀟湘夜雨(소상야우) : 소상강 밤비가 대나무 숲에 내리는 처량한 정경.
- 華表(화표) : 화표주(華表柱). 무덤 앞에 세우는 망주석(望柱石). 옛날 요동의 정영위라는 사람이 도를 닦은 뒤 학이 되어 천 년 만에 돌아와 화표주에 앉았다고 함.
- 芙蓉帳(부용장) : 연꽃을 수놓은 휘장.
- 弱水(약수) : 중국의 전설 속의 강. 건널 수 없는 장애물을 의미함.

온고지신! 溫故知新

조선 시대의 여성들은 '삼종지도(三從之道)'나 '여필종부(女必從夫)'라는 윤리 속에서 남성들에 의해 철저히 지배를 받았다. 이 작품에 담겨져 있는 슬픔은 여성인 작가 자신이 그러한 사

○ 작자 : 허난설헌(許蘭雪軒, 1563~
1589). 조선 중기의 시인. 본명
은 초희(楚姬). 호는 난설헌(蘭
雪軒), 허균(許筠)의 누이
○ 연대 : 조선 선조 때
○ 갈래 : 가사(규방가사)
○ 제재 : 독수공방의 외로움
○ 구성 : [기] 과거 회상과 늙고
초라한 자신의 신세 한탄
[승] 임에 대한 원망과 자신의
애달픈 심정
[전] 거문고에 의탁한 외로움과 한
[결] 기다림과 운명에 대한 한탄
○ 의의 : 규방 가사의 선구적인
작품으로 현전하는 최초의 여
류 가사
○ 주제 : 봉건 제도하에서의 부녀
자의 한
○ 출전 : 「고금가곡(古今歌曲)」

회 속에서 겪어야 했던 고통에서 나온 것이다. 지나치게 소극적
이고 체념적인 자세는 오늘날의 관점에서 보면 이해하기 어려
울 수도 있지만, 그만큼 봉건사회 속에서의 여성의 지위는 빈약
한 것이었다. 오늘날은 양성 평등의 시대임에도 불구하고 성 차
별은 존재하고 있다. 어떻게 하면 남성과 여성이 서로 존중하고
능력에 따라 동등한 대우를 받는 사회를 만들 수 있는지 생각
해 보자.

알짜 문제!

01 이 작품에 나타난 서정적 자아의 삶을 나타내는 말이 아닌 것은?

① 삼종지도(三從之道)　　② 칠거지악(七去之惡)　　③ 남존여비(男尊女卑)

④ 여필종부(女必從夫)　　⑤ 남부여대(男負女戴)

02 이 작품의 내용으로 거리가 먼 것은?

① 덧없는 젊은 시절에 대한 회상

② 돌아온 임과 지내는 행복한 시간 상상

③ 거문고로 외로움과 한을 달래 보려는 노력

④ 기구한 운명을 한탄하며 임을 애타게 기다림

⑤ 떠난 임에 대한 원망과 외로이 세월을 보내는 한

서술형 이 작품에 나타난 서정적 자아의 이중적 심리 상태는 어떤 것인지 50자 내외로 서술하
시오.

➡ 답은 [부록]에

07 선상탄(船上歎) _ 박인로(朴仁老)

늘고 病(병)든 몸을 舟師(주사)로 보닉실시, 乙巳(을사) 三夏(삼하)애 鎭東營(진동영) 느려오니, 關防重地(관방중지)예 病(병)이 깁다 안자실랴. 一長劍(일장검) 비기 추고 兵船(병선)에 구틱 올나, 勵氣瞋目(여기진목)ᄒᆞ야 對馬島(대마도)을 구어보니, 브람 조친 黃雲(황운)은 遠近(원근)에 사혀 잇고. 아득ᄒᆞᆫ 滄波(창파)ᄂᆞᆫ 긴 하ᄂᆞᆯ과 ᄒᆞᆫ 빗칠쇠.

船上(선상)에 徘佪(배회)ᄒᆞ며 古今(고금)을 思憶(사억)ᄒᆞ고, 어리미친 懷抱(회포)애 軒轅氏(헌원씨)를 애두노라. 大洋(대양)이 茫茫(망망)ᄒᆞ야 天地(천지)예 둘려시니, 진실로 비 아니면 風波萬里(풍파만리) 밧긔 어닉 四夷(사이) 엿볼넌고. 무ᄉᆞᆷ 일 ᄒᆞ려 ᄒᆞ야 비 못기를 비롯ᄒᆞ고. 萬世千秋(만세천추)에 ᄀᆞ업슨 큰 弊(폐) 되야, 普天之下(보천지하)애 萬民怨(만민원) 길우ᄂᆞ다.

어즈버 ᄭᅵᄃᆞ라니 秦始皇(진시황)의 타시로다. 비 비록 잇다 ᄒᆞ나 倭(왜)를 아니 삼기던들, 日本(일본) 對馬島(대마도)로 뷘 비 졀로 나올넌가. 뉘 말을 미더 듯고 童男童女(동남동녀)를 그딕도록 드려다가, 海中(해중) 모든 셤에 難當賊(난당적)을 기쳐 두고, 痛憤(통분)ᄒᆞᆫ 羞辱(수욕)이 華夏(화하)애 다 밋나다. 長生不死藥(장생불사약)을 얼믜나 어더 닉여, 萬里長城(만리장성) 놉히 사고 몃 萬年(만년)을 사도썬고. 놈디로 죽어가니 有益(유익)ᄒᆞᆫ 줄 모르로다. 어즈버 싱각ᄒ니 徐市(서불) 等(등)이 已甚(이심)ᄒ다. 人臣(인신)이 되야셔 亡命(망명)도 ᄒᄂᆫ 것가. 神仙(신선)을 못 보거든 수이나 도라오면, 舟師(주사) 이 시럼은 전혀 업게 삼길럿다.

두어라, 旣往不咎(기왕불구)라 일너 무엇ᄒ로소니. 속절 업손 是非(시비)를 후리쳐 더뎌 두쟈. 潛思覺悟(잠사각오)ᄒ니 내 ᄯᅳᆺ도 固執(고집)고야. 皇帝作舟車(황제작주거)ᄂᆫ 왼 줄도 모르로다. 長翰(장한) 江東(강동)애 秋風(추풍)을 만나신들 扁舟(편주) 곳 아니 타면, 天淸海闊(천청해활)ᄒ다 어늬 興(흥)이 졀로 나며, 三公(삼공)도 아니 밧골 第一江山(제일강산)애, 浮萍(부평) ᄀᆞᆺᄒ 漁父生涯(어부생애)을 一葉舟(일엽주) 아니면, 어듸 부쳐 ᄃᆞᆼ힐ᄂᆞᆫ고.

일언 닐 보건딘, ᄇᆡ 삼긴 制度(제도)야 至妙(지묘)ᄒ 덧ᄒ다마ᄂᆞᆫ, 엇디ᄒ 우리 믈은 ᄂᆞᄂᆞᆫ 듯ᄒ 板屋船(판옥선)을 晝夜(주야)의 빗기 ᄐᆞ고, 臨風詠月(임풍영월)ᄒ디 興(흥)이 전혀 업ᄂᆞᆫ게오. 昔日(석일) 舟中(주중)에ᄂᆞᆫ 杯盤(배반)이 狼藉(낭자)터니, 今日舟中(금일주중)에는 大劍長槍(대검장창)ᄲᅮᆫ이로다. ᄒ 가지 ᄇᆡ언마ᄂᆞᆫ 가진 ᄇᆡ 다라니, 其間(기간) 憂樂(우락)이 서로 ᄀᆞᆺ디 못ᄒ도다.

時時(시시)로 멀이 드러 北辰(북신)을 ᄇᆞ라보며, 傷時(상시) 老淚(노루)를 天一方(천일방)의 디이ᄂᆞ다. 吾東方(오동방) 文物(문물)이 漢唐宋(한당송)애 디랴마는, 國運(국운)이 不幸(불행)ᄒ야 海醜(해추) 兇謀(흉모)애 萬古羞(만고수)을 안고 이셔, 百分(백분)에 ᄒ 가지도 못 시셔 ᄇ려거든, 이 몸이 無狀(무상)ᄒ돌 臣子(신자)ㅣ 되야 이셔다가, 窮達(궁달)이 길이 달라 몬 뫼옵고 늘거신돌, 憂國(우국) 丹心(단심)이야 어ᄂ 刻(각)애 이즐넌고.

慷慨(강개) 계운 壯氣(장기)ᄂ 老當益壯(노당익장)ᄒ다마ᄂ, 됴고마ᄂ 이 몸이 病中(병중)에 드러시니 雪憤伸寃(설분신원) 어려올 듯 ᄒ건마ᄂ, 그러나, 死諸葛(사제갈)도 生中達(생중달)을 멀리 좃고, 발 업슨 孫賓(손빈)도 龐涓(방연)을 잡아거든, ᄒ믈며 이 몸은 手足(수족)이 ᄀ자 잇고 命脈(명맥)이 이어시니, 鼠竊狗偷(서절구투)을 저그나 저흘쏘냐. 飛船(비선)에 돌려드러 先鋒(선봉)을 거치면, 九十月(구시월) 霜風(상풍)에 落葉(낙엽)가치 헤치리라. 七縱七禽(칠종칠금) 우린돌 못ᄒ 것가.

蠢彼島夷(준피도이)들아, 수이 乞降(걸항)ᄒ야스라. 降者(항자) 不殺(불살)이니 너를 구퇴 殲滅(섬멸)ᄒ랴. 吾王(오왕) 聖德(성덕)이 欲竝生(욕병생)ᄒ시니라. 太平天下(태평천하)에 堯舜(요순) 君民(군민) 되야 이셔, 日月光華(일월광화)ᄂ 朝復朝(조부조) ᄒ얏거든, 戰船(전선) 트던 우리 몸도 魚舟(어주)에 唱晚(창만)ᄒ고, 秋月春風(추월춘풍)에 놉히 베고

누어 이셔, 聖代(성대) 海不揚波(해불양파)를 다시 보려 ᄒ
노라.

늙고 병든 몸을 수군 통주사로 보내시므로, 을사(선조 38년)년 여름에 부산진에 내려
오니, 변방의 중요한 요새지에서 병이 깊다 앉아 있겠는가? 일장검 비스듬히 차고 병선
에 굳이 올라, 기운을 떨치고 눈을 부릅뜨고 대마도를 굽어보니, 바람 따르는 누런 구름
은 멀리 가까이 쌓여 있고, 아득한 푸른 물결은 긴 하늘과 같은 빛일세.

배 위에서 배회하며 옛날과 지금을 생각하고, 어리석고 미친 마음에 헌원씨를 애달프
게 여기노라. 바다가 아득히 넓게 천지에 둘려 있으니, 진실로 배가 아니면 풍파 심한
만 리 밖에서 어느 오랑캐들이 엿볼 것인가? 무슨 일을 하려고 배 만들기를 시작했는
가? 오랜 세월에 끝없는 큰 폐단이 되어, 온 천하에 만백성의 원한을 기르고 있도다.

아, 깨달으니 진시황의 탓이로다. 배가 비록 있다고 하더라도 왜족이 생기지 않았더
라면, 일본 대마도로부터 빈 배가 저절로 나올 것인가? 누구의 말을 곧이듣고 총각과
처녀를 그토록 데려다가, 바다의 모든 섬에 감당하기 어려운 도적을 만들어 두어, 통분
한 수치와 모욕이 중국에까지 다 미치게 하였도다. 장생 불사약을 얼마나 얻어 내어 만
리장성 높이 쌓고 몇 만 년을 살았던가? 다른 사람들처럼 죽어 갔으니 유익한 줄 모르
겠도다. 아, 생각하니 서불의 무리가 너무 심하다. 신하가 되어 망명도 하는 것인가? 신
선을 만나지 못했거든 빨리나 돌아왔으면, 수군 통주사의 이 근심은 전혀 생기지 않았
을 것이다.

두어라, 지난 일은 탓하지 않는 것이라 말해 무엇 하겠는가? 아무 소용이 없는 시비
를 팽개쳐 던져 버리자. 깊이 생각하여 깨달으니 내 뜻도 고집스럽구나. 황제가 처음 배
와 수레를 만든 것은 그릇된 줄도 모르겠도다. 장한이 강동으로 돌아가 가을바람을 만
났다고 한들 조각배 타지 않으면, 하늘 맑고 바다 넓다고 해도 어느 흥이 저절로 나겠

으며, 삼공과도 바꾸지 않을 만큼 경치가 좋은 곳에서, 부평초 같은 어부의 생활을 자그마한 배가 아니면 어디에 부쳐 다니겠는가?

이런 일을 보면 배를 만든 제도야 지극히 묘한 듯하지만, 어찌하여 우리 무리는 나는 듯한 판옥선을 밤낮으로 비스듬히 타고, 바람 맞으며 달을 읊어도 흥이 전혀 없는 것인가? 옛날의 배 안에는 술상이 어지럽더니, 오늘날의 배 안에는 큰 칼과 긴 창뿐이로구나. 같은 배이건마는 가진 바가 다르니, 그 사이의 근심과 즐거움이 서로 같지 못하도다.

때때로 머리를 들어 임금님이 계신 곳을 바라보며, 시국을 근심하는 늙은이의 눈물을 하늘 한 모퉁이에 떨어뜨린다. 우리나라의 문물이 한나라, 당나라, 송나라에 뒤지랴마는, 국운이 불행하여 왜적의 흉악한 꾀에 영원히 씻을 수 없는 수치를 안고 있어, 백분의 일도 아직 씻어 버리지 못했는데, 이 몸이 변변치 못하지만 신하가 되어 있다가, 신하와 임금의 신분이 서로 달라 못 모시고 늙었다 한들, 나라 걱정하는 충성심이야 어느 시각인들 잊을 것인가?

강개를 못 이기는 씩씩한 기운은 늙을수록 더욱 장하다마는, 보잘 것 없는 이 몸이 병중에 들었으니, 분함을 씻고 원한을 풀어 버리기가 어려울 듯하지만, 그러나 죽은 제갈공명도 산 중달을 멀리 쫓았고, 발이 없는 손빈이 방연을 잡았는데, 하물며 이 몸은 손발이 갖추어 있고 목숨이 이어 있으니, 쥐나 개와 같은 왜적을 조금이나마 두려워하겠는가? 나는 듯 빠른 배에 달려들어 선봉에 나서면, 구시월 서릿바람에 낙엽처럼 헤치리라. 칠종칠금을 우리라고 못 할 것인가?

벌레처럼 꾸물거리는 섬나라 오랑캐들아, 어서 항복하려무나. 항복한 자는 죽이지 않는 법이니, 너희들을 구태여 모두 죽이겠는가? 우리 임금님의 성스러운 덕이 너희와 더불어 살아가고자 하시느니라. 태평천하에 요순시대와 같은 임금과 백성이 되어, 일월의 밝은 빛이 아침마다 밝게 비치니, 전선 타던 우리 몸도 고기잡이배에서 저녁 늦도록 노래하고, 가을 달 봄바람에 높이 베고 누워서, 성군 치하에 태평성대를 다시 보려 하노라.

배경 >>> 이 가사는 임진왜란이 평정된 지 7년이 지난 선조 38년 지은이가 통주사로 부산에 내려갔을 때 지은 전쟁가사로 왜적에 대한 적개심과 전쟁의 고통이 생생하게 표현되어 있다. 전쟁으로 인한 민족적 상처의 깊이를 짐작할 수 있게 해 주는 작품으로 〈태평사〉와 더불어 보기 드문 전쟁가사이다.

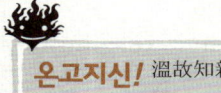

온고지신! 溫故知新

이 작품은 전쟁이라는 민족 전체의 삶을 구체적으로 다루고 있다. 지은이는 임진왜란이라는 비극적 전쟁 체험을 노래함으로써, 가사가 개인의 서정이나 사상의 표출만이 아니라 민족 위기에 대응할 수 있는 좋은 양식임을 보여주고 있다. 이 작품을 통해 우리는 눈을 부릅뜨고 나라와 백성을 지키고 서 있는 한 노신하의 우국충정을 만나는 감동을 누릴 수 있다. 우리가 지금 누리는 자유와 평화가 어디서 왔는지 곰곰이 생각해 볼 일이다.

어휘

- 軒轅氏(헌원씨) : 배와 수레 등을 만든 중국 고대의 전설적 황제.
- 徐市(서불) : 중국 진시황이 서불과 동남 동녀 수천 명을 배에 태워 불로초를 구해 오라 했는데 무리들이 돌아오지 않고, 서불의 후손이 왜적이 되었다고 함.
- 長翰(장한) : 중국 진나라 사람. 가을바람이 불자 고향이 그리워 벼슬을 그만 두고 낙향하였다 전해짐.
- 窮達(궁달) : 빈궁과 영달. 신하와 임금의 신분을 가리킴.
- 鼠竊狗偸(서절구투) : 쥐나 개와 같은 도적. 왜적을 말함.
- 七縱七擒(칠종칠금) : 제갈공명이 남만의 왕 맹획을 일곱 번 잡았다 놓아줌.
- 日月光華(일월광화) 朝復朝(조부조) : 임금의 성덕이 계속된다는 뜻.
- 海不揚波(해불양파) : 바다에 파도가 일지 않음. 곧 태평성대를 이르는 말.

➡ 알아 두기

- 작자 : 박인로(朴仁老, 1561–1642). 조선 중기의 문인. 호는 노계(蘆溪)
- 연대 : 조선 선조 때
- 갈래 : 가사(전쟁가사)
- 제재 : 임진왜란
- 구성 :
  [서사] 대마도를 굽어보는 감회
  [본사1] 배의 근원에 대한 원망
  [본사2] 배의 양면성에 대한 탄식
  [본사3] 우국충정의 기개
  [결사] 왜적에 대한 적개심과 태평성대 희구
- 주제 : 전쟁의 비애 극복과 태평성대의 희구
- 의의 : 전쟁가사의 대표적인 작품
- 출전 : 「노계집(蘆溪集)」

알짜 문제!

01 이 작품에 대한 설명으로 바르지 않은 것은?
① 중국의 고사를 많이 인용하고 있다.
② 표현 면에서 대구와 대조의 수법이 많이 쓰였다.
③ 왜적에 대한 적개심이 구체적으로 표현되어 있다.
④ 배 위에서 놀이를 즐기는 백성들을 질타하고 있다.
⑤ 왜적에 대한 적개심을 민족의 자존심으로 극복하고자 한다.

02 이 작품에 나오는 말 중 가리키는 대상이 다른 하나는?
① 四夷(사이)
② 難當賊(난당적)
③ 童男童女(동남동녀)
④ 鼠竊狗偸(서절구투)
⑤ 蠢彼島夷(준피도이)

서술형 이 작품의 끝 부분에 나오는 '海不揚波(해불양파)'의 뜻을 직역하고, 그 원관념이 무엇인 지 30자 내외로 서술하시오

➜ 답은 [부록]에

08 누항사(陋巷詞)_ 박인로(朴仁老)

  어리고 迂闊(우활)홀산 이 니 우히 더니 업다. 吉凶禍福
(길흉화복)을 하날긔 부쳐 두고, 陋巷(누항) 깁픈 곳의 草幕
(초막)을 지어 두고, 風朝雨夕(풍조우석)에 석은 딥히 섭히
되야, 서 홉 밥 닷 홉 粥(죽)에 煙氣(연기)도 하도 할샤. 설
데인 熟冷(숙냉)애 뷘 배 쇡일 ᄯᆞᆫ이로다. 生涯(생애) 이
러ᄒᆞ다 丈夫(장부) ᄯᅳᆺ을 옴길넌가. 安貧一念(안빈일념)을
적을망정 품고 이셔, 隨宜(수의)로 살려 ᄒᆞ니 날로조차
齟齬(저어) ᄒᆞ다.

  ᄀᆞ을히 不足(부족)거든 봄이라 有餘(유여)ᄒᆞ며, 주머니
뷔엿거든 甁(병)의라 담겨시랴. 貧困(빈곤)ᄒᆞᆫ 人生(인생)이
天地間(천지간)의 나ᄲᅮᆫ 이라. 飢寒(기한)이 切身(절신)ᄒᆞ다
一丹心(일단심)을 이질ᄂᆞᆫ가. 奮義忘身(분의망신)ᄒᆞ야 죽어
야 말녀 너겨, 于橐于囊(우탁우랑)의 줌줌이 모아 녀코,
兵戈(병과) 五載(오재)예 敢死心(감사심)을 가져 이셔, 履尸
涉血(이시섭혈)ᄒᆞ야 멋 百戰(백전)을 지니연고.

  一身(일신)이 餘暇(여가) 잇사 一家(일가)를 도라보랴. 一
奴長鬚(일노장수)ᄂᆞᆫ 奴主分(노주분)을 이젓거든, 告余春及
(고여춘급)을 어늬 사이 생각ᄒᆞ리. 耕當問奴(경당문로)인들
눌ᄃᆞ려 물롤 ᄂᆞᆫ고. 躬耕稼穡(궁경가색)이 닉 分(분)인 줄
알리로다. 莘野耕叟(신야경수)와 瓏上耕翁(농상경옹)을 賤
(천)타 ᄒᆞ리 업것마ᄂᆞᆫ, 아므려 갈고젼들 어늬 쇼로 갈로

손고.

旱旣太甚(한기태심)ᄒ야 時節(시절)이 다 느즌 제, 西疇(서
주) 놉흔 논애 잠싼 긴 녈비예 道上(도상) 無源水(무원수)를
반만산 디혀두고, 쇼 ᄒ 적 듀마 ᄒ고 엄섬이 ᄒᄂ 말
삼 親切(친절)호라 너긴 집의 달 업슨 黃昏(황혼)의 허위허
위 다라가셔, 구디 다ᄃ 門(문) 밧긔 어득히 혼자 셔셔 큰
기침 아함이를 良久(양구)토록 하온 後(후)에, 어와 긔 뉘
신고. 廉恥(염치) 업산 니옵노라. 初更(초경)도 거읜디 긔
엇지 와 겨신고. 年年(연년)에 이러ᄒ기 苟且(구차)ᄒ 줄
알건마ᄂ 쇼 업슨 窮家(궁가)애 혜염 만하 왓삽노라.
공ᄒ니나 갑시나 주엄 즉도 ᄒ다마ᄂ, 다만 어제 밤의
거넨 집 져 사ᄅᆷ이, 목 불근 수기 雉(치)을 玉脂泣(옥지읍)
게 ᄊ우어 니고, 간 이근 三亥酒(삼해주)을 醉(취)토록 勸
(권)ᄒ거든, 이러한 恩惠(은혜)을 어이 아니 갑흘넌고. 來
日(내일)로 주마 ᄒ고 큰 言約(언약)ᄒ야거든, 失約(실약)이
未便(미편)ᄒ니 사셜이 어려왜라. 實爲(실위) 그러ᄒ면 혈
마 어이홀고. 헌 먼덕 수기 스고 축 업슨 집신에 설피설
피 물너 오니, 風採(풍채) 져근 形容(형용)애 기 즈칠 쭌이
로다.

蝸室(와실)에 드러간ᄃᆯ 잠이 와사 누어시랴. 北窓(북창)
을 비겨 안자 시비ᄅᆞᆯ 기다리니, 無情(무정)한 戴勝(대승)은

이니 恨(한)을 도우ᄂ다. 終朝惆悵(종조추창)ᄒ야 먼 들흘 바라보니, 즐기ᄂ 農歌(농가)도 興(흥) 업서 들리ᄂ다. 世情(세정) 모른 한숨은 그칠 줄을 모르ᄂ다. 아까온 져 소 뷔ᄂ 볏 보님도 됴홀셰고. 가시 엉긘 묵은 밧도 容易(용이)케 갈련마ᄂ, 虛堂半壁(허당반벽)에 슬듸업시 걸려고야. 春耕(춘경)도 거의거다. 후리쳐 더뎌 두쟈.

江湖(강호) 호 쑴을 쑤언지도 오러러니, 口腹(구복)이 爲累(위루)ᄒ야 어지버 이져쩌다. 瞻彼淇燠(첨피기욱)혼더 綠竹(녹죽)도 하도 할샤. 有斐君子(유비군자)들아 낙더 ᄒ나 빌려ᄉ라. 蘆花(노화) 깁픈 곳애 明月淸風(명월청풍) 벗이 되야, 님지 업ᄉ 風月江山(풍월강산)애 절로절로 늘그리라. 無心(무심)한 白鷗(백구)야 오라 ᄒ며 말라 ᄒ랴. 다토리 업슬손 다문 인가 너기로라.

無狀(무상)한 이 몸애 무슨 志趣(지취) 이스리마ᄂ, 두세 이렁 밧논를 다 무겨 더뎌 두고, 이시면 粥(죽)이오 업시면 굴물망졍, 남의 집 남의 거슨 젼혀 부러 말렷노라. 니 貧賤(빈천) 슬히 너겨 손을 헤다 물너가며, 남의 富貴(부귀) 불리 너겨 손을 치다 나아 오랴. 人間(인간) 어닉 일이 命(명) 밧긔 삼겨시리. 貧而無怨(빈이무원)을 어렵다 ᄒ건마ᄂ, 니 생애(生涯) 이러호더 셜온 뜻은 업노왜라. 簞食瓢飮(단사표음)을 이도 足(족)히 너기로라. 平生(평생)

혼 쓷이 溫飽(온포)애는 업노왜라. 太平天下(태평천하)애 忠孝(충효)를 일을 삼아 和兄弟(화형제) 信朋友(신붕우) 외다 ᄒᆞ리 뉘 이시리. 그 밧긔 남은 일이야 삼긴 ᄃᆡ로 살렷노라.

어리석고 세상 물정에 어둡기로는 이내 위에 더한 이 없다. 길흉화복을 하늘에게 맡겨두고, 누추한 거리 깊은 곳에 초가집을 지어 두고, 바람 부는 아침과 비오는 저녁에 썩은 짚이 땔감이 되어, 서 홉 밥과 다섯 홉 죽에 연기가 많기도 많구나. 덜 데운 숭늉으로 빈 배 속일 뿐이로다. 내 생애가 이렇다 하지만, 장부의 뜻을 옮길 것인가? 안빈일념을 적을망정 품고 있어, 옳은 일을 따라 살려 하니 날이 갈수록 어긋나는구나.

가을이 부족하거니 봄이라고 여유가 있겠으며, 주머니가 비었는데 병이라고 술이 담겼겠는가? 빈곤한 인생이 천지간 나뿐이다. 배고프고 추운 것이 몸을 끊는다 해도, 충성심을 잊을 것인가? 의로움에 분발하여 몸을 잊고 죽고 말리라 생각하며, 전대에 주머니에 줌줌이 모아 넣고, 전쟁 오년 동안에 감히 죽으려는 마음을 가지고 있어, 시신을 밟고 피를 건너 몇 백 번의 싸움을 했던고? 내 몸이 여가가 있어, 한 집안을 돌아보랴? 수염 긴 늙은 종은 하인과 주인의 분수를 잊었는데, 나에게 봄이 왔다 일러주기를 어느 사이 기대하리? 농사는 마땅히 머슴에게 물어야 하는데 누구에게 물을 것인가? 몸소 곡식 심고 거두는 것이 나의 분수인 줄 알겠도다. 밭을 갈던 늙은이들을 천하다고 할 사람이 없지만, 아무리 갈고자 한들 어느 소로 갈 것인가?

가뭄이 이미 크게 심해 농사철이 다 늦은 즈음에, 서쪽 둑 높은 논에 잠깐 갠 지나가는 비에, 길 위의 근원 모르는 물을 반쯤만 대어두고, 소를 한 번 빌려주겠다고 엉성히 하는 말, 친절하다 생각한 집에 달 없는 황혼에 허둥지둥 달려가서, 굳게 닫은 문밖에서 우두커니 혼자 서서, 큰 기침으로 인기척을 오래도록 한 뒤에, "어, 그 누구신고?", "염치없는 저올시다.", "초경도 거의 다 되었는데 어찌

와 계신가?", "해마다 이러하기 구차한 줄 알지마는, 소 없는 가난한 집에 걱정 많아 왔습니다.", "거저로나 값을 치거나 빌려줄 만도 하지마는, 다만 어젯밤에 건넛집 저 사람이 목 붉은 장끼를 보글보글 기름 끓게 구워내고, 갓 익은 삼해주를 취하도록 권하였으니, 이러한 은혜를 어찌 아니 갚겠는가? 내일 소를 빌려준다고 큰 약속을 하였으니, 약속 어기기가 마음 편하지 않으니 말씀드리기 어렵구료.", "참으로 그렇다면 설마 어찌하겠는가?" 헌 갓을 숙여 쓰고, 축이 없는 짚신에 맥없이 물러나오니, 풍채 작은 내 모습에 개가 짖을 뿐이로다.

작고 누추한 집에 들어간들 잠이 와서 누워 있겠는가? 북창에 기대어 앉아 새벽을 기다리니, 무정한 오디새는 이 나의 한을 돋우는구나. 밤새도록 슬퍼하여 먼들을 바라보니, 즐기는 농부들의 노래도 흥이 없이 들려온다. 세상의 인정 모르는 한숨은 그칠 줄을 모른다. 아까운 저 쟁기는 볏 보님도 좋구나. 가시 엉킨 묵은 밭도 쉽게 갈련마는, 빈 집 벽 가운데 쓸데없이 걸려 있구나. 봄갈이도 거의 끝나간다. 팽개쳐 던져두자.

자연에 살려는 한 꿈을 꾼 지도 오래인데, 먹고 사는 일이 누가 되어 잊었도다. 저 물가를 쳐다보니 푸른 대나무가 많기도 많구나. 교양 있는 선비들아, 낚싯대 하나 빌리자꾸나. 갈대꽃 우거진 곳에 밝은 명월청풍 벗이 되어, 임자 없는 풍월강산에 절로절로 늙으리라. 무심한 갈매기야, 오라고 하며 말라고 하랴? 다툴 이 없는 것은 다만 이것뿐인가 여기노라.

못난 이 몸이 무슨 뜻이 있을까마는, 두세 이랑의 밭과 논을 다 묵혀 던져두고, 있으면 죽이요, 없으면 굶을망정, 남의 집 남의 것은 전혀 부러워하지 않겠노라. 내 가난과 천함을 싫게 여겨 손을 내젓는다고 물러가며, 남의 부귀를 부럽게 여겨 손짓한다고 나오겠는가? 인간의 어느 일이 운명 밖에서 생겨났겠는가? 가난해도 원망하지 않는 것이 어렵다 하지만, 내 생애가 이러하니 서러운 뜻은 없노라. 청빈하고 소박한 삶도 만족하게 여기노라. 평생의 한 뜻이 따뜻이 입고 배불리 먹는 데에는 없노라. 태평스런 세상에 충효를 일삼아, 형제간 화목하고 벗끼리 신의 있게 사귀는 일을 그르다고 할 이 누가 있겠는가? 그 밖의 나머지 일이야 타고난 대로 살아가려 하노라.

어휘

- 安貧一念(안빈일념) : 가난하지만 편안한 마음 잃지 않으려는 한결같은 마음.
- 兵戈(병과) : 병사와 창. 전쟁을 뜻함.
- 履尸涉血(이시섭혈) : 주검을 밟고 피를 건넘. 치열한 전쟁을 뜻함.
- 莘野耕叟(신야경수) : 잠초 우거진 들에서 밭 갈던 늙은이. 밭 갈다 은나라의 재상이 된 이윤(伊尹)을 말함.
- 瓏上耕翁(농상경옹) : 밭두둑 위에서 밭 갈던 늙은이. 진나라의 진승(秦勝)을 말함.
- 아함이 : '에헴' 하는 소리. 인기척.
- 玉脂泣(옥지읍)게 : 구슬 같은 기름이 보글보글 끓어오르게.
- 三亥酒(삼해주) : 정월의 셋째 해일(亥日)에 빚은 술.
- 蝸室(와실) : 달팽이 집. 작고 누추한 집을 말함.
- 終朝惆悵(종조추창) : 아침이 끝날 때까지, 밤새도록 슬퍼함.
- 볏 : 보습 위에 비스듬하게 덧댄 쇳조각. 보습으로 갈아 넘기는 흙을 받아 한쪽으로 떨어지게 함.
- 보님 : 볏이 움직이지 않게 끼우는 빗.
- 瞻彼淇水(첨피기옥) : 저 기수(淇水)의 물가를 바라봄. 〈시경(詩經)〉에 나오는 말.
- 簞食瓢飮(단사표음) : 대나무로 만든 밥그릇에 담은 밥과 표주박에 든 물이라는 뜻으로, 청빈하고 소박한 생활을 이르는 말.

○ 작자 : 박인로(朴仁老, 1561~1642). 조선 중기의 문인. 호는 노계(蘆溪)
○ 연대 : 조선 광해군 때
○ 갈래 : 가사(강호가사)
○ 구성 :
　[도입] 누항에서 안빈일념의 삶
　[전개] 가난하고 힘든 농부의 삶
　[전환] 자연을 벗 삼아 살고자 하는 강호의 꿈
　[결말] 빈이무원하며 인륜을 추구하는 삶의 자세
○ 주제 : 빈이무원(貧而無怨), 안빈낙도(安貧樂道)의 삶
○ 출전 : 「노계집(蘆溪集)」

배경 〉〉〉 이 가사는 지은이가 51세 되던 해(광해군 3년), 경기도 용진에서 관직에 오르지도 못하고 농민으로서 어렵게 살면서 지은 작품으로, 가난하지만 인륜을 지키며 살겠다는 의지를 표현하고 있다.

온고지신! 溫故知新

이 작품에서는 지은이의 다른 작품인 〈선상탄〉에서 보여 주었던 무인으로서의 호방은 기상은 찾아볼 수 없고, 가난하고 무기력한 농부의 모습이 형상화되어 있다. 그러나 그러한 생활에도 불구하고 지은이는 가난을 원망하지 않는, 즉 '빈이무원(貧而無怨)'의 삶을 추구하며 인륜에 충실할 것을 다짐하고 있다. 사람들은 흔히 자신의 삶이 어려워지면 남을 탓하거나 세상을 탓을 한다. 오늘날도 이것은 마찬가지라 할 수 있다. 이 작품은 그러한 삶의 태도에 대해 경종을 울린다. 주체적인 삶에 대한 뚜렷한 인식과 가치관이 참으로 소중한 것임을 우리들에게 가르쳐 주고 있는 작품이라 할 수 있다.

알짜 문제!

01 이 작품의 내용으로 바르지 않은 것은?
① 자연 속에서 절로 늙기를 소망한다.　② 경작을 하려 하나 소가 없어 고심한다.
③ 소를 빌리려다 수모를 당하고 낙심한다.　④ 야박한 세태를 한탄하며 농사를 포기한다.
⑤ 성군이 나타나 가난을 구제해 주기를 기원한다.

02 다음은 이 작품을 수용한 김천택의 시조이다. 내용상 [　㉮　]안에 들어갈 말로 가장 알맞은 것은?

> 安貧(안빈)을 슬히 넉여 손 헤다 물러감여 / 富貴(부귀)를 불어ᄒ여 손 치다 나아오랴.
> 암아도 [　㉮　] 긔 올흔가 하노라.

① 安貧樂道(안빈낙도)가　② 簞瓢陋巷(단표누항)이　③ 貧而無怨(빈이무원)이
④ 安分知足(안분지족)이　⑤ 物我一體(물아일체)가

서술형 이 작품은 기존의 양반가사에 나타나는 양반들의 관념적 태도와 어떤 점에서 다른지 구체적인 예를 들어 70자 내외로 서술하시오.

➔ 답은 [부록]에

09 용부가(庸婦歌)_ 작자 미상

흉보기도 싫다마는 저 婦人(부인)의 거동 보소.
시집간 지 석 달 만에 시집살이 심하다고
친정에 편지하여 시집 흉을 잡아내네.
계염할사 시아버니 암상할사 시어미라.
고자질에 시누의와 엄숙하기 맏동서여,
妖惡(요악)한 아우 동서 여우 같은 시앗년에
드세도다 남녀 奴僕(노복) 들며 나며 흠구덕에
男便(남편)이나 믿었더니 十伐之木(십벌지목) 되었에라.
여기 저기 사설이요, 구석구석 모함이라.
시집살이 못하겠네 간숫병을 기울이며
치마 쓰고 내닫기와 보찜 싸고 도망질에
오락가락 못 견디어 僧(승)들이나 따라갈까.
긴 長竹(장죽)이 벗이 되고 들구경 하여 볼까.
問卜(문복)하기 消日(소일)이라.
겉으로는 시름이요, 속으로는 딴 생각에
半粉黛(반분대)로 일을 삼고 털 뽑기가 세월이라.
시부모가 警戒(경계)하면 말 한마디 지지 않고
남편이 걱정하면 뒤 받아 맞넉수요.
들고 나니 초롱군에 팔짜나 고쳐 볼까.
양반자랑 모두 하며 色酒家(색주가)나 하여 볼까.

남문 밖 뺑덕어미 天生(천생)이 저러한가.
배워서 그러한가 본 데 없이 자라나서
여기저기 무릎맞침 싸홈질로 세월이며
남의 말 말전주와 들며는 飮食(음식) 공논
조상은 不知(부지)하고 佛供(불공)하기 爲業(위업)할 제
무당 소경 푸닥거리 衣服(의복) 가지 다 내주고
남편 모양 볼작시면 삽살개 뒷다리요
자식 거동 볼작시면 털 벗은 솔개미라.
엿장사야 떡장사야 아이 핑계 다 부르고
물레 앞에 선하품과 씨아 앞에 기지개라.
이집 저집 이간질과 淫談悖說(음담패설) 일삼는다.
謀陷(모함) 잡고 똥 먹이기
세간은 줄어가고 걱정은 늘어간다.
치마는 절러 가고 허리통이 길어 간다.
총 없는 헌 짚신에 어린 자식 들쳐 업고
혼인 葬事(장사) 집집마다 음식 推尋(추심) 일을 삼고
아이 싸움 어른 쌈에 남의 죄에 매 맞히기
까닭 없이 성을 내고 의뿐 자식 두다리며
며느리를 쫓았으니 아들은 홀아비라.
딸자식을 다려오니 남의 집은 결딴이라.

두 손뼉을 두다리며 放聲大哭(방성대곡) 괴이하다.
무슨 꼴에 생트집에 머리 싸고 드러눕기
姦夫(간부) 달고 달아나기 官婢定屬(관비정속) 몇 번인가.
무식한 蒼生(창생)들아, 저 거동을 자세 보고
그릇 일을 알았거든 고칠 改(개)자 힘을 쓰소.
옳은 말을 들었거든 행하기를 爲業(위업)하소.

배경 >>> 이 가사는 인륜을 모르는 못난 여인이 벌이는 추행을 다룬 작품이다. '저 부인'과 '뺑덕어미'가 등장하는데, 저 부인은 양반층의 부인으로 시집살이의 악행을 그렸다. 뺑덕어미가 어떤 계층인지는 드러나 있지 않으나 행동으로 보아 서민층인 듯하다. 어리석은 여자가 어떤 방법으로 인륜을 파괴하고 패가망신시키는가를 통해 사람들을 계도하고자 한 교훈적 목적이 강한 노래이다.

이 작품은 주인공의 이야기를 통해 그 당시 여성들의 비행을 열거하고 있어 서민층의 비판 의식을 엿볼 수 있게 해 준다. 그러나 이 작품 속에는 이 시대 여인들의 생활과 감정을 과장함으로써 현실적 비난을 피하려는 의도도 숨어 있음을 간과해

어휘

- 용부(傭婦) : 변변치 못하고 졸렬한 여자.
- 계엄 : 마음이 컴컴하고 욕심이 많음.
- 암상 : 남을 미워하고 샘을 잘 내는 잔망스러운 심술.
- 시앗 : 남편의 첩.
- 흠구덕 : 남의 허물을 험상궂게 말함.
- 十伐之木(십벌지목) : 열 번 찍어서 안 넘어가는 나무가 없다는 뜻으로, 여럿의 등쌀에 결국 마음이 쏠렸다는 의미.
- 사설 : 잔소리로 늘어놓는 말.
- 간숫병 : 간수가 들어있는 병. 간수는 소금이 공기의 습기를 빨아들여 녹아 흐른 물. 두부를 만드는데 쓰임.
- 보찜 : 봇짐. 보자기에 싼 짐.
- 問卜(문복) : 점쟁이에게 길흉을 물음.
- 半粉黛(반분대) : 얼굴 화장.
- 맞녁수 : 마주 대꾸하기.
- 초롱꾼 : 초롱(등롱)을 들고 다니는 사람 또는, 초립을 쓴 사람.
- 色酒家(색주가) : 젊은 여자를 고용하여 손에게 술과 몸을 팔게 하는 술집. 색줏집.
- 본 데 없이 : 보아서 배운 범절이나 지식이 없이.
- 무릎맞침 : 무릎맞춤. 두 사람의 말이 어긋날 때 대질하여 전에 한 말을 되풀이시킴으로써 옳고 그림을 판단하는 일.
- 말전주 : 말을 여기저기 옮기는 것.
- 공논 : 여럿이 이야기함. 또는 헛된 이야기.
- 爲業(위업) : 생업을 삼음.
- 푸닥거리 : 무당이 간단하게 음식을 차려놓고 잡귀를 풀어 먹이는 굿.
- 솔개미 : 소리개. 매과에 딸린 새.
- 선하품 : 흥미 없는 일을 할 때 나오는 하품.
- 씨아 : 목화씨를 빼는 기구.
- 이간질 : 두 사람 사이를 갈라놓는 것.
- 세간 : 집안 살림에 쓰는 온갖 물건.
- 절러 : 짧아.
- 음식 推尋(추심) : 음식을 찾아서 가져옴.
- 官婢定屬(관비정속) : 죄인을 관청의 종으로 편입하는 일.

○ 작자 : 미상
○ 연대 : 조선 후기
○ 갈래 : 가사(계녀가사 : 여자의 행실을 경계하는 내용)
○ 성격 : 훈계적 · 풍자적 · 비판적
○ 구성 :
  [도입] 용렬한 부인의 거동
  [전개] 부인의 시집 식구 흉보기, 부도덕한 거동
  [결말] 용부의 비행을 교훈으로 삼음
○ 주제 : 여성들의 비행에 대한 비판과 경계
○ 출전 : 「경세설(警世說)」

서는 안 된다. 따라서 왜 그런 여성이 나오게 되었는지, 교훈으로 포장된 비판 속에는 여성에 대한 비하 의식이 없는지 생각해 볼 필요가 있다. 오늘날도 마찬가지이지만 여성의 일방적 잘못으로 모든 일을 재단할 수는 없는 것이기 때문이다. 양성 평등의 중요성을 새삼 느끼게 해주는 작품이라고 할 수 있다.

알짜 문제!

01 이 작품에 나타난 '부인(婦人)'에 대한 설명으로 바르지 않은 것은?
① 풍자의 대상이 되고 있다.
② 기존 사회의 윤리에 도전한다.
③ 노복을 거느린 양반집 여성이다
④ 전근대적 속박에서 벗어나려 한다.
⑤ 가부장제의 질서를 운명으로 받아들인다.

02 이 작품에서 평민적인 골계미(滑稽美)가 잘 나타나 있는 구절은?
① 들고 나니 초롱군에 팔짜나 고쳐 볼까.
② 자식 거동 볼작시면 털 벗은 솔개미라.
③ 여기저기 무릎맞침 싸홈질로 세월이며
④ 오락가락 못 견디어 승(僧)들이나 따라갈까.
⑤ 이집 저집 이간질과 淫談悖說(음담패설) 일삼는다.

서술형 이 작품의 마지막 부분을 통하여 지은이가 말하고자 하는 교훈의 내용을 사자성어(四字成語)를 이용하여 30자 내외로 서술하시오.

➡ 답은 [부록]에

민요

民謠

민요는 대중들의 생활 현장, 노동, 또는 집단적인 운동 속에서 크게 발달하고
전파된 비전문적인 민중의 노래이다. 명칭은 풍요, 향가, 속요, 동요, 소리, 국
풍, 타령 민간가요 등으로 불렸으며 다수 민중에 의해 구비 전승되어 작가가
알려진 것이 드물다. 민요는 노래로 불렸다는 점에서 가요에 속하는데, 그 발
생에 있어 고정된 형식의 지배를 받지 않고 악기와 관계없으며, 고정된 창법에
구애되지 않은 채 자기 감정에 따라 자유롭고 즉흥적으로 전승되었다. 민요의
노랫말은 그 시대 사람들의 생활과 사상, 감정이 집약적으로 반영되어 있고,
세태와 풍속, 습관, 지혜 등이 구체적으로 나타나 있다.

01 강강술래 _ 작자 미상

달 떠 온다. 달 떠 온다. 우리 마을에 달 떠 온다.
　강강술래
저 달이 장차 우연히 밝아 장부 간장 다 녹인다.
　강강술래
우리 세상이 얼마나 좋아 이렇게 모아 잔치하고.
　강강술래
강강술래 잘도 한다. 인생 일장은 춘몽이더라.
　강강술래
아니야 놀고 무엇을 할꼬. 노세 노세 젊어서 노세.
　강강술래
늙고 병들면 못 노니라. 놀고 놀자 놀아 보세.
　강강술래
이러다가 죽어지면 살은 녹아 녹수가 되고.
　강강술래
뼈는 삭아 진토가 되니 우리 모두 놀고 놀자.
　강강술래
어느 때의 하 세월에 우리 시방에 다시 올래.
　강강술래
우리 육신이 있을 적에 춤도 추고 노래도 하고.
　강강술래

놀고 놀고 놀아 보자. 질게 하면 듣기도 싫다.
　강강술래
노세 노세 젊어서 노세. 칭칭이도 고만하자.
　강강술래

어휘

- 우연히 밝아 : 정월대보름 같은 날도 아닌데 밝아.
- 장부 간장 : 사내의 마음속.
- 인생 일장은 춘몽이더라 : 인생은 일장춘몽(一場春夢). 리듬감을 살린 표현.
- 녹수 : 綠水, 푸른 물. 인생무상을 상징함.
- 진토 : 塵土, 먼지와 흙. 인생무상을 상징함.
- 시방 : 時方, 지금. 금시. 현재.
- 칭칭이 : '쾌지나 칭칭 나네'로 여기서는 '강강술래'를 뜻함. 강강술래 놀이 중에 서로 엉키며 도는 과정으로, 놀이마저 지루해져 그만두는 단계에 이르렀음을 통해 인생무상을 강조하는 표현임.

➡ 알아 두기

- ⭕ 작자 : 미상
- ⭕ 연대 : 미상
- ⭕ 갈래 : 민요. 유희요(遊戲謠). 선후창요(先後唱謠)
- ⭕ 형식 : 4음보 연속체
- ⭕ 성격 : 현세적 · 낙천적 · 집단적 · 유흥적 · 민중적
- ⭕ 제재 : 달맞이, 유한한 인생
- ⭕ 주제 : 인생무상과 현세적 유희
- ⭕ 채집지 : 경상남도 거제

배경 〉〉〉 〈강강술래〉는 중요 무형문화재 제8호로, 한가윗날 밤에 곱게 단장한 부녀자들이 수십 명씩 일정한 장소에 모여 손에 손을 잡고 원형으로 늘어서서, '강강술래'라는 후렴이 붙은 노래를 하며 빙글빙글 돌면서 뛰노는 놀이이다. 대표적으로 전하는 유래는 임진왜란 때, 당시 수군통제사인 이순신이 수병을 거느리고 왜군과 대치하고 있을 때, 적의 군사에게 해안을 경비하는 우리 군사의 수가 많음을 보이기 위하여, 또 왜군이 해안에 상륙하는 것을 감시하기 위하여, 전쟁 지역 부근의 부녀자들로 하여금 수십 명씩 떼를 지어 해안 지대 산에 올라, 곳곳에 모닥불을 피워 놓고 돌면서 '강강술래'라는 노래를 부르게 한 데서 비롯되었다고 한다. '강강'의 '강'은 주위 또는 '원(圓)'이란 뜻의 전라도 방언이고, '술래'는 한자어 '순라(巡邏)'에서 온 말로서 '경계하라'는 뜻이니, 당시의 구호인 것으로 생각된다. 싸움이 끝난 뒤 그곳 해안 부근의 부녀자들이 당시를 기

념하기 위하여, 연례행사로 놀던 것이 여성 민속
놀이로 정착되었다.

온고지신! 溫故知新 　〈강강술래〉는 원시시대의 부족
　　　　　　　　　　이 달밤에 축제를 벌여 노래하
고 춤추던 풍습에서 비롯된 민속놀이라고 보는 견해도 있다.
고대로부터 우리나라 사람들은 달의 운행 원리에 맞추어 자연
의 흐름을 파악하였고, 세시풍속에서 보름달이 차지하는 위치
는 매우 중요한 것이었다. 즉, 달이 가장 밝은 추석날이나 정월
대보름날이면 축제를 벌여 춤과 노래를 즐겼고, 이것이 정형화
되어 〈강강술래〉로 전승된 것으로 보는 것이다. 이렇게 전승된
〈강강술래〉를 이순신 장군이 의병술(擬兵術)로 채택하여 승리
를 거둠으로써 널리 보급되고 더욱 큰 의미를 부여받게 되었
다는 견해이다. 이처럼 민요는 우리의 역사와 그 흐름을 같이
하는 소중한 정신적 문화유산으로서 잘 보존하고 발전시켜 후
대에 전승해야 할 것이다.

알짜 문제!

01 이 노래에 나타난 우리 민족의 세계관으로 가장 알맞은 것은?
　① 퇴폐적이고, 관념적이다.
　② 회고적이고, 비관적이다.
　③ 현세적이고, 낙관적이다.
　④ 낭만적이고, 현실 초월적이다.
　⑤ 미래 지향적이고, 적극적이다.

02 이 노래의 내용에 대한 설명으로 알맞지 않은 것은?
　① 현실적 삶의 중요성을 강조하고 있다.
　② '춤'을 통해 집단적 축제임을 알 수 있다.
　③ 전쟁으로 인한 삶의 고통을 노래하고 있다.
　④ 놀이 자체도 인생의 덧없음과 연결 짓고 있다.
　⑤ 젊음을 즐기려는 주제의식이 일관되게 유지된다.

서술형　이 노래에서는 죽음에 대해 어떠한 태도를 가지고 있는지 본문에 나온 말을 이용하여 60
　　　　　자 내외로 서술하시오.

➜ 답은 [부록]에

02 논매기 노래_ 작자 미상

잘하고 자로 하네 에히요 산이가 자로 하네.
이봐라 농부야 내 말 듣소. 이봐라 일꾼들 내 말 듣소.
잘하고 자로 하네 에히요 산이가 자로 하네.

하늘님이 주신 보배 편편옥토가 이 아닌가.
잘하고 자로 하네 에히요 산이가 자로 하네.
물꼬 찰랑 돌아 놓고 쥔네 영감 어디 갔나.
잘하고 자로 하네 에히요 산이가 자로 하네.

잘한다 소리를 퍽 잘하면 질 가던 행인이 질 못 간다.
잘하고 자로 하네 에히요 산이가 자로 하네.
잘하고 자로 하네 우리야 일꾼들 자로 한다.
잘하고 자로 하네 에히요 산이가 자로 하네.

이 논배미를 얼른 매고 저 논배미로 건너가세.
잘하고 자로 하네 에히요 산이가 자로 하네.
담송담송 닷 마지기 반달만치만 남았구나.
잘하고 자로 하네 에히요 산이가 자로 하네.
일락서산에 해는 지고 월출동령에 달 돋는다.
잘하고 자로 하네 에히요 산이가 자로 하네.

잘하고 자로 하네 에히요 산이가 자로 한다.
잘하고 자로 하네 에히요 산이가 자로 하네.
잘하고 못하는 건 우리야 일꾼들 솜씨로다.

배경 >>> 〈논매기 노래〉는 모를 심고 난 후 김을 맬 때에 부르는 노동요로 나주·안동·영양·상주 등 전국 작지에서 성하며, 지방마다 각기 다른 사설과 선율을 지니고 있다. 논매기는 김을 매는 횟수에 따라 초벌매기·두벌매기·세벌매기로 나뉘는데, 대부분의 지방이 때마다 다른 노래를 부른다.

어휘
- 자로 : 잘, 또는 자주.
- 산이 : 사니. 광대나 제주꾼을 통틀어 이르는 말. 여기서는 '선소리꾼'을 가리킴.
- 편편옥토 : 片片沃土. 어느 논밭이나 모두 비옥함.
- 물꼬 : 논배미에 물이 넘어 흐르게 만들어 놓은 어귀.
- 논배미 : 논과 논 사이를 구분하여 놓은 곳.
- 담송담송 : 담상담상. 드물고 성긴 모양.
- 일락서산 : 日落西山. 서산에 해가 넘어감.
- 월출동령 : 月出東嶺. 달이 동쪽 고개로부터 떠오름.

 **온고지신!** 溫故知新

노동요는 힘들고 고된 일을 즐겁게 하게 해 주고, 흥을 돋우어 일의 능률을 극대화시키며, 노래를 부르는 사회 구성원들로 하여금 서로의 동질성을 공유하게 함으로써 공동체의 결속과 통합을 이끌어내는 사회적 기능을 가지고 있다. 전통적 농경사회였던 우리나라에는 예로부터 내려온 수많은 노동요들이 있었으나, 현대에 들어와서 사회구조가 바뀌고 생활양식이 변하면서 이제는 거의 찾아볼 수 없게 되었다. 그러나 오늘날에도 집단의 결속을 다지는 노래는 여전히 존재하고 있다. 주변에서 옛날의 노동요와 같은 구실을 하는 노래는 어떤 것이 있는지 관심을 기울여 찾아보자.

▶ **알아 두기**

◯ 작자 : 미상
◯ 연대 : 미상
◯ 갈래 : 민요. 노동요(勞動謠). 선후창요(先後唱謠)
◯ 형식 : 돌림노래
◯ 성격 : 낙관적·긍정적·공동체적
◯ 구성
 [1연] 선소리꾼이 일꾼들이 관심 유도
 [2연] 비옥한 옥토에 대한 예찬
 [3연] 일꾼들에 대한 격려와 칭찬
 [4연] 일꾼들에 대한 독려
 [5연] 일꾼들의 솜씨에 대한 긍지와 자부심
◯ 제재 : 논매기
◯ 주제 : 농사의 기쁨과 보람
◯ 채록지 : 충북 영동

01 이 노래의 서정적 자아의 신분을 나타내는 말이 아닌 것은?
① 물꼬　　② 논배미　　③ 편편옥토　　④ 닷 마지기　　⑤ 월출동령

02 이 노래의 내용으로 거리가 먼 것은?
① 일꾼들을 칭찬하고 있다.
② 일꾼들을 독려하고 있다.
③ 땅 주인을 미워하고 있다.
④ 농부로서 자긍심이 나타나 있다.
⑤ 농토에 대한 애정이 표현되어 있다.

서술형 이 노래와 같은 노동요가 가지는 사회적 기능의 양면성에 대해 50자 내외로 서술하시오.

➔ 답은 [부록]에

03 베틀 노래_ 작자 미상

기심 매러 갈 적에는 갈뽕을 따 가지고
기심 매고 올 적에는 올뽕을 따 가지고
삼간방에 누어 놓고 청실홍실 뽑아내서
강릉 가서 날아다가 서울 가서 매어다가
하늘에다 베틀 놓고 구름 속에 이매 걸어
함경나무 바디집에 오리나무 북게다가
짜궁짜궁 짜아내어 가지잎과 뭅거워라
배꽃같이 바래워서 참외같이 올 짓고
외씨 같은 보선 지어 오빠님께 드리고
겹옷 짓고 솜옷 지어 우리 부모 드리겠네.

배경 >>> 이 노래는 강원도 통천 지방의 노동요로 베 짜는 여인들의 삶의 모습을 그리고 있다. 베틀 노래는 구전민요로 베틀가라고도 하는데, 부녀자들이 베를 짜면서 그 과정을 노래한 대표적인 부요(婦謠)이다.

온고지신! 溫故知新

〈베틀 노래〉는 일반적으로 월궁에서 놀던 선녀가 지상으로 내려와 옥난간에 베틀을 놓는 과정과 베틀을 짜는 모습을 그리는 과정으로 이루어지는데, 가끔 차이가 있기는 하지만 어느

어휘

• 기심 : 김, 논밭에 난 잡풀.
• 올뽕 : 다른 것보다 잎이 이르게 피는 뽕나무.
• 누어 : 누에.
• 날아다가 : 명주, 베, 무명 따위를 길게 늘여서 실을 만들어다가.
• 매어다가 : 옷감을 짜기 위하여 날아 놓은 날실에 풀을 먹이고 고루 다듬어 말리어 감아다가.
• 이매 : 잉아. 베틀의 날실을 한 칸씩 걸러서 끌어 올리도록 맨 굵은 실.
• 바디집 : 베틀의 바디를 끼우는 테.
• 바디 : 베틀, 가마니틀, 방직기 따위에 딸린 기구의 하나.
• 북 : 베틀에서 날실의 틈으로 왔다 갔다 하면서 씨실을 푸는 기구.
• 짜궁짜궁 : 베 짜는 소리를 흉내 낸 의성어.
• 가지잎과 뭅거워라 : 의미를 정확히 알 수 없음.
• 바래워서 : 표백하여.
• 올 : 실의 줄기나 가닥. 옷.

→ 알아 두기

○ 작자 : 미상
○ 연대 : 미상
○ 갈래 : 민요, 부요(婦謠)
○ 성격 : 낙천적 · 낭만적
○ 운율 : 4 · 4조, 4음보
○ 제재 : 베 짜기
○ 주제 : 베 짜는 여인의 흥과 멋
○ 채집지 : 강원도 통천

지방에서 전승되는 사설이든 그 짜임이 거의 같다. 그리고 베틀의 여러 부분의 생김새와 베를 트는 모습을 그린 대목이 실감나게 표현되어 있다. 특히 이 노래에서는 여인의 가족 사랑이 잘 나타나 있어 옛날 부녀자들의 심성을 엿볼 수 있게 한다. 이제는 집에서 어머니가 옷감을 짜거나 옷을 짓는 풍경을 볼 수 없는 시대가 되었지만, 가끔은 어머니의 손길로 직접 만드신 사랑의 옷을 입어보고 싶은 마음이 들 때가 있다.

알짜 문제!

01 이 노래의 효용성으로 가장 알맞은 것은?
① 노동의 가치를 예찬한다.
② 노동의 어려움을 덜어준다.
③ 인생무상의 극복을 권고한다.
④ 절기에 따른 농사법을 알려준다.
⑤ 부모에게 효도할 것을 계도한다.

02 이 노래를 부르는 서정적 자아의 마음으로 가장 알맞은 것은?
① 힘겹다　　② 괴롭다　　③ 슬프다　　④ 흥겹다　　⑤ 놀랍다

서술형 이 노래에 나타난 옷 만드는 방법을 30자 내외로 서술하시오.

→ 답은 [부록]에

04 시집살이 노래_ 작자 미상

형님 온다. 형님 온다. 분고개로 형님 온다.
형님 마중 누가 갈까. 형님 동생 내가 가지.
형님, 형님, 사촌 형님, 시집살이 어떱뎁까?
이애, 이애, 그 말 마라. 시집살이 개집살이.
앞밭에는 당추 심고, 뒷밭에는 고추 심어,
고추 당추 맵다 해도 시집살이 더 맵더라.
둥글둥글 수박 식기(食器) 밥 담기도 어렵더라.
도리도리 도리 소반(小盤) 수저 놓기 더 어렵더라.
오 리(五里) 물을 길어다가 십 리(十里) 방아 찧어다가,
아홉 솥에 불을 때고, 열두 방에 자리 걷고,
외나무다리 어렵대야 시아버니같이 어려우랴?
나뭇잎이 푸르대야 시어머니보다 더 푸르랴?
시아버니 호랑새요, 시어머니 꾸중새요,
동세 하나 할림새요, 시누 하나 뾰족새요,
시아지비 뾰중새요, 남편 하나 미련새요,
자식 하난 우는 새요, 나 하나만 썩는 샐세.
귀먹어서 삼 년이요, 눈 어두워 삼 년이요,
말 못 해서 삼 년이요, 석 삼 년을 살고 나니,
배꽃 같던 요내 얼굴 호박꽃이 다 되었네.
삼단 같던 요내 머리 비사리춤이 다 되었네.

백옥 같던 요내 손길 오리발이 다 되었네.
열새 무명 반물 치마 눈물 씻기 다 젖었네.
두 폭 붙이 행주치마 콧물 받기 다 젖었네.
울었던가 말았던가. 베개머리 소(沼) 이겼네.
그것도 소이라고 거위 한 쌍 오리 한 쌍
쌍쌍이 때 들어오네.

어휘

- 개집살이 : '시집'을 '개집'으로 얕잡아 비유한 해학적 표현.
- 당추 심고, 고추 심어 : 당추와 고추는 같은 것이나, 음의 조화로운 배치를 노린 표현.
- 도리 소반 : 상을 차리는 예절의 어려움을 표현한 구절.
- 호랑새 : 무서움을 나타내는 말.
- 할림새 : 남의 허물을 잘 고자질함을 나타내는 말.
- 뾰족새 : 토라지기 잘함을 나타내는 말.
- 비사리춤 : '비사리'는 싸리나무 껍질. '춤'은 가늘고 기름한 물건의 한 손으로 쥘 만한 분량. 즉, 고된 시집살이에 머리카락이 빠지고 거칠어졌음을 뜻함.
- 열새무명 반물치마 : 고운 무명에 남빛 물을 들인 치마.
- 베개머리 소 이겼네 : 베개 머리에는 눈물로 연못을 이루겠네.
- 그것도 소이라고~들어오네 : 어린 자식들이 어머니의 품에 드는 모습을 해학적으로 표현함.

배경 >>> 이 노래는 서민들의 소박한 애환을 담은 민요로 시집살이를 내용으로 한 부요(婦謠)인데, 시집살이의 불행을 고발하는 의지가 강하게 나타난다. '시집살이'란 제목은 시집살이를 내용으로 한 모든 노래를 의미하는데, 여기에 소개된 노래는 그 중의 하나이다.

온고지신! 溫故知新

이 민요는 평범한 일상어로 되어 있으면서도 언어의 묘미를 잘 살리고 있으며, 시집살이의 고통을 겪는 봉건시대 여인의 깊은 한과 함께 해학성이 응축되어 있는 등 높은 문학성을 지니고 있는 작품이다. 특히 여러 시댁 식구와 자기 자신을 새에 비유하고, 자식들은 오리, 거위에 비유하여 해학적으로 표현한 것이 흥미롭다. 이런 다양한 표현은 이 민요가 구전되는 과정에서 자연스럽게 다듬어진 것으로 볼 수 있다. 이처럼 민간 전승되는 민요에는 삶의 고통과 절망을 해학적으로 극복하고자 했던 민중들의 긍정적 가치관이 숨어 있다. 우리의 진정한 민중의식은 이와 같이 한을 극복하는 긍정적 해학에 있음을 알고, 오늘날 우리의 각박한 삶을 조명해 보아야 할 것이다.

➡ 알아 두기

○ 작자 : 미상
○ 연대 : 미상
○ 갈래 : 민요, 부요(婦謠)
○ 형식 : 4음보 연속체
○ 성격 : 풍자적 · 해학적
○ 구성
　[1~2행] 형님 마중
　[3~23행] 고된 시집살이 묘사
　[24~26행] 해학적 체념
○ 제재 : 시집살이
○ 주제 : 시집살이의 한과 체념적 수용
○ 채록지 : 경북 경산

알짜 문제!

01 이 노래에 나타난 시집살이의 어려움이 아닌 것은?
① 밥상 차리는 예절이 매우 어렵다.
② 어리석고 둔한 남편 때문에 괴롭다.
③ 시집 식구들 성격이 모나고 까다롭다.
④ 물 긷고 식량 장만하기가 너무 힘들다.
⑤ 아들을 못 낳아 시부모에게 구박을 받는다.

02 이 노래에 나타난 시집 식구들의 성격으로 알맞지 않은 것은?
① 동세 : 고자질을 잘한다.
② 시누이 : 까다롭고 모나다.
③ 시아버지 : 술주정이 심하다.
④ 시아주버니 : 무섭게 화를 잘 낸다.
⑤ 시어머니 : 서슬 퍼렇게 간섭이 심하다.

서술형 이 노래에 등장하는 두 인물은 시집살이에 대해 어떤 태도를 가지고 있는지 50자 내외로 서술하시오.

➔ 답은 [부록]에

05 진도 아리랑_ 작자 미상

문경 새재는 웬 고개인고.
구비야 구비야 눈물이 난다.
아리아리랑 쓰리쓰리랑 아라리가 났네.
아리랑 응응응 아라리가 났네.

치어다보니 만학천봉(萬壑千峰)
굽어보니 백사지(白沙地)로다.
아리아리랑 쓰리쓰리랑 아라리가 났네.
아리랑 응응응 아라리가 났네.

임이 죽어서 극락을 가면
이내 몸도 따라가지 지장보살.
아리아리랑 쓰리쓰리랑 아라리가 났네.
아리랑 응응응 아라리가 났네.

다려가오 잘 다려가오.
우리 임 뒤따라서 나는 가네.
아리아리랑 쓰리쓰리랑 아라리가 났네.
아리랑 응응응 아라리가 났네.

원수야 악마야 이 몹쓸 사람아
생사람 죽는 줄을 왜 모르나.

아리아리랑 쓰리쓰리랑 아라리가 났네.
아리랑 응응응 아라리가 났네.

저 넘에 계집에 눈매 좀 보소.
속눈만 뜨고서 발발 뜨네.
아리아리랑 쓰리쓰리랑 아라리가 났네.
아리랑 응응응 아라리가 났네.

왜 왔던고 왜 왔던고.
울고 올 길을 왜 왔던고.
아리아리랑 쓰리쓰리랑 아라리가 났네.
아리랑 응응응 아라리가 났네.

바람은 손 없어도 나뭇가질 흔드는데
이내 몸은 손 둘이어도 가는 임을 못 잡네.
아리아리랑 쓰리쓰리랑 아라리가 났네.
아리랑 응응응 아라리가 났네.

말은 가자고 네 굽을 치는데
임은 붙들고 아니를 놓네.
아리아리랑 쓰리쓰리랑 아라리가 났네.
아리랑 응응응 아라리가 났네.

물을 쓰면 돌만 남고
임은 가면 나 혼자 남는다.
아리아리랑 쓰리쓰리랑 아라리가 났네.
아리랑 응응응 아라리가 났네.

백 년을 살자고 백년초를 심었드니
백년초는 어딜 가고 이별초만 남았네.
아리아리랑 쓰리쓰리랑 아라리가 났네.
아리랑 응응응 아라리가 났네.

어휘

- 새재 : 경상북도 문경군과 충청북도 괴산군 사이에 있는 고개.
- 구비 : 생의 험난한 굽이
- 만학천봉(萬壑千峰) : 수많은 골짜기와 봉우리.
- 백사지(白沙地) : 흰 모래가 깔려 있는 땅
- 지장보살 : 부처 없는 세계에서 머물면서 중생을 제도한다는 보살.
- 잘 다려가오 : 날 데려가오. '짤은 날'의 오기인 듯함.
- 저 넘에 : 저놈의
- 뜨네 : 떠네.
- 굽 : 짐승의 발톱. 말굽.
- 왜 왔던고~길을 왜 왔던고 : 서정적 자아가 애(哀), 원(怨), 한(恨)을 가지고 있음을 보여 주고, 인생의 고달픔을 집약적으로 보여줌.

배경 〉〉〉 〈아리랑〉은 우리의 민요 중에서 그 종류와 가사가 가장 많다. 구비 문학과 적층 문학의 성격을 띠고 있어 당시의 세태와 다수 민중의 공동 체험을 그 안에 담아내고 있으며, 민요 중에서 가장 널리 분포하고 있어 시대와 지역에 따라 그 특성과 명칭이 다른 모습을 보인다. 이 노래는 진도 지방에서 발달한 아리랑으로, 아리랑의 일반적 특성인 애(哀), 원(怨), 한(恨)의 정조를 잘 보여주고 있다.

온고지신! 溫故知新

이 노래의 기본 성격은 남녀의 사랑과 이별을 주제로 하고 있다. 이 노래에는 머슴살이하던 총각과 주인집 딸의 사랑에 얽힌 배경 설화도 전한다. 이러한 설화를 바탕으로 이 민요는 임과 헤어지게 된 여성의 슬픈 속내를 소박하고 솔직하게 드러내고 있으며, 가사가 더욱 절절하게 느껴진다. 〈아리랑〉은 우리 민족을 대표하는 민요로서, 오늘날엔 현대적 감각으로 편곡되어 전 세계에 알려져 사랑을 받고 있다. 따라서 〈아리랑〉은 과거의 노래가 아니라 여전히 만들어지고 전해지는, 영원한 현재 진행형인 우리 민족의 노래라 할 수 있다. 〈아리랑〉은 세계인들에게는 '월드 뮤직'인 것이다. 우리 고유의 문화야말로 진정한 세계 문화임을 새삼 깨닫게 된다.

알짜 문제!

01 이 노래에 나타난 내용으로 거리가 먼 것은?
① 임의 죽음
② 자연 예찬
③ 임에 대한 원망
④ 순탄하지 못한 삶
⑤ 삶에 대한 자책감

02 우리 민요 〈아리랑〉에 대한 설명으로 바르지 않은 것은?
① 전국에 골고루 분포되어 있다.
② 중심적 정감은 슬픔 · 원망 · 한 등이다.
③ 우리나라의 대표적인 민요군(民謠群)이다.
④ 혼자 부를 수는 있지만 여럿이 부르기에는 부적절하다.
⑤ '아리랑~'이나 '아라리~', 또는 이들의 변이형이 후렴구이다.

서술형 이 노래에 나오는 '문경세재'는 무엇을 상징하는지 30자 내외로 서술하시오.

➤ 답은 [부록]에

한시

漢詩

한시는 원래 중국의 전통시를 말하는데, 중국 문학사에서 시가 가장 성행했던 시기는 당나라 때였던 것으로 알려져 있다. 엄격한 규칙을 수반하는 당나라 이후의 한시를 근체시(近體詩)라 하고, 그 이전의 시를 고체시(古體詩)라고 나누는데, 근체시에는 기본적으로 음수율, 시행율, 음위율, 음성률이 적용되며, 그 외에도 여러 가지의 엄격한 규칙이 따른다. 근체시에서는 구수(句數)에 따라 4구로 이루어진 것을 '절구(絶句)', 8구로 이루어진 것을 '율시(律詩)'라 한다. 또 구수에 별 제한이 없이 자유로운 것을 '배율(排律)'이라 한다.

神策究天文(신책구천문)
妙算窮地理(묘산궁지리)
戰勝功旣高(전승공기고)
知足願云止(지족원운지)

신기한 책략은 하늘의 이치를 다했고 / 오묘한 계산은 땅의 이치를 꿰뚫었도다.
그대 전쟁에 이겨 이미 공이 높으니 / 만족함을 알고 그만두기를 바라노라.

배경 》》》 이 작품은 고구려가 수나라의 **30만 대군**과 살수에서 싸우기에 앞서 을지문덕 장군이 수나라 장수 우중문에게 조롱조로 지어 보낸 전략적인 목적을 가진 한시로, 고구려인의 당당한 기개와 웅혼한 기상이 잘 나타나 있다.

온고지신! 溫故知新

이 한시는 풍자시다. 1행과 2행은 대구를 이루면서 표면적으로는 상대방을 칭찬하고 있지만, 내면적 의미는 자신의 유인책에 걸려든 적장을 조롱하고 있다. 적장의 심리를 약화시켜 후퇴를 유도하고 적의 뒤를 공격하려는 목적의 전략적 시로서, 어려운 상황의 전장에서도 의연함을 잃지 않고 있는 장수의 기상이

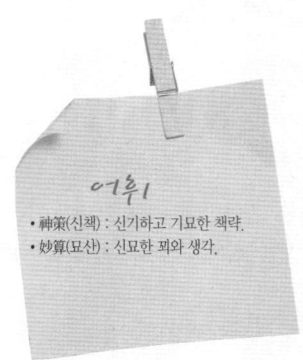

어휘
• 神策(신책) : 신기하고 기묘한 책략.
• 妙算(묘산) : 신묘한 꾀와 생각.

◐ 작자 : 을지문덕(乙支文德, ?–
?). 고구려 영양왕 때의 명장.
◐ 연대 : 고구려 영양왕 때
◐ 갈래 : 한시. 오언 고시(五言古詩)
◐ 성격 : 풍자적·반어적
◐ 제재 : 수나라 장수 우중문
◐ 주제 : 적장(敵將)의 오판을 유도하기 위한 조롱
◐ 의의 : 현전하는 최고(最古)의 한시
◐ 출전 : 「삼국사기(三國史記)」

잘 나타나 있다. 을지문덕 장군은 어린이들이 읽는 위인전의 맨 앞을 장식하는 우리나라의 대표적 위인이다. 이 짧은 글을 통해 우리는 장군의 인간적 풍모와 지혜를 엿볼 수 있다. 문학은 이와 같이 한 인간을 대신하기도 하며, 기록으로 남을 때는 훌륭한 역사가 되는 것이다. 우리 문학을 사랑하고 발전시켜 영원히 기록으로 남겨야 할 이유가 여기에 있다.

알짜 문제!

01 이 작품의 서정적 자아가 대상을 대하는 태도로 거리가 먼 것은?
① 어리석음을 조롱한다.
② 물러갈 것을 회유한다.
③ 전공(戰功)을 비하한다.
④ 다음에 싸울 것을 권고한다.
⑤ 유인책에 빠졌음을 암시한다.

02 이 작품에 대한 설명으로 가장 알맞은 것은?
① 상대의 전략을 높이 평가하고 있다.
② 오언 고시의 형식은 민요에서 기원한다.
③ 우리 민족의 기개와 기상이 잘 나타나 있다.
④ 역설적 기교를 사용하여 높은 문학성을 얻고 있다.
⑤ 서사 시가에서 서정 시가로 넘어가는 과도기적 형태다.

서술형 이 작품의 전구(轉句)인 3행에서 '旣(기)'에 담겨 있는 이면적 의미는 무엇인지 40자 내외로 서술하시오.

➜ 답은 [부록]에

02 추야우중(秋夜雨中)_ 최치원(崔致遠)

秋風唯苦吟(추풍유고음)
世路少知音(세로소지음)
窓外三更雨(창외삼경우)
燈前萬里心(등전만리심)

가을바람 불어 오직 괴롭게 읊조리니 / 세상에 나를 알아주는 이 적구나.
창 밖에 밤 깊어 비 내리는데 / 등불 앞 외로운 마음은 만 리를 가는구나.

배경 〉〉〉 이 작품은 12살의 어린 몸으로 고향을 떠나 만 리 타국 당나라에 유학 중이던 지은이가 깊어가는 가을밤의 스산한 바람 소리를 들으며 멀리 떨어진 고국을 그리워하며 지은 한시다.

이 한시에 등장하는 가을밤의 바람과 한가락의 시, 비 내리는 밤의 등불은 모두 애상적인 정취를 돋우는 요소들이다. 외로움 가득한 지은이는 등불 앞에서 머나먼 고국과 가족들을 떠올리고 있으며, 마음은 만 리 밖의 고향으로 향하고 있다. 결구의 '만리심(萬里心)'은 기울어 가는 국운 앞에서도 자신의 뜻을 펴지 못하는 지식인의 고뇌이며, 타국에서 느끼는 소외 의식의 표현으로 볼 수 있다. 당나라의 빈공과에 급제하여 이름을 떨

어휘
- 苦吟(고음) : 괴로운 마음으로 시를 읊음.
- 世路(세로) : 세상의 길. 사람 사는 곳.
- 知音(지음) : 마음이 서로 통하는 친한 벗을 비유적으로 이르는 말. 거문고의 명인 백아가 자기의 소리를 잘 이해해 준 벗 종자기가 죽자, 자신의 거문고 소리를 아는 자가 없다고 하여 거문고 줄을 끊었다는 데서 유래한다. 여기서는 자기의 속마음을 알아주는 사람의 의미로 쓰임.
- 萬里心(만리심) : 현실과 내면의 정서적 거리. 만 리나 떨어진 먼 고향을 그리는 마음. 향수.

→ **알아 두기**

◐ 작자 : 최치원(崔致遠, 857–?). 신라 말기의 학자. 자는 고운(孤雲)
◐ 연대 : 신라 말
◐ 갈래 : 한시. 오언 절구(五言絕句)
◐ 성격 : 애상적 · 서정적
◐ 제재 : 가을바람, 가을비
◐ 주제 : 고독과 향수. 지식인의 고뇌
◐ 출전 : 「동문선(東文選)」

친 당대의 최고 문장가에게도 외로움은 피할 수 없는 것이었다. 그러나 이 작품은 그러한 절망을 문학으로 승화시켜 고독을 이기고 마침내 꿈을 이룬 한 위대한 지식인의 모습을 보여준다. 결국 삶이란 자기와의 치열한 싸움에서 어떻게 이겨나가느냐에 그 성패가 달려 있음을 이 한 편의 한시는 우리에게 가르쳐 주고 있다.

알짜 문제!

01 이 작품에 내포되어 있는 서정적 자아의 정서로 거리가 먼 것은?
① 고독　　② 향수　　③ 소외　　④ 도피　　⑤ 고뇌

02 이 작품에 나타난 자연의 성격으로 알맞은 것은?
① 지은이의 사상이 관념화되어 있다.
② 시대적 상황을 상징적으로 보여준다.
③ 절대적 존재로서 인간의 운명을 지배한다.
④ 서정적 자아의 정서를 환기시켜 주고 있다.
⑤ 세속을 초월한 인간의 도피처 역할을 한다.

서술형 이 작품의 전구(轉句)인 3행에 나오는 '三更雨(삼경우)'는 서정적 자아의 어떤 모습을 연상하게 하는지 40자 내외로 서술하시오.

→ 답은 [부록]에

03 송인(送人)_ 정지상(鄭知常)

雨歇長堤草色多 (우헐장제초색다)
送君南浦動悲歌 (송군남포동비가)
大同江水何時盡 (대동강수하시진)
別淚年年添綠波 (별루년년첨록파)

비 그친 긴 강둑엔 풀빛이 짙어 가는데 / 그대를 보내는 남포엔 슬픈 노래 울리네.
대동강 물은 어느 때나 다 마를까? / 이별의 눈물이 해마다 푸른 물결에 더하는데.

배경 >>> 이 작품은 고려 시대 한시의 대표작으로 애상적인 정서와 독창적인 시적 발상으로 지금까지도 널리 애송되고 있는 이별가이다. 시적인 이미지를 선명하게 제시하고 있고, 언어를 함축적으로 사용하고 있으며, 서정성이 뛰어나다는 평가를 받고 있는 작품이다.

온고지신! 溫故知新

우리나라 시에 강물은 이별의 소재로 자주 등장한다. 이 시에서 이별의 슬픔의 정도를 강물에 비유한 것이 매우 인상적이며, 대동강이나 남포와 같은 구체적인 지명의 사용은 이 시의 구체성과 함께 향토적인 정서를 불러일으킨다. 이 시는 조선에

어휘
• 南浦(남포) : 대동강 하구에 있는 포구의 이름.
• 草色多(초색다) : 풀빛이 짙다. '多'는 '짙다, 푸르다, 선명하다'로 풀이됨.
• 添綠波(첨록파) : 푸른 물결에 보태다.

전해져 오면서 7언 절구의 빼어난 한시로 평가받고 있으며, 특히 도치법과 과장법을 통해 서정적 자아의 정서를 참신하게 드러냄으로써 이별을 노래한 시의 백미로 널리 알려지게 되었다. 강물은 우리의 시가 문학에서 매우 중요한 소재로 나타나는데, 생명과 죽음, 사랑과 이별, 역사와 인생무상을 상징하는 등 다양한 모습으로 표현된다. 자신의 마음속 강물은 어떤 모습일지 강가에 나가 흘러가는 물결을 바라보며 곰곰이 생각해 보고 선인들의 정서에 공감해 보자.

알짜 문제!

01 이 작품에 나오는 시어 중 '물'의 이미지와 가장 관계 깊은 것은?
① 슬픔　② 절망　③ 사랑　④ 한탄　⑤ 체념

02 이 작품의 서정적 자아의 심정을 가장 잘 나타낸 것은?
① 비가 그치니 너무 아쉽구나.
② 다시는 남포에 오지 말아야겠구나.
③ 대동강은 너무 넓어 건너기가 어렵구나.
④ 이별의 슬픔은 그 깊이를 알 수가 없구나.
⑤ 짙은 초록의 풀들은 내 마음을 몰라주는구나.

서술형 이 작품에서 대동강물이 마르지 않는 이유를 무엇 때문이라고 했는지 30자 내외로 서술하시오.

➡ 답은 [부록]에

04 부벽루(浮碧樓)_ 이색(李穡)

昨過永明寺(작과영명사)

暫登浮碧樓(잠등부벽루)

城空月一片(성공월일편)

石老雲千秋(석로운천추)

麟馬去不返(인마거불반)

天孫何處遊(천손하처유)

長嘯依風磴(장소의풍등)

山靑江自流(산청강자류)

어제 영명사를 지나던 길에
잠시 부벽루에 올랐네.
빈 성터에 조각달 걸려 있고
늙은 바위 위에는 천년 구름이 흐르네.
기린마는 떠나서 돌아오지 않으니
천손은 어디에서 노닐고 있는가?
돌다리에 기대어 긴 휘파람을 부니
산은 푸르고 강물은 절로 흐르는구나.

여휘

- 永明寺(영명사) : 평양 금수산에 있는 절 이름.
- 浮碧樓(부벽루) : 평양 모란봉 아래 대동강 변에 위치한 누각으로 마치 물 위에 떠 있는 듯하다 하여 붙여진 이름.
- 麟馬(린마) : 기린마(麒麟馬), 고구려 동명성왕이 타고 하늘로 올라갔다고 전해지는 상상의 말.
- 天孫(천손) : 하늘의 자손으로 여기서는 동명왕.

배경 ⫸⫸⫸ 이 작품은 고려 말의 문신이었던 지은이가 고구려 동명왕의 전설이 깃들어 있는 평양 명승지인 부벽루에서 지난날의 영화롭던 시대를 회상하며 읊은 노래이다.

온고지신! 溫故知新

지은이는 막연하게 옛 왕조의 자취를 읊기보다 위대한 건국 영웅이었던 동명왕의 일을 노래하고 있다. 이 당시 고려는 원나라의 오랜 침략을 겪고 난 뒤여서 국가적으로 극히 쇠약한 형편이었는데, 지은이는 이러한 시대 상황 속에서 고구려의 웅혼한 역사를 일으킨 동명왕의 위업을 다시금 생각하는 것이다. 그런 점에서 이 작품은 현재의 시간에서 과거로 소급해 올라가는 한편, 과거의 역사를 통해 다시금 현재를 비추어 보는 양면적 시각을 보여주고 있다. 사람들은 현재가 어려울 때 찬란한 과거의 영광을 생각하는 경향이 있다. 그러나 자칫 그것은 '소 잃고 외양간 고치는 격'이 되고 만다. 절망적 현실이 오기 전에 과거를 거울삼아 역사가 나락에 떨어지는 일이 없도록 해야 할 것이다.

알짜 문제!

01 이 작품에서 서정적 자아의 자긍심을 내포하고 있는 시어는?

① 장소　　② 석로　　③ 천손　　④ 부벽루　　⑤ 영명사

02 이 작품의 성격으로 가장 거리가 먼 것은?

① 회고적(回顧的)　　② 애상적(哀傷的)　　③ 서정적(抒情的)
④ 충의적(忠義的)　　⑤ 의지적(意志的)

서술형　이 작품의 마지막 구인 '山靑江自流(산청강자류)'에 내포되어 있는 지은이의 심정에 대해 자연과 대비하여 50자 내외로 서술하시오.

➡ 답은 [부록]에

05 사리화(沙里花)_ 이제현(李齊賢)

黃雀何方來去飛 (황작하방래거비)
一年農事不曾知 (일년농사부증지)
鰥翁獨自耕耘了 (환옹독자경운료)
耗盡田中禾黍爲 (모진전중화서위)

참새야, 어디서 오가며 날아다니느냐? / 일 년 농사는 아랑곳하지 않고
늙은 홀아비 홀로 갈고 맸는데, / 밭의 벼며 기장을 다 없애는구나.

배경 >>> 이 작품은 지은이의 '소악부(小樂府)' 11편 중 네
번째 시이다. 세금이 무겁고 권력 있는 자들의
수탈이 심한 것을 곡식을 쪼아 먹는 참새에 비유
하여 원망한 사회 고발의 성격을 지닌 노래이다.

온고지신! 溫故知新

이 노래는 지은이가 당시 유행
하던 우리말 노래를 한시로 옮
겨 놓은 것으로 본래 노래의 가사나 지은이는 확실히 알 수 없
다. 민중들 사이에서 불리던 이 노래를 통하여 당시 권력층에
대한 민중들의 반감이 어느 정도였는지를 짐작할 수 있다. 민
중의 노래가 갖는 특성을 고려할 때 이 노래가 단순히 참새를
비난한 것은 아니기 때문이다. 탐관오리가 득실대면 백성들의
삶은 피폐하고 나라는 어지럽게 되고 결국 국난이 닥치게 마

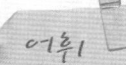
어휘
• 黃雀(황작) : 참새. 평민을 수탈하는
탐관오리를 비유함.
• 不曾知(부증지) : 거듭 알지 못하고.
전혀 모르고.
• 鰥翁(환옹) : 늙은 홀아비. 가혹한 세
금에 시달리는 백성을 비유함.
• 耗盡(모진) : 해지거나 닳아서 다 없
어짐.

- 작자 : 이제현(李齊賢, 1286-1367) 고려 말엽의 문신. 호는 익재(益齋)
- 연대 : 고려 말
- 갈래 : 한시. 칠언 절구(七言絶句)
- 성격 : 풍자적·현실 고발적
- 제재 : 참새
- 주제 : 권력자의 농민 수탈 고발
- 출전 : 『익재난고(益齋亂藁)』

련이다. 그래서 '민심은 천심'이라고 한다. 어느 시대를 막론하고 권력은 백성들로부터 나오는 것이므로, 그 민초들의 평화로운 삶과 자유로운 행복을 권력이 보장해 주지 못한다면 이는 하늘의 뜻을 어기는 셈이 되는 것이다. 국민들이 자유와 평화의 공동체 안에서 행복하게 사는 것, 우리가 추구하는 민주주의의 가치는 그 이상도 이하도 아니다.

알짜 문제!

01 이 작품이 비판하고자 하는 대상으로 알맞은 것은?
① 백척간두(百尺竿頭)에 빠진 조정
② 불편부당(不偏不黨)한 인재 등용
③ 진퇴양난(進退兩難)에 빠진 전쟁
④ 가렴주구(苛斂誅求)를 일삼는 지배층
⑤ 삼순구식(三旬九食)하게 만드는 자연 재해

02 이 작품의 주제를 효과적으로 제시하기 위한 표현 방법은?
① 대상을 관조적으로 제시하고 있다.
② 현실을 사실적으로 묘사하고 있다.
③ 자연을 관념적으로 나열하고 있다.
④ 인간을 이상적으로 예찬하고 있다.
⑤ 세태를 비유적으로 풍자하고 있다

서술형 이 작품에서 '鰥翁(환옹)'은 누구를 상징하는지 30자 내외로 서술하시오.

➡ 답은 [부록]에

06 무어별(無語別)_ 임제(林悌)

十五越溪女(십오월계녀)

羞人無語別(수인무어별)

歸來掩重門(귀래엄중문)

泣向梨花月(읍향이화월)

열다섯 아리따운 아가씨 / 남이 부끄러워 말 못하고 헤어졌네.
돌아와 중문을 닫고서는 / 배꽃 사이 달을 보며 눈물 흘리네.

배경 》》 임제는 〈수성지(愁城誌)〉라는 소설을 썼으며, 시조의 작가로도 탁월한 재주를 보였고, 한시의 창작에서도 독특한 경지를 개척했다. 이 작품에서 보듯 지은이는 여성적인 섬세한 감각으로 이별을 당한 여인의 슬픔을 효과적으로 포착해 내고 있다.

온고지신! 溫故知新

이 작품에서 지은이는 남자이면서도 여성적인 섬세한 감각으로 이별을 당한 여인의 슬픔을 효과적으로 포착해 내고 있다. 사랑하는 임과 헤어지면서도 남이 부끄러워 이별의 말 한 마디 못하고 소리 없는 눈물을 흘리는 모습이 손에 잡힐 듯하다. 배

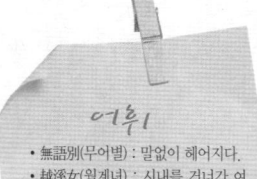
어휘
• 無語別(무어별) : 말없이 헤어지다.
• 越溪女(월계녀) : 시내를 건너간 여인. 중국 월(越)나라에 미인이 많다는 고사를 이용하여 보통 '아름다운 여자'를 가리키는 말로 쓰임.

- 작자 : 임제(林悌, 1549~1587). 조선 중기의 문신. 호는 백호(白湖)
- 연대 : 조선 중기
- 갈래 : 한시. 오언 절구(五言絶句)
- 성격 : 애상적·관찰적
- 제재 : 이별
- 주제 : 이별의 슬픔
- 출전 : 「임백호집(林白湖集)」

꽃처럼 흰 달인 '梨花月(이화월)'은 이 작품의 애상적인 분위기를 조성하는 배경의 구실을 함과 동시에 임을 더 생각나게 하며 서정적 자아의 마음을 더 슬프게 하는 내적 기능을 담당하는 소재이다. 요즘 여성들의 적극적인 모습과는 다른 옛날 여인의 모습을 통해 시대에 따라 사람들의 행동과 생각이 어떻게 변하는지 알아보는 것도 흥미 있는 감상이 될 것이다.

알짜 문제!

01 이 작품의 대상에 대한 화자의 태도로 알맞은 것은?
① 주객일체의 경지에 달하고 있다.
② 대상의 심리를 직접 전달하고 있다.
③ 일정한 거리를 유지하며 바라보고 있다.
④ 겉으로는 동조하나 내적으로는 비판하고 있다.
⑤ 감정이 완전 배제된 상태에서 소외시키고 있다.

02 이 작품에 등장하는 '십오월계녀(十五越溪女)'의 성격으로 알맞은 것은?
① 적극적   ② 비관적   ③ 현실적   ④ 외향적   ⑤ 내성적

서술형 이 작품에서 '梨花月(이화월)'은 어떤 기능을 하는지 50자 내외로 서술하시오.

➜ 답은 [부록]에

07 탐진촌요(耽津村謠)_ 정약용(丁若鏞)

棉布新治雪樣鮮(면포신치설양선)
黃頭來博吏房錢(황두래박이방전)
漏田督稅如星火(누전독세여성화)
三月中旬道發船(삼월중순도발선)

새로 짜낸 무명이 눈같이 고운데 / 이방 줄 돈이라고 황두가 뺏어가네.
누전 세금 독촉이 성화같이 급하구나. / 삼월 중순 세곡선이 조정으로 떠난다고.

배경 》》 이 한시는 다산 정약용이 현재 전남 강진인 탐진에서 유배 생활을 하던 시절에 바라본 농촌의 모습과 농민 생활의 고초를 그린 작품으로, 〈탐진농가〉, 〈탐진어가〉와 함께 3부작을 이루고 있다. 여기 수록된 것은 총 15수 중 한 수이다.

온고지신! 溫故知新

이 작품은 관리들의 횡포에 시달리는 농민들의 눈물겨운 삶을 사실적으로 보여준다. 새로 짜낸 무명을 희고 곱게 만들어 놓자마자 황두에게 빼앗겨 이방 돈벌이에 보태고, 조정으로 세미 실어 보낸다면서 장부에 누락되어 세금 매길 근거도 없는 누전에서도 세금 독촉을 성화같이 하니 농민들의 힘겨운 삶은 이루 말할 수 없다. 지은이는 이처럼 농민들의 생활고를 가중

어휘

- 新治(신치) : 새로 짜내다.
- 黃頭(황두) : 여기서는 지방의 관리를 뜻함.
- 博(박) : 博(박, 가지다, 취하다)과 같은 뜻으로 '뺏다'의 뜻으로 쓰임.
- 漏田(누전) : 토지 대장에서 누락된 논밭.
- 道發船(도발선) : 지방에서 조정으로 세미(稅米)를 실은 배를 보냄.

- 작자 : 정약용(丁若鏞, 1762~
  1836). 조선 후기의 실학자. 호
  는 다산(茶山)
- 연대 : 조선 순조 때
- 갈래 : 한시. 칠언 절구(七言絕
  句)
- 성격 : 현실 비판적·고발적
- 제재 : 농민들의 고초
- 주제 : 관리들의 횡포 고발
- 출전 : 「여유당전서(與猶堂全書)」

시키는 관리들의 수탈을 고발하면서 백성을 위한 참된 정치가
이루어지기를 촉구하고 있다. 이 작품은 백성들을 직접 상대하
는 하급 관리들이 부패하면 백성들의 삶은 괴로울 수밖에 없
다는 것을 보여준다. 어느 시대에나 청렴한 공직사회가 이루어
져야만 국민의 행복한 생활이 보장되는 것이다.

알짜 문제!

01 이 작품의 지은이가 백성들에 대해 보이는 태도로 알맞은 것은?
① 저항을 권고하고 있다.
② 무시하고 외면하고 있다.
③ 연민의 정을 가지고 있다.
④ 어리석음을 개탄하고 있다.
⑤ 윤리적 측면에서 훈계하고 있다.

02 이 작품의 '이방'과 '황두'와 같은 인간형을 가리키는 말은?
① 동량지재(棟梁之材)
② 탐관오리(貪官汚吏)
③ 절세가인(絕世佳人)
④ 재자가인(才子佳人)
⑤ 초동급부(樵童汲婦)

서술형 이 작품을 통해 지은이가 궁극적으로 말하고자 하는 의도가 무엇인지 20자 내외로 서술
하시오.

➡ 답은 [부록]에

부록

알짜문제 모범답

고대 가요

1. **공무도하가** / 1.⑤ 2.② [서술형]남편이 물에 빠져 죽음으로써 '이별'을 상징하며, 서정적 자아가 남편을 따라 물에 빠져 죽음으로써 사랑을 완성하는 '만남'을 상징한다.
2. **황조가** / 1.④ 2.① [서술형]종족간의 대립과 갈등에서 비롯된 고뇌일 것이다.
3. **구지가** / 1.③ 2.③ [서술형]언어(노래)를 반복함으로써 소원을 성취할 수 있다는 주술적 언어관이 나타나 있다.
4. **정읍사** / 1.⑤ 2.④ [서술형]높은 곳에서 세상을 밝게 비추는 달의 속성이 광명의 이미지와 연결되고, 따라서 남편이 돌아오는 길을 밝게 비추어 줄 수 있는 절대적 존재로 인식했기 때문이다.

향가

1. **서동요** / 1.⑤ 2.③ [서술형]내용에 소박하고 꾸밈 없는 동심이 잘 나타나 있고, 2구가 기본을 이루는 전형적 민요의 모습을 보여주기 때문이다.
2. **헌화가** / 1.① 2.④ [서술형]미모의 수로 부인에 대한 노인의 사랑, 또는 예찬의 정서를 상징한다.
3. **모죽지랑가** / 1.⑤ 2.② [서술형]주술성이나 종교적 색채가 없는 개인적 서정시이다.
4. **처용가** / 1.③ 2.② [서술형]인간사회의 갈등을 해결하는 가장 최선의 방법은 관용이다.
5. **원왕생가** / 1.⑤ 2.② [서술형]극락(서방정토)에서 다시 태어나고 싶은 소망을 말한다.
6. **찬기파랑가** / 1.④ 2.① [서술형]계절의 변화를 통해 인생의 무상감을 나타냈다.
7. **제망매가** / 1.④ 2.② [서술형]자연의 섭리(죽음) 앞에 무기력할 수밖에 없는 인간적 한계를 자각하고 있다.
8. **안민가** / 1.③ 2.① [서술형]천재지변이 민생을 위협하고 왕권이 도전 받는 사회적 불안과 혼란한 위기 상황을 벗어나기 위하여 지었을 것이다.

고려 속요

1. **가시리** / 1.⑤ 2.④ [서술형]임을 떠나보내는 여성이며, 사랑하는 임을 떠나보내야 하는 슬픔에 괴로워하면서도, 그 슬픔을 참아 내면서 임을 떠나보내고 있다.
2. **동동** / 1.⑤ 2.① [서술형]임이 없는 한가위는 의미가 없고, 임과 함께하는 한가위가 진정한 한가위이다.
3. **만전춘별사** / 1.② 2.① [서술형]3장이라는 분장 형태, 리듬의 템포, 호흡의 완급, 수사 방법 등이 시조와 접근하는 것으로 파악된다.
4. **사모곡** / 1.③ 2.⑤ [서술형]부모를 모시고 농사를 짓는 사람이라 볼 수 있는데, 그 이유는 호미와 낫과 같은 농기구를 비유어로 사용하고 있기 때문이다.
5. **상저가** / 1.② 2.③ [서술형]노동은 장시간 계속되는 것이므로 1절만 부르기는 어려우며, 여러 사람 입을 거치다 보면 새로운 내용이 첨가될 가능성이 많기 때문이다.
6. **서경별곡** / 1.① 2.④ [서술형]〈가시리〉의 시적 화자는 이별을 체념적으로 받아들이며 재회를 기약하지만, 이 노래의 시적 화자는 이별을 거부하며 임을 따라나서겠다는 적극성을 보인다.
7. **이상곡** / 1.⑤ 2.① [서술형]임을 여읜 후 찾아오는 한없는 고독과 가신 임을 애타게 한결같이 그

리워하며 재회를 기약하는 애절한 마음을 담고 있다.

8. 정과정 / 1.② 2.② [서술형]불변의 존재인 자연물에 의지함으로써 자신의 결백을 믿어 줄 것을 바라는 심정이며, 자기 주장의 객관성을 획득하는 효과가 있다.

9. 정석가 / 1.③ 2.③ [서술형]3음보 율격이며, 후렴구를 사용하고, 분절체 형식이며, 같은 구절이 다른 고려 속요에도 나타난다.

10. 청산별곡 / 1.② 2.① [서술형]현실의 괴로움을 벗어날 수 있는 이상향을 동경한다.

경기체가 · 악장

1. 한림별곡 / 1.③ 2.① [서술형]우리말 위주로 표현하고 있기 때문이다.

2. 용비어천가 / 1.③ 2.④ [서술형]하나라 태강왕의 폐위 당한 이야기를 타산지석으로 삼아 경천근 민을 게을리 하지 말아야 한다.

평시조

1. 가노라 삼각산아 / 1.① 2.⑤ [서술형]적국으로 잡혀가는 비장감과 귀국 가능성에 대한 불안감 등이 나타나 있다.

2. 가마귀 싸호는 골에 / 1.④ 2.③ [서술형]반대파들을 척결하기 위해 혈안이 되어 있는 포악한 이성계 일파를 가리킨다.

3. 가마귀 검다 흐고 / 1.⑤ 2.② [서술형]이미 고려는 망해 버린 나라이며 시대는 변하여 새로운 왕조가 창업되었으므로 절개라는 명분으로 과거에 대해 미련을 가지고 현실을 도피하는 것은 어리석은 행위이다. 백성을 위하여 새로운 왕조에 협조하는 것이 대의를 위하는 길이며 올바른 선택이 아니겠는가?

4. 가마귀 눈비 마자 / 1.⑤ 2.③ [서술형]박팽년(서정적 자아)은 단종(님)에게 충성을 다 바치고자 한다.

5. 간밤의 부던 바람에 / 1.④ 2.③ [서술형]충신불사이군(忠臣不事二君) : 충신은 두 임금을 섬기지 않는다.

6. 간밤의 우던 여흘 / 1.⑤ 2.② [서술형]'여흘의 울음→임의 울음→나의 울음'으로 시상이 이어지면서 임금에 대한 애절한 정을 형상화하고 있다.

7. 강산 죠흔 경을 / 1.② 2.① [서술형]자연은 주인이 없으며, 그것을 차지하려고 다투어서도 안 되는, 모든 사람들이 공유하고 즐기는 것이다.

8. 거문고 타쟈 흐니 / 1.⑤ 2.① [서술형]인위적으로 만들어 내는 소리보다 꾸밈없는 자연의 운치를 예술적으로 승화시킴으로써 얻는 소리가 더 아름답고 가치 있는 것이다.

9. 고울사 저 꽃이여 / 1.③ 2.④ [서술형]꽃은 완전히 시들어 사라지고 마는 것처럼 모든 인간의 삶도 결국 완전한 소멸인 죽음에 이르고 만다.

10. 곳치 딘다 흐고 / 1.④ 2.③ [서술형]나라를 걱정하는 우국지사, 또는 세상 사람들이며, 지은이가 사화에 대해 달관적 태도를 보이는 데 비해 아까운 젊은 선비들의 희생에 대해 슬퍼하고 안타까

워하고 있다.

11. 공명을 즐겨 마라 / 1.③ 2.② [서술형]부귀와 공명을 잃을까 두려워하는 것을 말한다.

12. 구룸이 무심툰 말이 / 1.⑤ 2.④ [서술형]'구룸'과 '날빗'이며, '구룸'는 간신 신돈을, '날빗'은 임금의 총명을 상징한다.

13. 국화야 너는 어이 / 1.① 2.② [서술형]표면적으로는 나뭇잎이 떨어질 때의 추운 계절이며, 이면적으로는 지조를 지키지 못하는 선비들이 판을 치는 혼란스럽고 암울한 현실을 의미한다.

14. 굼벙이 매암이 되야 / 1.④ 2.⑤ [서술형]높은 벼슬에 오른 자는 자신에게 해를 입히려는 세력의 함정에 빠지지 않도록 늘 처신을 바르게 해야 한다.

15. 쑴에 뵈는 님이 / 1.② 2.⑤ [서술형]신분 차이와 같은 현실적인 장애로 말미암아 이루어질 수 없는 사랑을 하고 있을 것이다.

16. 내 언제 무신후여 / 1.② 2.③ [서술형]'원망→기다림→기대감→안타까움'으로 변화하고 있다.

17. 내히 됴타 후고 / 1.③ 2.① [서술형]인간이 본래부터 태어난 바대로 살라고 하는 것은 주어진 삶의 조건에 만족하라는 것으로, 자아를 실현하고 창조적인 미래를 지향하는 도전적인 삶의 태도와는 거리가 멀다고 할 수 있다.

18. 냇ᄀ에 히오라바 / 1.④ 2.⑤ [서술형]해오라기와 물고기가 같은 물에서 노닐 듯 다른 당파라 할지라도 같은 조정에서 같은 임금을 모시고 같은 백성을 위해 일하고 있으니 당쟁을 잊고 화평하게 지내는 것이 좋을 것이다.

19. 노래 삼긴 사롬 / 1.④ 2.⑤ [서술형]고통스런 삶의 시름과 내적 갈등을 직접 말로 하기 어려워 우회적으로 한을 풀어내는 노래가 불렸을 것이다.

20. 노프나 노픈 남게 / 1.② 2.② [서술형]중신들의 추천으로 높은 벼슬(영의정)에 올랐으나 당쟁에 휘말려 모함을 당하고 있다.

21. 녹초 청강상에 / 1.③ 2.④ [서술형]굴레란 말이나 다른 짐승의 머리 부분에 씌우는 장비로서, 지은이는 벼슬이 개인의 자유로운 삶을 속박하는 것이라는 관점을 가지고 있다.

22. 농암애 올아 보니 / 1.④ 2.③ [서술형]고향 산천이 달라지지 않고 예전 모습 그대로 남아 있기 때문이다.

23. 눈 마즈 휘여진 디를 / 1.④ 2.① [서술형]너희들의 압력과 회유에 겉으로는 굴복한 것처럼 보일지 모르나 고려를 향한 우리의 충절은 결코 꺾이지 않을 것이다.

24. 뉘라셔 가마귀를 / 1.④ 2.④ [서술형]까마귀라는 새의 본능적 속성을 근거로 인간을 새만 못한 존재라고 폄하하는 것은 효도라는 인간 문제의 본질을 왜곡할 수 있는 비합리적이고 위험한 인간관이라는 점에서 문제가 있다.

25. 님 글인 상사몽이 / 1.④ 2.② [서술형]임은 나와 이별하여 멀리 떠나 나를 잊고 있으나, 나는 임을 잊지 못하고 그리워하며 임의 곁에 가까이 가고 싶어 하고 있다.

26. 대쵸 볼 불근 골에 / 1.⑤ 2.⑤ [서술형]대추와 밤이 익어가는 가을날 한가로운 농촌에서 술을 마시며 풍류를 즐기고 있다.

27. 동기로 세 몸 되어 / 1.③ 2.⑤ [서술형]소식 모르는 아우들을 날마다 애타게 기다리며 슬퍼하고 있다.

28. 동지ㅅ돌 기나긴 밤을 / 1.⑤ 2.③ [서술형]초장의 밤은 임 없이 혼자 지내는 길고 외로운 시간이며, 종장의 밤은 임과 함께 지내는 행복하고 짧은 시간이다.

29. 두류산 양단수를 / 1.① 2.① [서술형]단지 자연이 절경이라는 이유로 무릉도원이라고 말하고 있는 것으로 보아 매우 관념적이고 추상적인 이상향이라고 할 수 있다.

30. ᄆ음아 너는 어이 / 1.⑤ 2.① [서술형]다른 사람들의 이목을 두려워하고 있는 것으로 보아 도학자라는 신분에서 비롯된 현실적 제약에서 벗어나지 못하고 있다.

31. ᄆ음이 어린 후ㅣ니 / 1.④ 2.② [서술형]시적 화자와 그리워하는 임 사이에 가로놓인 장애물 구실을 한다.

32. 미암이 립다 울고 / 1.④ 2.③ [서술형]'매미'와 '쓰르라미'는 맵고 쓴 세상살이를 고통스럽게 살아가는 세속적 인간형이며, '우리(지은이)'는 세속을 벗어나 자연 속에서 고통 없이 소박하고 유유자적하게 살아가는 자연귀의적 인간형이다.

33. 말 업슨 청산이요 / 1.② 2.③ [서술형]자기의 이익만을 지나치게 주장하는 집단 이기주의와 지나친 물질 만능주의에서 벗어나 자연의 섭리를 존중하며 정신적으로 여유로운 삶을 살아야 할 것이다.

34. 묏버들 굴히 것거 / 1.⑤ 2.① [서술형]사랑하는 임이 자신을 잊을까 염려하였기 때문이다.

35. 반중 조홍감이 / 1.⑤ 2.④ [서술형]유자처럼 좋은 과일이 아닌 소박한 것이라도 부모님께 먼저 드리고 싶다.

36. 방 안에 혓는 촉불 / 1.④ 2.④ [서술형]어린 단종이 수양대군에 의해 왕위를 빼앗기고 영월로 유배가게 되자 지은이는 눈물을 흘리며 속이 타들어가는 큰 슬픔과 절망에 빠져 있다.

37. 백구야 말 무러 보자 / 1.⑤ 2.② [서술형]시적 화자는 다른 인간들처럼 백구를 해치지 않고 함께 물아일체의 삶을 누리고 싶은 마음을 가지고 있음을 말하고 싶었기 때문이다.

38. 백사장 홍료변에 / 1.⑤ 2.② [서술형]백로는 가진 자를 상징하는데, 이미 입에 두세 마리의 물고기를 물고 있으면서 더 큰 욕심을 채우려고 허리를 굽실거리며 아첨하는 탐욕스러운 태도에 문제가 있다.

39. 백설이 조자진 골에 / 1.③ 2.② [서술형]지은이는 망해가는 고려와 새로운 조선 사이에서 자신의 위치를 정하지 못해 갈등하고 있으며, 고려 유신을 '매화'라고 표현한 것으로 볼 때 고려에 대한 충절을 지키고 조선에 협조하지 않을 것이다.

40. 북창이 묽다커늘 / 1.⑤ 2.① [서술형]오늘은 내가 그리워하던 한우(寒雨), 당신을 만났으니 같이 밤새 사랑을 나누고 싶소.

41. 삭풍은 나모 긋티 불고 / 1.③ 2.④ [서술형]삭풍과 눈 등은 국경 지방의 혹독한 겨울 날씨로 작품의 냉엄하고 장중한 분위기를 조성하고 있는 한편, 지은이가 당면한 현실적·정치적 시련을 상징하고 있다.

42. 산은 녯 산이로디 / 1.③ 2.④ [서술형]종장에서 '인걸도 물과 같아서 가고 오지 않는다.'라고 말하는 주체는 서정적 자아로서 변함없이 물을 바라보고 있는 산과 동격이라고 할 수 있다.

43. 산촌에 눈이 오니 / 1.④ 2.⑤ [서술형]柴扉(시비)는 지은이가 떠나온 세상과 지은이를 연결해 주는 매개체이다. 따라서 시비를 열지 말라고 한 것은 세상과 단절하겠다는 시적 화자의 의지의 표

현이며, 나아가 조용히 때를 기다리겠다는 태도를 반영한 것이라 할 수 있다.

44. 삼동에 뵈옷 닙고 / 1.⑤ 2.① [서술형]이 작품이 지어진 시대는 권력 투쟁이 계속된 시기로 이런 현실에 실망한 지은이는 벼슬에서 물러나 자연 속에 칩거하여 학문 연구에만 몰두하였을 것이다.

45. 서검을 못 일우고 / 1.③ 2.④ [서술형]문무(文武)를 이루어 벼슬에 나가지 못하여 오십 평생 한 일이 없다고 함으로써 자신의 삶과 자아의 정체성을 부정하고 있다.

46. 선인교 나린 물이 / 1.③ 2.⑤ [서술형]오백 년 고려 왕조를 '물소리뿐'이라고 표현한 것은 첫째 고려 왕조의 멸망에 대한 안타까움과 무상감을 나타낸 것이며, 둘째 고려의 왕업을 하찮은 것으로 비하시킴으로써 새로운 세력에 동조하기 위한 명분을 얻으려는 태도를 나타낸 것이다.

47. 솔이 솔이라 ᄒ니 / 1.③ 2.② [서술형]'솔'은 소나무와 지은이의 이름을 동시에 의미하고 있음을 볼 때, 이중적인 표현법인 중의법이 사용되고 있다.

48. 수양산 바라보며 / 1.⑤ 2.④ [서술형]수양대군의 녹봉을 결코 받지 않을 것이며, 절대로 그를 임금으로 섬길 수 없다.

49. 십 년 ᄀ온 칼이 / 1.⑤ 2.⑤ [서술형]어느 때라도 나라가 위태로우면 목숨을 던져 나라를 구하겠다는, 무인으로서의 굳은 결의와 충성심이 잘 드러나 있다.

50. 십 년을 경영ᄒ야 / 1.④ 2.④ [서술형]초가 주변이 강과 산으로 둘러싸여 있거나, 지은이가 거처하는 방 안에 강산이 그려진 병풍이 둘러쳐 있음을 의미한다.

51. 어와 동량재를 / 1.④ 2.① [서술형]지은이도 당쟁의 당사자이므로 자신의 책임을 통감해야 함에도 불구하고 관찰자의 태도로 문제를 바라보고 있다.

52. 어이 얼어 잘이 / 1.② 2.① [서술형]원앙침과 비취금을 마련하여 임과 함께 사랑을 나눌 정성어린 준비를 하고 있다.

53. 어져 내 일이야 / 1.② 2.② [서술형]어쩔 수 없이 임을 보낸 후, 임을 간절히 그리워하게 되자, 자기가 임을 보낸 일에 대해 후회하며, 임이 다시 찾아오기를 간절히 기다리고 있다.

54. 오동에 듯는 빗발 / 1.⑤ 2.⑤ [서술형]수심이 더 강화되고 있는 것은 오동나무 잎이 넓어 떨어지는 빗소리가 더 많이 더 크게 들리기 때문이다.

55. 오백 년 도읍지를 / 1.③ 2.③ [서술형]고려의 옛 도읍지에서 꿈같던 태평시대를 회고하며 무상감에 잠겨 있다.

56. 올히 닮은 다리 / 1.④ 2.① [서술형]불가능한 일이 가능할 때까지라는 과장된 조건을 전제로 내세우는 방식을 취함으로써 대상을 향한 절대적인 예찬이라는 효과를 달성하고 있다.

57. 이런들 엇더ᄒ며 / 1.④ 2.② [서술형]고려의 신하면 어떻고 조선의 신하면 어떻소? 다 백성을 위하면 되는 것이 아니겠소?

58. 이 몸이 주거 주거 / 1.⑤ 2.② [서술형]당신의 충성심을 높이 평가하지만, 죽으면 당신의 능력도 아무 쓸모가 없습니다. 왕조가 바뀌어도 백성은 그대로이니, 당신의 능력을 왕조가 아니라 백성들을 위해 써 주시는 것이 어떻겠습니까?

59. 이 몸이 주거 가셔 / 1.① 2.⑤ [서술형]종장에 나오는 '백설'의 흰색을 배경으로 우뚝 서 있는 낙락장송의 푸른색이 선명한 시각적 대비를 이루면서 고고한 절개를 지키려는 지은이의 내적 의

지를 강화하고 있다.

60. **이별ㅎ던 날에** / 1.⑤ 2.② [서술형]병자호란 때 청나라에 항복한 것은 우리에게는 유래가 없는 민족적 치욕이었다.

61. **이시렴 부듸 갈짜** / 1.④ 2.④ [서술형]벼슬을 그만두지 말고 내 곁에 계속 있어 주기를 바란다.

62. **이화에 월백ㅎ고** / 1.④ 2.⑤ [서술형]사랑하지만 만나지 못하는 임을 그리워하며 애틋한 마음에 잠을 이루지 못하고 있는 마음일 것이다.

63. **이화우 흣쑤릴 제** / 1.④ 2.① [서술형]사랑하는 임과 공간적으로 멀리 떨어져 있음을 나타냄과 동시에 외로움을 가져오는 심리적 거리감을 의미한다.

64. **재 너머 성권농 집의** / 1.⑤ 2.⑤ [서술형]어서 빨리 친구를 만나 술을 마시고 놀고 싶은 마음에 소를 재촉하며 고개를 넘어가고 있을 것이다.

65. **전원에 나믄 흥을** / 1.② 2.② [서술형]자연 속에서 술을 마시고 노래를 부르며 흥겹게 놀았을 것이다.

66. **지당에 비 쑤리고** / 1.① 2.③ [서술형]시적 화자는 사공 없는 빈 배처럼 임을 잃어버린 외로운 처지에 놓여 있다.

67. **집 방석 내지 마라** / 1.④ 2.② [서술형]짚방석과 관솔불을 내지 말라는 것을 볼 때 전원 속에서도 형식적이고 인위적인 가치를 추구하려는 당 시대의 삶의 태도를 비판하고 있다.

68. **천만 리 머ㄴ먼 길에** / 1.② 2.⑤ [서술형]'군신유의(君臣有義)'의 유교사상에서 오는 도덕관과 정의감 때문이다.

69. **철령 노픈 봉에** / 1②. 2.⑤ [서술형]구름아, 이 외로운 신하의 원통한 눈물을 비로 만들어 임금님이 계신 궁궐에 뿌려다오.

70. **청산도 절로절로** / 1.① 2.① [서술형]'절로절로'는 유음인 'ㄹ'이 중복적으로 사용되었고, 이 시어의 반복은 마치 물이 흐르는 듯한 자연스럽고 경쾌한 리듬을 조성하고 있다. 이러한 매끄러운 리듬의 흐름은 이 시의 주제인 자연의 순리에 따른 삶과 자연스럽게 연결되고 있다.

71. **청산리 벽계수야** / 1.③ 2.⑤ [서술형]초장을 보면 벽계수란 사람은 평소에 '수이 감'을 자랑하는, 즉 왕족이란 이유로 기생인 지은이를 무시하고 거만하게 행동한 것으로 볼 수 있다. 따라서 지은이는 그러한 벽계수의 태도에 대해 응수하며 자신을 더 높은 곳에서 밝게 빛나는 '명월'로 설정함으로써 강한 자존심을 드러내 보이기 위해서 이 노래를 불렀을 것이다.

72. **청산은 내 뜻이오** / 1.④ 2.⑤ [서술형]청산은 녹수를 못 잊어 울며 서 있다.

73. **청초 우거진 골에** / 1.⑤ 2.⑤ [서술형]청초(靑草)와 백골(白骨), 홍안(紅顔)과 백골(白骨)은 각각 푸른색과 흰색, 붉은색과 흰색으로 선명한 색채의 대조를 이루고 있는데, 이는 생명과 죽음의 극명한 대조를 통하여 죽은 자에 대한 슬픔과 인생의 허무를 표현하는 데 효과적으로 기여하고 있다.

74. **초암이 적료ㅎ더** / 1.③ 2.② [서술형]자연 속에서 시조창을 부르며 풍류를 즐기는 멋을 모르는 사람들을 가리킨다.

75. **추강에 밤이 드니** / 1.⑤ 2.① [서술형]달 밝은 가을 강의 경치에 심취해 있어서 고기가 물어도 잡을 생각이 없다는 뜻이다.

76. **춘산에 눈 녹인 바람** / 1.① 2.⑤ [서술형]일반적으로 인간은 늙음에 대해 인생무상의 허무의식

을 표출하는 데 비해 지은이는 이 노래에서 봄바람을 빌려다 서리를 녹이듯 백발을 없애겠다는 의지를 보여주고 있어서, 부정적 현실을 극복하려는 긍정적 인생관을 가지고 있다고 할 수 있다.

77. 풍상이 섯거친 날에 / 1.② 2.④ [서술형]여기에서 꽃은 신하를 상징한다. '황국화'는 추운 계절에 피어나므로 시련과 고난을 이겨내는 절개 굳은 신하를, 도리는 봄에 잠깐 피었다 사라지므로 지조가 없는 신하를 상징한다.

78. 한산섬 돌 밝근 밤에 / 1.④ 2.② [서술형]이순신 장군이 임진왜란 당시 한산섬에서 달 밝은 밤 수루에 혼자 앉아서 한 곡조 피리소리를 들으며 다가올 전쟁과 나라를 걱정하며 시름에 잠겨 있다.

79. 혼 손에 막디 잡고 / 1.⑤ 2.② [서술형]시간은 인간의 힘으로 막을 수 없는 절대적인 것이다.

80. 흥망이 유수ᄒ니 / 1.① 2.③ [서술형]고려의 멸망에서 느끼는 무상감을 탄식하고 있는 애상적 어조이다.

연시조

1. 강호사시가 / 1.④ 2.⑤ [서술형]자연 속에서 한가롭게 사는 일을 포함하여 세상 모든 것이 임금님의 은혜가 아닌 것이 없다.

2. 견회요 / 1.③ 2.⑤ [서술형]도도하고 강직하며 신념이 강하다.

3. 고산구곡가 / 1.① 2.④ [서술형]표면적 의미는 계곡의 아름다움에 깊이 빠져 있다는 것이며, 이면적 의미는 학문의 즐거움에 깊이 빠져 있다는 것이다.

4. 농가구장 / 1.④ 2.② [서술형]농민들의 실생활을 사실적으로 그려냈고, 사투리를 사용하여 민중의식을 문학적으로 형상화함으로써 근대 의식을 드러내고 있다.

5. 도산십이곡 / 1.⑤ 2.③ [서술형]자연 속에 살려는 서정적 자아의 모습과 이를 거부하며 세속으로 들어가려는 말을 통하여 자연과 세속 사이에서 갈등하는 서정적 자아의 모습이 나타나 있다.

6. 만흥 / 1.④ 2.④ [서술형]자신의 뜻과 맞지 않는 현실에 좌절하고 은둔생활을 하며 자연귀의를 노래하고 있으나, 현실에 대한 관심은 지속적으로 가지고 있다.

7 매화사 / 1.⑤ 2.③ [서술형]6수까지의 매화는 방안에 핀 매화였는데, 7수에서는 나부산의 눈 속에 핀 매화로 바뀐다는 점에서 구조상의 통일성이 없다.

8. 비가 / 1.⑤ 2.① [서술형]자신의 자식들이 이국땅에서 고생하고 있음을 걱정하면서도 나라를 다스리며 백성들의 일을 분별하는 일로 밤까지 잠 못 들고 정사를 돌보고 있다.

9. 어부가 / 1.④ 2.⑤ [서술형]1수부터 4수까지는 현실을 벗어난 은둔자로서의 삶을 지향하고 있으나, 5수에서는 '장안', '북궐' 등의 시어를 통해 현실을 지향하고 있다는 점에서 모순된 내면의식을 드러내고 있다.

10. 어부사시사 / 1.③ 2.③ [서술형]이현보의 작품에서는 서정적 자아가 강호에 있으면서도 현실을 완전히 벗어나지 못하고 있지만, 이 작품의 서정적 자아는 현실 정치의 혼탁함에서 완전히 벗어나 자연 속에서 유유자적하는 삶에 몰입해 있다.

11. 오륜가 / 1.⑤ 2.⑤ [서술형]지아비를 집에 찾아온 손님과 다름이 없이 공경해야 한다.

12. 오우가 / 1.① 2.② [서술형]자연의 속성에 인격을 부여함으로써 자신의 사상을 표출하고자 하는

관념적 자연관을 보여주고 있다.

13. 하우요 / 1.⑤ 2.④ [서술형]장마철의 한가로움 속에서도 부지런히 농사에 대비할 것을 권유하고 있다.

14. 훈민가 / 1.④ 2.③ [서술형]상투적인 한자나 한문이 거의 없으며, 완곡한 명령형이나 부드러운 청유형을 사용하고 있기 때문이다.

사설시조

1. 갓나희들이 여러 층 / 1.⑤ 2.④ [서술형]짚신도 짝이 있다. 제 눈에 안경이다.

2. 개를 여라믄이나 / 1.② 2.⑤ [서술형]기다려도 오지 않는 임을 원망하고 있으며, 그러한 미움을 개에게 전가하여 화풀이를 하고 있다.

3. 개야미 불개야미 / 1.② 2.④ [서술형]간신배들이 참소를 하여도 그것은 모두 황당한 거짓말임을 임금님께서 알아주십시오.

4. 귀쏘리 져 귀쏘리 / 1.③ 2.① [서술형]중장에서는 잠을 '살뜰히 깨운다'라는 반어적 표현으로 원망하는 태도를 보이고 있으나 종장에서는 나의 외로움을 알아주는 동병상련의 존재로 인식하고 있다.

5. 나모도 돌도 바히 / 1.⑤ 2.③ [서술형]사랑하는 임과 헤어진 절망감은 이 세상 그 어떤 절망감보다도 크다.

6. 논밭 갈아 기음 매고 / 1.④ 2.④ [서술형]서정적 자아는 농부로서 매우 낙천적인 태도를 보이는데, 그것은 석양이 넘어갈 때 비로소 집에 돌아가려고 하는 여유 있는 모습을 통해 알 수 있다.

7. 님이 오마 ᄒ거ᄂᆯ / 1.④ 2.① [서술형]임이 온다는 소식을 듣고 허둥대는 모습과 삼대를 보고 사람인 줄 착각하여 겸연쩍어하는 모습에서 해학적인 요소를 찾을 수 있다.

8. 댁들에 동난지이 / 1.③ 2.⑤ [서술형]장사꾼조차도 한자를 섞어 쓰는 것으로 보아 일상생활 깊이 한자 문화가 자리 잡고 있었으며, 한자를 사용하는 현학적 태도를 비판하는 서민의식도 성장하고 있었음을 알 수 있다.

9. 두터비 ᄑ리를 물고 / 1.③ 2.③ [서술형]두꺼비는 서민들에게는 강하고 권력자에게는 약한 아전이나 지방 관리 같은 중간 계층, 파리는 서민, 백송골은 상층부의 권력자를 암시한다.

10. 모시를 이리져리 / 1.③ 2.① [서술형]길쌈이라는 서민들의 일생생활과 친근한 제재를 사용함으로써 설득력과 호소력을 얻고 있다.

11. ᄇ람도 쉬여 넘는 / 1.② 2.③ [서술형]이 작품에 나오는 고개는 바람, 구름, 매 들도 넘지 못하는 험준한 곳, 즉 사랑의 장애물이 매우 험난하다는 것을 강조하기 위해 자연물을 이용하고 있다.

12. 붉가버슨 아해들이 / 1.⑤ 2.④ [서술형]아이들이 잠자리를 부르면서 '이리 오면 산다.'고 하지만 사실은 잠자리가 오면 죽게 되기 때문에 의미상 역설적 구조를 이루고 있다.

13. 서방님 병 들여 두고 / 1.① 2.④ [서술형]오화당은 오색 물을 들여 만든 사탕으로, 이를 통해 당시대는 가공식품이 판매될 정도로 상품 경제가 발달하고 있음을 알 수 있다.

14. 싀어마님 며ᄂ라기 / 1.③ 2.③ [서술형]아무 죄 없이 시집을 와서 메꽃처럼 예쁘고 착하게 시집을 위해 일하며 희생하지만, 이유 없이 시집 식구들에게 핍박당하는 며느리에게 동정적인 태도

를 보여주고 있다.

15. 어이 못 오던가 / 1.⑤ 2.② [서술형]나는 네가 너무나 보고 싶어 기다리는데, 무슨 장애가 있는지는 모르지만 아무 소식 없이 오지 않는 네가 원망스럽다.

16. 일신이 사쟈 훈이 / 1.④ 2.③ [서술형]유월 한여름 무더위만 해도 견디기 어려운데, 설상가상(雪上加霜)으로 쉬파리까지 몸에 달라붙어 귀찮게 하기 때문이다.

17. 창 내고쟈 창을 / 1.③ 2.⑤ [서술형]이 작품의 지은이는 목수라고 할 수 있는데, 작품의 소재가 창을 만드는 재료와 도구들이라는 점이 그 근거라 할 수 있다.

18. 창 밧기 어룬어룬커늘 / 1.⑤ 2.④ [서술형]이 밤중에 맨발로 뛰어나와 허둥대다니, 정신 나간 여자로군.

19. 훈 잔 먹새그려 / 1.③ 2.⑤ [서술형]살아 있을 때 원 없이 호탕하게 술을 마시며 즐겼어야 했는데 그러지 못하고 죽은 것을 뉘우친다.

가사

1. 상춘곡 / 1.① 2.① [서술형] '검은 들' 은 속세적 삶의 갈등을 의미한다. 따라서 이 구절은 지은이가 부귀공명을 생각하는 속세의 갈등을 완전히 초월하여 달관의 경지에 들어섰다는 의미로 볼 수 있다.

2. 면앙정가 / 1.③ 2.④ [서술형]자연친화 사상을 이어받아 자연 속에서 풍류를 즐기는 정서를 노래하고 있다는 점이다.

3. 관동별곡 / 1.⑤ 2.③ [서술형] '왕정이 유한하고, 풍경이 싫지 않다. '는 부분을 보면, 지은이는 목민관의 책임이라는 현실적 한계와 신선처럼 자연 속에서 풍류를 즐기고 싶은 욕망 사이에서 갈등하고 있음을 알 수 있다. 이러한 갈등은 꿈에 신선과 만나 자신이 신선임을 확인하고 다시 현실로 돌아옴으로써 해소되고 있다.

4. 사미인곡 / 1.① 2.③ [서술형]독수공방의 외로움에서 벗어나고 싶어 하는 행동이다.

5. 속미인곡 / 1.⑤ 2.① [서술형] '달' 은 멀리서 대상을 비추는 존재, 즉 소극적으로 임을 바라보는 존재임에 비해, '궂은 비' 는 임을 젖게 하는 존재, 즉 적극적으로 임의 마음까지 젖어들 수 있는 존재이므로, 을녀는 갑녀가 보다 적극적으로 임에게 다가가기를 충고하고 있는 것이다.

6. 규원가 / 1.⑤ 2.② [서술형]임에게 버림받은 자신을 한스러워하고 떠난 임을 원망하면서도, 한편으로는 그 임을 그리워하며 잊지 못하고 있다.

7. 선상탄 / 1.④ 2.③ [서술형] '바다에 파도가 일지 않는다.' 는 뜻으로 원관념은 '전쟁이 없는 태평성대' 이다.

8. 누항사 / 1.⑤ 2.③ [서술형]가난한 농사꾼으로서 소를 빌리려다 수모를 당한 사실을 숨김없이 드러내는 현실성을 보여줌으로써 기존의 양반가사에서 나타나는 추상적이고 도학적인 태도와 차이를 보인다.

9. 용부가 / 1.⑤ 2.② [서술형]용부의 비행을 타산지석(他山之石)으로 삼아 그릇된 일을 고치는 데 힘써야 한다.

민요

1. **강강술래** / 1.③ 2.③ [서술형]죽으면 살은 녹아 녹수(푸른 물)가 되고 뼈는 삭아 진토(먼지와 흙)가 된다고 한 것으로 보아, 죽음은 자연으로 돌아가는 것으로 받아들이고 있음을 알 수 있다.
2. **논매기 노래** / 1.⑤ 2.③ [서술형]노동요는 집단적 소속감을 강하게 만드는 순 기능이 있으나, 동시에 또한 다른 집단에 대한 배타성을 강화시키는 역 기능도 있다.
3. **베틀 노래** / 1.② 2.④ [서술형]뽕을 딴다. 누에에서 실을 뽑는다. 베를 짠다. 표백한다. 버선, 솜옷을 만든다.
4. **시집살이 노래** / 1.⑤ 2.③ [서술형]동생은 시집을 가지 않아 호기심과 기대감을 가지고 있으나, 시집간 사촌 형님은 시집살이를 개집살이라고 할 만큼 부정적이다.
5. **진도 아리랑** / 1.② 2.④ [서술형]문경새재는 경북과 충북의 경계를 이루는 험한 고개로서 눈물이 원천이 되는 인생의 험난한 굽이를 상징한다.

한시

1. **여수장우중문시** / 1.④ 2.④ [서술형]'旣(기)'는 '이미'이므로, '싸움은 이미 끝났다.', 혹은 '이미 싸움에 이길 기회는 더 이상 없다.'라는 것, 즉 물러가라는 뜻이다.
2. **추야우중** / 1.④ 2.④ [서술형]쓸쓸한 가을비가 내리는 밤에 잠 못 이루고 번뇌하는 서정적 자아의 고독한 모습을 연상하게 한다.
3. **송인** / 1.① 2.④ [서술형]해마다 남포에서 흘리는 이별의 눈물이 대동강으로 흘러들기 때문이다.
4. **부벽루** / 1.③ 2.⑤ [서술형]자연의 영원한 모습과 인간 역사의 흥망성쇠를 대비함으로써 인간 역사의 유한함과 자신의 쓸쓸한 심정을 노래하고 있다.
5. **사리화** / 1.④ 2.⑤ [서술형]지배층의 가혹한 착취와 수탈에 시달리는 가난한 백성들을 상징한다.
6. **무어별** / 1.③ 2.⑤ [서술형]작품의 애상적인 분위기를 조성하는 배경의 구실을 함과 동시에 서정적 자아의 마음을 더 슬프게 하는 내적 기능을 담당한다.
7. **탐진촌요** / 1.③ 2.② [서술형]조선 후기 사회의 모순을 고발하고 비판하고자 한다.

제7차 국어과 교육과정 정신의 구현

중·고생이 꼭 읽어야 할
한국단편 **33**

사고력·창의력 신장을 위한 단계별 독서과정을 구현하여 소설 감상의 즐거움과 학습의 효과를 동시에 만족시키는 자기 주도적 독서교육의 길잡이!

현상길 엮음 / 신국판 608쪽 / 값 13,000원

중·고생이 꼭 읽어야 할
한국고전산문 **44**

주체적인 작품 감상과 독서인증제·수행평가·수능 대비는 물론, 스스로 통합교과형 논술의 기본 능력을 키울 수 있도록 하는 자기 주도적 독서교육의 길잡이!

현상길 엮음 / 신국판 668쪽 / 값 13,000원

중·고생이 꼭 읽어야 할
한국고전산문 **44**

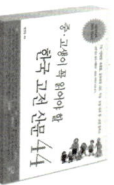

다양한 고전 산문을 갈래별로 접근함으로써 쉽게 읽고 빨리 이해하여 고전 작품 감상과 학습의 기초를 다지는 새로운 차원의 고전 읽기 자료!

현상길 엮음 / 신국판 496쪽 / 값 13,000원

중·고생이 꼭 읽어야 할
한국현대 詩 **108**

세대를 뛰어넘어 1910년대부터 2000년대까지의 주옥같은 한국의 현대 명시를 부모와 자녀가 함께 읽으며 마음을 갈고 닦는 시 감상·학습의 새로운 지평!

현상길 엮음 / 신국판 560쪽 / 값 13,000원